绝代双骄 1

古 龙 著

河南文艺出版社
·郑州·

古 龙

1938—1985

作为华语小说界一代宗师，“古龙”二字本身已成为一个文化符号。

古龙以惊人的才华，创作出《小李飞刀》《陆小凤》《楚留香》等七十多部精彩绝伦的经典。这些作品中涌动着永恒的热血、自由和生命力，不仅征服了一代代读者，更引发了巨大的文化浪潮，被无数次改编为影视、游戏、动漫，风靡整个中文世界，半个世纪风行不衰。

古龙为人，像他笔下的英雄们一样，豪气干云、放浪形骸、嗜酒如命、风流倜傥。其传奇一生的尽头，在医生下达严禁饮酒的告诫之后，豪饮三天三夜，大醉归西。

古龙是孤独的，一颗滚烫狂放的自由灵魂，与冷漠的现实世界显得那么格格不入；古龙又是幸运的，无数读者通过他的作品与他成为了知己。

中文世界如果没有古龙，将多么寂寞！没有读过古龙的人生，将多么寂寞！

目　录

第一章

名剑香花

江湖中有耳朵的人，绝无一人没有听见过“玉郎”江枫和燕南天这两人的名字；江湖中有眼睛的人，也绝无一人不想瞧瞧江枫的绝世风采和燕南天的绝代神剑。只因为任何人都知道，世上绝没有一个少女能抵挡江枫的微微一笑，也绝没有一个英雄能抵挡燕南天的轻轻一剑。任何人都相信，燕南天的剑，非但能在百万军中取主帅之首级，也能将一根头发分成两根；而江枫的笑，却可令少女的心粉碎。

但此刻，这出生豪富世家的天下第一美男子，却穿着件粗俗的衣衫，赶着辆破旧的马车，匆匆行驶在一条久已荒废的旧道上。此刻若有人见到他，谁也不会相信他便是那倚马斜桥、一掷千金的风流公子。

七月，夕阳如火，烈日的余威仍在，人和马，都闷得透不过气来，但江枫手里的鞭子，仍不停地赶着马。马车飞驶，将道路的荒草，都碾得倒下去，就好像那些曾经为江枫着迷的少女腰肢。

突然，一声鸡啼，撕裂了天地间的沉闷。

但黄昏时，旧道上，哪里来的鸡啼？

江枫面色变了，敏锐的目光，自压在眉际的破帽边沿望过去，只见一只大公鸡站在道旁残柳的树干上，就像钉在上面似的动也不动，那雄丽的鸡冠，多彩的羽毛，在夕阳下闪动着令人目眩的金光。公鸡的眼睛里，竟也似有种恶毒的、妖异的光芒。

江枫的面色变得更苍白，突然勒住了车马。

健马长嘶，车缓缓停下，车厢中却有个甜美而温柔的语声问道：“什么事？”

江枫微一迟疑，苦笑道：“没有什么，只不过走错路了。”拨转马头，兜了半个圈子，竟又向来路奔回，只听那公鸡又是一声长嘶，像是在对他冷笑。

江枫打马更急，路上的荒草已被碾平，车马自是走得更快了，但还未奔出四十丈，道上竟又有样东西挡住了去路。

这久已荒废、久无人迹的旧道上，此刻竟突然有只巨大的肥猪横卧在路中，又有谁能猜透这只猪是哪里来的？

马车方才还驶过这条路，这条路上，方才明明连半斤猪肉都没有，而此刻却有了整整一只猪。

江枫再次变色，再次勒住马车。

只见那只猪在地上翻滚着，但全身上下，却被洗得干干净净，那浓密的猪毛，在夕阳下就像是金丝织成的毡子一样。

门窗紧闭的车厢里，又传出人语道："你又走错了？"

江枫满头汗珠滚滚而落，道："我……我……"

那甜美温柔的人语轻叹着道："你又何苦瞒我？我早已知道了。"

江枫失声道："你早已知道了？"

"我方才听见那声鸡啼，便已猜出必定是'十二星相'中人找上咱们了，你怕我担心，所以才瞒着我，是么？"

江枫长叹一声，道："奇怪……你我此行如此秘密，他们怎会知道？但……但你只管放心，什么事都有我来抵挡！"

车厢中人柔声道："你又错了，自从那天……那天我准备和你共生共死，无论有什么危险患难，也该由咱们俩共同承担。"

"但你现在……"

"没关系，现在我觉得很好。"

江枫咬了咬牙，道："好，你还能下车走么？道路两头都已有警象，看来咱们也只有弃下车马，穿过这一片荒野……"

"为什么要弃下车马呢？他们既已盯上咱们，反正已难脱身，倒不如就在这里等着，'十二星相'虽然有凶名，但咱们也未必怕他们！"

"我……我只是怕你……"

"你放心，我没关系。"

江枫面上忽也现出温柔的笑容，轻轻道："我能找着你，真是最幸运的事。"他在夕阳下笑着，连夕阳都似乎失却了颜色。

车厢中人笑道："幸运的该是我才对，我知道，江湖中不知道有多少女孩子在羡慕我、妒忌我，只是她们……"

语声未了，健马突然仰首惊嘶起来——暮风中方自透出新凉，这匹马却似突然觉出了什么惊人的警兆。一阵风吹过，猪在地上翻了个身，远处隐隐传来鸡啼，荒草在风中摇舞。

夕阳暗淡了下来，大地竟似突然被一种不祥的气氛所笼罩，这七月夕阳下的郊野，竟突然显得说不出的凄凉、萧索。

江枫变色道："他们似已来了！"

突然马车后有人笑道："不错，咱们已来了！"

这笑声竟如鸡啼一般，尖锐、刺耳、短促，江枫一生之中，当真从未听过如此难听的笑声。

他大惊转身，轻叱道："谁？"

鸡啼般的笑声不绝，马车后已转出五六个人来。

第一个人，身长不足五尺，瘦小枯干，却穿着一身火红的衣裳，那模样正有说不出的猥琐。

第二个人，身长却赫然在九尺开外，高大魁伟，黄衣黄冠，那满脸全无表情的横肉，看来比铁还硬。

后面跟着三个人打扮得更是奇怪，衣服竟是一块块五颜六色的绸缎缝成的，竟像是戏台上乞丐穿着的富贵衣。

这三人身材相貌不相同，却都是满面凶光、行动剽悍的汉子，举手投足，也是一模一样，谁也不快上一分，谁也不慢上一分。

还有个人远远跟在后面，前面五个人加起来，也未见得会比这人重上几斤，整整一匹料子，也未见得能为此人做件衣服，他胖得实在已快走不动了，每走一步，就喘口气，口中不住喃喃道："好热，热死人了。"满头汗珠，随着他颤动的肥肉不住地流下来。

江枫跃下马车，强作镇定，抱拳道："来的可是'十二星相'中之司晨客与黑面君么？"

红衣人咯咯笑道："江公子果然好眼力，但咱们不过是一只鸡、一只猪而已，司晨客、黑面君，这些好听的名字，不过是江湖中人胡乱取的，咱们承担不起。"

江枫目光闪动道："阁下想必就是……"

红衣人接口笑道："红的是鸡冠，黄的是鸡胸，花的是鸡尾，至于后面那位，你瞧他模样像什么，他就是什么。"

江枫道："几位不知有何见教？"

红衣鸡冠道："闻得江公子有了新宠，咱兄弟都忍不住想来瞧瞧这位能令玉郎动心的美人儿究竟美到什么地步，再者，咱兄弟还想来向公子讨件东西。"

江枫暗中变色，口中却仍沉声道："只可惜在下此次匆匆出门，身无长物，哪有什么好东西能入得了诸位名家法眼。"

鸡冠人笑道："江公子此刻突然将家财完全变卖，咱们虽不知为的是什么，却也不想知道，但江公子以田庄换来的那袋明珠……嘿嘿，江公子也该知道咱们'十二星相'向来贼不走空，公子就把那袋明珠赏给咱们吧。"

江枫突然大笑道："好，好，原来你们倒竟已打听得如此清楚，在下也知道'十二星相'从来不轻易出手，出手后从不空回，但……"

鸡冠人道："但什么？你不答应？"

江枫冷笑道："若要我答应，只有……"

语声未了，闪闪银光，已到了他胸口。

这鸡冠人好快的手法，眨眼间，手中已多了件银光闪闪的奇形兵刃，如花锄，如钢啄，闪电般击向江枫，眨眼间已攻出七招。那诡异的招式，看来正如公鸡啄米一般，沿着江枫手足少阴经俞府、神藏、灵墟、步廊等要穴，一路啄了下去。

江枫平地跃起，凌空一个翻身，堪堪避过了这七啄，但这时却又有三对鸡爪镰在地上等着。

鸡冠一动，鸡尾立应，那三个花衣鸡尾人的出手之快，不在红衣鸡冠之下，三对鸡爪镰刀，是江湖罕睹的外门功夫。一个啄，三个抓，招式配合得滴水不漏，就算是一个人生着七只手，呼应得也未必有如此微妙。

江枫自然不是等闲人物，但应付这四件外门兵刃，应付这从来未见的奇诡招式，已是左支右绌，大感吃力，何况还有个满脸横肉、目光闪凶的黄衣鸡胸正在一旁目不转睛地瞪着他，只等着他破绽露出。

黑面君嘻嘻笑道：“哥们儿，加加油，咱们可不是女人，可莫要对这小子生出怜香惜玉的心，兄弟我且先去瞧瞧车子里的小美人儿。”

江枫怒喝道：“站住！”

他虽想冲过去，怎奈那七件兵刃却围得他风雨不透，而这时黑面君已蹒跚地走向车厢，伸手去拉门。

就在这时，车窗突然开了一线，里面伸出一只白生生的玉手，那纤柔、毫无瑕疵的手指中，却夹着枝梅花。

黑色的梅花！

盛夏中有梅花，已是奇事，何况是黑色的梅花。

白的手，黑的梅花，衬托出一种无法形容的、神秘的美，车厢中甜美的语声一字字缓缓道：“你们瞧瞧这是什么？”

黑面君的脸，突然扭曲起来，那只正在拉门的手，也突然不会动了，鸡嘴啄、鸡爪镰，更都在半空顿住。这六个凶名震动江湖的巨盗，竟似都突然中了魔法，每个人的手、脚、面目，都似突然被冻结。

黑面君嗄声道：“绣玉谷，移花宫。”

车厢中人道：“你的眼力倒也不错。”

黑面君道：“我……小人。”

牙齿打战，竟是一句话也说不出来。

车厢中人柔声道：“你们想不想死？”

“小人，不……”

“不想死的还不走！”

这句话还未说完，红的、黄的、花的、黑的，全都飞也似的走了——黑面君脚步也不再蹒跚，口中也不喘气了，若非亲眼瞧见，谁也不会相信这么胖的人会有如此轻灵的身法。

江枫一步蹿到车窗前，道：“你……你没事么？”

车厢中人笑道：“我只不过招了招手而已。”

江枫松了口气，叹道：“不想你竟从宫中带出了朵墨玉梅花，连‘十二星相’这样的凶人，竟也对她们如此惧怕。”

车厢中人道：“由此你就可想到她们有多可怕，咱们还是快走吧，别的人来了都不要紧，但若是……”

突然间，只听“嗖、嗖、嗖”衣袂破风之声骤响，方才逃了的人，此刻竟又全部回来了，来的竟比去时还快。

黑面君哈哈笑道：“咱们险些上当了，车子里若真是移花宫中的人，方才还能活着走么？你几时听说过移花宫手下留得有活口？”

车厢中人道：“我饶了你，你竟还……”

黑面君大喝道：“冒牌货，出来吧！”

突然出手一拳，那车门竟被他一拳击碎。

车厢里坐着的乃是个云鬓蓬乱、面带病容的妇人，却仍掩不住她的天香国色——她眼睛并不十分媚秀，鼻子并不十分挺直，嘴唇也不十分娇小，但这些凑在一起，却教人瞧了第一眼后，目光便再也舍不得离开，尤其是她那双眼睛里所包含的情感、了解与智慧，更是深如海水。

只是她的腹部却高高隆起，原来竟已身怀六甲。

黑面君怔了一怔，突然大笑道：“原来是个大肚婆娘，居然还敢冒充移花宫的……”

话未说完，那少妇身子突然飞了出来，黑面君还未弄清是怎么回事，脸上已“噼噼啪啪”被她掴了几个耳光。

那少妇身子又已掠回，轻笑道：“这大肚婆如何？”

黑面君怒吼一声，道：“暗算偷袭，又算得什么？”一拳击了出去，这身子虽臃肿，但这一拳击出，却是又狠，又快，又辣。

那少妇面上仍带着微笑，纤手轻轻一引，一拨，也不知她用了什么手法，黑面君这一拳竟被她拨了回去，“砰”的一拳，竟打在自己肩头上，竟偏偏不能收势，也不能闪避，他一拳击碎车门，是何等气力，这一拳竟自己将自己打得痛吼着跌倒在地上。

鸡冠鸡尾本也跃跃欲试，但此刻却又不禁怔住了，目瞪口呆地瞧着这少妇，连手指都不敢动一动。

黑面君颤声道：“移花接玉，神鬼莫敌……”

那少妇道：“你既然知道，便也该知道我是不是冒充的。”

黑面君道：“小……小人该死、该死……”抡起手来，正反掴了自己十几个耳刮子，打得他那张脸更黑更胖了。

那少妇叹了口气，道：“我要为孩子积点阴德，你们……你们快走吧。”

这一次他们自然逃得更快，眨眼间便逃得踪影不见，但暮色苍茫中，远处却有条鬼魅般的人影一闪，向他们追了过去。

江枫瞧见他们去远，才又松了口气，叹道："幸亏你还有这一手，又将他们骇住，否则……"

突然发现那少妇脸上已变了颜色，身子颤抖着，满头冷汗，滚滚而落，竟似已疼得不能忍受。

江枫大惊道："你怎么了？"

那少妇道："我……我动了胎气……只怕……只怕已……快要……"

她话还没说完，江枫已慌得乱了手脚，跺足道："这如何是好？"

那少妇嘶声道："你快将车子赶到路旁……快……快……快！"

江枫手忙脚乱地将车子赶到路旁长草里，健马不住长嘶着，江枫不停地抹汗，终于一头钻进车厢里。

破了的车门，被长衫挡了起来。

大约数盏茶的时间，车厢中突然传出婴儿嘹亮的哭声。

过了半晌，又听到江枫狂喜欢呼道："两个……是双胞胎……"

又过了两盏茶时间，满头大汗、满面兴奋的江枫，一头钻出车厢，但目光所及，整个人却又被惊得呆住了。

方才鼠窜而逃的黑面君、司晨客，此刻竟又站在车厢前，六对冷冰冰的目光，正瞬也不瞬地瞧着他。

江枫想强作镇定，但面容也不禁骤然变了颜色，失声道："你……你们又回来了？"

鸡冠人诡笑道："公子吃惊了么？"

江枫大声道："你们莫非要来送死不成？"

黑面君哈哈大笑道："送死？……"

江枫厉喝道："瞧你们并非孤陋寡闻之辈，绣玉谷移花宫的厉害，你们难道不知道？"他平日虽然风流蕴藉，温文尔雅，但此刻却连眼睛都红了。

黑面君大笑道："姓江的，你还装什么蒜？你知道，我也知道，移花宫两位宫主，此刻想要的是你们两人的命，可不是我们。"

汗珠已沿着江枫那挺秀的鼻子流到嘴角，但他的嘴唇却干得发裂，他舔了舔嘴唇，纵声大笑道："我瞧你倒真是疯子，移花宫的宫主会想要我的命？……哈哈，你可知道现在车子里的人是谁？”

鸡冠人冷冷道：“现在车子里的，不过是移花宫的宫女、丫头，只不过是自移花宫逃出来的叛徒！”

江枫身子一震，虽然想强作笑声，但再也笑不出了。

黑面君哈哈笑道：“江公子又吃惊了吧？江公子只怕还要问，这种事咱们又怎会知道？嘿嘿，这可是件秘密，你可永远也猜不到。”

这的确是件秘密，江枫弃家而逃，为的正是要逃避移花宫那二位宫主的追魂毒手。但这件秘密除了他和他妻子外，绝无别人知道，此刻这些人偏偏知道了，他们怎会知道的？江枫想不出，也不能再想了，车厢中产妇在呻吟，婴儿在啼哭，车厢外站着的却是些杀人不眨眼的恶徒。

他身子突然箭一般蹿了出去，只见眼前刀光一闪，黄衣鸡胸掌中一双快刀，已挡住了他的去路。

江枫不避反迎，咬了咬牙，自刀光中穿过去，闪电般托住黄衣人的手腕，一拧一扭，一柄刀已到了他手中。

他飞起一脚，踢向黄衣人的下腹，反手一刀，格开了鸡冠人的钢啄，身子却从鸡爪镰中蹿了过去，刀光直劈黑面君。

这几招使得当真是又狠又准，又快又险，刀光、钢啄、鸡爪，无一件不是擦着他衣衫而过。

黑面君虽拧身避过了这一刀，但也不禁惊出了一身冷汗，抽空还击两拳，口中大喝：“留神！这小子拼上命了！”

这些身经百战的凶徒，自然知道一个人若是拼起命来，任何人也难撄其锋，瞧见江枫刀光，竟不硬接，只是游斗。

江枫左劈一刀，右击一招，虽然刀刀狠辣，刀刀拼命，但却刀刀落空。黑面君不住狂笑，黄衣人双刀虽只剩下一柄，但左手刀专走偏锋，不时削来一刀，叫人难以避闪，三对鸡爪镰配合无间，攻击时锐不可当，防守时密如蛛网，就只这些已足以夺人魂魄。

更何况还有那红衣鸡冠，身法更是快如鬼魅，红衣飘飘，倏来忽去，钢啄闪闪，所取处无一不是江枫的要穴。

江枫发髻已蓬乱，吼声已嘶裂，为了他心爱人的生命，这风流公子此刻看来已如疯狂的野兽。

但他纵然拼命，却也无用了，狮已入陷，虎已被困，纵然拼命，也不过只是无用的挣扎而已。

暮云四合，暮色凄迷。

这一场恶战虽然惊心动魄，却也悲惨得令人不忍卒睹。他流汗、流血，换来的不过只是敌人疯狂的嘲笑。

车厢中又传出人语，呻吟着呼道："玉郎，你小心些……只要你小心些，他们绝不是你的敌手！"

黑面君突然一步蹿过去，一把撕开衣帘，狞笑着道："啃，这小子福气不错，居然还是个双胞胎！"

江枫嘶声呼道："恶贼，滚开！"

他冲过来，被挡回来，又冲过去，又被挡回来，再冲过去，再被挡回来，他目眦尽裂，已裂出鲜血。

那少妇紧拥着她的两个孩子，嘶声道："恶贼，你……你……"

黑面君哈哈笑道："小美人儿，你放心，现在我不会对你怎样的，但等你好了，我却要……哈哈，哈哈……"

江枫狂吼着道："恶贼，只要你敢动她……"

黑面君突然伸手在那少妇脸上摸了摸，狞笑道："我就动她，你又能怎样？"

江枫狂吼一声，刀法一乱，快刀、利爪、尖啄，立刻乘隙攻进，他肩头、前胸、后背，立刻多了无数条血口。

那少妇颤声道："玉郎，你小心些！"

黑面君大笑道："你的玉郎就要变成玉鬼了！"

江枫满身鲜血，狂吼道："恶贼，我纵成厉鬼，也不饶你！"

大地充满仇怒的喝声，得意的笑声，悲惨的狂叫，婴儿的啼哭，混成一种令铁石人也要心碎的声音。

第二章

刀下遗孤

血！江枫脸上、身上，已无一处不是鲜血。

那少妇嘶声喝道："我和你拼了！"

突然抛下孩子，向黑面君扑去，十指抓向他咽喉，但黑面君抬手一挡，就将她挡了回去。

黑面君大笑道："美人儿，你方才的厉害哪里去了……女人，可怜的女人，你们为什么要生孩子……"

狂笑未了，那少妇突又扑了上来，黑面君再次挥掌，她却亡命似的抱住了，一口咬住他的咽喉。

黑面君痛吼了一声，鲜血已沿着她的樱唇流出来。这是邪毒、腥臭的血，但这腥臭的血流过她齿颊，她却感觉到一阵快意，复仇的快意。

黑面君痛极之下，一拳击出，那少妇便飞了出去，撞上车厢，跌倒在地，再也爬不起来了。

但仇人血的滋味，她已尝过了。

她凄然笑着，流着泪呼道："玉郎，你走吧……快走吧，不要管我们，只要我死了，宫主姊妹仍然不会对你不好的……"

江枫狂吼道："妹子，你死不得！"

他再次冲过去，刀、爪、啄雨点般击下，他也不管，他身中刀削、爪抓，他血肉横飞。

只是他还未冲到他妻子面前，便已跌地倒下。

那少妇惨呼一声，挣扎着爬过去，他也挣扎着爬过去，他们已别无所求，只要死在一起。

他们的手终于握住了对方的手，但黑面君却一脚踩了下去，把两只手骨全都踩碎了。

那少妇嘶声道："你……你好狠！"

黑面君狞笑道："你现在才知道我狠么？"

江枫狂吼道："我什么都给你……都给你，只求你能让我们死在一起！"

黑面君大笑道："你此刻再说这话，已太迟了……嘿嘿，你们方才骗我、打我时，想必开心得很，此刻我就让你们慢慢地死，让你们死也不能死在一起！"

那少妇道："为什么……为什么……我们和你又有何仇恨？"

黑面君道："告诉你也无妨，我如此做法，只因我已答应了一个人，他叫我不要让你们两人死在一起。"

江枫道："谁？这人是谁？……"

黑面君笑道："你慢慢猜吧……"

那黄衣鸡胸突然蹿过来。那赤面横肉，仍冷冰冰、死板板的，绝无任何表情，口中冷冷道："斩草除根，这两人的孽种也留不得！"

黑面君笑道："正是！"

黄衣人再也不答话，抬起手，一刀向车中婴儿砍下。

江枫狂吼，他妻子却连声音都已发不出来。

哪知就在这时，那柄闪电般劈下的钢刀，突然"咔"的一声，竟在半空中生生一断为二。

黄衣人大惊之下，连退七步，喝道："谁……什么人？"

除了他们自己与地上垂死的人外，别无人影。

但这百炼精钢的快刀，又怎会凭空断了？

鸡冠人变色道："怎么回事？"

黄衣人道："见鬼……鬼才知道。"

突又蹿了过去，用半截钢刀，再次劈下。

哪知"咔"的一声，这半截钢刀，竟又一断为二，这许多双眼睛都在留神看着，竟无一人看出刀是如何断的。

黄衣人的面色终于变了，颤声道："莫非真的遇见鬼了？"

黑面君沉吟半晌，突然道："我来！"

轻轻一脚挑起了江枫跌落的钢刀，抓在手中，狞笑着一刀向车厢里劈下，这一刀劈得更急、更快。

刀到中途，他手腕突然一抖，刀光错落……只听“当”的一声，他钢刀虽未打断，却多了个缺口。

鸡冠人变色道：“果然有人暗算！”

黑面君也笑不出来了，颤声道：“这暗器我等既然看不见，想必十分细小，此人能以我等瞧不见的暗器击断钢刀，这……这是何等惊人的手法，何等惊人的腕力！”

黄衣人道：“世上哪有这样的人！莫非是……”忍不住打了个寒噤，竟再也不敢将那“鬼”字说出口来。

垂死的江枫，也似惊得呆了，口中喃喃道：“她来了……必定是她来了……”

黑面君道：“谁……莫非是燕南天？”

忽听一人道：“燕南天？燕南天算什么东西！”

语声灵巧、活泼，仿佛带着种天真的稚气，但在这无人的荒郊里，骤然听得这种语声，却令人吃惊。

江枫夫妇不用抬头，已知道是谁来了，两人都惨然变色，黑面君等人亦不禁吃了一惊，扭首望去，只见风吹草长，波浪起伏，在凄迷的暮色中，不知何时，已多了条人影，纤弱而苗条的女子人影。以他们的耳目，竟丝毫觉不出她是自哪里来的。

一阵风吹过，远在数丈处的人影，忽然到了面前。

听得那天真稚气的语声，谁都会以为她必定是个豆蔻年华，稚气未脱，既美丽又娇甜的少女。

但此刻，来到他们面前的，却是至少已有二十多岁的妇人。她身上穿的是云霞般的锦绣宫装，长裙及地；长发披肩，宛如流云；她娇靥甜美，更胜春花；她那双灵活的眼波中，非但充满了不可描述的智慧之光，也充满了稚气——不是她这种年龄该有的稚气。

无论是谁，只要瞧她一眼，便会知道这是个性格极为复杂的人，谁也休想猜着她的丝毫心事。

无论是谁，只要瞧过她一眼，就会被她的绝色所惊，但却又忍不住要对她生出些怜惜之心。

这绝代的丽人，竟是个天生的残废，那流云长袖，及地长裙，也掩不了她左手与左足的畸形。

黑面君瞧清了她，目中虽现出敬畏之色，但面上的惊惶，反而不如先前之甚，躬身问道："来的可是移花宫的二宫主？"

宫装丽人笑道："你认得我？"

"怜星宫主的大名，天下谁不知道？"

"想不到你口才倒不错，很会奉承人嘛。"

"不敢。"

怜星宫主眨了眨眼睛，轻笑道："看来你倒不怕我。"

黑面君躬身笑道："小人只是……"

怜星宫主笑道："你做了这么多坏事，居然还不怕我，这倒是一件奇事，你难道不知道我立刻就要你们的命么！"

黑面君面色骤然大变，但仍强笑着道："宫主在说笑了。"

怜星宫主嫣然笑道："说笑？你伤了我的宫女花月奴，我若让你痛痛快快地死，已是太便宜了，谁会跟你们这样的人说笑？"

黑面君失声道："但……但这是邀月宫主……"

话未说完，只听"噼噼啪啪"一阵响，他脸上已着了十几掌，情况正和他方才被江枫夫人所掴时一样，但却重得多了，十几掌掴过，他已满嘴是血，哪里还能再说得一个字来。

怜星宫主仍站在那里，长裙飘飘，神态悠然，似乎方才根本没有动过，但脸上那动人的笑容却已不见，冷冷道："我姊姊的名字，也是你叫得的么？"

鸡冠、鸡胸、鸡尾早已骇得面无人色，呆若木鸡。鸡冠人颤声道："但……但这的确是邀……"

这次他连"月"字都未出口，脸上也照样被掴了十几个耳光，直打得他那瘦小的身子几乎飞了出去。

怜星宫主笑道："奇怪，难道你真的不相信我会要你的命么……唉……"轻轻一声叹息，叹息声中，突然围着黄衣人那高大的身子一转，众人只觉眼前一花，也未瞧见她是否已出手，但黄衣人已静静地倒了下去，连一点声音都未发出。

花衣人中一个悄悄俯下身子去瞧了瞧，突然嘶声惊呼道："死了，老二已死了……"

怜星宫主笑道："现在，你总相信了吧。"

那花衣人嘶声道："你好……好狠！"

怜星宫主道："死个人又有什么大惊小怪？你们自己杀的人，难道还不够多么？你们现在死，也蛮值得了。"

鸡冠人目中已暴出凶光，突然打了个手势，三双鸡爪镰立刻旋风般向怜星宫主卷了过去。只听"叮当、呼噜、哎呀……"一连串声响，只见那纤弱的人影在满天银光中一转。

三个花衣人已倒下两个，剩下的一个竟急退八尺，双手已空空如也，别人是如何击倒他同伴，如何闪开他一击，又如何夺去他的兵刃，他全不知道，在方才那一刹那间，他竟似糊糊涂涂地做了一场噩梦。

怜星宫主长袖一抖，五柄鸡爪镰"哗啦啦"落了一地，她手里还拿着一柄，瞧了瞧，笑道："原来是双鸡爪子，不知道滋味如何？"

微启樱口，往鸡爪镰上咬了一口，但闻"咔"的一响，这精钢所铸、在江湖中令人闻名丧胆的外门兵刃竟生生被她咬断。

怜星宫主摇头道："哎呀，这鸡爪子不好吃。""啐"的一口，轻轻将嘴里半截钢爪吐了出来，银光一闪，风声微响，剩下的一个花衣人突然惨呼一声，双手掩面，满地打滚，鲜血不断自指缝间流出，滚了几滚，再也不会动了。

他手掌松开，暮色中，只见他面容狰狞，血肉模糊，那半截钢爪，竟将他的头骨全部击碎了。

黑面君突然仆地跪了下来，颤声道："宫主饶命……饶命……"

怜星宫主却不理他，反而瞧着那鸡冠人笑道："你瞧我功夫如何？"

鸡冠人道："宫……宫主的武功，我……小人一辈子也没见过……小人简直连做梦都未想到世上有这样的武功。"

怜星宫主道："你怕不怕？"

鸡冠人一生中当真从未想到自己会被人问出这种问小孩的话，而此刻被人问了，他竟然乖乖地回答，道："怕……怕……怕得很。"

怜星宫主笑道："既然你害怕，为何不求我饶命？"

鸡冠人终于仆地跪下，哭丧着脸，道："宫主饶命……"

怜星宫主眼波转了转，笑道："你们要我饶命，也简单得很，只要你们一人打我一拳。"

鸡冠人道："小人不敢……"

黑面君道："借小人天大的胆子也不敢。"

怜星宫主眼睛一瞪，道："你们不要命了吗？"

鸡冠人、黑面君两人，一生中也不知被多少人问过这样的话，平时他们只觉这句话当真是问得狗屁不通，根本用不着回答，要回答也不过只是一记拳头，几声狂笑，接着刀就亮了出去。

但此刻，同样的一句话，自怜星宫主口中问出来，两人却知道非要乖乖地回答不可了。

两人齐声道："小人要命的。"

怜星宫主道："若是要命，就快动手。"

两人对望一眼，终于勉强走过去。

怜星宫主笑道："嗯，这样才是，你们只管放心打吧，打得愈重愈好，打得重了，我绝不回手，若是打轻了……哼！"

鸡冠人暗道："她既是如此吩咐，我何不将计就计，重重给她一啄，若是得手，岂非天幸，纵不得手，也没什么。"

黑面君暗道："这可是你自己要的，可怪不得我，你纵有天大的本领，铁打的身子，只要不还手，我一拳也可以打扁你。"

两人心中突现生机，虽在暗中大喜欲狂，但面上却更是做出愁眉苦脸的模样，齐地垂首道："是。"

怜星宫主笑道："来呀，还等什么？"

黑面君身形暴起，双拳连环击出，那虎虎的拳风，再加上他那几百斤重的身子，这一击之威，端的可观。

但他双拳之势，却是灵动飘忽，变化无方，直到最后，方自定得方向，直捣怜星宫主的胸腹。

这正是他一生武功的精华，"神猪化象"，就只这一拳之威，江湖中已不知有多少人粉身碎骨。

鸡冠人身形也飞一般蹿出，鸡嘴啄已化为点点银光，有如星雨般洒向怜星宫主前胸八处大穴。

这自然也是他不到性命交关时不轻易使出的杀手——晨鸡啼星，据说这一招曾令威武镖局八大镖师同时丧生。

怜星宫主笑道："嗯，果然卖力了。"

笑语声中，右掌有如蝴蝶般在银雨拳风中轻轻一飘，一引，鸡冠人、黑面君突然觉得自己全力击出的一招，竟莫名其妙地失了准头，自己的手掌竟不听自己的使唤，要它往东它偏要往西，要它停，它偏偏不停，只听“呼、哧”两响，紧跟着两声惨呼。

怜星宫主仍然笑嘻嘻地站着，动也未动，黑面君身子却已倒下，而鸡冠人的身子竟已落入八尺外的草丛中。

草丛中呻吟两声，再无声息。

黑面君的胸膛上，却插着鸡冠人的钢啄，他咬了咬牙，反手拔出钢啄，鲜血像涌泉般流出来，颤声道：“你……你……”

怜星宫主笑道：“我可没动手伤你，唉，你们自己打自己，何必哩。”

黑面君双睛怒凸，直瞪着她，嘴唇启动，像是想说什么，但一个字也未说出——永远也说不出了。

怜星宫主叹道：“你们若不想杀我，下手轻些，也许就不会死了，我总算给了你们一个活命的机会，是么？”

她问的话，永远也没有人回答了。

马，不知何时已倒在地上，车也翻了。

江枫夫妇正挣扎着想进入车厢，抱出车厢里哭声欲裂的婴儿，两人的手，已堪堪摸着襁褓中的婴儿。

但忽然间，一只手将婴儿推开了。

那是只柔软无骨、美胜春葱的纤纤玉手，雪白的绫罗长袖，覆在手背上，但却比白绫更白。

江枫嘶声道：“给我……给我……”

那少妇颤声道：“二宫主，求求你，将孩子给我。”

怜星宫主笑道：“月奴，好，想不到你竟已为江枫生出了孩子。”她虽然在笑，但那笑容却是说不出的凄凉、幽怨，而且满含怨毒。

那少妇花月奴道：“宫主，我知道对……对不起你，但……孩子可是无辜的，你饶了他们吧。”

怜星宫主目光出神地瞧着那一对婴儿，喃喃道：“孩子，可爱的孩子……若是我的多好……”

眼睛突然望向江枫，目光中满含怨毒、怀恨，也满含埋怨、感伤，望了半晌，幽幽道："江枫，你为什么要这样做？为什么？"

江枫道："没什么，只因为我爱她。"

怜星宫主嘶声道："你爱她……我姊姊哪点比不上她？你被人伤了，我姊姊救你回来，百般照顾你，她一辈子也没有对人这么好过，但……但她对你却是那样好，你，你……你……竟跟她的丫头偷偷跑了。"

江枫咬牙道："好，你若要问我，我就告诉你，你姊姊根本不是人，她是一团火，一块冰，一柄剑，她甚至可说是鬼，是神，但绝不是人，而她……"

目光望着他妻子，立刻变得温柔如水，缓缓接着道："她却是人，活生生的人，她不但对我好，而且也了解我的心，世上只有她一人是爱我的心，我的灵魂，而不是爱我这张脸。"

怜星宫主突然一掌掴在他脸上，道："你说……你再说！"

江枫道："这是我心里的话，我为何不能说！"

怜星宫主道："你只知她对你好，你可知我对你怎样？你……你这张脸，你这张脸纵然完全毁了，我还是……还是……"

声音渐渐微弱，终于再无言语。

花月奴失声道："二宫主，原来你……你也……"

怜星宫主大声道："我难道不能对他好？我难道不能爱他……是不是因为我是个残废……但残废也是人，也是女人！"

她整个人竟似突然变了，在刹那之前，她还是个可以主宰别人生死的超人，高高在上，高不可攀。而此刻，她只是个女人，一个软弱而可怜的女人。

她面上竟有了泪痕。这在江湖传说中近乎神话般的人物，竟也流泪。江枫、花月奴望着她面上的泪痕，不禁呆住了。

过了良久，花月奴黯然道："二宫主，反正我已活不成了，他……从此就是你的了，你救救他吧，我知道唯有你还能救活他。"

怜星宫主身子一颤，"他从此就是你的了……"这句话，就像是箭一般射入她心里。

江枫突然嘶声狂笑起来，但那笑却比世上所有痛哭还要凄厉、悲惨。

他充血的双目凝注花月奴，惨笑道："救活我……世上还有谁能救活我？你若死了，我还能活么……月奴，月奴，难道你直到此刻还不了解我？"

花月奴忍住了又将夺眶而出的眼泪，柔声道："我了解你，我自然了解你，但你若也死了，孩子们又该怎么办……孩子们又该怎么办？"

她语声终于化为悲啼，紧紧捏着江枫的手，流泪道："这是我们的罪孽，谁也无权将上一代的罪孽留给下一代去承受苦果，就算你……你也不能的，你也无权以一死来寻求解脱。"

江枫的惨笑早已顿住，钢牙已将咬碎。

花月奴颤声道："我也知道死是多么容易，而活着是多么艰苦，但求求你……求求你为了孩子，你必须活着。"

江枫泪流满面，似已痴了，喃喃道："我必须活着……我真的必须活着……"

花月奴道："二宫主，无论为了什么，你都该救活他的，若是你真有一分爱他的心，你就不能眼见他死在你面前。"

怜星宫主悠悠道："是么……"

花月奴嘶声道："你能救活他的……你必定会救活他的。"

怜星宫主长长叹息了一声道："不错，我是能救活他的……"

话未说完，也不知从哪里响起了一个人的语声，缓缓道："错了，你不能救活他，世上再没有一个人能救活他！"

这语声是那么灵动、缥缈，不可捉摸，这语声是那么冷漠、无情，令人战栗，却又是那么轻柔、娇美，摄人魂魄。世上没有一个人听见这语声再能忘记。大地苍穹，似乎就因为这淡淡一句话而变得充满杀机，充满寒意，满天夕阳，也似就因这句话而失却颜色。

江枫身子有如秋叶般颤抖起来。怜星宫主的脸，也立刻苍白得再无一丝血色。

一条白衣人影，已自漫天夕阳下来到他们面前。她不知从何而来，也不知是如何来的。

她衣袂飘飘，宛如乘风。她白衣胜雪，长发如云。她风姿绰约，宛如仙子。但她的容貌，却无人能描述，只因世上再也无人敢抬头去瞧她一眼。

她身上似乎与生俱来便带着一种慑人的魔力，不可抗拒的魔力，她似乎永远高高在上，令人不可仰视。

怜星宫主的头也垂下了，咬着樱唇，道："姊姊，你……你也来了。"

邀月宫主悠悠道："我来了，你可是想不到？"

怜星宫主头垂得更低，道："姊姊你是什么时候来的？"

邀月宫主道："我来得并不太早，只是已早得足以听见许多别人不愿被我听见的话。"

江枫心念一闪，突然大声道："你……你……你……原来你早已来了，那鸡冠人与黑面君敢去而复返，莫非是你叫他们回来的，那所有的秘密，莫非是你告诉他们的？"

邀月宫主道："你现在才想到，岂非已太迟了！"

江枫目眦尽裂，大喝道："你……你为何要如此做？你为何如此狠心！"

邀月宫主道："对狠心的人，我定要比他还狠心十倍。"

花月奴忍不住惨呼道："大宫主，这一切都是我的错，您……您不能怪他。"

邀月宫主语声突然变得像刀一般冷厉，一字字道："你……你还敢在此说话？"

花月奴匍匐在地，颤声道："我……我……"

邀月宫主缓缓道："你很好……现在你已见着了我，现在……你已可以死了！"

花月奴见了她，怕得连眼泪都已不敢流下，此刻更早已阖起了眼帘，耳语般颤声道："多谢宫主。"张开眼睛，瞧了瞧江枫，又瞧了瞧孩子——她只是轻轻一瞥，但这一瞥间所包含的情感，却深于海水。

江枫心也碎了，大呼道："月奴！你不能死……不能死……"

花月奴柔声道："我先走了……我会等你……"

她再次阖起眼帘，这一次，她的眼帘再也不会张开了。

江枫嘶声大呼道："月奴！你再等等，我陪着你……"

他也不知是哪里来的力气，突然跃起来，向月奴扑了过去，但他身子方跃起，便已被一股劲风击倒。

邀月宫主道："你还是静静地躺着吧。"

江枫颤声道："我从来不求人，但现在……现在我求求你……求求你，我什么都已不要，只望能和她死在一起。"

邀月宫主道："你再也休想沾着她一根手指！"

江枫瞪着她，若是目光也可杀人，她早已死了；若是怒火也会燃烧，大地早已化为火窟。

但邀月宫主却只是静静地站在那里……

江枫突然疯狂般大笑起来，笑声久久不绝。

怜星宫主轻叹道："你还笑，你笑什么？"

江枫狂笑道："你们自以为了不起！你们自以为能主宰一切，但只要我死了，便可和月奴在一起，你们能阻挡得了么？"

狂笑声中，身子突然在地上滚了两滚，俯身在地，狂笑渐渐微弱，终于沉寂。

怜星宫主轻呼一声，赶过去翻转他身子，只见一截刀头，已完全插入他胸膛里。

月已升起，月光已洒满大地。

怜星宫主跪在那里，石像般动也不动，只有夏夜的凉风，吹拂着她的发丝，良久良久，她终于轻轻道："死了……他总算如愿了，而我们呢……"

她突然站起来，掠到邀月宫主面前，嘶声大呼道："我们呢……我们呢？他们都如愿了，我们呢？"

邀月宫主似乎无动于衷，冷冷道："住口！"

怜星宫主道："我偏不住口，我偏要说！你这样做，究竟又得到了什么？你……你只不过使他们更相爱！使他们更恨你！"

话未说完，突然"啪"的一声，脸上已被掴了一掌。

怜星宫主倒退几步，手抚着脸，颤声道："你……你……你……"

邀月宫主道："你只知道他们恨我，你可知道我多么恨他？我恨得连心里都已滴出血来……"突然卷起衣袖，大声道："你瞧瞧这是什么？"

月光下，她晶莹的玉臂，竟满是点点血斑。

怜星宫主怔了一怔，道：“这……这是……”

邀月宫主道：“这都是我自己用针刺的，他们走了后，我……我恨……恨得只有用针刺自己，每天每夜我只有拼命折磨自己，才能减轻心里的痛苦，这些你可知道么……你可知道么……”

她冷漠的语声，竟也变得激动、颤抖起来。

怜星宫主瞧着她臂上的血斑，怔了半晌，泪流满面，纵身扑入她姊姊的怀里，颤声道：“想不到……想不到，姊姊你居然也会有这么深的痛苦。”

邀月宫主轻轻抱住了她的肩头，仰视着天畔的新月，幽幽道：“我也是人……只可惜我也是人，便只有忍受人类的痛苦，便只有也和世人一样怀恨、嫉妒……”

月光，照着她们拥抱的娇躯，如云的柔发……

此时此刻，她们已不再是叱咤江湖、威震天下的女魔头，只是一对同病相怜、真情流露的平凡女子。

怜星宫主口中不住喃喃道：“姊姊……姊姊……我现在才知道……”

邀月宫主突然重重推开了她，道：“站好！”

怜星宫主身子直被推出好几尺，才能站稳，但口中却凄然道：“二十多年来，这还是你第一次抱我，你此刻纵然推开我，我也心满意足了！”

邀月宫主再也不瞧她一眼，冷冷道：“快动手！”

怜星宫主道：“动手……向谁动手？”

邀月宫主道：“孩子！”

怜星宫主失声道：“孩子……他们才出世，你就真要……真要……”

邀月宫主道：“我不能留下他们的孩子！孩子若不死，我只要想到他们是江枫和那贱婢的孩子，我就会痛苦，我一辈子都会痛苦！”

怜星宫主道：“但我……”

邀月宫主道：“你不愿出手？”

怜星宫主道：“我……我不忍，我下不了手。”

邀月宫主道：“好！我来！”

她流云般长袖一飘，地上的长刀，已到了手里，银光一闪，这柄刀闪电般向那熟睡中的孩子划去。

怜星宫主突然死命地抱住了她的手，但刀尖已在那孩子的脸上划破一条血口，孩子痛哭惊醒了。

邀月宫主怒道："你敢拦我！"

怜星宫主道："我……我……"

邀月宫主道："放手！你几时见过有人拦得住我！"

怜星宫主突然笑道："姊姊，我不是拦你，我只是突然想到比杀死他们更好的主意，你若杀了这两个什么都不懂的孩子，又有什么好处？他们现在根本不知道痛苦！"

邀月宫主目光闪动，道："不杀又如何？"

怜星宫主道："你若能令这两个孩子终生痛苦，才算真的出了气，那么江枫和那贱婢纵然死了，也不能死得安稳！"

邀月宫主沉默良久，终于叹道："你且说说有什么法子能令他们终生痛苦。"

怜星宫主道："现在，世上并没有一个人知道江枫生的是双生子，是么？"

邀月宫主一时间竟摸不透她这句话中有何含义，只得颔首道："不错。"

怜星宫主道："这孩子自己也不知道，是么？"

邀月宫主道："哼，废话！"

怜星宫主道："那自称天下第一剑客的燕南天，本是江枫的平生知交，他本已约好要在这条路上接江枫，否则江枫也不会走这条路了……"

怜星宫主微微一笑，继续说道："我们若将这两个孩子带走一个，留下一个在这里，燕南天来了，必定将留下的这孩子带走，必定会将自己一身绝技传授给这孩子，也必定会要这孩子长大了为父母复仇，是吗？我们只要在江枫身上留下个掌印，他们就必定会知道这是移花宫主下的手，那孩子长大了，复仇的对象就是移花宫，是么？"

邀月宫主目中已有光芒闪动，缓缓道："不错。"

"那时，我们带走的孩子也已长大了，自然也学会了一身功夫，他是移花宫中唯一的男人，若有人来向我们寻仇，他自然会挺身而出，首当其冲，他们自然不知道他们本是兄弟，世上也没人知道，这样……”

“他们兄弟就变成不共戴天的仇人，是么？”

怜星宫主拍手笑道：“正是如此，那时，弟弟要杀死哥哥复仇，哥哥自然也要杀死弟弟，他们本是同胞兄弟，智慧必定差不多，两人既然不相上下，必定勾心斗角，互相争杀，也不知要多久才能将对方杀死。”

邀月宫主嘴角终于现出一丝微笑，道：“这倒有趣得很。”

“这简直有趣极了，比现在杀死他们好得多！”

“他们无论是谁杀死了谁，我们都要将这秘密告诉那活着的一个，那时……他面色瞧来也想必有趣得很。”

怜星宫主拍手道：“那便是最有趣的时候！”

邀月宫主忽又冷冷道：“但若有人先将这秘密向他们说出，便无趣了。”

“但世上根本无人知道此事……”

“除了你。”

“我？这主意是我想出来的，我怎会说？何况，姊姊你最知道我的脾气，如此有趣的事，我会不等着瞧么？”

邀月宫主默然半晌，颔首道：“这倒不错，普天之下，只怕也只有你想得出如此古怪的主意，你既想出了这主意，只怕是不会再将秘密说出的了。”

怜星宫主笑道：“这主意虽古怪，但却必定有用得很，最妙的是，他们本是孪生兄弟，但此刻有一个脸上已受伤，将来长大了，模样就必定不会相同了，那时，天下有谁能想得到这两个不死不休的仇人，竟是同胞兄弟？”

那受伤的孩子，哭声竟也停住，他似乎也被这刻骨的仇恨，这恶毒的计谋骇得呆住了。

他睁着一双无邪的但受惊的眼睛，似乎已预见来日的种种灾难，种种痛苦，似乎已预见自己一生的不幸。

邀月宫主俯首瞧了他们一眼，喃喃道：“十七年……最少还要等十七年……”

第三章

第一神剑

干净的石板街，简朴的房屋，淳善的人面……

这是个平凡的小镇。七月的阳光，照着这小镇唯一的长街，照着这条街上唯一酒铺的青布招牌，照着这残旧酒招上斗大的“太白居”三个字。

酒舍里哪有什么生意，那歪戴着帽子的酒保，正伏在桌上打盹儿。不错，那边桌上是坐着位客人，但这样的客人，他却懒得招呼。两三天来，这客人天天来喝酒，但除了最便宜的酒外，他连一文钱的菜都没叫。

这客人的确太穷，穷得连脚上的草鞋底都磨穿了，此刻他将脚跷在桌上，便露出鞋底两个大洞。但他却毫不在乎，他靠着墙，跷着脚，眯着眼睛，那八尺长躯，坐在这小酒店的角落中，就像是条懒睡的猛虎。

阳光自外面斜斜地照进来，照着他两条泼墨般的浓眉，照着他棱棱的颧骨，也照得他满脸青惨惨的胡茬子直发光。

他皱了皱眉头，用一只瘦骨枯干的大手挡住眼睛，另一只手抓着柄已锈得快烂掉的铁剑，竟呼呼大睡起来。

这时才过正午不久，安静的小镇上，忽有几匹健马急驰而过，鲜衣怒马，马行如龙，街道旁人人侧目。几匹马到了酒铺前，竟一齐停下，几条锦衣大汉，一窝蜂挤进了那小小的酒铺，几乎将店都拆散了。

当先一条大汉腰悬宝剑，志得气扬，就连那一脸大麻子，都似乎在一粒粒发着光，一走进酒铺，便纵声大笑道：“太白居，这破屋子、烂摊子也可叫作太白居么？”

他身后一人，圆圆的脸，圆圆的肚子，身上虽也挂着剑，看起来却像是个布店掌柜的，接着笑道：“雷老大，你可错了，李太白的几首诗虽写得蛮不错，却是个没钱没势的穷小子，住在这种地方正合适。”

那雷老大仰首笑道：“可惜那李太白早死了好多年，不然咱们可请他喝两杯……喂，卖酒的，好酒好菜，快拿上来！”

几杯酒下肚，几个人笑声更响了，角落那条大汉，皱着眉头，伸了个懒腰，终于坐直了，喃喃道：“臭不可闻，俗不可耐……”

突然一拍桌子，道：“快拿酒来，解解俗气。”

这一声大喝，竟像是半空中打了个响雷，将那几条锦衣大汉骇得几乎从桌上跳了起来。

那雷老大瞧了瞧，脸色已变了，身子已站起，但却被那个瘦小枯干、满面精悍的汉子拉住，低声道：“总镖头就要来了，咱们何必多事？”

雷老大“哼”了声，终又坐下，喝了杯酒，又道：“孙老三，老总说的可是这地方，你听错没有？”

那瘦汉笑道：“错不了的，钱二哥也听见了……”

圆脸汉子接口笑道：“不错，就是这儿，老总这次来，听说要来见一位大英雄，所以要咱们先将礼物带来，在这里等着。”

雷老大道：“你知道老总要见的是谁么？”

钱二微微一笑，低低说了个名字。

雷老大立刻失声道：“是他？原来是他！他也会来这里？”

钱二道：“他若不来，老总怎会来？”

几个人立刻老实了，笑声也小了，但酒却喝得更多，嘴里不停在叽叽喳喳，低声谈论着。

“听说那主儿掌中一口剑，是神仙给的，不但削铁如泥，而且剑光在半夜里比灯还亮。”

“嗯，不错，若没有这样的宝剑，怎会在半盏茶工夫里，就把阴山那群恶鬼的脑袋都砍了下来。”

说到这里，几个人情不自禁都将腰里挂着的剑解了下来，有的还抽出来，用衣角不停去擦。

雷老大笑道：“我这口剑也算不错的了，但比起人家那柄，想来还是差着点儿，否则我也能像他那样出名了。”

钱二摇头道：“不然不然，你纵有那样的剑也不成，不说别的，就说人家那身轻功……嘿，北京城可算高吧，人家跺跺脚就过去了。”

雷老大吐了吐舌头，道：“真的么？”

钱二道：“可不是真的，听说他天黑时还在北京城喝酒，天没亮就到了阴山，阴山群鬼只瞧见剑光一闪，脑袋就都掉下来了……嘿，听说那剑光，简直就像是天上的闪电一样，连阴山外几百里地的人都能瞧见。”

角落中那穷汉，也用衣角擦着那柄剑，擦两下，喝口酒，此刻突然放声大笑起来，笑道：“世上哪有那样的人，那样的剑！”

雷老大脸色立刻变了，拍着桌子，怒吼道：“是谁在这里胡说八道？快给我滚过来！”

那穷汉却似乎根本没有听见，还是在擦着那口锈剑，还是在喝着酒，方才那句话，似乎根本不是他说的。

雷老大再也忍不住跳了起来，向他冲过去，但却又被钱二拉住，先向雷老大使了个眼色，然后自己摇摇摆摆走过去，笑道：“看来朋友你也是练剑的，所以听人说话，就难免有些不服气，但朋友可知道咱们说的是谁么？”

那穷汉懒洋洋抬起头来龇牙一笑，道：“谁？”

钱二道：“燕大侠，燕南天，燕神剑……哈哈，朋友你若真的是练剑的，听到这名字，就总该服气了吧。”

那穷汉却眨了眨眼睛，嘻嘻笑道：“燕南天……燕南天是谁？”

钱二抚着肚子，哈哈大笑道：“你连燕大侠的名字都未听过，还算是练剑的么？”

那穷汉笑道：“如此说来，你想必是认得他的了，他长得是何模样，他那柄剑……”

雷老大终于还是冲了过来，“啪”地一拍桌子，吼道：“咱们纵不认得他，但却也知道他是长得比你这厮帅得多了，他那柄剑更不知要比你这口强胜千百倍。”

那穷汉大笑道：“瞧你也是个保镖，怎地眼力如此不济，某家长得虽不英俊，但这口剑嘛，却是……”

雷老大仰天打了个哈哈，接口道：“你这口破剑难道还是什么神物利器不成？”

“某家这口剑，正是削铁如泥的利器。”

这句话还未说完，别人已哄堂大笑起来。

只听雷老大道：“你这口剑若能削铁如泥，咱家不但要好好请你喝一顿，而且……”那穷汉霍然长身而起，道：“好，抽出你的剑来试试！”

他坐在那里倒也罢了，此番一站将起来，雷老大竟不由自主被骇得倒退两步。钱二虽是胖子，但和他那雄伟的躯干一比，突然觉得自己已变成小瘦子。只见他虽然身无余肉，但骨骼长大，双肩宽阔，一双大手垂下来，竟几乎已将垂到膝盖之下。

这时酒铺里已悄然走进个面色惨白、青衣小帽的少年，瞧见这情况，倚在柜台前，不住嘻嘻地笑。雷老大终于抽出了他那柄精钢长剑，终于又挺起了胸膛，大吼道：“好！就让你试试。”

那穷汉道：“你只管用力砍过来就是。”

雷老大龇牙笑道：“小心些，伤了你可莫怪我！”

手腕一抖，精钢剑当头劈了下去。

那穷汉左手持杯而饮，右手撩起锈剑，向上一迎，只听“当”的一声，雷老大倒退两步，手中剑竟已只剩下半截。众人全都呆住了，几乎不相信自己的眼睛。

那穷汉子手抚锈剑，哈哈大笑道：“如何？”

雷老大张口结舌，讷讷道：“好……好剑，果然好剑。”

那穷汉却长叹了一声，道：“如此好剑，只可惜在我手里糟蹋了。”

雷老大眼睛突然亮了起来，道：“不……不知朋友可……可有意出让？”

那穷汉道：“虽然有意，怎奈难遇买主。”

雷老大喜动颜色道：“我……我这买主，你看如何？”

那穷汉上上下下瞧了他几眼，颔首道：“看你也有些英雄气概，也可配得上这口宝剑了，只是……你眼力既差，却不知出手如何？”

雷老大喜道：“这个好说……这个好说……”

将他三个朋友都拉在一边，叽叽咕咕商量了一阵，接着，只瞧见四个人都在掏腰包，凑银子。

那穷汉箕踞桌旁，瞧也不瞧，只是不住喝酒。

过了半晌，雷老大走过来，嗫嚅着道：“不知五百两……”

那穷汉眼睛一瞪，道：“多少？”

雷老大赶紧笑道：“不知一千两够不够，不瞒兄台说，咱们四个人掏空腰包，也只能凑出这么多了。”

那穷汉沉吟半晌，缓缓道：“此剑本是无价之宝，但常言说得好，红粉赠佳人，宝剑赠英雄……好，一千两卖给你也罢。”

雷老大怎么也想不到他答应得如此痛快，生怕他又改变主意，赶紧将一大包银子双手奉上，赔笑道：“一千两全在这儿，请点点。”

那穷汉一手提了起来，笑道：“不用点了，错不了的……哪，剑在这里，神兵利器，唯有德者佩之，你以后可要小心谦虚，否则这种神兵利器怕也会变顽铁……”

雷老大连声道：“是，是……”

双手将剑接过，当真是大喜欲狂，如获异宝。

那穷汉从布袋里摸出锭银子，“当”的一声抛在桌上，长长伸了个懒腰，打了个呵欠，笑道：“某家去了，这里的酒账，全算我的。”竟头也不回，迈开大步走了出去。那面色惨白的少年，瞧着雷老大等人一笑，也随后跟出。

雷老大已高兴得几乎忘了自己的生辰八字。

钱二笑道：“咱们雷老大得了这口剑，可当真是如虎添翼了，日后走江湖，还怕不是咱们雷老大的天下。”

雷老大哈哈大笑道：“好说好说，这还不是各位兄弟捧场……哈哈，想来我雷老大只怕已时来运转，否则又怎能有此良缘巧遇。”

钱二道：“雷老大有了这口剑，非但连燕南天都要大为失色，咱们镖局的总镖头，只怕也得让让贤了。”

雷老大笑得满脸麻子都开了花，道：“日后咱家若真能如此，还能忘得了各位兄弟么？”

他手里捧着那柄剑，坐也不是，站也不是，当真是噙在口里怕化了，顶在头上又怕跌下。

忽听有人笑道：“各位什么事如此高兴？”

笑声中，一个短小精悍、目光如炬的锦衣汉子，大步走了进来，他身材虽瘦小，但气派却不小，举手投足间，自有一股不凡之威傲，让人一眼瞧见，便知道此人平日必定发号施令惯了。

钱二等人都迎上来，躬身赔笑道："总镖头……"

几个人七嘴八舌，将方才的奇遇说了出来。

那总镖头目光闪动，笑道："真的么？那可当真是可喜可贺之事。"

雷老大也早已赔笑迎了上去，但突然觉得自己得了这口宝剑，身份已大是不同了，是以又退了回来，睥睨一笑，道："总……沈兄说得好，这不过是小弟偶然走运而已。"

他应变当真不慢，居然连称呼也改了，那沈总镖头却直如未觉，瞧着他微微一笑，道："不瞒各位，如此利器，我倒真是从未见过，不知雷兄可能让我开开眼界。"

雷老大哈哈笑道："这个容易，沈兄一试便知。"

沈总镖头道："钱兄，请借剑一用。"

接过钱二的剑，微微挽了挽袖子，微笑道："雷兄小心了。"

话犹未了，"唰"地一剑削下。雷老大也学那穷汉的模样，左手端起酒杯，但酒杯刚端起，剑光已削下，他哪里还顾得喝酒，慌慌张张，反手一剑撩了上去。

只听"当、当、当、砰"四声响过，果然有半截剑跌在地上，但不是沈镖头掌中之剑，却竟是雷老大的那柄"宝剑"！那一声响是双剑相击，第二声响的是剑尖落地，第三声响的是酒杯摔得粉碎，第四声响却是雷老大整个人跌在地上。

这一来不但雷老大面如死灰，别的人更是目瞪口呆，一个个愣在那里，动弹不得，作声不得。

沈总镖头顺手抛了长剑，冷笑道："这也算是宝剑么？"

雷老大哭丧着脸，道："但方才明明……明明是……"

沈总镖头冷冷道："方才明明是你上了别人的当了。"

雷老大突然跳了起来，大吼道："我去找那厮算账……"

沈总镖头叱道："且慢！"

雷老大此刻可听话了，乖乖地停下脚步，道："总……总镖头有何吩咐？"

他又改了称呼，这沈总镖头还是直如不觉，只是冷冷问道："方才那人是何模样？"

雷老大道："是个无赖穷汉，只不过生得高大些。"

沈总镖头沉吟半晌，突然变色道："那人双眉可是特别浓重？骨骼可是特别大？一双眼睛平时永远半张半闭，仿佛有好几天未睡觉的模样？"

雷老大道："正是，总镖头莫非认得他？"

沈总镖头瞧了瞧他，又瞧了瞧钱二，突然仰天长长叹了一声，道："只叹你们随我多年，不想竟还都是有眼无珠的瞎子。"

雷老大哪里还敢抬起头来，只有连声道："是……是……"

沈总镖头道："你们可知道此人是谁么？"

众人面面相觑，齐声道："他是谁？"

沈总镖头一字一字缓缓道："他便是当今江湖第一神剑，燕南天，也就是我此番专程来拜见的人。"

话未说完，雷老大已又一个筋斗栽在地上。

那面色惨白的青衣少年跟着走出，两人大步而行，走尽长街，少年方自追上去，悄声道："是燕大爷么？"

燕南天龙行虎步，头也不回，口中沉声道："你可是我江二弟差来的？"

那少年道："小人正是江二爷的书童江琴。"

燕南天霍然回首，厉声道："你怎地此时才来？"

他双目一张，那目光当真有如夜空中击下的闪电一般，那江琴竟不由自主打了个寒噤，垂手道："小人……小人怕行踪落在别人眼里，是以只敢在夜间行事，而……而小人虽从小跟着公子，轻身功夫却可怜得很。"

燕南天神色大见和缓，又缓缓垂下眼帘，道："你家公子令人送来书信，要我在此相候，信中却不说明原因，便知其中必有极大的隐秘……这究竟是什么事？"

江琴道："我家公子不知为了什么，突然将家人全都遣散了，只留下小人，然后又令小人到这里来见大爷，请大爷由这条废道上去接他，有什么话等到当面再说，看情形……我家公子似乎在躲避着什么强仇大敌。"

燕南天动容道："哦？有这等事！他为何不早说……唉，二弟做事总是如此糊涂，纵是强仇大敌，我兄弟难道还怕了他们！”

江琴躬身道：“大爷说得是。”

“你家公子已动身多久？”

“计算时日，此刻只怕已在道上。”

“你本该早些赶来才是，万一……”

忽听有人大呼道：“燕大侠……燕大侠……”

几个人急步奔了过来，当先一人，身法矫健，步履轻灵，自然正是那精明强悍的沈总镖头了。

燕南天微微皱眉，沉声道：“来的可是威远、镇远、宁远三大镖局的总镖头，江湖人称‘飞花满天，落地无声’的沈轻虹么？”

沈轻虹躬身拜道：“不敢，正是小人……弟子们有眼无珠，不认得燕大侠……”

燕南天大笑道：“我听得他们竟敢说要请诗仙喝酒，便觉有气，但瞧在你家镖主面上，也不能揍他们一顿，若不取他们几两银子，怎出得了气！”

沈轻虹躬身道：“是，是，原是他们该死。”

燕南天笑声忽顿，道：“你可是来寻我的？”

“晚辈正是专程前来拜见燕大侠。”

燕南天厉声道：“你怎知我在这里？”

“晚辈正值走投无路，幸得一位前辈的指点，说是燕大侠这两天必在此间等人，是以晚辈才赶来。”

燕南天展颜笑道：“原来又是那醉鬼多口……”

转眼一望，望见了垂头丧气站在那里、手里还提着那半截剑的雷老大，不禁又笑道：“想来你此刻心里还糊涂得很。”

雷老大垂首道：“晚辈……这口剑……实在……”

沈轻虹叱道：“你还要丢人现眼，你莫非不知道燕大侠掌中无剑，亦胜此剑，无论什么顽铁，到了燕大侠手里，也成了削铁如泥的利器！”

燕南天笑道：“你如此捧我，想必有求于我。”

沈轻虹叹道：“不瞒前辈，晚辈接着一票红货，价值可说无法估计，此事本做得十分隐秘，哪知不知怎地，这风声竟走漏到‘十二星相’的耳里，竟令人送来‘星辰帖’，明言劫镖，晚辈自然不敢再走镖上路……”

燕南天道：“你莫非是要我来为你保镖不成？”

“晚辈不敢……晚辈知道前辈在此，是以已将‘十二星相’约在附近，只求前辈抽空一行，只要前辈吩咐两句，‘十二星相’纵有天大的胆子，想必也再不敢来打这票红货的主意。”

燕南天沉声道：“你既无力护镖，为何又要接下？”

“晚辈该死，只求前辈……”

“‘十二星相’恶名久著，若非他们行踪委实隐秘，我早已将之除去，此事我本非不愿出手助你……”

沈轻虹大喜道：“多谢前辈。”

燕南天道：“你莫谢我，我虽有心助你，怎奈我此刻却另有急事，那是片刻也延误不得的。”语犹未了，便待转身。

沈轻虹惶声道：“前辈留步。”

挥了挥手，钱二已送上只箱子，箱子里竟满是耀眼的黄金，沈轻虹躬身再拜，恭声道：“晚辈久已知道前辈挥手千金，是以送上……”

燕南天仰天狂笑，厉声道：“沈轻虹，你纵将天下所有的黄金都送到我面前，也不能将我与二弟相见的时候耽误片刻……”

伸手一拍江琴肩头，喝道：“我先去了，你跟着来！”

八个字说完，人已远在十丈外。

沈轻虹立刻面色如土，钱二喃喃道：“这人倒当真奇怪，几十两银子，他也要骗，但别人真送上巨额黄金时，他却又不要了……”

第四章

赤手歼魔

暮霭苍茫。苍茫的暮色中，燕南天的身形，几乎已非肉眼所能分辨，他身形掠过时，最多也不过只能见到淡淡的灰影一闪。旧道上荒草漫漫，迎风飞舞，既不闻人声，亦不闻马蹄，天畔新月升起，月光也不见掩去这其间的萧索之意。

燕南天身形不停，口中喃喃道："奇怪，二弟已在道上，我怎地听不见……"

忽见眼前黑影一闪，两点黑影，飞了过去，月光下瞧得清楚，前面飞的是弱燕，后面追的却是只苍鹰。

那燕子似已飞得力竭，双翼摆动，已渐缓慢，那苍鹰雄翼拍风，眼见已将追及，燕子已难逃爪下。

燕南天喝道："兀那恶鹰，你难道也像人间恶徒一般，欺凌弱小……"只觉一股怒气直冲上来，身子一拧，竟箭一般向那苍鹰射了出去。

那苍鹰双翅一展，燕南天便扑了个空。只听燕子一声哀啼，已落入苍鹰爪下，苍鹰得志，便待一飞冲天，燕南天怒喝一声，道："好恶鹰，你逃得过燕某之手，算你有种！"

喝声中，他身形再度蹿起，一股劲风，先已射出，那苍鹰在空中连翻了几个筋斗，终于落了下来。

燕南天哈哈大笑，道："二弟呀二弟，你瞧瞧我赤手落鹰的威风！"身形展动，接住了苍鹰，自鹰爪中救出了弱燕。

但燕子受伤已不轻了，竟已再难飞起，燕南天喃喃道："好燕儿，乖燕儿，忍着些，你不会死的……"在长草间坐了下来，自怀中取出金创药，轻轻敷在燕子身上。

燕南天轻轻敷药，小心呵护，过了半盏茶时间，那燕子双翅已渐渐能在燕南天掌中展动。

燕南天嘴角露出笑容，道："燕儿呀燕儿，你已耽误我不少时候，你若能飞，就快快去吧。"

那燕子展动双翅，终于飞起，却在燕南天头上飞了个圈子，才投入暮色中。

燕南天大笑道："万两黄金，不能令我耽误片刻，不想这小燕子却拖住我了。"

开怀得意的笑声中，他再次展动身形，如飞掠去。

突然间，一阵洪亮的婴儿啼哭声，远远传了过来。

燕南天大喜道："莫非二弟已有了娃儿？"

他身形更急，掠向哭声传来处，于是，那满地的尸身，那惨绝人寰的景象，便赫然呈现在他身前。

燕南天身形早已不见，甚至连那江琴都已去远了，但沈轻虹还是木立在那里，动弹不得。

钱二嗫嚅着道："不知总镖头和那'十二星相'约在何时？"

沈轻虹道："就是今日黄昏。"

钱二变色道："今晚……在哪里？"

"就在前面。"

"他……他们有多少人？"

"星辰帖上具名的，乃是黑面、司晨、献果、迎客。"

"难……难道，鸡、猪、猴、狗一齐出手？"

"不错！"

钱二声音早已变了，颤声道："总镖头，咱们还是走吧，凭咱们，只……只怕……"

沈轻虹冷哼道："你们走吧。"

"总镖头你……"

"镖主以义待我，沈轻虹岂能无义报之，你们……"突然顿住语声，头也不回大步走去。

钱二呼道："总镖头……"追了一步，又复驻足。

雷老大道："怎么？你不去么？"

钱二悄声道："让他从容就义去吧，咱们可犯不着去送死。"

雷老大勃然变色，怒骂道："畜生……你们做畜生，我雷啸虎可不能陪你们做畜生。"

钱二道："好，好，我是畜生，你是义士。"

雷啸虎喝道："畜生，畜生，我今日才算认得你们……"

一路大骂，一路追了过去。

沈轻虹缓步而行，走向暮色笼罩的荒野，他轻灵的脚步，已变得十分沉重，每走一步，脚上都似有千钧之物。

听得身后有脚步声赶来，他头未回，道："是雷啸虎么？"

雷啸虎道："总镖头，是我。"

沈轻虹叹道："我早已知道只有一人会来的。"

"听总镖头这句话，雷啸虎死也甘心，我雷啸虎虽然是呆子，却非无耻的畜生，但……但总镖头，你……你这次……"

"你是奇怪我为何不多约人来么？"

"正是有些奇怪。"

"'十二星相'，各有奇功，江湖友辈中能胜过他们的人并不多，我若约了朋友，别人为了义气，虽想不来，也不能不来，但我又怎忍心令朋友们为难、送死？"

雷啸虎仰天长啸道："总镖头毕竟是总镖头，我雷啸虎纵然有总镖头这样的武功，也休想能做得上三大镖局的总镖头，我……"

话犹未了，忽听一声狗吠。

荒郊黄昏，有狗吠月，本非奇事，但这声狗吠却分外与众不同，这狗吠声中竟似有种妖异之气。

雷啸虎悚然失色道："莫非来……"

"了"字还未出口，满镇狗吠，已一声连着一声响了起来，眨眼之间，两人耳中除了狗吠外，已听不到别的声音。

雷啸虎平日胆子虽大，此刻手足却也不禁微微发抖，但瞧见沈轻虹神色竟未变，他也壮起胆子，强笑道："这'十二星相'，果然邪门……"

沈轻虹沉声道："'十二星相'专喜作诡异，为的却是先声夺人，先寒敌胆，咱们莫被他骗住，折了锐气！”

雷啸虎挺起胸膛，大声道：“我不怕，谁怕谁就是孙子！”

他口中虽说不怕，其实声音也有些岔了，月夜荒郊，这狗吠如鬼哭，如狼嚎，的确摄人魂魄。

沈轻虹双拳微抱，朗声道：“‘十二星相’在哪里？洛阳沈轻虹前来拜见！”

他身形虽瘦小，但此刻的语声竟自狼嗥鬼哭般的狗吠声中直穿了出去，一个字一个字传送到远方。

苍茫的暮色中，突然跃出团黑影，骤见仿佛一人一马，却是只金丝猿猴骑在只白牙森森的大狼狗上。

这只狗，虎躯狗吻，竟比常狗大了一倍，喉中不断发出低吼，已足令人丧胆，这只金丝猿更是火眼金睛，目光中带着说不出的妖异之气，一猴一狗，竟仿佛不是人间之物，而是来自妖魔地狱。

等这一猴一狗走过来，金丝猿猴“吱”地一叫，突然将只桃子送到他面前。

沈轻虹冷笑道：“好一个‘神犬迎客，灵猴献果’，但是沈轻虹会的是‘十二星相’中的人，却不是这些畜生！”

那金丝猿猴仿佛懂得人言，“吱”地又是一叫，凌空在狗背上翻了个筋斗，手中突然多了条白布，上面写着：“你若敢吃下去，自有人来会你。”

沈轻虹冷笑道：“‘十二星相’若是鸩人的鼠辈，沈轻虹今日也不会来了……沈轻虹信得过你们，纵是毒药，也要吃下！”

他方待伸手拿桃子，哪知雷啸虎却抢了过来，三口两口，连桃核都吞了下去，大笑道：“不要钱的桃子，不吃岂非冤枉？”

只听一人阴森森笑道：“好，无怪‘三远镖旗’能畅行大河两岸，镖局中果然还有两个有胆子的好汉……”八条人影，随着笑声走了出来。

沈轻虹身形已算十分瘦小，但此刻当先走出的一人，却比沈轻虹还瘦，身上穿着件金光闪闪的袍子，脸上凸颧尖腮，双目如火，笑起来嘴角几乎直咧到耳根，此人若还有三分像人，便也七分是猴子模样。

另外七人却全是黑衣劲装，黑巾蒙面，只露出一双闪闪的眼睛，宛如鬼眼瞅人。

沈轻虹道："来的想必是……"

那金袍人笑道："咱们的模样，你自然一瞧就知道，还用得着说么？"

沈轻虹冷笑道："在下只是奇怪，怎地少了黑面君与司晨客？"

金猿星怪笑道："他两人去做另一票买卖去了，有我们这几人，你还嫌不够么？"

沈轻虹朗声大笑道："沈轻虹今日反正是一个人来的，反正已没打算活着回去，能多瞧见几位'十二星相'的真面目，固然不错，少瞧见几个，也不觉遗憾。"

金猿星狞笑道："我知道你胆子不小，却不知道你口才竟也不错，但你辛辛苦苦爬上总镖头的宝座并不容易，死了岂非冤枉？"

沈轻虹厉喝道："沈轻虹此来并非与你逞口舌之利。"

"你想打？"

"正是！沈某若胜，只望各位休想再打镖货的主意……"

"败了又如何？将镖货双手送上么？"

沈轻虹哈哈大笑道："那批红货早已由我家副总镖头'双鞭'宋德扬加急送上去了。沈某此来，不过是声东击西、调虎离山而已。"

金猿星招了招手，身后的黑狗星立刻送上个小小的檀木匣子。金猿星打开匣子，阴森森道："你瞧瞧这是什么！"

匣子里的，竟赫然是颗人头！"双鞭"宋德扬的人头！

沈轻虹面容惨变，嘶声道："你……你竟……"

金猿星大笑道："'十二星相'若是常常被骗的人，江湖中人也不会瞧见咱们那么头疼了……老实告诉你，那批红货，早已落入咱们手中，咱们此来，不过只是要你的命罢了！"

忽又挥了挥手，呼啸道："上去！"

一声呼啸，那金丝猿猴已凌空跃了起来，扑向沈轻虹，一双猿爪，闪电般直取沈轻虹双目。

那巨犬也厉吼着扑向雷啸虎，雷啸虎惊吼闪避，哪知这巨犬身子虽大，动作却出奇地灵敏，一掀、一剪。

雷啸虎竟再也闪避不及，生生被扑倒在地，只见一排森森白牙，直往他咽喉咬了过去。雷啸虎拼命抵住狗颚，一人一狗，竟在地上翻滚起来，狗嗥不绝，雷啸虎吼声也不绝，他竟似也变为野兽。

那边沈轻虹已攻出数招，但那金丝猿却是纵跃如飞，一双金光闪闪的爪子，始终不离沈轻虹双目三寸处。

金猿星怪笑道："不想三远镖局的大镖头们，竟连两只畜生也打不过！"

语犹未了，忽见沈轻虹伸手一探，一条九尺银丝长鞭，已在手中，满天银光洒起，金丝猿立被迫退。

沈轻虹厉叱道："哪里走！"

数十点银星，突然自那满天银光中暴射而出，小半射向那金丝猿，却有大半击向金猿、黑狗。那金丝猿虽然通灵，究竟是个畜生，怎能避得过这大河两岸最著名的镖客所发出的杀手暗器。

银星击出，这灵猿便已惨嗥倒地。

一金猿，七黑狗，八条人影，却已冲天飞起。

金猿星大喝道："好个'飞花满天'，果然有两下子！"

八条人影，全都向沈轻虹扑下，沈轻虹纵有三头六臂，也敌不过这八人凌空击下的一着。

只见他身形就地一滚，银鞭护体，化作一团银光滚了出去，但金猿、黑狗却已占得先机，他还能往哪里走？

那边巨犬已一口咬住雷啸虎的肩喉处，雷啸虎也一口咬住巨犬的咽喉，鲜血满地，一人一犬都滚在血泊中。

就在这时，忽听一声惊天动地的怒喝声，宛如晴天霹雳，一人凌空飞坠，宛若雷神天降。

众人齐被这喝声震得心魂皆落，金猿、黑狗俱住手，只见一条大汉，身长八尺，头发蓬乱，一双精光四射的虎目中，满布血丝，面上那悲愤之色，已足以令任何人心寒，那神情之威猛，更足以令任何人胆碎，但奇怪的是，这大汉身后，却背着个襁褓婴儿。

沈轻虹亦是满身浴血，此刻狂喜呼道："燕大侠来了！"

金猿星变色道："莫非是燕南天！"

燕南天厉喝道："'十二星相'，你们的死期到了！"

金猿星道："'十二星相'与你无冤无仇，你为何……"

他话还没说完，燕南天已冲了过来，一条黑犬星首当其冲，大惊之下，双拳齐出，急如电闪，“砰、砰”两拳，俱打在燕南天胸膛上，但燕南天丝毫不动，那黑犬星双腕却已生生折断，惨呼一声尚未出口，燕南天铁掌已抓住他的胸膛，他情急反噬，拼死一脚飞出。

这一脚乃是北派“无影脚”的真传，当真是来无影，去无踪，但不知怎地，这无影无踪的一脚，此刻竟被燕南天一伸手就抓住了，只听一声霹雳般大震，那黑犬星一个人已被血淋淋撕成两半！鲜血飘出，落花般沾满了燕南天的衣服。

黑狗群的眼睛红了，惊呼、怒吼，纷纷扑了上去。

这七人一个个分开来，武功还算不得是一流高手，但七人久共生死，练得有一套联手进击的武功，却是非同小可，此刻七个人虽只剩下六个，但招式发动开来，仍是配合无间，滴水不漏。

沈轻虹忍不住脱口轻呼道：“燕大侠小心了。”

呼声未了，燕南天身子已冲了进去，竟有如虎入群羊一般，掌中两片尸身，化作满天血雨。

六个人已倒下五个。

剩下的最后一人瞧得燕南天不备，突然向他背后背着的那婴儿扑了过去，自是想抢得婴儿作为人质。

哪知燕南天背后却似生着眼睛，虎吼道：“站住！”

燕南天手里剩下的半片尸身，已向他当头摔了下来。血雨纷飞，洒得满头满脸，他灵魂早已出窍，竟骇得忘了闪避，那半片尸身已如万钧铁锤般摔在他头上。他整个人竟像是铁钉般被钉得短了一半。

沈轻虹全身寒毛一根根竖了起来，那金猿星虽是杀人如草芥的党徒，此刻却也被这股杀气惊得呆了。

燕南天喝道：“你还要某家动手不成？”

金猿星道：“你……你为什么……”

燕南天怒吼道：“为什么？你可知道江枫是某家的什么人？”

金猿星失声道：“莫非那……那只猪已……”

燕南天道：“别人都已死了，你活着又有何趣味，纳命来吧！”最后一个字说完，人已到了金猿星面前，铁掌已抓住了金猿星的胸膛。

哪知金猿星竟是动也不动，也不回手。燕南天手掌一紧，七指俱插入金猿星肉里。金猿星竟还是挺胸站在那里，哼都未哼一声。

燕南天道："不想你个子虽小，倒还是条汉子，若是换了平日，某家也能饶你一命，但今日……哼，你还有何话说？"

金猿星突然仰天狂笑起来，道："你个子虽大，却也算不得是大丈夫。"

燕南天不禁怔了一怔，喝道："某家这一生行事，虽得天下之名，却也有不少人骂我，善恶本不两立，那也算不得什么，但你这句话，某家倒要听听你是凭什么说出来的。"

金猿星冷笑道："是非不明，恩仇不辨，算得了大丈夫么？"

燕南天怒道："某家……"

金猿星大声截道："你若是明辨是非之辈，便不该杀我。"

燕南天道："为何不该杀你？我二弟江枫……"

金猿星再次大声截道："这就对了，你若为别的事杀我，那我无话可说，但你若为江枫杀我，你便是不明是非，不辨恩仇。"

燕南天怒道："你'十二星相'难道未曾对我二弟江枫出手？"

金猿星道："不错，'十二星相'确曾向江枫出手，但'十二星相'本是强盗，这一点你早已知道，强盗要劫人钱财，本是分内之事，既是分内之事便算不得什么深仇大恨，那前来通风报信，要'十二星相'向江枫出手的，才是你真正要复仇的对象，你可知道他是谁么？"

他侃侃而言，居然理直气壮。燕南天虽是满腔怒火，片刻也不禁被他说得怔了怔，突然大喝道："前来通风报信的，莫非是江琴那小畜生？我二弟之行程，只有那小畜生一个人知道。"

金猿星面色微变，但瞬即冷笑道："不错，原来你非但四肢发达，头脑也不简单，江枫的确是被他视为心腹的人卖了，三千两银子就卖了。"

燕南天目眦尽裂，嘶声道："畜生……畜生……"

金猿星冷冷道："那畜生此刻在哪里，你可知道？"

燕南天突然一只手将金猿星整个人都提了起来，嘶声道："你知道他在哪里，是么？"

金猿星神色不变，缓缓道："我若不知道，这些话就不说了。"

燕南天吼道："他在哪里？说！"

金猿星身子虽被他悬空提着，但神情却比站在地上还要笃定，瞧着燕南天微微一笑。

燕南天瞧着他那张微笑的脸，一字字缓缓道："你若不说，我佩服你。"

他若说要把金猿星宰了、剁了、大卸八块，金猿星都不害怕，只因金猿星明知他还未打听出江琴的下落之前，是绝不会将自己杀死的，但此刻他说的是这句话，金猿星却不由自主打了个寒噤，道："我……我说了又如何？"

燕南天道："你说了，我便挖出你一双眼睛！"

沈轻虹听得几乎失声叫了出来，暗道："这燕南天怎地如此不解人情，人家说了，他还要挖人眼睛，这样一来，金猿星想必是万万不肯说出来的了。"

哪知他心念还未转变，金猿星已长长叹了口气，道："虽然没有眼睛，但只要能活着，也就罢了。"

燕南天道："说吧！"

金猿星道："只是我说出了，你也未必敢去。"

燕南天怒道："普天之下，还没有燕某不敢去的地方！"

金猿星眼睛半睁半闭，脸上似笑非笑，缓缓道："那江琴不是呆子，明知我'十二星相'杀人不过如同踩死只蚂蚁，他拿了'十二星相'的银子，难道不怕脑袋搬家？他如此大胆，只因他早已有投奔之地，拿这银子，正是要用做路费，而他那投奔之地，'十二星相'加在一起，也不敢走近那地方半步。"

燕南天厉声狂笑，道："移花宫？……某家正要去的。"

金猿星道："当今天下，也未必只有移花宫是武林禁地。"

"除了移花宫还有哪里？"

"昆仑山，恶人谷……"

他这六个字还只说出五个，站在一旁出神倾听的沈轻虹神色大变，身子也已颤抖，大声道："燕大侠，你……你去不得！"

燕南天须发皆张，目光逼视金猿星，厉声道："你说的可是真话？"

"我话已说出，信不信都由得你了。"

沈轻虹颤声道："那恶人谷乃是天下恶人聚集之地，那些人没有一个不是十恶不赦，满手血腥，没有一个不是被江湖中人恨之入骨，但那许多恶人聚在一起，别人纵然恨不得吃他们的肉，也没有人敢走近恶人谷一步，就连昆仑七剑、少林四神僧、江南剑客，都也……也不敢……”

燕南天沉声道：“燕南天既非少林神僧，也非江南剑客！”

沈轻虹道：“我知道燕大侠你剑术当代无双，但那恶人谷……那谷中成千成百，也不知究竟有多少的恶人……”

燕南天大喝道：“义之所在，燕某何惧赴汤蹈火！”

沈轻虹大声道：“但说不定这根本是金猿星故意骗你的，他已对你恨之入骨，所以要你到那恶人谷去送……送……”

他虽未将“死”字说出口来，其实也等于说出了一样。

燕南天仰天笑道：“恶人谷纵是刀山火海，也未必能要了燕南天的命！”

沈轻虹怔了一怔，苦叹一声，黯然无语。

金猿星亦自叹道：“好！燕南天果然是英雄！竟连恶人谷也敢闯上一闯，你此去纵然有去无还，也必将博得天下武林佩服！”

燕南天道：“你还有何话呢？”

金猿星道：“没有了，拿我的眼珠去吧！”

一声惨呼，金猿星一双精光四射的火眼，已变成两个血窟窿，燕南天随手将他抛在沈轻虹面前，道：“此人交给你了！”话声未了，人已去远。

那雷啸虎横卧在血泊中，身子下压着那条巨犬，一人一犬，都已奄奄一息，连指头都不会动了。

沈轻虹瞧了瞧他，目光移向金猿星，恨声道：“你金猿星纵然一世聪明，今日却做了件笨事。”

金猿星方才虽已疼得昏过去，此刻却已醒来，就像是有鬼在后面推着他似的，他竟能忍住疼，自怀中摸出一包药，塞在眼眶中，口中竟也还能说话，颤声道：“我笨？”

“燕南天虽未取你性命，但将你送到我手中，我还会饶你？……你此刻纵有灵药治伤，又有何用！”

“自然有用，我死不了的！”

“还有谁能救你？”

“我自己。”

“沈某倒要瞧瞧你如何能救你自己……”喝声中，手掌直拍金猿星天灵。

金猿星大声道：“那镖银你不想要了么？”

沈轻虹手掌立刻在空中顿住。

金猿星咬紧牙关，哈哈大笑道：“我早就算准你不敢动手杀我的，你若想要镖银，只有我能给你，除非你有这胆子不要镖银。”

沈轻虹手掌不停颤动，几次想要击下，几次都顿住，终于长长叹息了一声，收回手掌，道：“算你赢了。”

这一批镖银委实关系整个“三远镖局”的命运，沈轻虹一生从不负人，又怎能辜负对他义重如山的三远镖主？

金猿星疯狂般笑道：“沈轻虹，如今你可知道了吧！无论谁想杀我，都没有那么容易！”

夜色已深，小镇上灯火阑珊。就连那太白居中的酒鬼，都已踉跄着脚步，互相携扶着散步去了，那酒保揉着发红的眼睛，正待上起店门。突然间，只见一辆马车自街头走过来，拉车的却不是马，而是个人——正是那骗了人家一千两银子的大汉。

自门里透出来的昏黄灯光中望去，只见这大汉满身鲜血，满面杀气，看来有几分似恶鬼，又有几分似天神。

这酒保骇得脸都白了，方自躲回去，这大汉已拉着车到了门口，要两匹马才拖得动的大车，在他手里，竟似轻若无物。

燕南天将大车靠在墙上，怀抱熟睡的婴儿，大步走进店里，那店伙壮起胆子，赔笑道：“大……大爷要……要什么酒？”

燕南天眼睛一瞪，喝道：“谁说我要酒？”

酒保怔了怔，道：“大爷不……不要酒，要什么？”

燕南天道：“米汤！”

酒保更怔住了，苦着脸道：“小店不……不卖……”

燕南天“啪”地一拍桌子，大声道：“先去煮几碗浓浓的米汤，再拿酒来。”

这酒保骇得胆子都快破了，哪里还敢说“不”字。

婴儿喝了米汤，睡得更沉了，燕南天喝着酒，目中神光却更惊人，那酒保连瞧也不敢瞧他一眼。

虽然不敢瞧，却偷偷数着——不到一盏茶时间，燕南天已用海碗喝下了十七碗烈酒。

那酒保骇得吐出了舌头，几乎缩不回去。

忽见燕南天摸出两锭银子，抛在桌上，大声道：“去替我买些东西来。”

“大……大爷要买什么？”

“棺材！两口上好的棺材！”

那酒保骇得几乎一个筋斗跌了下去，虽张开了嘴，却过了半晌还说不出话，他几乎不相信自己的耳朵。

燕南天又一拍桌子，两锭银子突然跳了起来，竟不偏不倚，跳进酒保怀里，燕南天喝道：“棺材，两口上好的棺材，听到了么？”

“听……听……听……”

“听到了还不快去！”

那酒保见了鬼似的，转身就跑，燕南天喝下第二十八碗酒时，他已乖乖地将棺材运了回来。

燕南天红着眼睛，自车厢中将江枫和花月奴尸身捧出来，捧入棺材里，每件事他都是亲手做的。他不许别人再碰他二弟一根手指。

然后，以赤手钉起了棺盖。他将一枚枚铁钉钉入木头里，就像是钉入豆腐里似的。

那酒保眼睛更发直了，也不知今天撞见的是神是鬼。

面对棺木，燕南天又连尽七碗。他没有流泪，但那神情，却比流泪还要悲哀。手里端着最后一碗酒，他呆呆地站着，直过了几乎有半个时辰；然后，燕南天终于缓缓道：“二弟，我要你陪着我，我要你亲眼瞧着我将你的仇人一个个杀死！”

夕阳满天，照着太原大街上最大的一面招牌，招牌上三个大金字，闪闪发着光，这三个字是：千里香。

千里香可真是金字招牌，山西人个个都知道。千里香卖出来的香料，那是绝不会有半分掺假的。

黄昏后，千里香铺子里十来个伙计，正吃着饭，大街上行人熙来攘往，正是最热闹的时候。突然一辆大车直驰而来，驶过长街，赶车的一声吆喝，宛如霹雳，这大车已笔直闯入千里香店铺里。伙计们惊怒之下，纷纷扑了过来，只见那赶车的大汉一跃而来，也不知怎地，十来个伙计但觉身子一麻，全都不能动了，眼睁睁瞧着他将一坛上好的香料，全都塞到两口棺材里去。

片刻后那大汉便又赶车子疾驶而出，口中喝道："半个时辰后你等便可无碍，香料银价，来日加倍奉还！"

大街上的人，竟都被这大汉的神气所慑。满街人竟没有一个敢拦住这辆车马。

下午，瓜田里散发出象征着丰收的清香。一个农家少妇，懒洋洋地坐在瓜田旁，树荫下。

她半敞着衣襟，露出了那比瓜田里的瓜还要成熟的胸膛，正以比瓜汁还甜的乳汁，喂着怀抱中的婴儿。凉风入怀，她似乎已要睡着了。

迷迷糊糊中，她似乎觉得有双眼睛在盯着她的胸膛。农村中本也有不少轻薄的小伙子，她平日也被人瞧得不少，儿子都有了的人，哪里还会在乎这些，但此刻，她却觉得这双眼睛似是分外不同。她不由自主张开了眼，只见旁边一株树下，果然有个陌生的大汉，这大汉身躯并不甚雄壮，衣衫也不甚堂皇，面目间更带着几分憔悴之色，但不知怎地，看来却威风得很。奇怪的是这条大汉，怀里却抱着个婴儿。

这少妇虽觉得有些奇怪，也不理会，又自垂下了头，只听那大汉怀抱中的婴儿，突然啼哭起来，哭声倒也洪亮。她才做妈妈没多久，心中正充满了母性的温柔，听得这哭声，忍不住又抬起头，这一次她便发觉那大汉盯着她胸膛的那双眼睛里，并没有什么色眯眯的神情，却充满恳求之意，不禁一笑，道："这孩子的娘不在么？"

那大汉摇头道："不在。"

少妇沉吟半晌，道："看来他是饿了。"

那大汉点头道："是饿了。"

少妇瞧了瞧自己怀中的婴儿，突然笑道：“把你的孩子抱过来吧，我来喂他，反正这几天我吃了两只鸡，奶水正足，咱们小妞儿也吃不了。”

那大汉威武的面上，立刻露出喜色，赶紧道：“多谢。”将孩子抱了过去。

只见这孩子胎毛未落，出生最多也不过几天，那细皮嫩肉的小脸上，却已有了条刀痕。

那少妇不禁皱眉道：“你们带孩子真该小心些，这孩子的娘也真是，竟放心把这么小的孩子交给你一个大男人。”

那大汉惨然道：“这孩子的娘已死了。”

少妇愣了一愣，伸手抚摸着这孩子的小脸，黯然叹道：“从小就没有娘的孩子，真是可怜。”

那大汉仰天长长叹息了一声，垂目望向孩子，心里也正有说不出的悲哀，说不出的怜惜。这孩子生来似乎就带有厄运，初生的第一天，就遇着那么多凶杀、死亡，他这一生的命运，似乎也注定要充满灾难，可怜他什么也不知道。此刻，他那张小脸上，反似充满了幸福的微笑。

第五章

恶人之谷

和阗河滚滚的河水，在七月的残阳下发着光。

到了上游，河水双分，东面的一支便是玉龙哈什河，水流处地势更见崎岖险峻，激起了奔腾的浪花。沿着玉龙哈什河向上游走，便入了天下闻名、名侠辈出、充满了神秘传说的昆仑山区。

此刻，虽仍是夏季，残阳也犹未落，玉龙峰下，已宛如深秋，风在呼号，却也吹不开那阴森凄迷的云雾。燕南天终于来到了玉龙峰下，人既憔悴马更疲乏，就连车轮在崎岖的山路上，也似乎滚不动了，巨大的山影，沉重地压在车马上。

燕南天左手提着缰绳，右手怀抱着婴儿，一阵阵恼人的香气自车厢中传出来，刺得他几乎想吐。婴儿却又已沉睡了，这小小的孩子，竟似也习惯了奔波困苦。

燕南天无限怜惜地瞧着他，嘴角突然现出一丝微笑，喃喃道："孩子，这一路上你可真是吃了不少人的奶，从中原，一路吃到这里，除了你，大概没有别的孩子能……"

说到"能"字，语声突然顿住，身子也突然凌空跃起，就在他身子离开车座的一刹那间，只听"笃、哧、噗"十几声响，十几样长短不齐、形式各异的暗器，俱钉入了他方才坐过的地方。

燕南天凌空翻身，左手已勒住了车马，人却藏到马腹下，他怕的不是自己受伤，而是怀抱中的婴儿。

这一跃、一翻、一勒、一藏，当真是矫如游龙，快若惊鸿，山麓阴影中，已有人忍不住失声叫道："好功夫！"

燕南天怒喝道："暗箭伤人的是……"

"谁"字还未出口，那匹马突然惊嘶一声，人立而起，马身上箭也似的喷出了十几股鲜血。

燕南天想也不想，铁掌扫出，“砰、砰”两响，套马的车轭立断，负伤的马，笔直蹿了出去。燕南天跟着又是一拳击出，又是“砰”的一响，车厢生生被击破个大洞，健马长嘶未绝，他右手将婴儿自洞口送到车厢里去，又是数十点寒光，已暴雨般射向他身上。

他身子也已冲天而起，只听“哧、哧、哧”，风声不绝，数十点暗器，都自他足底扫过。

应变若有丝毫之差，自己纵不负伤，那婴儿也难免丧命；婴儿纵不丧命，大车也难免要被那匹马带得自他身上碾过。

健马倒地，燕南天身形犹在空中。

只见银光乍起，七八道剑光，有如天际长虹般，自暗影中斜飞而出，上下左右，纵横交错。哪知他身在空中，力道竟仍未消竭，双臂一振，身子突然又向上蹿起了七尺，剑光又自他脚底擦过。

但闻“叮当”龙吟之声不绝，七八柄剑收势不及，都撞在一起，剑光一合便分，七八个人都远远落到一边，暮色中虽瞧不清楚，但蒙眬望去，这七八人中，竟有四个是出家的道人。

燕南天双足一蹬，方自掠到车顶，竟又箭也似的蹿了出去，双掌如风，当头向一个蓝衫道人击下。他眼见这几个人话也不说，便下如此毒手，此刻下手自也不肯留情，这双掌击下，力道何止千钧。

那道人本待举剑迎上，但心念一转，面色突然大变，身形后仰，竟不敢招架，向后倒蹿而去。

燕南天剑光竟似绵绵不尽，跟着身子追去。

那人心胆皆丧，拼命一剑迎上。

只听“叮”的一声，双剑相击，两口剑本是同炉所炼，但不知怎地，那人掌中的剑，竟已被燕南天砍成两段。

那人身子落地，就地几滚，燕南天高吭长啸，剑光如雷霆闪电，直击而下，这一剑之威，当真可惊天动地。

满天银光突又飞来，接着“锵”的一声震耳龙吟。

只见三个蓝衣道人，单足跪地，三柄剑交叉架起，替那人挡住了燕南天的一剑，那人却已骇得晕了过去。

燕南天虎立当地，须眉皆张，厉声道：“接剑的是四鹫，还是三鹰？”

那道人道：“四鹫，足下怎知……”

燕南天厉声笑道：“当今天下，除了昆仑七剑外，还有几人能接得住某家这一剑？”

那道人道：“当今天下，除了燕南天大侠外，只怕也再无一人能令贫道兄弟三人，同时出手招架一剑！”

燕南天笑声忽顿，喝道：“但昆仑七剑为何要向燕某下如此毒手，却令燕某不解。”

那道人苦笑道：“贫道等守在这里，本是为阻挡一个投奔恶人谷的人，贫道委实想不到燕大侠也会到这恶人谷来。”

燕南天这才收回长剑，他长剑方自收回，那三个道人掌中剑便已“当”地垂落在地，双臂似是再也难以提起。

“你等要阻挡的人是谁？”

昆仑道人道：“司马烟。”

“你等怎知这恶贼要来此间？”

“川中八义一路将他追到这里，这三位便是川中八义中的大义士杨平、三义士海长波、七义士海金波……”

“川中八义”在江湖中端的是赫赫有名，燕南天转目望去，只见这三人果然风骨棱棱，气宇轩昂——虽然方自地上爬起，却无狼狈之态。

那川中八义之首杨平，国字脸，通天鼻，双眉斜飞入鬓，更是英气逼人，此刻微一抱拳躬身道：“晚辈们直将那恶贼追到和田河畔，才将他追丢了，若是被他逃入恶人谷去，晚辈们实是心有不甘，是以才将四位道长请了出来，守在这里，哪知……哪知却……遇见了燕大侠。”

海长波苦笑道：“晚辈们方才虽已瞧出前辈形貌不同，但素知那厮精于易容，晚辈们实将此人恨之入骨，是以……”

燕南天颔首道：“难怪你等出手那般狠毒，对付这恶贼，出手的确是愈毒愈好。”

昆仑四子之首藏翼子忍不住问道：“但……但燕大侠却不知怎会来到这里？”

燕南天道：“某家正是要到恶人谷去。”

昆仑四子、川中三义齐地一怔。

藏翼子动容道："燕大侠豪气干云，晚辈们久已深知，只是……恶人谷恶人云集，古往今来，只怕从未有过那许多恶人聚在一起，更从未有一人敢孤身去面对那许多恶人，燕大侠……还望三思。"

燕南天目光火炬一般，遥望云雾凄迷的山谷，沉声道："男儿汉生于世，若能做几桩别人不敢做的事，死亦何憾！"

昆仑四子对望一眼，面上已有愧色。

杨平道："但……据在下所知，这二十年来，在江湖中凶名最著的十大魔头，最少有四人确实已投奔谷中……"

海长波道："只怕还不止四个……'血手'杜杀、'笑里藏刀，笑弥陀'哈哈儿、'不男不女'屠娇娇、'不吃人头'李大嘴……"

燕南天皱眉道："李大嘴？可是那专嗜人肉的恶魔？"

海长波道："正是那厮，别人叫他'不吃人头'，正是说他除了人头外，什么都吃，他听了反而哈哈大笑，说他其实连人头都吃的。"

燕南天怒道："如此恶徒，岂能再让他活着！"

海长波道："除了这四人外，那自命轻身功夫天下无双，从来不肯与人正面对敌、专门在暗中下毒手的阴九幽，据说也逃奔入谷。"

燕南天动容道："哦！'半人半鬼'阴九幽也在谷中么？他暗算少林俗家弟子李大元后，不是已被少林护法长老们下手除去了么？"

海长波道："不错，江湖中是有此一传说，但据深悉内幕之人言道，少林护法虽已将这'半人半鬼'的恶魔困在阴冥谷底，但还是被他逃了出去，此事自然有损少林派声威，是以少林弟子从来绝口不提。"

燕南天长叹道："昔日领袖武林的少林派，如今日渐没落，只怕正是因为少林弟子一个个委实太爱面子。"

藏翼子慨然道："要保持一派的声名不坠谈何容易。"他这话自然是有感而发——昆仑派又何尝不是日渐凋零。

杨平又道："这几个无一不是极难对付的人，尤其是那'不男不女'屠娇娇，不但诡计多端，而且易容之术已臻化境，明明是你身畔最亲近的人，但说不定突然就变成了他的化身，此人之逃奔入谷，据说并非全因避仇，还另有原因。"

燕南天道："无论他为了什么事逃入恶人谷，无论他易容多么巧妙，反正某家此次入谷，乃是孤身一人，无论他扮成什么人的模样，都害不到我……哈哈，难道他能扮成出世不到半个月的婴儿不成？”

杨平展颜笑道：“不错，此番燕大侠孤身入谷，他纵有通天的手段，只怕也是无所用其计了，但……不过……”

燕南天不等他再说话，抱拳道：“各位今日一番话，的确使燕某人获益匪浅，但无论如何，燕某人势在必行……燕某就此别过。”

众人齐地脱口道：“燕大侠，你……”

燕南天再也不瞧他们一眼，挽过大车，立刻放步而行。

众人面面相觑，默然良久。

藏翼子终于叹道：“常听人言道燕南天武功之强，强绝天下，贫道还不深信，但今日一见……唉，唉……”

杨平动容道：“他武功虽高，还不足深佩，小弟最佩服的乃是他的干云豪气，凛然大义，当真令我辈愧杀。”

海长波望着燕南天身影消失处，喃喃道：“但愿他此番入谷，还能再出来与我等相见……”

山路更见崎岖，但燕南天拉着辆大车放足而行，竟毫不费力，他臂上又何止有千斤之力。

沉沉的暮色，凄迷的云雾中，突然现出一点灯火。那是盏竹灯制成的孔明灯，巧妙地嵌在山石间避风处，在这阴冥的穷山恶谷中，碧磷磷的看来有如鬼火一般。

鬼火般的灯火光照耀下，山石上竟刻着两行字。

入谷如登天，
来人走这边。

两行字下，有支箭头，指着条曲折蜿蜒的山路，用尽目力，便可瞧出这条路正是通向四山合抱的山谷。

昆仑山势虽险绝，但这条路却巧妙地穿过群山。那恶人谷便正是群山围绕的谷底。

是以入谷的道路，非但不是向上，而且渐行渐下，到后来燕南天根本已不必拉车，反倒似车在推他。

山路愈来愈曲折，目力难见一丈之外。

突然间，眼前豁然开朗，四面穷山中，奇迹般现出了一片灯火，有如万点明星，眩人眼目。

江湖人心目中所想象的恶人谷，自然是说不出的阴森、黑暗，而此刻恶人谷中竟是一片辉煌的灯火。

但这灯火非但未使恶人谷的神秘减少，反而使恶人谷更增加了说不出的诡异。

恶人谷中到底是什么情况？

燕南天但觉自己的心，跳动也有些加速，这世上所有好人心中最大的秘密，此刻他立刻就要知道谜底了。

灯光下，只见一方石碑立在道旁。

入谷入谷，
永不为奴。

过了这石碑，道路突然平坦，在灯火下简直如镜子一般，光可鉴人，但燕南天却也知道，这平坦的道路，也正是世上最最险恶的道路，他每走一步，距离危险与死亡便也近了一步。

没有门，没有墙，也没有栏栅。

这恶人谷看起来竟是个山村模样，一栋栋房屋，在灯火的照耀下，竟显得那么安静、平和。在这安静平和的山村中，究竟藏有多少害人陷阱，多少杀人的毒手？

燕南天挽着大车，已淌着汗珠，他此刻已入了恶人谷，随时都可能有致命的杀手向他击出。

道路两旁，已有房舍，每一栋屋，都造得极精巧，紧闭的门窗中，透出明亮的灯火。

突然间，前面道路上，有人走了过来。

燕南天知道，就在这瞬息之间，便将有源源不绝的毒手、血战来到。

哪知走过的两个人，竟瞧也未瞧他一眼，两人衣着都是极为华丽，竟扬长自燕南天身旁走过。燕南天的眼睛都红了，也未瞧清他们的面容，只见道路上人已愈来愈多，但竟没有一个人瞧他一眼。

他走入这天下武林中人视为禁地的恶人谷，竟和走入一个繁华而平静的镇市毫无不同。

燕南天脑中一片迷乱，反倒不知如何是好，他平生所遇的凶险疑难之事，何止千百，却从未有如此刻般心慌意乱。他平生所闯过的龙潭虎穴，也不知有多少，但不知怎地，无论多凶险之地，竟似乎都比不上这安静平和的恶人谷。

车厢中，有婴儿的啼哭声传了出来，燕南天深深吸了口气，定下心神，便瞧见前面有扇门是开着的。

门里，似有酒菜的香味透出。

燕南天大步走了进去。

典雅的厅房中，摆着五六张雅致的桌子，有两张桌子上，坐着几人浅浅饮酒，低低谈笑。这开着的门里，竟似个酒店的模样，只是看来比世上任何一家酒店都精致高雅得多。

燕南天抱着婴儿进去，找了张桌子坐下，只见这酒店里竟也毫无异样，饮酒的那几人，衣衫华丽，谈笑从容，哪里像是逃亡在穷山中的穷凶恶极之辈？燕南天更是奇怪，却不知愈是大奸大恶之人，表面上愈是瞧不出的。若是满脸凶相，别人一见便要提防，哪里还能做出真正的恶事？

忽见门帘启动，一个人走了出来，这人矮矮胖胖，笑脸圆圆，正是和气生财的酒店掌柜。

燕南天沉住了气，端坐不动。

这圆脸胖子已笑嘻嘻走了过来，拱手笑道：“兄台远来辛苦了。”

燕南天道：“嗯。”

那圆脸胖子笑道：“三年前闻得兄台与川中唐门结怨，在下等便已盼兄台到来，不想兄台却害得在下一直等到今日。”

燕南天道：“哦？”

这时他心里才知道这些人已将自己错认为“穿肠剑”司马烟了，但面上却丝毫不动声色。

那圆脸胖子挥了挥手，一个明眸皓齿巧笑嫣然的绿衣少女，姗姗走了过来，秋波向燕南天一瞟，万福道："您好！"

燕南天道："哼，好。"

那圆脸胖子大笑道："司马先生远来，没有心情与你说笑，还不快去为司马先生热酒，再去为这位小朋友喂碗浓浓的米汤。"

那少女娇笑道："好可爱的孩子……"

眼波转动，又向燕南天瞟了一眼，燕子般轻盈，娇笑着走了。

燕南天目光凝注着那圆脸胖子，暗道："此人莫非便是'笑里藏刀，笑弥陀'……瞧他笑容如此亲切，对孩子也如此体贴，又有谁想得到他一夜之间，便将他恩师满门杀死，为的只不过是他那小师妹，骂了他一声'胖猪'而已。"

思念之间，那少女竟又燕子般飞来，已拿来一盘酒菜，酒香分外清冽，菜色更是分外精美。

那圆脸胖子笑道："兄台远来，想必饿了，快请用些酒菜，再谈正事。"

燕南天道："嗯。"

他口里虽答应，但手也不抬——他若是抬手，便为的是要杀人，而绝不会是为着要喝酒吃菜。

那圆脸胖子笑道："别人只道我等在此谷中，必定受罪吃苦，却不知有这许多聪明才智之士在一起，怎会吃苦？此间酒菜之精美，便是皇帝只怕也难能吃到，这做菜的人是谁，只怕兄台万万想不到的。"

圆脸胖子道："兄台可曾听说，昔日丐帮中有位'天吃星'，曾在半个时辰中，毒死了丐帮七大长老……""啪"地一拍桌子，大笑道："这当真是位大英雄、大豪杰呀，做菜的人便是他！"

燕南天暗中吃惊，面上却淡淡道："噢。"

那圆脸胖子突然大笑道："司马兄果然不愧我辈好手，未弄清楚前，绝不动箸，其实司马兄你未来之前，在下等已将司马兄视为我辈兄弟一般……"

举起筷子，对每样菜都吃了一口，笑道："喏……司马兄还不放心么？"

燕南天暗中忖道："他们既然将我认作司马烟，正是我大好机会，我得利用此良机，先将那恶贼江琴的下落打听确实，再出手也不迟，此刻我若坚持不吃，岂非要动人怀疑？何况，他们既将我当作司马烟，就绝不会下毒害我。”

此刻他算来算去，都是吃比不吃的好，当下动起筷子，道：“好！”立刻就大吃起来。

几样菜果然做得美味绝伦，燕南天立刻就吃得干干净净——想到吃饱也好动手，他吃得自然更快。

那圆脸胖子笑道：“‘天吃星’手艺如何？”

“好！”

“这位小朋友的米汤想必也快来了。”

“愈快愈好。”

“等这位小朋友吃完米汤，燕大侠你就可出手了。”

燕南天倏然变色，道：“你……你说什么？”

那圆脸胖子哈哈大笑道：“燕大侠名满天下，又生得如此异相，我哈哈儿纵是瞎子，也认得出燕大侠的，哈哈！方才我故意认错，只不过是先稳住燕大侠，否则燕大侠又怎肯放心吃‘天吃星’以独门迷药作配料的酒菜？哈哈……”

燕南天怒喝道：“好个恶贼！”

飞起一脚，将整张桌子都踢得飞了出去。

那哈哈儿身子一缩，已在一丈开外，大笑道：“燕大侠还是莫要动手的好，否则药性发作更快，哈哈，哈哈……”

燕南天只觉身子毫无异状，还怕他是危言耸听，但暗中一提气，一口真气果然懒懒地提不起。

他又惊又怒，飞扑了过去，铁掌挥出。

那哈哈儿却笑嘻嘻地站在那里，动也不动。但燕南天铁掌还未挥出，身子便已跌落下来，四肢竟突然变得软绵绵，那千斤神力却不知到哪里去了。他耳畔只听得哈哈儿得意的笑声，那婴儿悲哀的啼哭……笑声与哭声却似乎离他愈来愈远……

渐渐，他什么都听不到了。

第六章

毒人毒计

一盏灯，灯光照着燕南天的脸。燕南天只觉得这盏灯似乎在他眼前不停地旋转，他想伸手掩住眼睛，但手脚却丝毫不能动弹。他头疼欲裂，喉咙里更似被火烧一般，他咬一咬牙用力瞪眼，瞧着这盏灯——灯哪里在转？

于是他瞧见灯光后的那张笑脸。

哈哈儿大笑道："好，好，燕大侠果然醒来了，这里有几位朋友，都在等着瞧瞧天下第一神剑的风采。"

燕南天也已瞧见高高矮矮的几条人影，但灯火刺着他的眼睛，根本瞧不清这几人长得是何模样。

只听哈哈儿笑道："这几位朋友，不知道燕大侠可认得么？哈哈，待在下引见引见，这位便是'血手'杜杀。"

一个冷冰冰的声音道："二十年前，杜某便已见过燕大侠一面，只可惜那一次在下身有要事，来不及领教燕大侠的功夫。"

这人身子又瘦又长，一身雪白的长袍，双手缩在袖中，面色苍白，白得已几乎如冰一般变得透明了。

燕南天忍着头疼，厉声狂笑道："二十年前，我若不是看你才被'南天大侠'路仲远所伤，不屑与你动手，你又怎会活到今日？"

杜杀面色不变，冷冷道："在下已活到今日，而且还要活下去，而燕大侠你却快要死了。"

哈哈儿大笑道："但燕大侠临死之前，还能笑得出来，这一点倒和我哈哈儿有些相似——哈哈，这一位便是'不吃人头'李大嘴，燕大侠可听说过么？"

一个洪亮的语声笑道："久闻燕大侠铜筋铁骨，这一身肉想必和牛肉干一样，要细嚼慢咽，才能尝得出滋味，在下少时定要仔细品尝。”

哈哈儿笑道：“李大嘴怎地三句不离本行，我为你引见名满天下的燕大侠，你也该客气两句才对，怎地一张口就是要吃人肉。”

“我说燕大侠的肉好吃，这正是我李大嘴口中最最奉承的赞美之词，你们这些只会吃猪肉的俗人知道什么！”

“说起来，猪又脏又臭，的确没有人肉干净，我哈哈儿委实也要尝尝燕大侠的肉是何滋味，哈哈，却又怕燕大侠肉太粗了，哈哈哈……”

李大嘴道：“你又不懂了，粗肉有粗肉的滋味，细肉有细肉的滋味，和尚肉有和尚肉的滋味，尼姑肉有尼姑肉的滋味，那当真是各有千秋，各有好处。”

一个娇美的语声突然道：“和尚的肉你也吃过么？”

李大嘴道：“嘿，吃得多了，最有名的一个便是五台山的铁肩和尚，我整整吃了他三天……吃名人的肉，滋味便似特别香些。”

那娇美的语声笑道：“你到底吃过多少人？”

“可数不清了。”

“谁的肉最好吃？”

“若论最香最嫩的，当真要数我昔日那老婆，她一身细皮白肉……哈哈，我现在想起来还要流口水。”

哈哈儿大笑道：“好了好了，莫要说了，你们瞧燕大侠已气成如此模样……”

“正是，不可再让燕大侠生气，人一生气，肉便酸了，此乃我苦心研究所得，各位不可不知。”

哈哈儿又道：“这位便是‘不男不女’屠娇娇……”

那娇美的语声接口笑道：“我方才还替燕大侠端过菜，倒过酒，燕大侠早已认得我了，还用你来介绍什么！”

燕南天心头一凛，暗道：“原来方才那绿衣少女，竟然就是‘不男不女’屠娇娇，这恶魔成名已有二十年，此刻扮成十六七岁的少女，不想竟还能如此神似。”

杜杀的血手、李大嘴的吃人，都未能令这一代名侠吃惊，但屠娇娇这鬼神不知的易容术，当真令他变了颜色。

忽听一人道：“哈哈儿怎地如此啰唆，难道要将谷中的人全介绍给他不成，还不快些问话，问完了也好到阴间来与我做伴。”

话声缥缥缈缈、断断续续，第一句话明明在左边说的，第二句话听来便像是在右，别人说话纵然阴阳怪气，一口中气总是有的，但此人说话却是阳气全无，既像是大病垂死，更像是死人在棺材里说出来的。

就连燕南天都不禁听得寒毛直竖，暗道：“好一个‘半人半鬼’阴九幽，真的连说话都带七分鬼气。”

哈哈儿笑道：“哈哈，阴老九做鬼也不甘寂寞，燕大侠既已来了，你还怕他不去陪你。”

阴九幽道：“我等不及了。”

话声未了，燕南天忽觉一只手掌从背后伸进了他的脖子，这只手简直比冰还冷，燕南天被这只手轻轻一摸，已自背脊冷到足底。

李大嘴大喝道：“阴老九，拿开你的鬼手，被你的鬼手一摸，这肉还能吃么？”

阴九幽冷冷笑道：“你来动手也未尝不可，只是要快些。”

“血手”杜杀突然道：“且慢，我还有话问他。”

屠娇娇笑道：“问呀，又没有人拦着你。”

杜杀道：“燕南天，你此番可是为着杜某才到这里来的？”

燕南天道：“你还不配。”

杜杀居然也不动气，冷冷道：“杜某不配，谁配？”

“江琴。”

“江琴？谁听说过这名字？”

哈哈儿道：“哈哈，恶人谷中可没有这样的无名小卒。”

燕南天切齿道：“这厮虽无名，但却比你们还要坏上十倍，只要你们将这厮交出，燕某今日便放过你们。”

哈哈儿大笑道：“妙极妙极，各位可听到燕大侠说的话了么？燕大侠说今日要饶了咱们，咱们还不赶紧谢谢。”

话未说完，哈哈、嘻嘻、吃吃，各式各样的笑声，全都响起，一个比一个笑得难听。

燕南天沉声道：“各位如此好笑么？”

屠娇娇吃吃笑道：“你此刻被咱们用十三道牛索线捆住，又被杜老大点了四处穴道，你不求咱们饶你，反说要饶咱们，天下有比这更好笑的事么？”

燕南天道：“哼！”

屠娇娇道：“但我也不妨告诉你，谷中的确没有江琴这个人，你必定是被人骗了，那人想必是叫你来送死的。”

哈哈儿大笑道：“可笑你居然真的听信了那人的话。哈哈！燕南天活了这么大，不想竟像个小孩子！”

忽听燕南天暴喝一声，道：“好恶贼！”

这一声大喝，宛如晴空里击下个霹雳，众人耳朵都被震麻了，屠娇娇失声道：“不好，这厮中气又足了起来，莫非杜老大的点穴手法，已被他方才在暗中行功破去了？”

燕南天狂笑道：“你猜得不错！”一句话未完，身子突然暴立而起，双臂振处，捆在他身上的十三道牛筋铁线，一寸寸断落，撒了满地。

阴九幽呼啸道：“不好，死鬼还魂了！”

短短七个字说完，话声已在十余丈外，此人自夸轻功第一，逃得果然不慢，却苦了别人。

只听“咕咚”一声，哈哈儿撞倒了桌子，在地上连滚几滚，突然不见了，原来已滚入了地道。

屠娇娇呼道：“好女不跟男斗，我要脱衣裳了！”

竟真的脱下件衣裳，抛向燕南天。燕南天挥掌震去衣裳，她人也不见了。

李大嘴逃得最慢，只得挺住，大笑道：“好，燕南天，李某且来和你较量较量！”

嘴里说着话，突然一闪身，到了杜杀背后，道：“不过还是杜老大的功夫好，小弟不敢和老大争锋。”

其实燕南天人虽站起，真气尚未凝聚，这几人若是同心协力，齐地出手，燕南天还是难逃活命。但他算准了这些人欺软怕硬，自私自利，若要他们齐来吃肉，那是容易得很，若要他们齐来拼命，却是难如登天。但见阴九幽、屠娇娇、哈哈儿、李大嘴，果然一个个全都逃得干干净净，只留下杜杀木头般站在那里。

燕南天真气已聚，目光逼视，却仍未出手，只是厉声道：“你为何不逃？”

“杜某一生对敌，从未逃过。”

“你居然敢和燕某一拼？”

“正是。”语声未了，身形暴起，衣衫飘飘，有如一团雪花，但雪花中却闪动着两只血红的掌影。

追魂血手。

无论招式如何，这声势已先夺人。

燕南天狂笑道：“来得好！”奋起双拳，直向那两只血掌击回去。杜杀心头不禁狂喜，要知他以“血手”威震江湖，只因他手掌上戴着的，乃是一双以百毒之血淬金炼成的手套。这手套遍布芒刺，只要划破别人身上一丝油皮，那人便再也休想活过半个时辰，当真是见血封喉，其毒绝伦。

而此刻燕南天竟以赤手来接，这岂非有如送死。

一声暴喝，一声惊呼。接着，“咔嚓”一响。

燕南天双拳明明是迎着“血掌”击出，哪知到了中途，不知怎地，明明不可能再变的招式，居然变了，杜杀掌力突然失了消泄之处，这感觉正如行路时突然一足踏空，心里又是惊惶，又觉飘飘忽忽。就在这时，他双腕已被捉住，一声惊呼尚未出口，“咔嚓”声响，他右腕已被生生折断。

燕南天不容他身形倒地，一把抓住他衣襟，厉声道：“谷中可有江琴其人？”

杜杀疼得死去活来，咬紧牙关，嘶声道：“没有就是没有！”

“我那孩子在何处？”

“不……不知道，你杀了我吧！”

“怜你也算是条硬汉，饶你一命！”

手掌一震，将杜杀抛了出去。

好杜杀，果然不愧武林高手，此时此刻，犹自能稳得住，凌空一个翻身，飘落在地居然未曾跌倒。他雪白的衣衫上已满是血花，左手捧着右手，嘶声道：“此刻你饶我，片刻后我却不会饶你！”

燕南天笑道：“燕南天几时要人饶过！”

杜杀跺脚道：“好！”转身踉跄去了。

燕南天厉声喝道：“先还我的孩子来，否则燕某将此谷毁得干干净净！”

喝声直上云霄，四下却寂无应声。燕南天大怒之下，“砰”地一脚将桌子踢得粉碎，“咚”的一拳，将粉壁击穿个大洞。他一路打了出去，桌子、椅子、墙壁、门、窗……无论什么，只要他拳脚一到，立刻就变得粉碎。方才那精致雅观的房子，立刻就变得一塌糊涂，不成模样，但恶人谷里的人却像已全死光了，没有一个露头的。

燕南天厉喝道：“好，我看你们能躲到几时！”

冲出门，身形一转，飞起一脚，旁边的一扇门也倒了，门里有两个人，瞧见他凶神般撞进来，转身就逃。

燕南天一个箭步蹿过去，一把抓住那人的后背。

那人一身武功也还不弱，但也不知怎地，此刻竟丝毫施展不出，乖乖地被燕南天凌空提起。暴喝声中，反臂一抡，那人脑袋撞上墙壁，雪白的墙壁上，立刻像是画满了桃花。另一人骇得脚都软了，虽还在逃，但未逃出两步，便“噗”地倒在地上，燕南天一把抓起。

那人突然大叫道：“且慢，我有话说。”

他还当这人要说出那孩子下落，是以立刻住手。

哪知这人却道：“我等与你有何仇恨，你要下此毒手？”

“恶人谷中，俱是万恶之徒，杀光了也不冤枉！”

“不错，我万春流昔年确是恶人，但却早已改过自新，你为何还要杀我？……你凭什么还要杀我？”

燕南天怔了半晌，喃喃道：“我为何要多杀无辜？我为何不能容人改过？恶人谷虽尽是恶人，也并非全无改过自新之辈。”

手掌刚刚放松，轻叱道：“去吧！”

那人挣扎着爬起，头也不回，一拐一拐地去了。燕南天瞧着他走出了门，长长叹息一声，喃喃道：“多杀无辜又有何用？燕南天呀燕南天，你二弟只有此一遗孤，你若不定下心神，熟思对策，你若还是如此暴躁，你二弟只怕就要绝后了，那时你纵然杀尽了恶人谷中的人，又有何用……”

一念至此，但觉火气全消，于是他也就发现了此间的许多奇异之处。

这是间极大的房子，四面堆满各式各样的药草，占据了屋子十之五六，其余地方，放了十几具火炉，炉火都烧得正旺，炉子上烧着的有的是铜壶，有的是铜锅，还有的是奇形怪状、说不出名目的紫铜器，每一件铜器中，都有一阵阵浓烈的药香传出。

燕南天流浪江湖多年，不但见多识广，而且对医药颇有研究，闲时荒山采药，也曾配制过几种独门伤药。但此间，这屋子里的药草，无论是堆在屋角的也好，煮在壶里的也好，燕南天最多也不过识得其中二三。

他这才吃了一惊："原来万春流医道如此高明，幸好我未杀他，他若未改过，又怎会致力于济世活人的医术？"

浓烈的药香，化作一团团蒸气，弥漫了屋子，有如迷雾一般，平添了这屋子的神秘。突然间，一条人影被月光投落进来，月光下，一个高瘦的黑衣人，一步步走了过来，走入了迷雾。他脚步比猫还轻，动作比猫还轻，那一双眼睛，也比猫更狡黠，更邪异，更灵活，更明亮。

燕南天沉住了气，凝视着他，没有说话。

黑衣人居然走进了这屋子，居然站到燕南天面前，他目中闪动着狡黠的光芒，嘴角也带着狡黠的微笑。

他拱了拱手，笑道："燕大侠，你好。"

燕南天道："哼。"

黑衣人道："在下'穿肠剑'司马烟！"

"原来是你！原来你已来了。"

"燕大侠还未来，在下便已来了，但燕大侠近日的故事，在下已有耳闻，所以燕大侠一来，此间便已知道。"

燕南天瞪着他，瞪了足足有半盏茶工夫之久，突然厉声道："你凭什么认为燕某不敢杀你？这倒有些奇怪。"

司马烟笑道："两国相争，不斩来使。"

燕南天皱眉道："你是谁的使者？"

"在下奉命而来，要请问燕大侠一句话。"

燕南天动容道："可是有关那孩子？"

"不错。"

燕南天一把抓住他衣襟，嘶声道："孩子在哪里？"

司马烟也不答话，只是含笑瞧着燕南天的手，燕南天咬一咬牙，终于放松了手掌，司马烟这才笑道："在下奉命来请问燕大侠，若是他们将孩子交回，又当如何？"

燕南天一震，道："这个……"

"燕大侠是否可以立刻就走，永不再来？"

"为了孩子，我答应你。"

"一言既出。"

"燕某说出来的话，永无更改。"

"好。燕大侠请随我来。"

两人一先一后，走了出去，夜色正静静地笼罩着这恶人谷，月光下的恶人谷，看来更是平和、安静。司马烟走在洒满银光的街道上，脚步轻得没有一丝声音，他脚步不停，走到长街尽头一栋孤立的小屋。

屋门半掩，有灯光透出。

司马烟道："那孩子便在屋里，但望燕大侠抱出孩子后，立刻原路退回，燕大侠乘来的马车，已在谷口相候。"

燕南天情急如火，不等他话说完，就箭步蹿了进去。

屋子的中央，有张圆桌，那孩子果然就在圆桌上。

燕南天热血如沸，一步蹿过去，抱起孩子，惨然道："孩子，苦了！"

一句话未说完，突然将那孩子重重摔在地上，狂吼道："好恶贼！"

孩子？这哪里是什么孩子，这只是个木偶！但燕南天发觉时已太迟了，满屋风声骤响，数百点银光乌芒，已四面八方，暴雨般向他射了过来。暗器风声，又尖锐，又迅急，又强劲，显然这数百点暗器，无一不是高手所发，正是必欲将燕南天置于死地。这些暗器将屋子每一个角落全都占满，当真已算准了燕南天委实再没有可以闪避之地。

哪知燕南天狂啸一声，身子拔起，只听"哗啦啦"一声暴响，他身子已撞破了屋顶，飞了出去。

屋子四周暗影中，惊呼不绝，十余条人影，四下飞奔逃命，燕南天狂啸声中，身形如神龙夭矫，凌空而转。但听"咚、砰、噗"几响，几声惨呼，一人被他撞上屋脊，一人被他抛落街心，一人被他插入屋瓦。

三个俱是脑袋迸裂，血浆四溅，立时毙命，但别的人还是逃了开去，眨眼间便逃得踪影不见。

燕南天跃落街心，厉声狂吼道："如此暗算，岂能奈何燕某？若是想要燕某的命，何妨出来动手！"

吼声远达四山，四山回音不绝，只听"何妨出来动手……出来动手！动手！"之声良久不息。

燕南天龙行虎步，走过长街，叫骂不绝。但恶人谷中却没有一个人敢探出脑袋。孤身一人的燕南天，竟骇得恶人谷所有恶人没有一个敢出头，这是何等威风，何等豪气。但燕南天心中却无丝毫得意，他心中有的只是焦急、痛苦、悲愤。他脚步虽轻，心情却无比沉重。

谷中的灯光，不知在何时全都熄了，虽有星光月亮，但谷中仍是黑暗得令人心胆欲裂。

突然间，一道刀光，自黑暗的屋角后直劈而下。

这一刀显然也是刀法名家的手脚，无论时间、部位，都拿捏得准而又准，算准了一刀便可将燕南天的脑袋劈成两半。这一刀刀势虽猛，刀风却不厉，正也算准了燕南天绝难防范。哪知看来必定猝不及防的燕南天，不知怎地，身子突然一缩，刀光堪堪自他面前劈下，竟未伤及他毫发。

"当！"钢刀用力过猛，砍在地上，火星四射。

燕南天出手如电，已抓住了持刀人的手腕，厉喝道："出来！我问你！"

突觉手上力道一轻，那只手虽被他拉了出来，却只是血淋淋一条断臂，那人竟以左手一刀砍下自己的右臂。好狠的人，他竟连哼也未哼一声。燕南天又惊、又急、又怒、又恨，取下钢刀，抛却断臂，随手一刀劈了出去，一扇门应手而裂。

但门里却瞧不见一条人影。燕南天有如疯狂，一间间屋子闯了过去，每间屋子里都瞧不见一条人影，他急得要疯，但疯又有何用。

他钢牙几已咬碎，双目已红赤，嘶声道："好！你们躲，我倒要看你们能躲到几时！"

竟搬了张椅子出来，坐在街中央，月光，照着他身子，照着他身上的血，血一般的月光……

恶人谷中的若是恶鬼，燕南天便是镇鬼的凶神。

忽听一人大笑道：“这臭孩子又有什么了不起，你要，就还给你！”

燕南天狂吼而起，扑了过去。

只见黑暗中人影一闪，一件东西被抛了出来，看来正是个襁褓中的孩子，燕南天不由得伸手接过。

但他指尖方自触及此物，突然厉喝道：“恶贼，还给你！”

手掌一震，那包袱又笔直飞了回去，撞上墙壁，“轰”的一声，竟将那屋子炸崩了一半。

这襁褓中包的竟是包火药！

回声响过，四下又复静寂如死，燕南天想到自己方才若非反应灵敏，指尖触热，便将襁褓掷回，此刻岂非已被炸得粉身碎骨？他一死纵不足惜，但那孩子……燕南天捏紧拳头，掌心已满是冷汗。

毒计——恶人谷果然有层出不穷的毒计。纵是天大的英雄，只要稍一不慎，就难免死在此地。燕南天虽已逃过数劫，但他还能再逃几次？他精力终是有限，难道真能不眠不休，和他们拼到底？

突然间，他心中灵机一闪，暗道：“他们能利用这黑暗暗算于我，我难道不能利用这黑暗来搜寻他们？”

想到这里，燕南天又不觉精神一振，再不迟疑，微一纵身，也掠入黑暗里，消失不见。

这正是以牙还牙，以毒攻毒，一时间他纵然寻不着那孩子，但恶人谷中的恶人，也再难暗算他了。

燕南天身子潜行在黑暗中，就像蛇，就像猫——就算别人有着猫一般的耳朵，也休想听出他的声音；就算那人有着猫一般的眼睛，也休想瞧见他身影，有这样的敌人随时会到身畔，恶人谷怎不胆战心惊？

只是燕南天却也找不着他们。

每间屋子，似乎都是空的，人，竟不知到哪里去了。燕南天沉住气，一间间房子找了过去，他这才发觉这恶人谷里，屋子当真有不少。

夜，很静，很静。整个恶人谷，就像是座坟墓。

风，自山那边吹过来，已有了寒意。突然，风中似乎有了声音，有了种奇异的声音，似乎是人语。

燕南天的心一跳，屏息静气，潜行过去。

果然有极轻极轻的人语，自一栋屋子里传出来。

一人道："小屠果然有两手，竟将这孩子弄睡着了。"

这人虽没有笑，却显然是哈哈儿的声音。

另一人道："幸好有这孩子作人质，否则……"

忽听屠娇娇的语声道："李大嘴，你要做什么？"

李大嘴轻笑道："我瞧这女的尸身皮肉细嫩，倒和昔日我那老婆相似。"

屠娇娇道："但这尸身已死了好几天了呀！"

李大嘴道："只要保养得好，还是可以吃的。"

"好，你吃了她也好，这想必就是燕南天那厮的弟媳妇，你吃了她，也可替杜老大出口气。"

燕南天怒火早已升到咽喉，哪里还忍耐得住，狂吼一声，闪电般掠下，一脚踢开了房门。

屋子里连声惊呼，人影四散，李大嘴喝道："给你吃吧！"竟举起那棺材，直掷过来。

棺材里香料落了一地，尸身也掉在地上。

黑暗中，只听哈哈儿狂笑道："好，燕南天，算你狠，居然找到了咱们，但你莫忘了，孩子还在咱们手中，只要你追出来，哼哼！哈哈！哈哈！"

燕南天身形已扑起，听得这语声，颓然而落，心中更是悲愤填膺，他方才一时不能忍耐，又坏了大事。

月光自窗户外照进来，照着地上的尸身。这是孩子的母亲，那苍白而浮肿的脸，凌乱而无光的头发，被惨白的月光一映，真是说不出的恐怖凄凉。

燕南天惨然道："二弟，我对不起你，我，我……我非但不能妥为照顾你的孩子，甚至连……连你们的尸身……"他语声哽咽，实已无法再说下去，他跺了跺脚，扶正棺材，俯身双手托起那尸身，小心地放回棺材去。他热泪盈眶，委实不忍再瞧他弟媳的尸身一眼。

他黯然闭起眼睛，喃喃道："但愿你从此安息。"

冷月，寒棺，无边的黑暗，可怖的艳尸……

这尸身竟突然自燕南天怀中跃起！

只听“砰、砰、砰、砰”四响，这“尸身”双手双脚，都着着实实地击中了燕南天的身子。

燕南天纵是天大的英雄，纵有无敌的武功，无敌的机智，却怎么也想不到有此一惊人的变化。

他惊呼尚未出口，左肩“中府”、右肋“灵墟”、前胸“巨阙”、腹下“冲门”四处大穴已被击中。

这一代英雄终于仰天倒了下去。

那“尸身”已落地，咯咯大笑道：“燕南天呀燕南天，如今可知道我的手段！”

得意的笑声中，随手在头上扯了几扯，扯下了一堆乱发。月光，照着她的脸，那不是屠娇娇是谁。

灯光，忽然亮起。哈哈儿、李大嘴、阴九幽、司马烟全都现身而出，纵然是在灯光下，这几人的模样还是和恶鬼相差不多。

哈哈儿大笑道：“燕南天，你只当方才真是你找着咱们的么……哈哈，这不过是咱们的妙计而已，好教你自己送上门来。”

李大嘴怪笑道：“燕南天，你只当方才真是咱们怕了你么？哈哈，那只不过是咱们知道你必已难逃性命，又何苦费力与你动手！”几个人言来语去，得意的笑声，再也停不住。

燕南天叹息一声，闭起了眼睛，他知道自己此番再也难逃毒手了。

只听阴九幽道：“你们还等什么？难道还要等他再跳起来？”

屠娇娇叱道：“且慢！我出力最多，要杀他，该由我来动手才是。”

阴九幽冷森森道：“若是早听我的，他此刻早已死了，哪里还需费这许多手脚，我瞧你们还是让我动手吧。”

李大嘴大声道：“不行，你们不会杀人，一个杀不好他的肉就酸了，吃不得的，自然还是该我动手才是。”

几个人七嘴八舌，要争着动手——能令天下第一剑客死在自己手下，自然是极大的荣耀。

第七章

漏网之鱼

哈哈儿看了看燕南天倒下的身体，突然大笑道：“各位也莫要争了，我有了个好主意。”

屠娇娇道：“你又有什么好主意？”

哈哈儿道：“咱们若让燕大侠痛快地死了，岂非辜负燕大侠一番美意？自然要请燕大侠慢慢地享受享受死前的滋味，也不枉燕大侠结交咱们一场。”

阴九幽不等他说完，便已笑道：“妙极，果然妙计。我正好要他尝尝‘阴风搜魂手’的滋味，保险他直到下辈子投胎还忘不了。”

屠娇娇笑道：“我‘销魂美人功’的滋味，也不比你差。”

李大嘴怪叫道：“我的‘刮骨刀’难道就差了么？”

屠娇娇笑道：“还得请杜老大来，他的‘血手钻心’和咱们哈哈儿的‘伐髓洗脑’，这两种滋味，才真是要人难以消受的。”

哈哈儿道：“哈哈，既是如此，谁先动手？”

屠娇娇道：“你出的主意，你先动手吧。”

哈哈儿大笑道：“好。”

笑声中伸出手掌，往燕南天脑后轻轻抚摸过去。

夜色更深，生龙活虎般的燕南天，已被折磨得不成人形，只要是稍有心肝的人，便不忍描述他此刻的模样。

哈哈儿道：“哈哈，我已出手六次，现在又轮到李兄了。”

李大嘴道：“不行不行，我不出手了。”

哈哈儿笑道：“若不出手，便是认输了。”

李大嘴怒道：“此人十成已死了九成，纵然是才出世的婴儿打他一拳，他也活不了啦，你为何要我出手？”

阴九幽冷冷道：“那也未必。”

李大嘴道：“好，好，既是如此，你出手吧。”

阴九幽道：“轮到我时我自会出手的。”

李大嘴怒道：“你明知已轮不到你了，你……”

哈哈儿又笑道：“两位也莫要争执，不妨先找咱们那万神医来鉴定鉴定，瞧瞧这燕南天是否已再也出不得一丝气力。”

阴九幽冷笑道：“找谁来鉴定都无妨。”

李大嘴道：“我去找。”

片刻间他便将万春流带了回来，只见万春流瘦小精悍，目光深沉，枯瘦的面目上，绝无任何表情。

他走进来后，微微点头，便在奄奄一息的燕南天身侧坐了下去。

又过了半个时辰，他总算才将燕南天由头到脚，仔细检查了一遍，他灵巧的手指，竟似未沾着燕南天的皮肉。

李大嘴不耐道：“此人怎样？”

万春流缓缓道：“此人肺经、脾经、心经、肾经、心包络经、三焦经、胆经、肝经，俱已残坏，十四经脉，已毁其八，此刻还能活着，已是奇迹。”

李大嘴笑道：“你瞧怎样？”

阴九幽道：“他只怕错了。”

万春流道：“武功我虽不及你，但对医道却有自信。”

阴九幽冷笑道：“自信？若非你那高明的医道，开封城一夕间也不会暴死九十七人，那些人是谁害了的，你忘了么？”

万春流冷冷道：“我杀的人虽多，但这几年来在此间救的人也不少，阁下刚来时，若非有万某在这里，只怕也活不到今日。”

阴九幽目中虽已射出火，但口中却说不出话来，他逃来此地，确是已伤重垂危，确是万春流救了他的性命。

恶人谷的确是少不了万春流的。

哈哈儿立刻笑道：“万神医法眼鉴定，自是不会错的，既是如此，你我就算不分，大家一起动手将燕南天杀了也罢。”

万春流沉声道：“且慢，在下正要请各位留下他的性命。”

阴九幽怒道："你……你要救他？"

万春流神色不动，缓缓道："伤势如此沉重而还不死的人，我生平还未见过，这样的人对各位完全无用，对在下却大有用处。"

李大嘴道："有什么用处，难道你也想吃他？"

万春流道："此人身上伤残不下三十处，正好作为我试验药草性能之用，在下若是试验成功，对各位也大有好处。"

阴九幽冷笑道："纵有用处，但你试验成功，岂非也就将燕南天救活了？等到他伤势痊愈，你就该来救咱们了。"

万春流淡淡道："此人纵被救活，也势必要成残废、白痴，各位若要取他性命，还是随时都可下手，又何必急在这一时？"

阴九幽哼了一声，再不说话，司马烟更从来未说话，只是望着哈哈儿，哈哈儿望着屠娇娇，屠娇娇笑道："万神医说什么就是什么吧。"

万春流冷冷道："此人的三十处伤，最少可试出三十种药草之性能，这三十种药草，说不定就有一种将来能救各位的命。"

屠娇娇笑道："万神医，你还等什么？这燕南天从头到脚，已全是你的。"

万春流面上也没有半分高兴之色，淡淡道："多谢。"自怀中取出几粒药丸，塞入燕南天嘴里，让燕南天的唾沫将之化开，然后再慢慢流下去。

忽听一阵婴儿的啼哭声传了过来。

李大嘴精神一振，笑道："对了，还有那孩子。"

哈哈儿望着阴九幽，道："如何？"

阴九幽道："杀！"

屠娇娇突然道："慢着！"

李大嘴皱眉道："你又有什么事？"

屠娇娇道："这孩子也杀不得！"

哈哈儿笑道："此番倒是小屠的不是了，这孩子留下也是个祸胎，倒不如斩草除根，落个干净。"

屠娇娇也不答话，却反问道："我且请教各位，咱们虽然都是恶人，但世上最凶最毒最恶的人究竟是谁，各位可知道么？"

哈哈儿大笑道："哈哈，若论天下最恶的人，自然得算小屠了。"

屠娇娇笑道："过奖，过奖，但……"

她还未说出下面一句话，李大嘴已怒道："她算是什么？会玩两手不男不女的花样，也可算是天下最恶的人么？哼！她连人肉都不敢吃！"

屠娇娇笑道："他说我不是天下最恶的人，我完全同意，但能吃几斤人肉就算是天下最恶的人么？我昔年瞧见一个赶骡车的，也能吃得下几斤人肉。"

李大嘴怒道："以你说来，天下最恶的人是谁？"

哈哈儿道："哈哈，对了，阴老九。"

屠娇娇道："阴老九的确够阴、够狠、够毒，但他的凶恶已全摆在脸上，别人一瞧就知他是恶人，已先对他提防三分。"

哈哈儿道："如此说来，他也不算。"

屠娇娇笑道："自不算的，除非他能学到笑里藏刀的本事，要能一面在嘴里叫哥哥，一面在腰里掏家伙……"

哈哈儿道："笑里藏刀……哈哈，小屠在说我了。"

屠娇娇笑道："不错！哈哈兄生得一副弥勒佛的模样，当真是谁也瞧不出他是恶人，他就算将人卖了，别人还不知是被谁卖的。"

哈哈儿拍掌大笑道："妙极妙极，我若真是天下最凶最恶之人，倒也不错，只可惜我一瞧见杜老大就害怕，看来还是他比我恶得多。"

哈哈儿瞧了司马烟一眼，道："对了，还有司马兄，哈哈，'穿肠毒药剑，杀人如捣蒜'，这句话江湖中又有谁不知道？"

司马烟微微笑道："小弟在江湖中虽也薄有恶名，但在'十大恶人'面前，小弟却是麻绳穿豆腐，提也提不起的。"

屠娇娇道："是呀，'十大恶人'中，还有五个呢？"

司马烟笑道："但以小弟看来，那五位也未必能比这五位恶多少，尤其是那位'狂狮'铁战，严格说来，根本就不能名列'十大恶人'之一。"

屠娇娇道："狂狮若是狂起来，当真是六亲不认，见人就打，就连他的儿子，都被逼得非和他打一场不可，但真被打死，却没有半个，何况，他还有不狂的时候。"

哈哈儿笑道："狂狮不行，那'迷死人不赔命'的萧咪咪又如何？

我瞧就算‘二十四孝’中的孝子若是被她迷上，也会把老子老娘全都卖了的。”

屠娇娇道：“萧咪咪的迷汤功夫虽到家，但真被她迷上的，也不过都是些十七十八二十来岁的毛头小伙子，她若遇见李大嘴，还不是一口将她吃了。”

李大嘴冷冷道：“半男半女的人，她自然是迷不上的。”

哈哈儿赶紧道：“这也不是，那也不是，天下最凶最毒最恶的人，究竟是谁？难道是大庙里的老和尚不成？”

屠娇娇笑道：“咱们这些人，论凶、论毒、论恶，大家都差不多，谁也别想强过谁，所以说，到目前为止，世上还没有一个人能算是最恶的。”

李大嘴道：“哼，说了半天，原来是废话。”

屠娇娇也不理他，只管接着道：“现在虽没有，但马上就要有了。”

这句话说出来，每个人竟忍不住问道：“谁？”

屠娇娇眼珠一转，缓缓道：“就是那正在哭的孩子。”

这句话说出来，每个人又不禁为之一愣。

李大嘴终于哈哈大笑道：“你说他是天下最凶最恶的人……哈哈，嘻嘻，嘿嘿……呸！”

屠娇娇还是不理他，还是只管接着道：“这孩子现在是什么都不懂，咱们告诉他什么，他就听什么，咱们若说乌鸦是白的，他也不会说不是，是么？”

李大嘴道：“哼，又是废话。”

屠娇娇道：“他从小跟着咱们，眼睛瞧见的，都是咱们做的事，耳朵听见的，都是咱们说的话，他长大了不但是大坏蛋，而且是世上最大的坏蛋。你们不妨想想，他若将这恶人谷中每个人的坏花样全学会了，世上还有谁能比他更凶、更毒、更恶？”

哈哈儿笑道：“这样的人，只怕连鬼见了都要害怕。”

屠娇娇道：“这就对了，连鬼见了都怕的人，若是到了江湖中去，又当如何？”

哈哈儿拍掌大笑道：“哈哈！那不搞得天下大乱才怪。”

屠娇娇缓缓道："正是要搞得天下大乱，咱们被人逼到这里，谁没有一肚子气？这孩子正是天赐给咱们，要他来为咱们出气的！"

听到这里，就连阴九幽面上也不禁泛起一丝笑容，点着头道："好主意！"

哈哈儿更是笑得前仰后合，不禁拍掌道："哈哈！除了小屠外，还有谁能想出这么好的主意！"

于是恶人谷中就多了个小孩子。每个人都将他唤作：小鱼儿。

因为他的确是条漏网的小鱼。

第八章

近墨者黑

小鱼儿渐渐长大了。

小鱼儿最最亲近的人，有杜伯伯、笑伯伯、阴叔叔、李叔叔、万叔叔，还有位叔叔，哦，不对，屠姑姑。

小鱼儿就是跟着这些人长大的，他跟每个人过一个月——一月是杜伯伯，二月是笑伯伯，三月是阴叔叔……

这样到了七月，就又跟杜伯伯。

小鱼儿跟着杜伯伯时最规矩。这位一只手断了的杜伯伯，脸上从来没有笑容，他教小鱼儿武功时，小鱼儿只要有一招学慢了，屁股就得吃板子，小鱼儿屁股本来常常肿，但到后来肿的次数却愈来愈少了。

小鱼儿跟着笑伯伯时最开心。这位笑伯伯不但自己笑，还要他跟着笑，最苦的是，小鱼儿屁股肿着时，笑伯伯也逼着他笑，不笑不行。

小鱼儿跟着阴叔叔时最害怕。

这位阴叔叔的身上好像有股寒气，就是六月天，小鱼儿只要在他身旁，就会从心里觉得发冷。

小鱼儿跟笑伯伯一个月，连脸上的肉都笑疼了，跟着阴叔叔正好趁机休息休息。

就算心里有最开心的事，但只要一见阴叔叔，再也笑不出了。见着阴叔叔，没有人笑得出的。

小鱼儿跟着李叔叔时最难受。

这位李叔叔总是在他身上乱嗅，嗅得他全身不舒服。

小鱼儿跟着屠姑姑时最奇怪。

这位屠姑姑忽然是男的，忽然又会变成女的，他实在弄不清这究竟是姑姑，还是叔叔？

最特别的时候，是跟着万叔叔。

这位万叔叔脸上虽也没有笑容，但却比那杜伯伯看起来和气得多了，说话也没有那么难听。

这位万叔叔总是喂小鱼儿吃药，还将小鱼儿整个泡在药水里，这令小鱼儿有些受不了。

万叔叔的屋子里，还有位“药罐子”叔叔。

这位“药罐子”叔叔，像是木头人似的，坐在那里不动，每天只是吃药，吃药，不断地吃药。

他吃的药实在比小鱼儿还多几十倍，小鱼儿对他非常同情，只因为小鱼儿自己深知吃药的苦。

只是这位“药罐子”叔叔从来不诉苦——他根本从来没有说过话，他甚至连眼睛也张不开似的。

此外，还有许多位叔叔伯伯，有一个会捏泥人的叔叔，小鱼儿本来很喜欢他，但有一天，这位叔叔突然不见了。

小鱼儿到处找他不着，他去问别人，别人也不知道，他去问屠姑姑，屠姑姑却指着李叔叔的肚子说：“在李大嘴的肚子里。”

一个人怎会在李叔叔的肚子里？小鱼儿不懂。

其实李叔叔也失踪过一次。

那天李叔叔大叫大嚷道：“我憋死了，我受不了！”

然后他就失踪了。

过了半个月，他却又从谷外回来了，只是回来时已满身是伤，简直差一点就没有命了。

小鱼儿五岁还不到时，有一天，杜杀将他带到屋子里，屋子里有一条狗，杜杀给他一把小刀。

小鱼儿很奇怪，忍不住问道：“刀……做什么用呢？”

杜杀道：“刀是用来杀人的，也是杀狗的。”

小鱼儿道：“还可以用来切菜，切红烧肉，是么？”

杜杀冷冷道：“这不是切菜的刀。”

小鱼儿道：“我不要这把刀，我要切菜的刀……”

杜杀道：“莫要多话，去将这条狗杀了！”

小鱼儿道："这狗若不听话，打它屁股好了，何必杀它？"

杜杀怒道："叫你杀，你就杀！"

小鱼儿简直要哭了，道："我……不要……"

杜杀道："你不杀了？好！"

突然出了屋子，"咔嚓"一声，把门反扣起来。

小鱼儿大嚷道："杜伯伯，让我出去……我要出去！"

杜杀却在门外道："杀了狗才准出来。"

小鱼儿叫道："我杀不了它，我打不过……"

杜杀道："你打不过它，就让它吃了你也罢。"

小鱼儿在里面哭，在里面叫，他哭肿了眼睛，叫破了喉咙也没人理他，杜杀像是根本走开了。

小鱼儿不哭了。

小鱼儿只有瞪着那只狗瞧，那只狗也在瞧他，这只狗虽不大，但样子却凶得很，小鱼儿实在有些害怕。

他握着刀，动也不敢动，过了很久很久，他肚子"咕咕"叫了起来，那狗也"汪汪"叫了起来，他才记起还没吃过晚饭。

他饿得发慌，莫非那狗也饿得发慌？

小鱼儿道："小狗小狗，你莫要叫，我也没有吃。"

那狗却叫得更厉害，一条红舌头，不住往小鱼儿这边伸过来。小鱼儿更害怕，握紧了刀，道："小狗小狗，我饿了不想吃你，你饿了可也不准想吃我。"

那狗"汪"的一声，扑了过来。

小鱼儿大叫道："我的肉不好吃……不好吃……"

杜杀负手站在门外，只听那狗吠声愈来愈响，愈来愈凄厉，但突然间，什么声音都没有了。

又过了半晌，杜杀缓缓开了门。只见小鱼儿手里握着刀，趴在地上，也像是只小狗似的，他满身是血，狗也满身是血。

只是他还活着，狗却已死了。

小鱼儿在万春流处养了半个月的伤，才能走路，他脸上本已有条伤痕，此刻身上又添了许多。

过了几天，杜杀又将他找去，还是将他关到那屋子里，屋里又有条狗，但却比那条大了许多。

杜杀道：“那柄刀你可带着？”

小鱼儿只是点头，脸都白了，也说不出话。

杜杀道：“好！将这狗也杀了！”

小鱼儿道：“但这狗……好……好大。”

杜杀道：“你害怕么？”

小鱼儿拼命点头，道：“怕……怕的。”

杜杀怒道：“没出息！”

忽又转身走了出去，“咔嚓”一声，又将门反扣上。

过了许久，门里狗又叫得厉害，叫了一盏茶的工夫，便又无声音了，杜杀开了门，狗死了，小鱼儿还活着。

这次他虽也满身是血，但却已能站在那里，眼睛里虽有眼泪，但却咬着嘴唇，大声道：“我又杀了它，十七刀。”

杜杀道：“你还怕不怕？”

小鱼儿道：“狗死了，我当然不怕了，但刚刚……”

杜杀道：“你方才怕又有何用？你害怕，我还是要你杀它，你害怕，它还是要吃你。这道理你明白不明白？”

小鱼儿点头道：“明白了。”

杜杀道：“你可知道你怎会受伤？”

小鱼儿垂下了头，道：“因为我害怕，所以不敢先动手。”

杜杀道：“既是如此，你下次还怕不怕？”

小鱼儿握紧拳头，道：“不怕了。”

杜杀瞧着他，嘴角又泛起一丝微笑。

这一次小鱼儿伤就好得较快了，但他的伤一好，杜杀就会又将他关到那屋子里去，屋子里的狗也愈来愈凶，愈来愈大。

但小鱼儿受的伤却愈来愈轻，好得也愈来愈快。

到第六次，杜杀开了门——

屋子里已不再是狗。

屋子里已是条小狼。

于是小鱼儿又躺到床上，吃药，不断地吃药。

有一天，哈哈儿来了，小鱼儿想笑，但笑不出。

哈哈儿笑道："小鱼儿果然还躺在这里，哈哈，狼果然是不吃小鱼的。"

小鱼儿道："笑伯伯，你莫要生气好么？"

哈哈儿道："生什么气？"

小鱼儿道："我实在想笑的，只是……我一笑全身都疼，实在笑不出。"

哈哈儿大笑道："傻孩子，告诉你，笑伯伯我在笑的时候，身上有时也在疼的，但我身上愈疼，就笑得愈凶。"

小鱼儿眨了眨眼睛，道："为什么？"

哈哈儿道："你可知道，笑不但是灵药，也是武器……最好的武器，我简直从未发现过一样比笑更好的武器。"

小鱼儿睁大眼睛，道："武器……笑也能杀狼么？"

哈哈儿道："哈哈，不但能杀狼，还能杀人。"

小鱼儿想了想，道："我不懂。"

哈哈儿道："你可知道你为什么每次都受伤？"

小鱼儿道："我不知道，我……我已不害怕了，真的已不害怕了，这大概是因为我功夫不好，不能一刀就将它杀死。"

哈哈儿道："你为什么不能一刀就将它杀死？"

小鱼儿道："因为我的功夫……"

哈哈儿笑道："不是因为你的功夫，而是因为你没有笑。那些狗，那些狼，虽然不会说话，但也是懂事的，你一走进屋里，它们就知道你对它们没有怀好意，就在提防着你，所以纵然先下手，也没有用。"

小鱼儿听得眼睛都圆了，不住点头道："对极了。"

哈哈儿大笑道："所以下次你进屋子时，无论见着的是狼是狗，甚至是老虎都没关系，你脸上都要堆满笑，让它以为你对它没有恶意，只要它不提防你，将你当作朋友，你就可一刀杀死它！这道理虽然简单，但却最是有用了。"

小鱼儿道："那么以后我就不会受伤了？"

哈哈儿道："正是，无论是狼是狗，还是人，都不会伤害一个对他全无恶意的人，你只要笑，不停地笑，直到你已将刀插进他身子，还是在笑，让他到临死前还不曾提防你，那你就不会受伤了。”

小鱼儿道：“但……但这是不是不够英雄？”

哈哈儿大笑道：“傻孩子，它既要杀你，你就该先杀它，你既然一定要杀它，用什么手段，岂非都是一样么？”

小鱼儿展颜笑道：“不错！我懂了。”

哈哈儿大笑道：“好孩子！哈哈！这才是好孩子。”

小鱼儿果然不再受伤了。

他已杀了五条狗、四只狼、两只小山猫、一条小老虎，他身上的伤疤，数一数已有二十多条。

这时他才不过六岁。

有一天，他突然问屠娇娇：“屠姑姑，别人都说你是个非常非常聪明的人，你究竟是不是？”

屠娇娇嘻嘻笑道：“这是谁说的……但那人可真说对了。”

小鱼儿道：“你是不是有许多稀奇古怪的东西？”

屠娇娇笑道：“你这小鬼，在转什么鬼心思？”

小鱼儿眨着眼睛，道：“假如我替你出气，你肯不肯送件稀奇古怪的东西给我？”

屠娇娇道：“我要你这小鬼出什么气？”

小鱼儿笑道：“我看李叔叔总是惹你生气，但你却对他没法子……”

屠娇娇惊笑道：“难道你这小鬼已有法子对付他？”

小鱼儿点头笑道：“嗯。”

屠娇娇道：“你有什么法子？”

小鱼儿道：“只要屠姑姑你先给我一种药就行了。”

屠娇娇道：“药？你不去找万春流要，反来找我要？”

小鱼儿道：“这种药他是没有的，但屠姑姑你却一定有。”

屠娇娇摇头笑道：“你这小鬼，简直把我都弄糊涂了。好，什么药，你说吧。”

小鱼儿笑道：“臭药，愈臭愈好。”

屠娇娇瞧了他半天，突然大笑道：“小鬼，我知道了。”

小鱼儿瞪大了眼睛道：“你知道？”

屠娇娇笑道：“小鬼，你瞒得过别人，还瞒不过我。你讨厌李大嘴香你，就想弄包臭药藏在身上，让他嗅嗅，但却又有些怕他，所以就绕着圈子，把我也绕进去，这样你不但有了靠山，还可以向我讨好卖乖。”

小鱼儿脸有些红了，笑道：“屠姑姑果然聪明。”

屠娇娇道：“你也不笨呀。”

小鱼儿道：“但我比起姑姑来……”

屠娇娇笑道：“小鱼儿，你也不想想你现在才几岁？到你有我这样的年龄时，那还得了……可爱的孩子，总算姑姑我没有白疼你。”

小鱼儿低着头，道：“那药……”

屠娇娇笑道：“药自然有的，足可臭得死人。”

李大嘴再也不敢在小鱼儿身上乱嗅了——他足足吐了半个时辰，足足有一天一夜吃不下东西。

第二天，他一把抓住小鱼儿，道：“臭鱼儿，那药可是屠娇娇给你的？”

小鱼儿只是嘻嘻地笑。

李大嘴恨恨道：“你不怕我吃了你？”

小鱼儿笑嘻嘻道：“臭鱼儿的肉不好吃。”

李大嘴笑骂道：“好，小鬼，我也不吃你，也不打你，只要你也去整那屠娇娇一次，我还有件好东西给你。”

小鱼儿道：“真的？”

李大嘴道：“自然是真的。”

到了黄昏时，小鱼儿和屠娇娇一起吃饭，桌上有碗红烧肉，小鱼儿拼命将肉往屠娇娇碗里夹，笑道：“这是姑姑最喜欢吃的菜，姑姑多吃些。”

屠娇娇笑道：“小鬼，你倒会拍马屁。”

小鱼儿道：“姑姑对我好，我自然要对姑姑好。”

屠娇娇道：“你怎地不吃？”

小鱼儿道：“我舍不得吃。”

屠娇娇笑道："傻孩子，有何舍不得，这又不是什么特别好的东西。"

小鱼儿眨了眨眼睛，道："但这碗肉特别好。"

屠娇娇道："为什么？"

小鱼儿道："这碗肉是我特别从李叔叔那里拿来的，听说是……"

他话未说完，屠娇娇脸已白了，道："这……这就是昨天他杀的……"

小鱼儿满脸天使般的笑容，点头道："好像是的。"

屠娇娇道："你……你这小鬼……"

话未说完，已一口吐了出来。

她也足足吐了半个时辰，也足足有一天不想吃饭。

杜杀住的地方，在恶人谷的边缘，他屋后便是荒山——他屋子里其实也和荒山相差无几。

就连他的卧室里，都绝无陈设，可说是恶人谷中最最简陋的屋子。小鱼儿每次从屠娇娇的屋子里走到他屋子里，总觉得特别不舒服，更何况他屋子里总有个吃人的野兽在等着，但小鱼儿不来却又不行。

这一天，小鱼儿又摇摇摆摆地来了。杜杀笔直地坐在屋角，动也不动，他那一身雪白的衣衫，在阴暗的屋子里看来，就好像是雪堆成的。小鱼儿每次来，都瞧见杜杀这样坐着，姿势从来未曾改变过，小鱼儿每次走到他面前，都不敢说话。

杜杀冷冷瞧着他，瞧了半晌，突然问道："听说你有个小小的箱子？"

小鱼儿低着头，道："嗯。"

杜杀道："听说你箱子里有不少好东西？"

小鱼儿道："嗯。"

杜杀道："听说你箱子里的东西已愈来愈多了？"

小鱼儿道："嗯。"

杜杀道："有什么东西，说出来。"

小鱼儿也不敢抬头，嗫嚅着道："有……有一包很臭的药，有一根可长可短的棍子，还可打出许多钉子，还有一瓶药可以把人的骨头和肉都化成水，还有……”

杜杀冷冷接口道：“这些东西，可都是屠娇娇和李大嘴给你的？”

小鱼儿道：“嗯。”

杜杀道：“听说他两人都已上过你不少次当了，你拿了屠娇娇的东西，就去害李大嘴，拿了李大嘴的，就去害屠娇娇，是么？”

杜杀道：“你不怕他们一怒之下杀了你？”

小鱼儿道：“我……我本来也怕的，但我后来发现，我愈坏，害得他们愈凶，他们就愈高兴。尤其是屠姑姑，她有时根本就是故意被我害的。”

杜杀又凝目瞧了他半晌，突然长身而起，道：“随我来！”

还没走近那间可怕的屋子，小鱼儿已听见一阵阵吼声，令人听得忍不住要毛骨悚然的吼声。

小鱼儿失声道：“是只大老虎？”

杜杀道：“哼！”

将门开了一线，叱道：“快进去！”

小鱼儿拔出了刀，硬着头皮，走了进去。杜杀负手站在门口，他有种本事，可以站上四五个时辰都不动。

但这一次，小鱼儿进去不久，虎吼声就没有了。过了半晌，便听得小鱼儿轻唤道：“杜叔叔，开门！”

杜杀奇道：“如此之快？”

小鱼儿道：“这还不是杜叔叔教给我的本事。”

杜杀道：“哼！”将门开了一线。

忽听一声虎吼，一只斑斓猛虎直扑了过来。

杜杀委实做梦也未想到自那里出来的是猛虎而非小鱼儿，大惊之下，闪得慢了些，肩竟被虎爪抓破条血口。

那饿虎嗅得血腥气，性子更猛，一扑后又是一剪，变化之快，竟比武林高手变招还快几分，声势之猛，更非普天下任何招式能与之比拟。只闻满室腥风大作，斑斓虎影流动，但“血手”杜杀又是何等人物？身法虽缓不乱，拧身一跃，已掠上虎背，百忙中竟还不忘放声呼道：“小鱼儿，你可受伤了？”

猛虎未死，死的自然是小鱼儿了。

哪知却听小鱼儿嘻嘻笑道："小鱼儿没有受伤，小鱼儿在这里。"

杜杀不由自主回头一望，只见屋梁上笑嘻嘻地坐着个梳着冲天小辫的孩子，嘴里还在嚼着半个苹果。

一时间杜杀也不知道是惊是怒，微一疏神，那猛虎乘势一掀，竟将他身子掀得滚下虎背。

小鱼儿轻呼道："杜伯伯，小心！"

呼声中，那猛虎已翻过身子，向杜杀直扑而下。这一扑似是十拿九稳，杜杀似是再也逃不过虎爪，哪知他身子一缩，竟自虎腹下蹿出，左手向上一抬。只听一声凄厉断肠的虎吼，鲜血就像是雨点般四下飞溅出来，那猛虎左冲右撞，突然倒地，不会动了。

四面的墙，到处都染满血花，到处都被撞得一塌糊涂，杜杀站起来时，左边已成了半个血人。原来他左手被燕南天齐腕折断后，便装上个锋利的钢钩，方才他便是以这只钢钩，洞穿了虎腹。

小鱼儿手里的半个苹果也骇掉了，手拍着胸口，吐着舌头道："好厉害，吓死我了。"

杜杀木立当地，注视着他，面上既不动怒，也未生气，简直全无丝毫表情，只是冷冷地道："下来。"

小鱼儿两只手抓着屋梁，一溜就跳了下来，笑嘻嘻道："老虎虽厉害，杜伯伯更厉害。"

杜杀道："叫你杀虎，你为何不杀？"他半边脸染着鲜血，半边脸苍白如死，在这腥风未息虎尸狼藉的屋子里，那模样教人看来委实恐怖。

但小鱼儿竟似完全不怕，眨着眼睛笑道："杜伯伯总是要小鱼儿杀虎，小鱼儿总想瞧瞧杜伯伯杀虎的本事。"

杜杀道："你想害我？"他左边脸上的虎血已自凝成紫色，右边的脸却愈来愈青，地狱中的魔鬼若来和他比比，可怕的一个必定是他。

小鱼儿却笑嘻嘻地瞧着他的脸，笑道："小鱼儿怎敢害杜伯伯？老虎是杜伯伯抓来的，杜伯伯怎会杀不了老虎……这道理小鱼儿早就懂了。"

杜杀冷冷望着他，久久没有说话。他简直已说不出话。

盛夏，在这阴冥的昆仑山谷里，天气虽不炎热，但太阳照在人身上，仍使人觉得懒洋洋的。

正午，是阳光能照进恶人谷的唯一时候，幸好恶人谷中的人本就不喜欢阳光，太阳露面的时候愈少愈好。一只猫懒懒地在屋顶上晒太阳，一只苍蝇懒懒地飞过……这就是盛夏正午时，恶人谷中唯一在动的东西。但就在这时，谷外却有个人飞奔而来。

他身后几百丈外都没有人，但他却似背后附着鬼似的，虽已跑得上气不接下气，仍不敢停下来歇歇。他轻功倒也不弱，只是气力十分不济，像是因为连日来奔波劳碌，又像是因为已有许久未吃饭了。

他长得倒也不难看，只是脸当中却生着个大大的鹰勾鼻子，教人一瞧他，就觉得讨厌。他身上衣衫本极华丽，而且显然是裁缝名手裁成的，但此刻却已变得七零八落，又脏又臭。

太阳照着他的脸，一粒粒晶亮的汗珠，沿着他那鹰勾鼻子流下来，流进他的嘴，他也似全无感觉。直到瞧见了恶人谷三个字，他才透了口气，但脚下却跑得更快，笔直跑进了那条青石板的街道。

阳光照得屋顶上闪闪发光，每间屋子的门窗都是关着的，瞧不见一个人，听不到一丝声音。这人显然也大为奇怪，东瞧西望，提心吊胆地一步步走过去，又想呼唤两声，却又有些不敢。

忽听左面屋檐下有人轻唤道："喂。"

声音虽不大，但这人却吓了一跳，本已苍白的脸色更白了——惊弓之鸟，听见琴弦的声音都害怕的。他扭过头望去，只见屋檐的阴影里，摆着张竹椅，一个十三四岁的少年，眯着眼斜卧在那里。这少年赤着上身，身上横七竖八，也不知有多少伤疤，他脸上有条刀疤几乎由眼角直到嘴角。

他满头黑发也未梳，只是随随便便地打了个结，他伸直了四肢，斜卧在竹椅上，像是天塌下来都不会动一动。但不知怎地，这又懒、又顽皮、又满身刀疤的少年，身上却似有着奇异的魅力，强烈的魅力。尤其他那张脸，脸上虽有道刀疤，这刀疤却非但未使他难看，反使他这张脸看来更有种说不出的吸引力。这又懒、又顽皮、又满身刀疤的少年，给人的第一个印象，竟是个美少年，绝顶的美少年。

鹰鼻汉子瞧了他一眼，竟瞧得呆住了——男人瞧他已是如此，若是女孩子瞧见他，那还得了？

这少年似乎想招招手，却连手也懒得抬起，只是笑道：“你发什么呆？过来呀。”

鹰鼻汉子果然不由自主地走了过去，轻咳一声，赔笑道：“小哥你好。”

少年笑道：“你认不认得我？”

鹰鼻汉子道：“不……不认得。”

少年道：“你不认得我，为何要问我好？”

鹰鼻汉子怔了怔，讷讷道：“这……这……”

少年哈哈笑道：“告诉你，我叫小鱼儿，你呢？”

那鹰鼻汉子终于挺了挺胸，道：“在下‘杀虎太岁’巴蜀东。”

小鱼儿嘻嘻笑道：“杀虎太岁……嗯，这名字不错，你杀过几只老虎呀？”

巴蜀东又是一怔，道：“这……这……”

小鱼儿大笑道：“我杀过好几只老虎，都未叫‘杀虎太岁’，你一只老虎未杀，却叫‘杀虎太岁’，这岂非太不公平了么？”

巴蜀东愣在那里，简直哭笑不得，若非这里就是恶人谷，这小鱼儿若非在恶人谷中，他早已砍下小鱼儿的脑袋。

小鱼儿道：“瞧你这样害怕，你得罪的人，必定来头不小、武功不弱，那厮竟是些什么人？你也说来听听。”

巴蜀东沉吟半晌，终于道：“我得罪的人可不止一个，其中有‘江南双剑’丁家兄弟、‘病虎’常风、‘江北一条龙’田八……”

小鱼儿笑道：“我当是谁呢，原来是这些人……这些人的名字我倒也都听过，但都没有什么了不起……”

巴蜀东咬了咬牙，道：“这些人纵然没什么了不起，但其中还有一人，却当真可说是人人见了，人人头疼。”

小鱼儿道：“那莫非是大头鬼么？”

巴蜀东不理他，自言接道：“提起此人，在今日江湖中当真是大大有名。”

小鱼儿道：“他叫什么？”

巴蜀东道：“小仙女张菁。”

小鱼儿笑道：“小仙女？听这名字，她该是个小美人儿才是，别人见了喜欢还来不及，又怎会头疼？”

巴蜀东咬牙道：“这丫头长得虽不错，但心肠之狠，手段之毒，下手之辣，纵是昔年之‘血手’杜杀，也未必比得上她！”

小鱼儿道：“哦，有这样的人？”

巴蜀东牙齿咬得吱吱响，接道：“我五个兄弟，在一夜之间全被她杀了，‘虎林七太岁’，到如今只剩下巴某一个。”

小鱼儿笑道：“这样的人，我倒真想瞧瞧。”

巴蜀东道：“你瞧见她时，便要后悔了。”

小鱼儿道：“你再说说，你是怎么得罪他们的？”

巴蜀东怒道：“你问的事怎地如此多？”

小鱼儿笑道：“这是规矩。”

巴蜀东瞪着眼睛愣了半晌，终于笑道：“好，我说，只因我兄弟将昔年‘三远镖局’总镖头‘飞花满天，落地无声’沈轻虹的寡妇和妹妹奸了。”

第九章

青出于蓝

小鱼儿望了巴蜀东一眼道："这也算坏事吗？……嘿，这种坏事简直只有赶骡车的粗汉才会做的。"

巴蜀东怒道："不错，这本算不得什么，但那沈轻虹昔年虽然丢了镖银，自己虽也失踪，但江湖中人对他的寡妇和妹妹却尊敬得很，所以……"

小鱼儿摇头笑道："无论你怎样说，假如你做的只是这种见不得人的坏事，你还不够资格进恶人谷，除非……"

"除非怎样？"

小鱼儿笑道："除非你先孝敬两样稀奇之物给我。"

巴蜀东道："我来得如此匆忙，哪有什么稀奇之物？"

小鱼儿道："你若没有东西，就露两手成名的绝技给我瞧瞧。"

巴蜀东气得脸上颜色都变了，怔了半晌，跺脚道："好！"

他伸手一抄，便已自腰间抽出柄缅铁软刀，迎风抖得笔直，刀光闪动，"唰、唰、唰"露了三招。

这三招果然是他成名绝技，号称"杀虎三绝手"，刀法果然是干净利落，又快又稳又狠。

小鱼儿却摇头笑道："这也算是绝技么……这简直和你做的事一样，完全见不得人。我看，你若想进恶人谷还得另想法子。"

巴蜀东道："还……还有什么法子？"

小鱼儿眨了眨眼睛，笑道："我看你只有跪在地上，向我磕三个响头，喊我三声'小祖宗'，然后双手将这把刀送给我。"

巴蜀东道："这也是规矩？"

小鱼儿道："不错，这也是规矩。"

巴蜀东嘶声道：“我……我从未听过恶人谷有这样的规矩。”

小鱼儿笑道：“谁说这是恶人谷的规矩？”

巴蜀东又怔住了，道：“那……那么这……”

小鱼儿笑嘻嘻道：“这是我的规矩。”

巴蜀东气得连身子都抖了起来，突然大喝道：“好，给你！”

一刀向小鱼儿砍了下去。

哪知这方才连手指都懒得动的小鱼儿，此刻却真像是鱼似的，轻轻一动，整个人都滑了出去。

巴蜀东这一刀虽快如闪电，却劈了个空。

“咔嚓”一声，那竹椅已被他生生砍成两半。

巴蜀东大惊，只听身后有人笑道：“我在这里，你瞧不见么？”

巴蜀东猛一翻身削去，哪知身后还是空空的，那笑声却从屋檐上传了下来，嘻嘻笑道：“别着急，慢慢来，我在这里。”

巴蜀东气得简直快疯了，正待再扑上去，忽听一人大呼道：“那边的是巴二弟么？”

一人大步奔来，只见他也和巴蜀东差不多年龄，四十出头，不到五十，但身法却比巴蜀东轻灵得多。

他身子瘦长，嘴角下垂，生得一脸凶狠之相，但右边的袖子却是空荡荡地束在腰里，右臂竟已断去。

巴蜀东瞧了两眼，大喜呼道：“闷雷刀宋三哥，你，你果然在这里！可找死小弟了……小弟此番正是投奔三哥来的。”

小鱼儿笑道：“原来你们两把刀是朋友。”

巴蜀东瞧见他，脸色立刻又变了，恨声道：“宋三哥，这小鬼……”

话未说完，已被宋三一把拉了开去，笑道：“二弟既来了，我就先带你去见见……”

小鱼儿嘻嘻笑道：“慢来慢来，你要带他走，也可以，但叫他先赔我的椅子来再说。”

巴蜀东怒道：“你……”

一个字出口，又被宋三截住，笑道：“自然自然，椅子自然要赔的，却不知如何赔法？”

小鱼儿笑道：“瞧在你面上，就叫他拿刀充数吧。”

巴蜀东怒喝道："这把破竹椅子，也要我宝刀……"

话未说完，手中刀已被宋三抢了去，交给小鱼儿。巴蜀东还想说话，但宋三却拉了他就跑。

两人走出很远，宋三方自叹道："二弟你怎地一入谷就得罪了那小魔星？"

巴蜀东又惊又奇，道："三哥为何如此怕他？"

宋三苦笑道："岂止我怕他，这谷中谁不怕他？这几年来，这小魔星可真使人人的头都大了三倍，谁若得罪了他，不出三天，准要倒霉。"

巴蜀东惊得目瞪口呆，道："这小鬼有如此厉害？"

宋三叹道："二弟，不是我说，你栽在这小鬼手上，可一点也不冤，你且想想，这恶人谷中可有一个好处的？他小小年纪，就能在恶人谷中称霸，他是怎样的人，他有多厉害，你总可知道了。"

巴蜀东讷讷道："不能相信……小弟简直不能相信。"

突然触及宋三那条空空的衣袖，忍不住又道："三哥这……这难道也是……"

宋三苦笑道："这虽不是他，也和他有些关系。"

他长叹一声，俯首望着断臂，接道："这正是他入谷那日断去的，十四年，已有十四年了，燕南天那么厉害的身手，若非我当机立断，只怕已活不到今日。"

巴蜀东失声道："燕南天？这小鬼是燕南天的……"

突然惨呼一声，扑地跌倒，背后已赫然多了个碗大的血洞，鲜血涌泉般往外流了出来。

宋三大骇转身，只见一人鬼魅般站在身后，一身惨灰色的衣服，飘飘荡荡，一双黑黝黝的眼睛，深不见底。

宋三面色惨变，颤声道："阴……阴公，你……"

阴九幽龇牙一笑，阴森森道："在本谷之中，谁也不准提起小鱼儿和姓燕的事，你忘了。"

宋三道："我……我还未来得及向他说。"

阴九幽狞笑道："你还未来得及说，我便已宰了他，你不服是么？"

宋三身子直往后退，道："我……我……"

身子突然跳了起来，跳起两丈高，笔直摔在地上，身子虽全无伤痕，但却再也不能动了。

就在他方才站着的地方，此刻却站着个笑眯眯的老太婆，手拄着拐杖，佝偻着身子，笑眯眯道："阴老九现在怎地也慈悲起来了？这厮方才说这一句话，你已该将他宰了的，为何到现在还不动手？"

阴九幽道："我正要留给你。"

那老太婆笑道："留给我？我许久没杀人，怕我手痒么？"

阴九幽冷冷道："我要瞧瞧你那销魂掌可有进步。"

那老太婆咯咯笑道："进步了又怎样？你也想销魂销魂？"她苍老的语声，突然变得柔媚入骨。这赫然正是屠娇娇的声音。

屠娇娇笑道："我问你，这两人方才说话的时候，那小鬼头在哪里？他可听见了么？"

阴九幽道："你不知道，我怎会知道？"

忽听小鱼儿的笑声远远传了过来，笑着道："醋坛子，皱鼻子，娶个老婆生儿子，儿子儿子没鼻子……"

屠娇娇笑道："老西又倒霉了，小鬼又找上了他。"

阴九幽道："他既在老西那里，想必不会听到。"

忽又听得一人笑道："两位在这里说话，却有一男一女，一人一鬼——两个加在一起，竟变成了四个，你说奇怪不奇怪？"

屠娇娇头也不回，笑道："李大嘴，这里有两个死人，还堵不住你的嘴么？"

李大嘴笑道："死在你两人手下的，我还没胃口哩。"

阴九幽道："你可是也要去杜老大处？"

李大嘴道："正是要去的，哈哈儿突然要咱们聚在一起，不知又要搞什么鬼？"

三个人一起走向杜杀居处，但彼此间却都走得远远的，谁也不愿意接近另外那人身旁一丈之内。

杜杀还是坐在角落里，动也不动。

人都已来齐了，哈哈儿道："哈哈，哈哈，咱们许久未曾如此热闹了。"

阴九幽冷冷道："我最恨的就是热闹，你将我找来，若没话说，我……”

哈哈儿赶紧拱手，接口笑道：“莫骇我，我胆子小。”

屠娇娇道：“你找咱们来，莫非为了那小鱼儿？”

哈哈儿道：“哈哈，还是小屠聪明。”

阴九幽道：“为了那小鬼，为那小鬼有什么好谈的？你们一个教他杀人，一个教他害人，一个教他哭，一个教他笑……好了，他现在不是全学会了嘛。”

哈哈儿道：“就因为全学会了，所以我才请各位来。”

李大嘴道：“为啥？”

哈哈儿叹了口气，道：“我受不了啦。”

屠娇娇笑道：“哈哈儿居然也会叹息，想来是真的受不了啦。”

李大嘴苦着脸道：“谁受得了谁是孙子。”

哈哈儿道：“如今这位小太爷，要来就来，要走就走，要吃就吃，要喝就喝，谁也不敢惹他，惹了他就倒霉，恶人谷可真受够了他了。这几个月来，至少有三十个人向我诉苦，每人至少诉过八次。”

“穿肠剑”司马烟叹道：“这小鬼委实愈来愈厉害，如今他和我说话，我至少要想上个六七次才敢回答，否则就要上当。”

李大嘴苦笑道：“你还好，我简直瞧见他就怕，若有哪一天他不来找我，我那天真是走了运了……那天我才能好好睡一天觉，否则我睡觉时都得提防着他。”

哈哈儿道：“咱们害人，多少还有个目的，这小鬼害人却只是为了好玩。”

屠娇娇道：“咱们本来不就希望他如此嘛！”

哈哈儿道：“咱们本来希望他害的是别人呀，谁知这小鬼竟是六亲不认，见人就害……这其中恐怕只有小屠舒服些。”

屠娇娇道：“我舒服……我舒服个屁！我那几手，这小鬼简直全学会了，而且简直学得比我自己还地道。”

哈哈儿道：“杜老大怎样？”

杜杀道：“嗯。”

屠娇娇笑道：“‘嗯’是什么意思？”

杜杀默然半晌，终于缓缓道：“此刻若将他与我关在一个屋子里，那活着出来的人，必定是他。”

屠娇娇叹了口气，道：“好了，现在好了，恶人谷都已受不了他，何况别人，现在只怕已是请他出去的时候……”

李大嘴赶紧接口道：“是极是极，他害咱们已害够了，正该让他去害害别人了。现在幸好咱们联手还能制他，等到一日，若是咱们加起来也制不住他时，就完蛋了。”

阴九幽道：“要送他走愈快愈好。”

杜杀道：“就是今朝！”

哈哈儿道：“哈哈，江湖中的朋友……黑道的朋友们，白道的朋友们，山上的朋友们，水里的朋友们，你们受罪的日子已到了。”

李大嘴以手加额，笑道：“这小鬼一走，我老李一个月不吃人肉。”

黄昏后，恶人谷才渐渐有了生气。

小鱼儿左逛逛，右逛逛，终于逛到万春流那儿。

万春流将七种药草放在瓦罐里熬，此刻正在观察着药汁的变化，瞧见小鱼儿进来，将垂下眼皮一抬，道：“今日有何收获？”

小鱼儿笑道：“弄了把缅刀，倒也不错。”

万春流道：“刀在哪里？”

小鱼儿道：“送给醋坛子老西了。”

万春流以筷子搅动着药汁，浓浓的水雾，使他的脸看起来仿佛有些神秘，他道：“你那小箱子呢？”

小鱼儿笑道：“小箱子早就丢了，里面的东西已全都送了人。”

万春流道：“你辛苦弄来，为何要送人？”

小鱼儿笑道：“这些东西拿来玩玩倒蛮好的，但若要保留它，可就伤神了，又怕它丢，又怕它被偷，又怕它被抢，你说多麻烦。”

万春流道：“好。”

小鱼儿笑道：“但若将这些东西送人，这些麻烦就全是人家的了。听说世上有些人专门喜爱聚宝敛财，却又舍不得花，这些人想必都是呆子。”

万春流道：“若没有这些呆子，怎显得你我之快乐？”

突然站了起来，道：“拿起这药罐，随我来。”

这间药香弥漫的大屋子后面，有一排三间小房子，这三间屋子里，既没有门，也没窗户。

这就是万春流的“病房”。

万春流在这些“病房”中时，谁也不会前来打扰，因为他们其中任何一人，自己都有睡到这病房中来的可能。

没有灯光的“病房”，正如万春流的面容一般，显得十分神秘。角落中的小床上，盘膝端坐着一条人影，动也不动，像是亘古以来他就是这样坐在那里的，这正是别人口中所说的“药罐子”。

一入“病房”，万春流立刻紧紧关起了门，这病房就立刻变成了一个单独的世界，似乎变得和恶人谷全无关系。

小鱼儿神情也立刻变了，拉住万春流的手，轻声道：“燕伯伯的病，可有起色？”

万春流神秘而冷漠的面容，竟也变得充满焦虑与关切，长长地叹息了一声，黯然摇头道：“这五年来，竟无丝毫变化，我已几乎将所有的药都试遍了，我……我累得很。”沉重地坐到椅上，似是再也不愿站起。

小鱼儿呆呆地出了半天神，突然道：“我今天听见有人提起燕伯伯的名字。”

万春流动容道：“哦，什么人？”

小鱼儿道：“死人。说话的人已死了。”

万春流一把抓住小鱼儿的肩头，沉声道：“可有人知道你听到了他们的话？”

小鱼儿笑道：“怎会有人知道？我听了这话，立刻远远地溜了，溜到醋坛子那里去，故意大声骂了他一顿，所以我就将那柄刀送给了他。”

万春流缓缓放松了手，默然垂首，喃喃道：“不容易，真不容易，你虽是小小年纪，但五年来，你竟能将这秘密保守得如此严密。”

他抬头瞧了小鱼儿一眼，苦笑道：“这秘密若是泄露出去，我们三个人，都休想再活半个时辰。你……你要特别小心，莫把别人都当作呆子。”

小鱼儿点头道：“我知道，万叔叔冒了生命的危险来救燕伯伯，我……我难道不感激？别人就算砍下我脑袋，我也不会说一个字的。”

说着说着，他眼圈竟已红了。

万春流叹息道：“说实话，我本不敢相信你的，哪知你虽然生长在这环境中，却还没有失去良心，还是个好孩子。”

小鱼儿展颜笑道：“小鱼儿坏起来可也真够坏的，只是，那都要看对付什么人，而且自从我知道燕伯伯和我的关系后，我就变得更……更乖了。”

万春流竟也展颜一笑，道：“但五年前那天晚上，你突然跑来对我说，你已知道‘药罐子’叔叔是什么人，你已知道这秘密时，我可当真吓了一跳。”

小鱼儿垂头笑道：“对不起。”

万春流默然半晌，笑着又皱眉道：“你再想想，对你说出这秘密的人，究竟是谁？”

小鱼儿想了想道：“那天晚上，我是睡在杜杀外面的屋子里，半夜里，我突然觉得身子竟似被人抱了起来……”

“那时你未叫喊？”

小鱼儿道：“我喊也喊不出，何况，那时我还以为是杜杀又不知在用什么花样对付我，根本没想到是别人。”

万春流叹道：“的确是想不到的。”

小鱼儿道：“我只觉那人身法快得简直骇人，我躺在他怀里，就像是腾云驾雾似的，片刻间，就远远离开了恶人谷。”

万春流道：“那时你真的不怕？”

小鱼儿道：“老虎我都不怕，怎会怕人？”

万春流喃喃道：“你以后就会知道，人有时比老虎可怕得多。”

小鱼儿道：“那人将我放到地上，就问我：‘你姓什么？’我说：‘不知道。’那人就骂我简直和畜生一样，连姓什么都不知道。”

万春流道：“然后，他就告诉你你姓江？”

小鱼儿道：“嗯，他还说我爹爹叫江枫，是被移花宫中的人害死的，他叫我千万莫忘了这仇恨，长大了一定要找移花宫的人复仇。”

万春流道：“他真的没有提起‘江琴’这名字？”

小鱼儿道：“没有。”

万春流道：“奇怪，你燕伯伯到恶人谷来，为的本是要找个叫‘江琴'的人，为的也正是要代你爹爹报仇。"

小鱼儿眨了眨眼睛，道："或许江琴也是我仇人之一。"

"嗯……"

"然后，他又告诉我有关燕伯伯的事。我想问他究竟是谁，哪知他却像是一阵风似的，突然就消失了。"

万春流叹道："我知道……我知道……"

小鱼儿道："那天晚上很黑，我只瞧见他穿着一件黑袍子，头上也戴着个黑布罩，两只眼睛又亮又大，又怕人……这双眼睛我到现在还忘不了。"

万春流道："以后你再见到这双眼睛还能认得么？"

小鱼儿道："一定认得的。"

万春流道："这双眼睛不是谷中的人？"

小鱼儿道："绝不是，谷中无论是谁的眼睛，都没有这双眼睛那么亮，屠娇娇的眼睛虽也亮，但和他一比，简直就是睁眼瞎子。"

万春流叹道："此人竟能在恶人谷中来去自如，而又知道这许多秘密，唉！他究竟是谁？实在叫人猜不透。"

小鱼儿道："想必是个武功很高的人。"

万春流道："那是自然，江湖中能随意进出恶人谷的人，除了你燕伯伯外，我简直想不出还有几个。"

小鱼儿道："一个都没有了么？"

万春流道："还有的就是移花宫中大小两位宫主，但这人既然要你找移花宫中的人报仇，又怎会是这两位宫主？"

小鱼儿突然拍手道："对了，我想起来了。"

万春流赶紧追问道："你想起了什么？"

小鱼儿道："那人是女的。"

万春流动容道："女的？"

小鱼儿道："嗯，她虽然蒙着脸，而且故意将说话的声音扮得很粗，但看她有时的举动，却必定是个女的。"

万春流道："什么举动？"

小鱼儿道："比如……她头上虽然戴着布罩，但在无意中却还不时去摸头发。还有，她虽然将我抱在怀里，但总是不让我碰到她的胸……”

万春流叹道：“她是女的，可是就更难猜了，江湖中女子除了邀月、怜星两人外，我简直再也想不出有一人能在恶人谷中来去自如。”

小鱼儿道：“但总是有个人的，第一，这人认得我爹爹，也认得燕伯伯；第二，这人对我爹爹死的原因知道得很清楚。”

万春流道：“想必如此。”

小鱼儿道：“第三，这人不但知道我家的仇恨，而且，还很关心；第四，这人的武功很高；第五，这人必定和移花宫有些过不去；第六，这人的眼睛又大又亮，和别人的眼睛简直完全不同……”

万春流叹道：“不想你小小年纪，分析事情，已如此清楚。”

小鱼儿道：“但……但我要去找她，第一先得出这恶人谷，我……我什么时候才能走出去呢？他们什么时候才会放我走？”

万春流长叹道：“这就难说了，但愿……”

忽听外面有人大呼道：“万神医，小鱼儿可是在这里么？”

万春流变色道：“屠娇娇来找你了，快出去！”

第十章

谷外风光

一离开这屋子，两人就又变了。

万春流又恢复成那冷漠而不动情感的“神医”，小鱼儿恢复成那精灵古怪的顽皮小孩。

屠娇娇斜倚着门，娇笑道：“你们一老一小在干什么？”

小鱼儿扮了个鬼脸，笑道：“我们正在商量怎么害你。”

屠娇娇笑道：“哎呀，你这小鬼，你们若商量着害人，也该商量如何才能做出一种最臭的药来，臭死李大嘴才是，怎么能害我！”

小鱼儿笑嘻嘻道：“李叔叔太容易上当了，害他也没意思。”

屠娇娇笑道：“哎呀，你听，这小鬼好大的口气，小心李大嘴吃了你。”

小鱼儿道：“屠姑姑来找我，究竟为的什么事？”

屠娇娇道：“你笑伯伯弄了几样菜，李大嘴且弄了几坛酒，我……我烧了好大一锅笋烧肉，大家今天晚上要请你吃宵夜。”

小鱼儿眨了眨眼睛，道：“为什么？”

屠娇娇道：“你吃过就知道了。”

小鱼儿摇头笑道：“屠姑姑若不说出原因，这顿饭我可不敢吃，否则我吃过后，说不定立刻上吐下泻，三天起不了床。”

屠娇娇笑骂道：“小鬼，好大的疑心病。”

小鱼儿笑道：“这可是跟屠姑姑你学的。”

屠娇娇道：“好，我告诉你，大家请你吃宵夜，只是为了要替你送行。”

小鱼儿还真吓了一跳，失声道：“送行……替我送行？”

屠娇娇笑道：“小鬼，这次你可想不到了吧？”

小鱼儿道："为……为什么要替我送行？"

屠娇娇道："只因为你今天晚上就要走了。"

小鱼儿张大了嘴，瞪大了眼睛，道："我……我今天晚上就要走？我要到哪里去？"

屠娇娇道："外面呀。外面的世界那么大，你难道不想去瞧瞧么？"

小鱼儿摸着脑袋，道："我……我……"

屠娇娇咯咯笑道："何况，你年纪也不小了，也该出去找个老婆了……唉，像你这样的小鬼，出去后真不知要迷死多少女孩子。"

她拉起了小鱼儿的手，又笑道："万神医，你难道不来为小鱼儿送行么？"

万春流木立当地，默然良久，冷冷道："请恕在下不想将大好时间，浪费在此等事上……两位请走吧。"转过身子，大步走了进去。

屠娇娇轻啐道："这人一脑门子里，除了他那些破树皮、烂草根，就什么都没有了，就算他亲爹要走，他都不会送行的。"

两坛酒一个时辰里就光了。李大嘴的脸愈喝愈红，杜杀的脸愈喝愈青，哈哈儿愈喝笑声愈大，屠娇娇愈喝愈像女人。只有小鱼儿，一杯又一杯地喝着，却是面不改色。

哈哈儿道："哈哈，这小鱼儿的酒量可真不错，喝起酒来，简直就像喝水。"

小鱼儿笑道："老是喝水，我可喝不下这么多。"

阴九幽冷笑道："喝酒又非什么好事，有何值得夸耀之处！"

屠娇娇笑道："鬼自然是不喝酒的，但人……人却得喝两杯……小鱼儿呀小鱼儿，你可知道，除了一样事外，别的坏事你可都学全了。"

李大嘴说道："什么坏事？这全都是好事！一个人活在世上，若不学会这些好事，可真是等于白活了一辈子。"

他说得得意，就想喝酒，但才端起酒杯，"叮！"整只酒杯突然粉碎。阴九幽冷冷道："酒是不能再喝了！"

李大嘴怒道："为什么？你凭什么打碎我的酒杯？"

阴九幽道："再喝，小鱼儿就走不成了。"

李大嘴狠狠瞪着他，瞪了半晌，突然飞起一脚，将酒坛踢得飞了出去，咬着牙道："总有一天，我要灌几坛酒到你肚子里，让你做鬼也得做个醉鬼。"

小鱼儿笑嘻嘻地望着他们，笑嘻嘻道："各位叔叔伯伯这么急着要赶我走，为什么？"

屠娇娇道："小鬼，疑心病，谁急着要赶你走？"

小鱼儿笑道："你们不说，我也知道的。"

屠娇娇道："你知道？好，你说来听听。"

小鱼儿道："因为小鱼儿愈变愈坏了，已坏得令各位叔叔伯伯都头痛了，都吃不消了，所以赶紧要送瘟神似的把我送走，好去害别人。"

屠娇娇咯咯笑道："无论如何，你最后一句话总是说对了的。"

小鱼儿道："你们要我走可以，要我去害别人也可以，但这都是为了你们自己，我又有什么好处？你们总得也让我得些好处才行。"

哈哈儿道："哈哈，问得好，你能问出这句话来，也不枉咱们教了你这么多年……若没有好处的事，我亲爹叫我做，我也不做的，何况叔叔伯伯？"

小鱼儿拍掌笑道："对了，笑伯伯的话，正说进我心里去了。"

李大嘴道："你放心，我们自然都有东西送给你。"

小鱼儿笑嘻嘻道："那却要先拿来让我瞧瞧，东西好不好，我喜欢不喜欢，否则，我就要赖在这里不走了。"

屠娇娇道："小鬼，算你厉害。杜老大，就拿给他瞧吧。"

杜杀提出的包袱里，有一套藏青的锦衣、一件猩红的斗篷、一顶绣着条金鱼的帽子、一双柔软的皮靴。

小鱼儿道："还有什么？"

屠娇娇笑道："还有……你瞧瞧。"

她打开另一个包袱，包袱里竟是一大沓金叶子，世上能一次瞧见这么多金子的人，只怕没几个。

小鱼儿却皱着眉道："这算什么好东西？饿了既不能拿它当饭吃，渴了也不能拿它当水喝，带在身上又重……这东西我不要。"

屠娇娇笑骂道："小笨蛋，这东西虽不好，但只要有它，你随便要买什么东西都可以，世上不知有多少人为了它打得头破血流，你还不要！”

小鱼儿摇头道：“我不要，我又不是那种呆子。”

李大嘴两根指头夹了一小块金叶子，笑道：“你可知道，就只这一小块，就可以买你身上穿的这种衣服至少三套，普通人家就可以吃两年。”

哈哈儿道：“你不是喜欢马么！就只这一小块，就可以买一匹上好的藏马，这东西若不好，世上就没有好东西了。”

小鱼儿叹了口气，道：“你们既将它说得这么好……好吧，我就马马虎虎收下来也罢，但除了这些还有什么？”

屠娇娇道：“哎哟，小鬼，你还想要？你的心倒是真黑，你也不想想，我们的好东西，这些年来早已被你刮光了，哪里还有什么！”

小鱼儿歪着头，想了想，提起包袱，站起来就走。

李大嘴道：“喂喂，你干什么？”

小鱼儿道：“干什么？走呀。”

李大嘴道：“你说走就走？”

小鱼儿道：“还等什么？酒也不准喝了，东西也没有了……”

李大嘴道：“你要到哪里去？”

小鱼儿道：“出了谷，我就一直往东南走，走到哪里算哪里。”

李大嘴道：“你想干什么？”

小鱼儿道：“什么也不干，遇见顺眼的，我就跟他喝两杯；遇见不顺眼的，我就害他一害，让他哭笑不得。”

杜杀突然道：“你……还回不回来？”

小鱼儿嘻嘻笑道：“我将外面的人都害光了，就快回来了，回来再害你们。”

哈哈儿道：“哈哈，妙极妙极，你若真的将外面的人都害得痛哭流涕，咱们欢迎你回来，情愿被你害也没关系。”

小鱼儿摆了摆手，道：“再见，我很快就会回来的。”

竟真的走了，头也不回地走了。

小鱼儿穿着新衣，提着包袱，走过那条街，新皮靴在地上走得

“咔咔”作响，在深夜里传得分外远。

他一路大叫大嚷道：“各位，小鱼儿这就走了，各位从此可以安心睡觉了。”

两边的屋子，有的开了窗，有的开了门，一个个脑袋伸了出来，眼睛都睁得圆圆地瞧着小鱼儿。

小鱼儿道：“我做了这么大的好事，你们还不赶紧拍掌欢送我……你们若不拍掌，我可就留下来不走了。”

他话未说完，大家已一起鼓起掌来。小鱼儿哈哈大笑，只有在走过万春流门口时，他笑声顿了顿，瞧了万春流一眼……只瞧了一眼，没有说话。万春流也没有说话，有些事是用不着说出来的。

小鱼儿终于走出了恶人谷。

星光满天，天高得很，虽然是夏夜，但在这藏边的阴山穷谷中，晚风中仍带着刺骨的寒意。小鱼儿围起了斗篷，仰视着满天星光，呆呆地出了会儿神，如此星辰，他以后虽然还会时常瞧见，但却不是站在这里瞧了。他立刻要走到一个陌生的天地中，他怕？他不怕的！他心里只是觉得有种很奇怪的滋味，也说不上是什么滋味。

但是他没有回头，他笔直走了出去。

黄昏，山色已被染成深碧。

雾渐渐落下山腰，苍穹灰暗，苍苍茫茫，笼罩着这片一望无际的大草原，风吹草低，风中有羊咩、牛哞、马嘶，混合成一种苍凉的声韵，然后，羊群、牛群、马群，排山倒海般合围而来。

这是幅美丽而雄壮的图画。这是支哀艳而苍凉的恋歌。

黑的牛，黄的马，白的羊，浩浩荡荡，奔驰在蓝天绿草间，正如十万大军，长驱挺进。

小鱼儿远远地瞧着，脸上闪动着兴奋的光，眸子里也闪着光，这是何等伟大的景象！这是何等伟大的天地！由薄暮，至黄昏，由黄昏，至黑夜，他就那样呆呆地站在那里，他的心胸已似突然开阔了许多。

兽群终于远去，远处却传来了歌声，歌声是那么高亢而清越，但小鱼儿却听不出唱的究竟是什么。他只听出歌曲的起端总是“阿拉……”。他自然不知道这两个字的意思就是游牧民族所信奉的神祇。

他只是朝歌声传来处走了过去。

星光在草原上升起，月色使草浪看起来有如碧海的清波。小鱼儿也不知奔行多久，才瞧见几顶白色的帐篷点缀在这无际的草原中，点点灯光与星光相映，看来是那么渺小，却又是那么富有诗意。

小鱼儿脚步更紧，大步奔了过去。

帐篷前，有营火，藏女们正在唱歌。她们穿着鲜艳的彩衣，长袍大袖，她们的柔发结成无数根细小的长辫，流水般垂在双肩。她们的身子娇小，满身缀着环佩，焕发着珠光宝气的金银色彩，她们的头上，都戴着顶小而鲜艳的呢帽。

小鱼儿瞧得呆了，痴痴地走过去，走到她们面前。藏女们瞧见了他，竟一齐歇下了歌声，拥了过来，吃吃地笑着，摸着他的衣服，说些他听不懂的话。

藏女们本就天真、多情而爽朗。

一个辫子最长、眼睛最大、笑起来最甜的少女甜笑着道："我们说的是藏语，你……你是汉人？"

小鱼儿眨了眨眼睛，道："大概是吧。"

"你叫什么名字？"

大眼睛抿着嘴娇笑道："我的名字用汉语来说，是叫作桃花，因为，他们许多人都说我的脸……我的脸像桃花。"

这时帐篷中又走出许多男人，个个都瞪大了眼睛，瞧着小鱼儿，他们的身子虽不高大但却都结实得很。

小鱼儿道："我要走了。"

桃花道："你莫要怕，他们虽瞪着眼睛，却没有恶意。"

小鱼儿笑道："我不是怕，我只是要走了。"

桃花大眼睛转动着，咬着樱唇，轻轻道："你不要走，明天……明天早上，会有很多像你一样的汉人到这里来的，那一定热闹得很，好玩得很。"

小鱼儿道："很多人……我这一路上简直没有见过十个人。"

桃花道："真的，我不骗你。"

小鱼儿道："那么，今天晚上……"

桃花垂首笑道："今天晚上，你就睡在我帐篷里，我陪你说话。"

她比小鱼儿还高些，风吹起她的发辫，吹到小鱼儿脸上，她的眼睛亮如星光。

这一夜，小鱼儿睡得舒服得很，他平日虽然警醒，但这一夜却故意睡得很沉，故意不被任何声音吵醒。

他醒来时，桃花已不在了，却留了瓶羊奶在枕旁。

小鱼儿喝了羊奶，穿好衣裳，走出去，便瞧见两丈外已多了一圈帐篷，这边的人已全都走过去那边。

他远远就瞧见桃花站在一群藏人和汉人的中间，甜甜地笑着，叽叽喳喳像小鸟般说着话。

她的小辫子随着她的头动来动去，她的脸在阳光下看来更像是桃花，怕的只是世上没有这么美的桃花。

她每说几句话，就有个藏人和一个汉人走出来，握一握手，显然是做成了一笔交易，每做成一笔交易，她的笑也就更甜。

小鱼儿走过去，也没有叫她，只是四下逛着，只见每座帐篷门口，都摆着些珍奇的玩物，奇巧的首饰。

一些胖胖瘦瘦、高高矮矮的大汉，就守在这些摊子旁，另一些胖胖瘦瘦、高高矮矮的藏人，比手画脚地向他们买东西。

小鱼儿瞧得很有趣，他觉得这些人都愚蠢得很，他忽然发现世上愚蠢的人远比聪明的人多得多。

一个又高又瘦的人，牵着匹健壮的小马走了过来，雪白的马鬃在风中飞舞着，吸引了小鱼儿的目光。

小鱼儿忍不住走过去，问道："这匹马卖不卖？"

那瘦子上下瞧了他两眼，道："你要买？叫你家的大人来吧。"

小鱼儿笑道："何必还要叫大人，有银子的就是大人。"

那瘦子笑了，道："你有银子？"

小鱼儿拍了拍腰，道："银子不多，金子却不少。"

那瘦子嘴笑得更大了，眼睛死盯着他腰带上系着的包袱，手摸着那匹幼马的柔毛，笑道："这马可是匹好马，价钱可要高些。"

小鱼儿笑道："随便什么价钱，你只管说吧。"

那瘦子眼睛闪着光，缓缓说道："这匹马要一百……至少要一百九十两银子。”

小鱼儿想了想，摇头道：“这价钱不对。”

那瘦子脸上的笑立刻不见了，沉着脸道：“怎么不对？你要知道，这是匹宝马，这最少……”

小鱼儿笑道：“这既然是匹宝马，所以至少该值三百八十两银子，一百九十两简直太少了，简直少得不像话。”

那瘦子愣住了，忽又怒道：“你在开玩笑？”

小鱼儿笑道：“金子是从来不开玩笑的……一两金子是六十两银子，三百八十两合金子六两三钱三分三，这块金叶又大概有七两，喏，拿去。”那瘦子这才真的愣住了，迷迷糊糊地接过金子，迷迷糊糊地递过马缰，若不是手抓得紧，连金子都要掉到地上了。

小鱼儿笑嘻嘻地牵着马，逛来逛去。

他发现这些人不但愚蠢的比聪明的多，丑的也比俊的多，只有个白衣少年，模样和这些人全都不同。这少年远远地站在一边，似是不屑与别人为伍。

他负着手，白色的轻衣，在风中飘动着，就像是昆仑山头的白雪；他的眼睛，就像是昨夜草原上的星光。

小鱼儿的大眼睛不觉多瞧了他两眼，他的大眼睛也在瞪着小鱼儿，小鱼儿朝他笑笑，他却连眼睛都没有眨一眨，小鱼儿朝他皱了皱鼻子，伸了伸舌头，做了个鬼脸，他却将头转过去，再也不瞧小鱼儿一眼。

小鱼儿喃喃道：“你神气什么，你不睬我，我难道还要睬你！”他故意将声音说得很大，故意要让那少年听见。

那少年却偏偏听不见。

小鱼儿就走过去，走到离他最近的一个摊子上，摊子上的赝品首饰，也在闪着光，像是等着别人来上当。

小鱼儿拈起朵珠花，眼睛瞧着那少年，小声道：“这卖不卖？”

答话的却不是那少年，而是个戴着高帽子的矮胖子，笑得满身肥肉都像是长草般起了波浪。

他嘻嘻笑道：“小少爷眼光真不错，这种上好的珍珠，市面上可真不多。”他眼睛也瞧着小鱼儿腰里的包袱，他方才已瞧见了小鱼儿买马的情况。

小鱼儿道：“多少？”

那胖子道：“四……五……七十两。”

小鱼儿叫道：“七十两？”

那胖子吓了一跳，道：“七……七十两不多吧？”

小鱼儿道：“但这珠子是假的呀。”

那胖子道：“假的？谁说是假的？这……简直……是侮辱我。”他不笑的时候，那张脸就像是堆死肉。

小鱼儿嘻嘻笑道：“我从两岁的时候，就开始用珍珠当弹子打，这珍珠是真是假，我只要用鼻子嗅嗅也知道的。”

那胖子暗中几乎气破了肚子：“这小子怎地突然变得精明起来了？”脸上却做出一副受了委屈的模样，道：“那……那么就六十两……”

小鱼儿大笑道：“你又错了，真的珍珠，只要从海里捞就有了，假的珍珠却要费许多工夫去做，而且做得这么像，那本该比真的贵才是。”

那胖子怔住了，结结巴巴，道：“这……那……嗯！”

小鱼儿道：“真的要七十两，假的最少要一百四十两，合金子二两多……”他就希望那少年瞧他一眼，朝他笑笑。

谁知那少年非但不瞧他，还走开了。

小鱼儿赶紧将金子往地上一抛，道：“这里是三两。”

他也不瞧瞧胖子那张吃惊得像是被人揍了一拳的脸，赶紧去追，但那少年却已不知到哪里去了。

第十一章

旁门左道

小鱼儿觉得有些失望，正咬着嘴唇发呆，突然一只手伸过来，拉着他就跑，那柔软温暖的小手，正是桃花。

她拉着小鱼儿，小鱼儿拉着她，一路跑回她的帐篷里，她的脸更红，轻轻喘着气，轻轻跺着脚，娇嗔道："你……你这小呆子，要买东西，也不来找我，却去上人家的当，这匹马连八十两都不值，这珍珠……"

小鱼儿道："珍珠最多只值十两。"

桃花怔了怔，道："你……你……你知道？"

小鱼儿笑道："我这样聪明的人，还会不知道？"

桃花道："你知道了还要上当？"

小鱼儿眨眨眼睛，笑道："上当有时就是占便宜。"

桃花瞪着眼睛瞧着他，像是在瞧什么稀奇的怪物似的，她实在一辈子也没瞧见过这么奇怪的孩子。

小鱼儿将珠花插上她的鬓角，笑道："好姊姊，莫要生气了，你瞧，你戴上这珠花多美，就像是个公主，只可惜，这里却没有配得上公主的王子。"

桃花扑哧一笑，道："你不就是个傻王子嘛！"

小鱼儿又眨眨眼睛，道："你说我傻……过一会儿你就知道我不傻了，你就会知道，方才要我上当的人，立刻就要上我更大的当了。"

桃花忍不住轻叹道："你真是个奇怪的孩子，你说的话，总是要人听不懂，你做的事，也总是叫人猜不透。"

小鱼儿还未说话，帐篷外忽有一阵人声传了过来。

一个嘶哑的语声嚷道："方才买马的那位小少爷可在帐篷里？"

小鱼儿做了个鬼脸，轻笑道："上当的送上门来了。"

他突然将桃花推到被窝里，道："乖乖地躺着，莫要动，莫要说话。"

桃花一肚子狐疑，怎肯不说话？但话还未说出口来，小鱼儿却已用被子蒙住了她的头，大声道："我在这里，你们进来吧。"

进来的最少有十个人，领头的正是那卖马的瘦子，十个人手里都捧着个大大小小的包袱，那卖珠花的胖子手里捧着的包袱最大，压得他整个人都似已变成圆的。

小鱼儿故意皱眉道："你们干什么，这么多东西……"

那瘦子躬身笑道："常言说得好，货要卖识家，这些人听说小少爷是识货的，都要将好货色送来让少爷您瞧瞧。"

小鱼儿嘻嘻笑道："你们不是要来让我上当吧？"

那瘦子赶紧道："焉有此理，焉有此理……各位还不快将包袱打开，让这位少爷瞧瞧。"话还没说完，包袱已一齐打开了。这些包袱的好东西果然不少，有珍宝、首饰，还有珍贵的皮毛、麝香……这些就是他们刚从藏人手里买来的。

小鱼儿笑道："这些东西都不错，我都想买。"

十个人一齐喜笑颜开，笑得连嘴都合不拢，齐声道："少爷一起买下最好。"

小鱼儿道："好，全给我包起来。"

几个人七手八脚，将十个包袱变成了一个，包袱已比小鱼儿的人还大，普通的人简直搬不动。

那胖子终于忍不住道："但……但货款……"

小鱼儿笑道："你要银子？这还不容易，多少银子，随你们说吧。"

几个人立刻七嘴八舌将自己货物的价钱说了出来，每样东西都说得比实在价钱最少要多七八倍。

桃花在被里听得已忍不住要跳起来，却被小鱼儿一只手按住了她的头，她连动也不能动。

只听小鱼儿笑道："加起来一共多少？"

那瘦子算得最快，道："一共六千六百两。"

小鱼儿摇头道："这价钱不对。"

那胖子和瘦子都已听过这句话了，都知道这位小少爷有把价钱再加一倍的脾气，别人自然也早已听说这种"好脾气""好习惯"。

大家赶紧一起赔笑道："是，这价钱不对，少爷您说个价钱吧。"

小鱼儿道："我说？你们只怕……"

几个又一起抢着道："小人们绝没有异议。"

小鱼儿笑嘻嘻道："既是如此……好，我说，这些东西加起来，我一共给你们……"他又打开那包袱，大家的眼睛又直了。

只见他用两只手夹下一小块金叶子，笑道："我一共就给你们一两吧。"

几个人一起呆住了，那瘦子结结巴巴，强笑道："少爷你……你在开玩笑？"

小鱼儿脸一板，道："我早已说过，你们既要我说价钱，而且声明绝无异议，此刻要想反悔，已来不及了。"

他将那小块金子往地上一抛，举起包袱就走，这包袱虽比他人还大，但他举在手上却毫不费力。

桃花这才忍不住笑了出来，悄悄探出了头，只见那几个人呆了呆，一起怒喝着追了出去。

几个人一齐大骂道："小骗子，还咱们东西来。"

又听得小鱼儿道："谁是骗子？你们才是骗子。"

接着，便是一连串"哎哟，呀……救命……"之声，还有一连串"砰砰咚咚"好像重物坠地的声音。

桃花忍了半晌，终于忍不住跳了起来，跑出去一瞧，只见那些人已没有一个是站着的。

这十来条大汉竟被小鱼儿打得七零八落，有的被打肿了脸，有的摔断了腿，一个个躺在地上，爬不起来。

桃花也不觉惊得呆了，她知道这些敢到关外来做买卖的江湖客，非但力气都不小，手底下也都有两下子。

她实在想不到那奇怪的孩子竟有这么大的本事。

她呆了半晌，才转头去瞧……阳光，照着柔软的草地，那奇怪的孩子和那匹小白马，却已都不见了。

小白马驮着包袱，小鱼儿牵着白马，一人一马直跑出四五里地，小鱼儿一想起那些人的模样，还忍不住要笑。

已将正午了，太阳已愈来愈热，小鱼儿虽还不觉得怎样，但那匹马却已经有些吃不消了。

大草原上瞧不见人烟，也没有遮阴的地方。

小鱼儿眼珠子转了转，突然将包袱打开，拿了只羚羊的角，瞧了瞧，笑了笑，远远抛了出去。

他一面走，一路抛，竟将那一包价值百金的珍贵之物，笑嘻嘻地随手抛了，就像是丢字纸似的。

到最后包袱里剩下的已不多，小鱼儿耐住性将它们又包成一包，远远地抛入长草之间，这才拍手笑道："痛快呀痛快……"

突然远处有人娇唤道："小鱼儿……江小鱼……莫要走，等等我！"

一匹马飞驰而来，马上人衣服闪着光，十几条又黑又亮的小辫子，在风中飞扬，那张脸正红得有如桃花。

小鱼儿拍手笑呼道："好骑术……好漂亮！"

马驰到近前，桃花已站到马上，突然一个筋斗翻下来，小鱼儿吓了一吓，桃花却已站在他面前。她咬着嘴唇，跺着脚，大眼睛里水汪汪的，似乎刚哭过，又似乎刚要哭，她喘息着娇嗔道："你……你不说一声就走，你……"

小鱼儿笑道："我惹了麻烦，再不走就连累你了。"

桃花跺脚道："那……那你为什么要骗别人？"

小鱼儿道："他们骗我，我为什么不可以骗他们？"

桃花又怔住了，转着大眼睛，道："东西呢？"

小鱼儿道："全都丢了。"

桃花吃惊道："丢了？你……你为什么？"

小鱼儿笑道："让那些东西坐马，我却在大太阳下走路，我岂非变成呆子了？我自然要把它们丢光。"

桃花睁大眼睛，道："但……但那些东西都值钱得很，你不在乎？"

小鱼儿笑道："这又有什么关系？我自然不在乎，反正天下值钱的东西又不止这些，只要我想要，我随时都可以得到的。"

桃花道："你……你简直是个小疯子。"

小鱼儿哈哈大笑，过了半晌，又道："我将这些东西抛在地上，总有人会拾到的，他们若是好人，拾着这些东西，一定开心得要死，我只要想想他们拾着这些东西时的脸，也觉得很开心了，那总比自己还要花心思带着它们走好得多。"

桃花道："他们若是坏人呢？"

小鱼儿道："这些东西若被坏人拾着，一定会因为分赃不均而打起来，打得你死我活、头破血流，其中若有人独吞，甚至还会将别人都打死。"

桃花失声道："这样你也开心么？"

小鱼儿道："我为什么不开心？我简直太开心了！"

桃花睁大眼睛，道："你……你简直是个小坏蛋。"

小鱼儿道："还有，这些东西若被那些懒骨头拾着，一定什么事都不想做了，整天都要去草丛里找了，四处去找……直找到饿死为止。"

他咯咯笑着，接道："你瞧，我只不过是抛了这些东西出去，却显然不知要把多少人一生的命运都改变了，这岂非天下最好玩的事？"

桃花整个人像是木头人似的呆住了，呆了半晌，轻叹一声，道："你简直是个小魔王。"

小鱼儿道："好，你方才骂我是呆子，现在又骂我是疯子、坏蛋、魔王，我既是如此，你为什么还要来追我？"

桃花的头垂了下去，道："我……我只是……只是来问问你，为什么……为什么连招呼都不打一个，就这样走了。"

小鱼儿道："既然反正是要走的，还打什么招呼？打个招呼又有什么用？假如打个招呼能令你忘了我，我打个招呼也无妨，只可惜你总是忘不了我的。"

桃花霍然抬起头，大声道："你怎知我忘不了你？"

小鱼儿笑嘻嘻道："只要见过我的人，都忘不了我。"

桃花瞪着眼瞧他，不知怎地，泪珠竟已流下面颊。

小鱼儿道："你哭什么？反正我年纪太小，也不能做你的丈夫，何况，你生得这么漂亮，也不怕找不着丈夫的。"

桃花嘶声道："你……你简直是个……是个……"

她实在再也找不出一个名词来形容这个小怪物，狠狠跺了跺脚，突然飞身上马，拼命打着马屁股，飞驰而去。

小鱼儿摇头叹道："女人……唉，原来女人都有些神经病。"

他抚摸着那小白马柔软的鬃毛，喃喃道："马儿呀马儿，你若也和我一样聪明，就千万莫要接近女人，更莫要被女人骑，否则你就要倒霉了，女人生气时，就要将你当出气筒……唉，那匹马的屁股，只怕要被桃花打肿了。"

他骑上马，正往前走，突然一个人挡住了他的去路。

阳光下，只见这人雪白的衣衫，发亮的眼睛，虽然满面怒容，但看起来却一点也不可怕，反觉可爱得很。

小鱼儿认得他正是那很神气的白衣少年，不禁笑道："原来你到这里来了，站在这里晒太阳么？"

白衣少年冷冷道："正在等你。"

小鱼儿笑了，道："等我？你方才不理我，现在却……"

白衣少年叱道："少废话，拿来！"

小鱼儿奇怪道："拿来？拿什么？"

白衣少年道："你骗走的东西。"

小鱼儿又笑了，道："哦，原来你是说那些东西，早知道你要，我就留给你了，但现在……唉，现在全都被我丢了。"

白衣少年怒道："丢了？哼，你想骗谁？"

小鱼儿道："我为何要骗你？那些废物我留着有什么用？"

他又笑一笑道："喂，你知不知道，你生气的时候，脸红红的，漂亮得很，简直就像是个女孩子……我真的认识个女孩子，她生气时，脸也是红红的，也很漂亮，看来倒和你像是天生的一对，要不要我介绍给你……"

那白衣少年脸更红了，想做出凶狠的样子，却偏偏做不出来，只有用那双大眼睛瞪着小鱼儿，厉声道："你若真的将那些东西丢了，就得赔。"

小鱼儿道："你真要我赔？"

白衣少年道："当然要赔！"

小鱼儿道："你真是为追东西来的？"

白衣少年大声道：“当然！”

小鱼儿道：“只怕未必吧，那些笨蛋是死是活，你都不会放在心上，何况只不过被骗了些东西，这本是他们罪有应得，你……你只怕不是来追东西，而是来追我的。”

白衣少年红着脸喝道：“不错，我就是来追你的，我瞧你小小年纪，就已这么坏了，若是长大了那还得了！”

小鱼儿摸了摸头，笑道：“你要杀我？”

白衣少年道：“哼，杀了你本也不冤，只是……你年纪还小，还未必不可救药，若肯拜我为师，我好好管教管教你，也许还可成器。”

小鱼儿瞧着他，突然大笑起来，弯着腰笑道：“你想收我做徒弟？”

白衣少年怒道：“这有什么好笑？”

小鱼儿笑道：“有你这样漂亮的小伙子做师父，倒也不错，只是，你能教我什么？你哪点比我强？我做……你做我的徒弟倒差不多。”

白衣少年冷笑道：“你想不想学武功？”

小鱼儿笑道：“你以为你武功比我强？”

白衣少年怒道：“你可知道我乃川中第一高手！”

小鱼儿缓缓道：“你若真是高手，就不会逃到这里来了，是么？你既不是来做生意，也不是来玩的，却到了关外，想必是要逃避别人的追踪，是么？”

白衣少年面色立刻变了，小鱼儿这句话，正说中了他的心事，他眼中真的射出了凶光，喝道：“你究竟是什么人？究竟是何来历？”

小鱼儿笑道：“你莫管我是什么人，也莫管我是何来历，你若认为你的武功高，不妨和我比，谁输了谁就做徒弟。”

白衣少年冷笑道：“好，我正要瞧瞧你武功是何人传授。”

小鱼儿笑道：“谁输了谁做徒弟，这可是你自己答应的，不准赖……”话犹未了，身子突然自马上飞起，凌空踢出两脚，直取那少年双目。

白衣少年倒未想到小鱼儿出手竟是如此迅急，倒真吃了一惊，但这少年非但武功真的不弱，与人交手的经验，竟也似丰富得很，惊慌之中，居然不退反进，身子一偏，已到了小鱼儿背后，头也不回，反手一掌挥出。这掌不但掌势迅急，而且姿势优美，认穴之准，更似背后也生着眼睛。

小鱼儿本想一招就抢得先机，哪知先机却被人占了，突然双足一蜷，凌空翻了个筋斗，落在五尺外，笑道："等等再打。"

白衣少年只得停下进击之势，道："等什么？"

小鱼儿道："你真能瞧出我武功是何人传授？"

白衣少年冷笑道："十招之内。"

小鱼儿摇着头笑道："我不信！"

他脸上笑容笑得正甜，双拳却已击出，他笑容虽和善，出手却狠辣，这正是他从哈哈儿那里学来的法子。

那白衣少年果然上了当，虽然未被这两拳击中，但方才占得的先机已失，竟被小鱼儿一轮抢攻逼退数步。

小鱼儿嘻嘻笑道："我看你还是……"

一句话未说完，这少年突然欺身扑了进来，竟拼着挨小鱼儿两拳，一个肘拳击向小鱼儿胸膛，用的竟是存心和小鱼儿同归于尽的招式。这次是小鱼儿吃了一惊了，他可不想挨这一拳，反甩手，大仰身，身子"嗖"地倒蹿了出去。

但这少年哪肯放松？如影随形，跟了过去，双拳如雨点般密密击下，用的竟全是拼命的招式。

小鱼儿两只手忽拳忽掌。他的招式忽而狠辣，忽而诡谲；忽而刚烈，忽而阴柔；忽又不刚不柔，不软不硬。他正是已将杜杀武功之狠辣、阴九幽之诡谲、李大嘴之刚烈、屠娇娇之阴柔，以及哈哈儿之变化集于一身。这样的武功，在江湖中本已少有敌手，谁知这少年的拳法简直有如狂风暴雨一般，竟打得小鱼儿喘不过气来。但这少年心里也正在暗暗吃惊，他实在也想不到这孩子武功的变化竟有如此之多，他实在瞧不出是何门路。

忽听小鱼儿大声道："喂，住手。"

白衣少年道："好，我住手！"

"我住手"三个字说出来时，他已攻出六拳。

小鱼儿左避右闪，乘隙还了三掌，大叫道："这样也算住手么？"

白衣少年冷笑道："这次我不上你的当了。"

小鱼儿边打边嚷，道："但十招已过去了，早已过去了，你可瞧出我的武功门路？你若瞧不出就快住手听我说。”

白衣少年拳势不由得一缓，小鱼儿已乘机退出数尺，笑嘻嘻道：“你瞧出了么？”

白衣少年只得也停住了手，冷笑道：“自然瞧不出，你的武功简直没有门路。”

小鱼儿笑道：“不是没有门路，只是门路太多，瞧得你眼都花了。”

白衣少年道：“门路太多？是哪些门路？”

小鱼儿道：“告诉你，我武功是从五个人处学来的，这五个人的武功又不知包括了多少门路，每个人的武功都是又复杂、又奇怪……”

白衣少年道：“中土武林名家的武功路数，可说绝无一家我不知道，也绝无一家与你的武功路数相同，你那五个师父只怕是卖膏药、练把式的吧！”

小鱼儿笑道：“练把式的……嘿嘿，这五人的名字说出来，不吓你一跳才怪，只是这五人归隐时你只怕还在穿开裆裤，你自然不知道。”

白衣少年怒道：“此等旁门左道，又怎能与我的武功相比！”

小鱼儿道：“你的武功……嗯，倒也不错，但瞧你这种文文静静、秀秀气气的模样，实在猜不出你竟会学那种疯子般不要命的招式。”

白衣少年道：“哼，你知道什么？我这‘疯狂一百零八打’，在当今武林各门各派的拳法中，纵不能列第一，也可算第二。”

第十二章

意外风波

小鱼儿拍掌大笑道："'疯狂一百零八打'，哈哈，果然是疯子才会使的拳法，只可惜这么漂亮的人，却学这种疯子的拳法，真教人看着难受。"

白衣少年道："看起来虽难受，用出来却教别人难受。"

小鱼儿笑道："我可不难受，我也不要学……"

"学"字出口，人已扑了上去，"呼呼"就是两掌。

这一次白衣少年却已学乖了，早已在暗中防范。小鱼儿这两掌攻来，他早已击出两拳，封住了小鱼儿的掌路。

这一次小鱼儿也学乖了，绝不跟他硬接硬封，只是展动身形，左一拳，右一掌，围着他打转，和他游斗。

但这"疯狂一百零八打"威力实是惊人，这种疯狂的武功，委实比杜杀之狠辣、阴九幽之诡谲、李大嘴之刚烈、屠娇娇之阴柔都要厉害得多，果然打得小鱼儿非常难受。

小鱼儿又接了数十招，忽又喝道："住手，你这拳法果然不错，我愿意学了。"

白衣少年身子一转，转出五尺，胸膛微微起伏，也有些喘息，心想：这小鱼儿可真是有点不好斗。

小鱼儿笑道："怪不得别人常说，好好的人绝不能和疯子打架，因为他绝对打不过疯子的，如今我才知道这话果然不错。"

白衣少年道："如今你可知道厉害了么？"

小鱼儿道："只可惜你不是疯子，否则你使出这套拳法，一定更加厉害……怕只怕你将这套拳法用久了，也会变得有些疯味了。"

白衣少年皱眉道："你既要拜我为师，怎地如此无礼？"

小鱼儿笑道："我只说要学这套拳法，可没说要拜你为师。师父一样也可以向徒弟学拳的，你说是不是？"

白衣少年怒道："你还想打么？"

小鱼儿大笑道："不能打了，不能打了，你只要再一出手，立刻就要七窍流血而死，我好心告诉你，你可莫要不信。"

白衣少年怒极之下，反倒不觉笑了，道："你这小鬼满嘴鬼话，也想来骇我！"

小鱼儿道："骇你？我可不是骇你，你可知道武林中有种绝传的秘技，叫'七步阴风掌'？这就是说，无论是谁，只要在七步外被这种掌风击中，除非他站着不动，否则他走不出七步，嘿嘿，就要送命。"

白衣少年道："鬼话，世上哪有这种掌法！"

他嘴里虽在说"鬼话"，脚却有些发软，再也不敢动了。

小鱼儿瞧着他的嘴，笑道："这种掌法绝传已有百年，你自然不知道，但我却在无意中得到绝世奇缘，学会了这种掌法，而……"

白衣少年冷笑道："而且还打了我一掌，是么？"

他虽然故意要做出不信的样子，但此刻无论是谁，也不能教他再走七步了，"七步阴风掌"名字已够吓人。

小鱼儿拍手笑道："这次你说对了，不过，我只打了一掌，轻轻的一掌，只要你拜我为师，我还可将你救活。"

白衣少年冷笑道："你若以为几句话就可将我吓倒，你就大错而特错了。"

小鱼儿道："你不信？好，你且摸摸你左面第三根肋骨下是不是有些发疼？这就是中了'七步阴风掌'的征象。"

白衣少年道："哼……"

他嘴里虽在"哼哼哈哈"，手却不觉已向左面第三根肋骨下摸了过去，脸上也已不觉变了颜色。

小鱼儿垂头瞧着脚下的影子，道："怎么样，疼吧？"

白衣少年指尖已有些发抖，口中却大声道："自然疼的，任何人这地方都是最容易觉得疼的。"

小鱼儿道："但这不是普通的疼，是特别的疼，就好像被针刺、被火烧一样，疼得热辣辣的，疼得叫人咧嘴！"

他目光自地上抬起，瞪着白衣少年的手，缓缓道："你再摸，不是这里，再往左一点……再往下一点……"

白衣少年的手指，不知不觉中随着他的话在动了。

小鱼儿突然叫道："对了，就是这里，用力往下按！"

白衣少年手指不知不觉用力一按……

他身子突然一阵麻木，"噗"地跌倒，再也不会动了。

小鱼儿拍掌大笑道："饶你精似鬼，也要喝我的洗脚水。如今你终于上了我的当了吧！你可知道是怎么上的当？"

白衣少年狠狠瞪住他，眼睛里冒火，嘴里却说不出话。

小鱼儿道："告诉你，世上根本没有'七步阴风掌'，我自然也不会，但世上却真有另一门神秘的武功，叫作'点血截脉'！"

他跑过去将那匹已骇得远远跑开的小白马拉了回来。白衣少年眼睛瞪得更大，似是已等不及想听了。

小鱼儿缓缓道："这点血与点穴虽是一字之差，而且音也近似，但手法却大不相同，点穴是死的，点血却是活的。"

他随手点了那少年身上的"期门""气血囊"两处穴道，口中笑道："这是点穴，你'期门'与'气血囊'两处穴道，永远都在这个部位，绝不会动，所以点穴是死的。"

说着话，他又在那少年胁下拍了两掌，接道："点血却是要截断你的血脉，你的血脉不能流通，身子自然不能动，自然要倒下去，你的血脉整天都在不停地流动着，点血就是要恰巧点在你血脉流动时前面那一点，才能恰巧将你的血脉截断，血在流动，这一点自然也时时刻刻都不同，所以点血是活的，你懂得我的意思了么？"

白衣少年已听得入神，不觉应声道："懂了。"

小鱼儿笑道："但这闭血点穴为时不能太久，否则被点的人就要死了，方才我已解开你闭住的血，所以你现在才能说话。"

白衣少年虽然生气，却忍不住道："方才你瞧着地上的影子，可是在计算时辰，计算我血脉该流在何处，然后再叫我用力按下去？"

小鱼儿拍掌大笑道："对了，举一反三，孺子可教也。"

白衣少年咬了咬牙，又道："你虽然会一点'点血'的皮毛，但会的却不多，而且根本就点不着我，所以，你就骗我，让我自己动手？"

小鱼儿大笑道："对极对极，一点也不错，因为教我'点血'的那人，医道虽高明已极，武功却不行已极，他虽对人体各部位都了如指掌，虽能算得出人体血脉流动的系统，却也不知道该用什么手法去点，所以我也只有请你代劳了。"

他歇了口气，接道："因为你还在随时准备动手，所以真气仍在掌指间流动，我一叫你用力，你的真气就不觉自指间透出，这是因为我叫你点的不是穴道，甚至根本不在穴道附近，所以，你就根本未去留意。"

白衣少年恨声道："诡计伤人，又算得什么！"

小鱼儿道："诡计？你可知道要多大的学问才能使得出这样的诡计？第一，我要先让你时时刻刻都防备着我，这样你的真气才不会自指掌间撤出；第二，我要先编成'七步阴风掌'这样一个怕人的名字，让你不得不含糊。"

白衣少年不由得叹了口气，道："这两样已够了。"

小鱼儿道："不够，我至少还得略窥'点血'术的门径，还要算准血脉恰巧正流动在你穴道附近，让你全不提防。"

他挺起胸膛，大声道："这简直是武功与智慧的结晶，我武功若不高，怎能教你提防？我智慧若不高，又怎能教你不提防？你先提防而后不提防，可见你这两样都不如我，你拜我这样的人为师，总算不冤吧？"

白衣少年怒喝道："拜你为师，你……你做梦！"

小鱼儿道："你未动手前明明已说好的，如今怎能反悔？"

白衣少年涨红了脸，道："你杀了我吧！"

小鱼儿笑道："我何必杀你？你若要食言反悔，我就切下你的鼻子，挖去你的眼睛，割下你的舌头，把你……"

白衣少年大喝道："我死都不怕，还怕这些？"

小鱼儿眨了眨眼睛，道："你真的不怕？"

白衣少年道："哼。"

小鱼儿眼珠子一转，嘻嘻笑道："好，你既不怕，我就换个法子。"

白衣少年大叫道："我什么都不怕。"

小鱼儿道："我把你吊在树上，脱下你的裤子打屁股，你怕不怕？"

他知道有些人纵然刀斧加身，也不会皱皱眉头，但若要脱下他的裤子打屁股，他却是万万受不了的。

白衣少年脸色果然变了，一阵青，一阵红，青的时候青得像生铁，红的时候红得像猪血。

小鱼儿大笑道：“你终于还是怕了吧？快叫师父。”

白衣少年身子发抖，嘶声道：“你……你这恶魔……”

小鱼儿道：“你不叫我师父反叫我恶魔……好。”

弯下腰，就要去拉那少年的腰带。

白衣少年突然大叫了起来，叫道：“师父！师父……”

两声“师父”叫出，眼泪已流了满脸。

小鱼儿立刻为他擦干，柔声道：“你哭什么？有我这样个师父也不错呀，何况，你既已叫了我师父，哭也没有用了……呀，你还哭，再哭我又要打屁股了。”

白衣少年拼命咬着嘴唇，不让眼泪流下。

小鱼儿笑道：“这样才乖，对了，你得先告诉我，叫什么名字？”

白衣少年道：“铁……铁心男。”

小鱼儿眨眼笑道：“兰花的‘兰’？”

白衣少年大声道：“自然是男儿的‘男’。”

小鱼儿大笑道：“铁心的男儿，好，好名字，男儿的心，本该像铁一样硬，不想你模样虽生得有些像女孩子，名字却取得似乎刚强。”

铁心男突然抬起目光，道：“你！”

小鱼儿道：“我人虽比你刚强，名字却没你刚强，我叫江小鱼……你知不知道？有人说江里的鱼很好吃，你吃过没有？”

铁心男咬了咬嘴唇，道：“我……我很想吃。”

他很想吃的，倒不是远在江里的鱼，而是近在眼前的这条“小鱼儿”，他真恨不得咬这“鱼儿”一口，咬下他一块肉来。

小鱼儿笑嘻嘻地瞧着他，突然伸出手，伸到嘴边，笑道：“你想吃，就吃吧。”

铁心男呆住了，道：“你……你……”

小鱼儿大笑道：“你不是想吃我的肉么？……告诉你，无论你心里在想什么，都瞒不过我的，我一猜就猜出。”

铁心男叹了口气——除了叹气，他还能怎样？

小鱼儿道："你今年几岁了？"

铁心男道："总比你大两岁。"

小鱼儿笑道："就算你比我大两岁，但学无长幼，能者为师，这……"

突然间，远处有人嘶声大呼道："小鱼儿！江小鱼！你莫要走！不能走！"

一匹马飞驰而来，马上人的衣服仍闪着光，小辫子也仍在飞扬，但马到近前，她却几乎是滚下来的。

她的脸也不再像桃花，简直苍白得像是死人，她的眼睛仍是发亮的，但却充满了惊慌与恐惧。

她一把抱住小鱼儿，喘着气道："阿拉，真主，感谢你……他还在这里。"

小鱼儿道："阿拉？是什么事将你又'拉'来了？"

桃花道："求求你，莫要再笑我，你打我骂我都可以，但你……你……一定要跟我走。"说到第二句话时，她眼泪已流了满脸。

小鱼儿叹道："唉，又多个泪人儿，真要命！"

他用衣袖擦了擦桃花脸上的眼泪，道："你要是再哭，哭肿了眼睛，就不该叫桃花，要叫桃子。"

桃花扑哧一笑，小鱼儿拍手道："又哭又笑，猫儿撒尿……"

一句话未说完，桃花却又哭了起来，拉过小鱼儿的衣袖，"哧"地擤了一把鼻涕，边哭边道："方才我被你气走，愈想愈气，打着马兜了个圈子，刚想回去，但远远就瞧见家里出了事了。"

小鱼儿笑道："什么事？新衣服被人弄上鼻涕了么？"

桃花根本没听见他说什么，"哧"地又擤了把鼻涕，道："我远远就听见帐篷圈子里传来男人的惊呼、女人的哭声，就连马也在乱叫乱跳，乱成一团，其中还夹着皮鞭子'吧嗒吧嗒'在抽人的声音，还有个破锣嗓子在大吼：'谁也不准动，排成一排，小心老子宰了你……'"

小鱼儿道："你嗓子再哭哑些，就学得更像了。"

桃花道："我本想冲过去，但想了想，又下了马，伏下身子，在草丛里爬了过去。幸好草很长，我爬到近前，便瞧见那一团帐篷四周，不知何时已被一群人围上了，这些人一个个拿着大刀，又拿着鞭子，凶眉横眼，骑在马上，不像强盗才怪。”

小鱼儿道：“哎呀，强盗来了，有意思。”

桃花道：“这些强盗将我的族人和那些做生意的汉客全都赶牛赶羊般赶成一团，我瞧见他们的鞭子抽在我的族人身上，我的心都碎了。”

小鱼儿道：“草原上的强盗原来这么凶。”

桃花道：“草原上的强盗虽然是汉人，但为了方便，也都是穿着牧人的衣服。但这些强盗的打扮，我一看就知道是从关内来的，他们骑的也不是咱们的藏马，而是川马，藏马的腿长，川马的腿短，我一瞧就能分出来。”

小鱼儿不再笑了，皱眉道：“这些人不远千里自关内赶来，自然不是为着要抢你们的货物牛羊，关内的有钱人，总比关外多……”

桃花道：“草原上虽有强盗，但却不是这些人。”

小鱼儿笑道：“你怎知不是？草原上的强盗你认得？”

桃花道：“他们不是要抢东西，而是要抢人。”

小鱼儿睁大眼睛道：“抢人？抢谁？抢你？”

桃花咬着嘴唇，道：“汉家的女孩子，也总比我们漂亮得多……他们要抢的，也是个汉客，他们一路自关内将他追到这里，而且他们的探子还瞧见这人在我们的帐篷里，所以，他们就逼着我的族人要人。”

小鱼儿道：“你的族人可给了他们？”

桃花道：“我的族人根本不知道他们要的是谁，他们自己在帐篷里找，也没有找着，于是他们就说一定是我的族人藏起了他，还要限半个时辰内将他交出来，否则……否则他们就要凌辱我们的姊妹，打死我们的兄弟。”

她说到此刻，忍不住放声大哭起来。

她扑在小鱼儿身上，大哭道：“所以我来求你回去救救他们，我知道你很有本事……”

小鱼儿沉吟道：“你可知他们要的那人是谁？”

桃花道：“我……我本来还以为他们要的人是你，后来才听见，他们要的，是一个‘姓铁的小子’，你……你可知道他是谁？”

小鱼儿眼珠子一转，笑道：“姓铁的……我没听见过，我……”

铁心男一直瞪着眼睛在听他们的话，此刻忽然大叫道："我就姓铁，我就是他们要的人！"

桃花一惊，两只大眼睛瞪着铁心男，再也不转了。

小鱼儿摸了摸头，苦笑道："呆子，你为何要承认？"

铁心男也不理他，大声道："那些强盗中可有女子？"

桃花讷讷道："没……没有。"

她实在想不到那些强盗要找的竟是个这么漂亮、这么秀气的小伙子，竟呆在那里，眼泪也不流了。

铁心男已大声道："好，他们既要找我，我跟你去！"

桃花道："你去？不行！不行！"

铁心男道："只有我去，才能救你的族人，为何不行？"

桃花垂下头，幽幽道："像你这样的人，去了岂非等于羊入虎口？我怎忍心你前去送死，你……你……你还是快逃吧。"

铁心男冷笑道："你以为我怕他们？……哼！像他们这种蠢材，一百个加在一起，也抵不过我一根手指头。"

桃花道："你不怕他们，为何要从关内逃到这里来？"

铁心男呆了呆，道："我……我……"

桃花忽然抬起头，道："莫非你怕的只是个女人，是以一听他们全是男的，你就不怕了？"

铁心男脸红了，大声道："这些事不用你管。"

小鱼儿却拍掌笑道："原来你不怕男人，只怕女人。哈哈，这毛病倒和我差不多，我委实也是一见了女人就头疼。"

铁心男叫道："放过我……我去！"

小鱼儿道："你若去死，我岂非连徒弟也没了？"

铁心男道："我担保一定回来。"

小鱼儿歪着头想了想，笑道："桃花，你看我这徒弟是不是英雄？"

桃花痴痴地瞧着铁心男，合掌道："阿拉保佑你。"

小鱼儿大笑道："英雄救美人，这可是佳话一段，我江小鱼可不能煞风景……好，你去吧。"手掌拍了两下，铁心男一跃而起。

桃花道："你……"

小鱼儿笑道：“你有了一个英雄还不够么？我……我在这里等你们。”

桃花跺了跺脚，道：“不愿救人的人，将来也没有人救你。”

她再也不瞧小鱼儿一眼，道：“铁……你也上马来呀。”

铁心男却瞧了瞧小鱼儿，道：“我……你……”

终于什么话也没说，飞身上马，飞驰而去。

小鱼儿瞧着那渐去渐远的蹄尘，喃喃笑道：“多情的姑娘，情总是不专的，这话可一点儿也不错，铁心男这下子被她缠住了，却不知要几时才能脱身。”

他轻轻拍着那小白马的头，道：“马儿马儿，咱们也去瞧瞧热闹好么？但你瞧见漂亮的小母马时，可要走远点，咱们年纪还小，若被女人缠着，可就一辈子不能翻身了。”

桃花打马飞驰，长长的秀发被风吹起，吹到铁心男的脸上，铁心男却似毫无感觉，动也不动。

桃花只觉他呼吸的热气吹在脖子里，全身都像是发软了，她小手拼命抓紧缰绳，回眸道：“你坐得稳么？”

铁心男道：“嗯。”

桃花道：“你若是坐不稳，最好抱住我，免得跌下马去。”

铁心男道：“嗯。”居然毫不推辞，真的抱住了她。

桃花都软了，突然道：“只要你救了我的族人，我……我什么事都答应你。”

铁心男道：“嗯。”

桃花眸子立刻又发出了光，马打得更急，这段路本不短，但桃花却觉得仿佛一下子就到了。

他们已可瞧见那黄色的帐篷，已可听见声声惊呼。

桃花道：“我们是不是就这样冲进去？”话未说完，忽见一条白色的人影，突然自身后直飞了出去，本来坐在马股上的铁心男，已站在十丈外。

桃花又惊又喜，赶紧勒住了马。

只见铁心男笔直地站在那里，雪白的衣衫虽然染了灰尘，但在阳光下，看起来仍是那么干净，那么潇洒。

这正是每个女孩子梦寐中盼望的情人。

桃花心里飘飘荡荡，几乎将什么事都忘了。

但惊呼叱骂声仍不住传来，铁心男已在厉声喝道："铁心男在这里！谁要来找我？"

惊呼叱骂声突然一起消寂。

风吹草长，铁心男衣袂飘飘。

帐篷里突然有人嗄声狂笑道："好，姓铁的，算你还有种，总算没叫我李家兄弟白等。"

铁心男冷笑道："我早已猜中是你们……你们要找的是我，还耽在那里做什么？随我来！"他转过身子，缓步而行。

帐篷那边呼啸之声大起，十余匹健马，一起奔了过来，凄厉的呼啸夹杂着震耳的啼声，委实叫人胆战心惊。但铁心男仍是慢慢地走着，连眼睛都没有眨一眨。

桃花远远地瞧着，心里又忧又喜，喜的是铁家的儿郎果然是出色的英雄，忧的是他文质彬彬的模样，只怕不是这些野强盗的对手。十余铁骑瞬即将铁心男包围住了，铁心男连眼皮都不抬，马上的汉子手里虽拿着长鞭大刀，竟不敢出手。直走出数十丈外，铁心男才停住脚，冷笑道："好了，你们干什么找我，说吧。"

迎面一匹马上坐着的虬髯独眼大汉厉声道："我兄弟先得问问你，那东西可是在你身上？"

铁心男笑道："不错，是在我身上，但就凭你们兄弟这几块料，可还不配动它，你们若认为我到关外是躲你们，你们就错了。"

那独眼大汉怒吼道："放屁！"突然一提缰绳，迎头飞驰而来，长鞭迎风一抖，"啪！"带着尖锐的破风声，毒蛇般抽了下来。

铁心男叱道："下来！"

手一扬，不知怎地，已提着了鞭梢，乘势一抖，独眼大汉百来斤重的身子，竟被他凌空抖起，摔在两丈外。

铁心男身子一抡，马群惊嘶着退了开去，突然刀光闪动，两匹马自后面偷袭而来，鬼头刀直砍铁心男的脖子。

铁心男头也不回，身子轻轻一缩，两把鬼头刀呼啸着从他面前砍了过去。他长鞭扬起，鞭梢轻轻在这两人胁下一点，这两条大汉就滚下马来，一人被马蹄踢中，惨呼着滚出几丈，自己手中的刀将自己左脸整个削去了半边，另一人右脚还套在马镫里，急切中挣它不脱，竟被惊马直拖了出去。

他举手投足，眨眼间便打发了三个人，真是轻而易举，不费吹灰之力，别的人可全都吓得呆住了。

铁心男微声笑道："李家兄弟的马上刀鞭功夫，原来也不过如此。别人想动我怀里的东西，还有话说，你们竟也不量量自己的斤两，也想插一脚。"

笑声未了，忽听身后一人冷冷道："李家兄弟不配动你怀里的东西，毛家兄弟配不配？"

这语声有气无力，像是远远自风中飘来，简直教人听不清，但愈是听不清，就愈是留意去听，一听之下，就好像有无数个瞧不见的小毛虫钻进自己的耳朵里，简直恨不得将自己耳朵割下来。

铁心男脸色立刻变了，失声道："峨眉山上三根毛……"

身后另一个人怪笑着接道："人鬼见了都难逃……嘻嘻，这句话原来你也听过。"这声音却是又尖又细，宛如踩着鸡脖子，刺得人耳朵发麻。

铁心男一寸一寸地转过身子，这才瞧见身后一匹大马，特制的大马鞍上，一排坐着三个人。

第一个乍看似是五六岁的小孩子，仔细一看，这"孩子"竟然已生出了胡须，胡须又白又细，仿佛猴毛。他不但嘴角生着毛，就连眼睛上、额角、手背、脖子……凡是露在衣服外面的地方，都生着层毛。他面上五官倒也不缺什么，但生的地方却完全不对，左眼高，右眼低，嘴巴歪到脖子里，鼻子像是朝上的。这简直不像个人，纵然是人，也仿佛老天爷造他时，造坏了模子，一生气就索性把他揉成稀泥，却又不小心被他溜进了他妈的肚子。

铁心男瞧着他，虽在光天化日之下，全身也不禁起了寒战。

他也在瞧着铁心男，咯咯笑道："'嚼心蛀肺'毛毛虫这名字你总听说过吧？那就是我，你最好莫要多瞧，多瞧两眼，就会肚子疼的！"

铁心男要想不去听他说话，却又偏偏忍不住去听，听完了又觉得直要恶心，赶紧去瞧第二个人。这第二个人模样也未必比那“毛毛虫”好看多少，但身子却比“毛毛虫”整整大了一倍，脖子却比“毛毛虫”长了三倍，那又细又长的脖子上，一个头却是又尖又小，简直和脖子一般粗细，满头乱发刺猬般竖起，一张嘴却像是锥子，上面足足可以挂五六只油瓶。

铁心男拼命咬着牙，道：“你就是毛公鸡？”

这人咧嘴一笑，露出排锯子一般的牙齿，道：“你莫要咬着牙，无论谁见着我，牙齿也要发痒的。”

铁心男恨不得赶紧掩住耳朵——这人哪里是在说话，这简直像是在杀鸡，杀鸡的声音都比他柔和得多。

他实在不想再瞧那第三个人了，却又忍不住去瞧，他想，这第三个人总要好看些的——世上还有比他们更难看的人么？他不瞧倒罢了，这一瞧之下——唉，老天，前面那两个多少还有些人形，这第三个简直连人形都没有了。

这第三个人简直是个猩猩。

“毛公鸡”的身子要比“毛毛虫”大上一倍，这“猩猩”的身子却要比“毛毛虫”整整大上四倍。“毛公鸡”脖子又细又长，这“猩猩”却根本没有脖子，一颗方方正正的头，简直就是直接从肩膀上长出来的，“毛毛虫”身上的毛又白又细，这“猩猩”身上的毛又黑又粗，连鼻子嘴巴都分不出了，只能瞧出一双野兽般灼灼发光的眼睛。

这双眼睛正瞧着铁心男，道：“毛猩猩！”

远处草丛中的小鱼儿，也瞧见这三个人了，他实在忍不住要笑。他实在想不通他们妈妈是怎么将这三人生出来的，能生出这样三兄弟来的女人，那模样他更不敢想象。但他却不知这兄弟三人正是近十年来最狠毒的角色，江湖中人瞧见他们，莫说笑，简直连哭都哭不出了。

第十三章

仙女惩凶

小鱼儿在暗中已瞧了许久，他瞧见李家兄弟在前面追铁心男，这毛家兄弟就在后面跟着李家兄弟。他们坐的那匹马又高又大，但走的步子却是又轻又快，一路在后面跟着李家兄弟，李家兄弟竟没人知道。

现在，李家兄弟自然知道了，这些看起来威风凛凛的大汉，一瞧见这三个怪物，身子竟像是弹琵琶般抖了起来。

小鱼儿不禁暗中奇怪："这三个怪物找的又不是他们，他们怕什么？难道这些怪物竟是六亲不认、见人就杀的么？"

只见李家兄弟一面发抖，一面就想溜，这兄弟十余人的马上功夫果然都不错，身子未动，马已在后退。

毛毛虫突然笑道："奇怪呀奇怪，姓铁的还未溜，姓李的却想溜了。"

诸李中一人赶紧抱拳笑道："我兄弟不敢与前辈争功，这姓铁的身上的东西，我兄弟也不想分了，是以……我兄弟先走一步。"

毛公鸡咯咯笑道："你们一瞧见我们兄弟就走，难道是嫌咱们难看么？"

那大汉脸色已黄了，牙齿打战道："不，不……不敢。"

毛公鸡道："既然不敢，为何还要走？"

毛毛虫笑道："老二这就错了，腿又不是生在他们身上的，他们的腿可没有动呀，动的只不过是马腿而已。"

毛公鸡道："如此说来，不是他们不听话，是马不听话。"

那大汉赶紧道："不……不错，是……是马……"

毛公鸡道："这些马真该死。"

"死"字刚说出口，那毛猩猩已跃了下来。

他身子虽是方的，两条手臂却是又粗又长，几乎要拖到地上，他身子看来虽笨，行动倒一点也不笨。

只见他身子一晃，已到了第一匹马前，拳头往马头上举去，那匹马连哼都未哼，就倒在地上，马头竟被他一拳打得稀烂。

小鱼儿不禁吓了一跳："这家伙好大力气。"

一念转过，已有三匹马的头被他打烂了。

群马惊嘶，毛猩猩大步赶过去，就像是砍瓜切菜，十几匹马眨眼间就再也瞧不见一个好好的马脑袋。李家兄弟一个个跌下马来，一个个面无人色，其中一人突然狂呼着往后就逃，简直已被吓疯了。

毛公鸡道："还有不听话的。"

语声中突然飞起，头前脚后，一根箭似的射了出去，"砰"的一声，公鸡般的脑袋已撞上了那大汉的后背。那大汉逃得不慢，只听身后风响，连回头都来不及回头，已被撞着，一根脊椎骨断成十几截。他身子竟不是倒下去的，简直就像是面人儿似的瘫下去。毛公鸡的手却已捉着他的身子，喝道："老大，好菜给你！"

那大汉身子竟被抛了出来，飞过众人头顶。

毛毛虫笑道："刚出笼的馒头来了。"眼见那大汉身子飞来，突然伸出猴爪般的小手，往那大汉胸口一掏，他只不过是轻轻掏了掏。

那大汉身子还是照样往前飞，但却有鲜血涌了出来，又飞了三丈，才跌在地上，地上多了一串鲜血，他胸口也多了一个大洞。

再瞧毛毛虫手上已是血淋淋的，掌心一颗鲜红的人心，似是还在微微跳动。毛毛虫笑道："各位谁要吃这馒头，好香好热的馒头，还烫手哩。"

李家兄弟脸如死灰，铁心男脸色也变了。

毛毛虫大笑道："你们既然无福消受，可又便宜我了。"竟张口咬了下去，一口就咬了一半，嚼得吱吱作响，顺着嘴角直淌鲜血。

李家兄弟身子发软，简直已站不住了。铁心男不由自主掩住了嘴，否则就得当场吐了出来。就连小鱼儿，也不禁直犯恶心。李大嘴虽然也是吃人的，但吃得到底"文明"得多，还讲究细切慢烹、煎炒蒸煮，吃相也文质彬彬的，并不吓人。像毛毛虫这样的吃法，小鱼儿简直没瞧过，简直也瞧不起，他觉得这人，简直太野蛮，简直太不懂享受。

就算要吃人，最少也该学学李大嘴那样的吃法才是。

但毛猩猩的气力实在不小，毛公鸡的身法实在不错，这毛毛虫手上的功夫，也实在令人吃惊。

这点小鱼儿还是承认的，尤其是毛毛虫，他伸手一掏，就能将人心掏出来，这出手之快且不去说它，部位认得之准，竟不会掏错地方，如此眼明手快，当真连小鱼儿也不得不佩服。

他索性沉住了气，瞧个明白。

只见毛毛虫片刻间已将一颗心吃得干干净净，甚至连嘴角的血都舔干净了，拍了拍手，笑道："秋风将近，进补及时，人心最补，大家不可不知，你们瞧，我刚吃完了，精神可不就来了。"

他的精神果然来了，不但说话的声音已响亮得多，就连眼睛也亮得多，脸上也冒出了红光。

铁心男突然冷冷笑道："你们这是向我示威？"

毛毛虫笑道："你胸口里也藏着个馒头，你若不想被我吃掉，就赶紧把那东西拿过来吧，免得我多花气力动手，费了力气就又想吃馒头。"

铁心男道："你想也休想！"

身子突然倒翻而出，三十六招，最是走为上策。

哪知那毛猩猩突然已挡住了他的去路，两条手臂一伸，加起手足有两丈，铁心男竟蹿不过。

毛猩猩咧嘴一笑，道："好漂亮的小脑袋，打坏了真可惜。"

他一共只说了十三个字，铁心男却已攻出十四招。铁心男固然是快，他说得也委实慢得不像人话。

这十四招击出去，从第一拳开始便未落空，只听"砰、砰、砰"之声不绝于耳，毛猩猩肩头、胸口、肚子已挨了十四拳之多，着着实实的十四拳，可没有半分虚假。

但毛猩猩却当他是假的，非但身子动也不动，嘴里还是照样说话，铁心男这十四拳竟像打鼓为他话声助威一样。十四拳击过，铁心男嘴唇已发白，那第十五拳，委实再也打不出手，竟似已呆在地上。

毛猩猩透了口气，道："完了么？"

铁心男咬咬牙，道："完了。"

毛猩猩道："好，轮到我了！"

“呼”的一拳，直击而出。

他的拳头铁心男可受不了，身子一伏，突然自他胁下穿出，乘势在他脚上轻轻一勾，反手又添了一掌。

毛猩猩身子已推金山倒玉柱地俯面跌在地上。

铁心男却不敢回头瞧他狼狈的模样，身形不停地前蹿，忽见地上钻出个毛毛的东西，竟是毛公鸡的脑袋。

他再回头去瞧，毛猩猩已从地上弹了起来，正咧着大嘴望着他笑，左面却伸过来一只长满白毛的小爪子，道：“拿来。”

这兄弟三人竟有两下子，小鱼儿瞧见他们的身法，就知道铁心男逃是绝对逃不了的，打，也打不过。

他叹了口气，暗暗道：“看来只好我出手了，师父虽然未必帮着徒弟打架，但徒弟身上若有好东西时，做师父的可不能让它被别人抢走。”

只见铁心男已被围在中央，他摩了摩拳头，就要出手，但就在这时，忽听一阵铃声远远传了过来。接着，他便瞧见一个大红的影子，像是火。这团火竟是一人一马，火红的马，火红的衣服，人马本来极远，但来得好快，简直像是在飞。

铃声传来，李家兄弟、毛家兄弟、铁心男已全都一惊，再瞧见这火红的人马，十几人竟似一齐吓呆了。

只听一个又娇又脆的声音喝道：“一共十九个，谁也不准走！”

人马已火云般飞到眼前，马上人红衣如火，手里挥动着根火红的鞭子，鞭子雨点般落下，眨眼间李家兄弟已被抽得倒在地上打滚，那鞭子就像毒蛇，就像火，但李家兄弟眼见这鞭子抽下来，非但不敢逃，不敢招架，竟连惨呼都不敢呼出声来，只是咬着牙直哼。火红的人马兜着圈子，李家兄弟在地上直滚。

小鱼儿不禁暗中鼓掌道：“好鞭法，打得好，不想铁心男有这样的朋友，看来用不着我出手了。”

他却未瞧见这其中脸色变得最惨的，就是铁心男，他目光委实已被马上的人吸住了，且也没空去瞧别人。

毛家兄弟实在太丑，这人却实在太美；毛家兄弟丑得不像人，这人美得也不像人，简直像是仙子。

她的衣服红如火，她的面靥上也带着胭脂的红润。她的鞭子若是地狱中的毒蛇，她的眼睛就是天上的明星。她的鞭子飞舞，她的眼波流动。

小鱼儿暗叹道："只要能被她瞧两眼，挨几鞭子也没关系，但她这鞭子却未免太毒了，别人说过愈美的人愈狠心，这话果然不错。"

他瞧见李家兄弟身子本来还在打滚，嘴里本来还在哼哼，到后来却连滚也滚不动了，哼也哼不出。但这红衣少女手里的鞭子还是不停，她瞪着眼睛，咬着牙，嫣红的面靥上，没有半分笑容，竟冷得怕人。

铁心男突然大喝道："他们和你有什么仇恨，你要下如此毒手？"

那红衣少女冷笑道："天下的恶人，都和我仇深如海。"

铁心男嘶声道："你……你住手！"

红衣少女道："你要我住手，我偏要打！偏要打！"

又抽了十几鞭子，她却霍然住手，兜转马头，面对着毛家兄弟，她的眼睛发着光，冷笑道："很好，你们没有走，很聪明，但我也没有忘记你们。"

毛毛虫咯咯笑道："姑娘叫咱们留下，咱们自然遵命。"

红衣少女道："你可知道我为什么未用鞭子对付你们？"

毛毛虫道："不知道。"

红衣少女道："挨鞭的人能活，不挨鞭子的就得死！"

毛毛虫道："姑娘可知道咱们为什么不走？"

红衣少女道："你敢走么？"

毛毛虫怪笑道："咱们不走是因别人怕你，我们兄弟却不怕你！"

三个人像是早已打好商量，此刻突然同时飞起。毛公鸡一头撞向那少女的腰，毛猩猩一拳击向马头，毛毛虫一双猴爪，闪电般直抓她的眼睛。

这兄弟三人不但出手迅急，配合佳妙，而且所攻的部位，更是上、中、下三路全都照顾得周周到到。小鱼儿实在想不出她怎能挡得住这三招，她就算能保住头，也保不住腰，就算能保住腰，也保不住马。

只听这少女冷冷叱道："找死！"

接着，又是轻轻一声呼啸，那匹胭脂马竟突然人立而起，一双马腿，直往毛猩猩头上砸了下去。

毛猩猩纵能受得了人的拳头，却也受不了这马腿，拼命一躲，肩头还是被踢中，踢得满地打滚。小鱼儿瞧得几乎要拍起手来，他虽已猜出这少女武功必定厉害，却未料到连她座下的马也有两下子。再瞧毛毛虫与毛公鸡，两人也躺了下来，毛毛虫一双手已齐腕折断，毛公鸡的脑袋却分成了两半。小鱼儿眼睛虽然快，但毕竟只有一双眼睛，瞧得这边，便顾不了那边，他竟未瞧出这少女是如何出手的。

他简直瞧得连眼睛都发直了，脖子里直冒凉气，这少女连马鞍都未下，已打发了这三个怪物，这是什么样的本事。

草原昼短，日夕西沉。

夕阳，照着这少女嫣红的脸，照着她嫣红的面颊，也照着这些“死尸”——一个骑着红马的美丽小姑娘，慢慢走在满地死尸间，风吹草长，夕阳将暮，这……这又像是幅什么样的图画？

铁心男站在那里，像是丝毫也没有想逃的念头，只是瞪大了眼睛瞧着她，脸色和躺在地上的人的也差不了多少。

穿红衣的小姑娘终于将马兜到他面前。小鱼儿虽瞧不见她的脸，却猜她此时一定笑了，她不笑已是那么美，笑的时候模样更不知有多可爱了，只可惜自己瞧不见。他又想，这小姑娘只怕也对铁心男很有意思，所以才会将和铁心男作对的人都打在地上。

哪知这小姑娘却冷笑道：“好，铁心男，算你有本事，竟能一直逃到这里，能从我手里逃得这么远的人，除了你，还没有第二个。但现在你可再也逃不了啦。”

铁心男道：“所以我根本没有逃。”

红衣姑娘道：“你很聪明，你果然比这些人都聪明得多，但你若是真聪明，就快些将那东西交出来，免得我费事。”

小鱼儿愈听愈不对了，他这才知道这小姑娘虽然出手救了铁心男，却是黄鼠狼给鸡拜年，没存好心。

他眼珠子一转，自怀中摸出件东西，悄悄爬了出去，风吹草长，不住作响，恰巧掩饰了他的声音。

只听红衣姑娘道：“你拿不拿来？”

铁心男道：“什么东西？我根本不知道。”

红衣姑娘大怒道："我从来没有对别人这样好好说过话，你……你……你还要装蒜？"鞭子突然飞起，一下子抽了过去。

"啪！"鞭子抽在铁心男身上，用的力却不重，铁心男动也不动地挨着，神色不变，淡淡道："你打死我，我也不知道是什么东西。"

红衣姑娘喝道："好，你这是逼我动手，你可知我一动手就不会停手，你难道不知道我的脾气？你难道……"

她的火气愈来愈大，全未觉察小鱼儿已爬到她的马后，将手里的东西迎风一晃，便有一股火焰飘了出来，立刻燃着了马股和马尾巴，这胭脂马虽然神骏，但毕竟是畜生，世上哪有不怕火烧的畜生？当下惊嘶一声，直蹿了出去。

红衣姑娘一句话没说完，马已将她带到十丈外，她要是跃下马来，小鱼儿和铁心男还是逃不了。怎奈她对这匹马爱逾生命，怎舍得丢下？这自然是小鱼儿早已算准了的，否则他又怎会使出这一招。

那火烧得好厉害，烧得马疯了似的向前跑。

红衣姑娘惊呼道："樱桃，莫要怕，樱桃……站住！"

她跳下马虽容易，但要勒住受惊的马，可不简单，何况她简直根本舍不得使力勒马。这"樱桃"脚力也实在真快，眨眼间便跑得不见了。

小鱼儿自然也早已拉着铁心男的手，向另一个方向飞逃而去，那小白马远远瞧见了，居然像是认得他，也跟着他跑。

也不知跑了多远，小鱼儿不敢停住脚，铁心男更不敢停住脚，两人脸已发青，汗珠已和黄豆差不多大。

天色已暗了，这一趟直跑了不少里路，莫说小鱼儿，就连铁心男一生也没有一口气跑得这么远过。跑着跑着，只见前面有个破破烂烂的小木屋，小鱼儿也不管里面有人没人，一头就冲了进去。

一冲进去，两人可忍不住全躺下了，喘气的声音，简直比牛还粗，小鱼儿就在铁心男怀里，铁心男心跳的声音像是在打鼓。

幸好这屋子果然没人，只见蜘蛛网不少，显然已有许久无人居住，两人冲进来时，自然粘得满头满脸。小鱼儿刚想去弄掉它，哪知铁心男一喘过气来，突然用力一推，几乎将他推得远远滚了出去。

小鱼儿瞪起眼睛道："我救了你命，你就这样谢我？"

铁心男脸红了红，道："对……对不起，谢谢你。"

小鱼儿笑道："对不起，行个礼，放个屁，臭死你……"铁心男竟真的放了个屁，小鱼儿早已笑得满地打滚。铁心男脸更红得像茄子似的，恨不得一头钻进地里。

小鱼儿爬了起来，笑道："放屁有什么要紧，人在害怕时，不撒尿就算好了，放个屁又算得什么？你怎么像个大姑娘似的，动不动就脸红。"

铁心男道："我……我……"

他说话的声音简直像是蚊子叫，连他自己都听不清。

小鱼儿道："莫说你害怕，就连我……连我这天不怕地不怕的人都怕了她，还有谁不怕她……喂！你可知道她叫什么名字？"

铁心男道："她姓张，别人都叫她'小仙女'张菁。"

小鱼儿拍掌道："呀，这名字我听过……"

他突然想起自己出谷那天下午，逃入恶人谷的那"杀虎太岁"巴蜀东，就在他面前提起过这名字。

那巴蜀东的确也是怕她怕得要死，但小鱼儿那时候未想到这人人闻名丧胆的角色，竟是个无锡泥娃娃般的小姑娘。

小鱼儿想到她，骑着小红马，穿着红衣裳，闯荡江湖，走过的地方，人人都向她磕头……小鱼儿不觉想得出神了。

过了半晌，铁心男轻轻道："你能将我从她手里救出来，可真不容易，但……但她必定恨你入骨，你以后可要小心。"

小鱼儿笑道："我不怕，她根本没瞧见我，不认得我，何况……就算真的打起来，我也未必会输给她。"

铁心男笑道："你打不过她的，她的武功也不知是谁传授的，出道才不过一年多，最少已有五六十个武林高手栽在她手里。"

小鱼儿笑道："那些一装一篓的高手算什么？"

铁心男道："但其中却也有不少功夫是真硬的，譬如……"

小鱼儿大声道："这些且不去管它，你且将那东西拿来给我瞧瞧。"

铁心男身子微微一震，道："什……什么东西？"

小鱼儿道："就是他们不要命地来抢的东西，也就是你宁可不要命也不肯给他们的东西，你自然知道是什么的。"

铁心男道："我……我不知道。"

小鱼儿一把拉住了他的衣襟，大声道："我救了你性命，要你拿那东西给我瞧瞧，你都不肯，你这人还有良心么？何况我只不过想瞧瞧，又不要你的。"

铁心男道："你……你放手，我告诉你。"

铁心男叹了口气，道："但我这是件秘密，你可不能告诉别人。"

小鱼儿道："我会去告诉谁？呆子，你才是我最喜欢的人呀，别人害你，我不要命地救你，我怎会去告诉别人！"

铁心男脸又一红，但立刻抬起头来，轻声道："那东西不在我这里。"

小鱼儿瞪着眼睛瞧了他半天，突然大笑起来。

铁心男道："你笑什么？"

小鱼儿道："那东西既不在你身上，他们为何要追你？你为什么要逃？"

铁心男叹道："只因那东西是我一个最亲近的人拿去的，我怕别人去害他，所以就故意装成东西在我身上的模样，好教别人都来追我，他就可以平安了。"

小鱼儿呆了呆，道："原来这是金蝉脱壳，调包之计。想不到你竟是个肯舍己为人的好人。"

铁心男垂首道："我虽不是好人，但那人是我哥哥。"

小鱼儿道："哦，原来如此，但那究竟是什么东西，你总可以告诉我吧。"

铁心男头垂得更低，道："那是张藏宝的秘图。"

小鱼儿笑道："原来是这种东西，早知道是这种东西，我连瞧都不要瞧了，我若要宝贝，简直到处都有，何必那么费事？"

他站起来，转了一圈，小鱼儿走到门口，笑道："这外面还有井。"

铁心男道："这破柜子里还有几只破碗，我去打些水来给你喝。"

小鱼儿眨了眨眼睛，道："你不会逃吧？"

铁心男道："我为什么要逃？"

小鱼儿大笑道："我知道你不会逃的。"

铁心男果然没有逃，却提着个木桶走了进来。他脸上的傲气已全不见了，突然变得十分温柔，竟真的打水、洗碗，做了些男人不愿做的事，而且做得很仔细。

小鱼儿瞧着他，觉得有趣得很。突然一阵马蹄声传来，两人都一惊，面无人色，幸好小鱼儿眼尖，已瞧见是匹白马。

那小白马居然也一路追着他们来了。

小鱼儿又惊又喜，跳着迎了出去，抚着小白马道："马儿马儿你真乖，明天请你吃白菜。对了，我也该给你取个名字，别人红马叫樱桃，你就叫白菜吧。"

他向屋子里瞟了一眼，屋子里很黑，过了半晌，铁心男端了两碗水出来，满面笑容，道："我已尝了尝，这水是甜的。"

小鱼儿道："我们喝水，马儿呢？它跑累了，让它先喝吧。"

铁心男赶紧道："不行不行，这……我只洗了两个干净碗，叫它拿桶喝吧。"将一只碗放到井边，一只碗交给小鱼儿，飞也似的跑了回去。

他跑得可真快，等他跑出来的时候，小鱼儿还站在那里没动哩。铁心男眨了眨眼睛，笑道："你喝呀，水真是甜的！"

小鱼儿笑道："我怕这井水有毒。"

铁心男咯咯笑道："不……不会的，水里有毒的话，我已经被毒死了，我刚才已经喝了一碗，现在，我再喝一碗。"

他拿起井边的碗，一口气喝了下去。

小鱼儿笑道："你先喝，我就放心了。"

他喝了一碗，又是一碗，简直比马喝得还多。

天色更暗了，星星，已在草原上升起。

小鱼儿面色突然大变，道："不……不好！奇怪，我的头怎么发晕了？"

话未说完，真的倒了下去，大呼道："毒，井水里一定有毒！"

铁心男突然后退两步，冷冷笑道："你放心，水里没有毒，只不过是迷药，你在这里好好睡上一夜，明天早上，就可以走路了。"

小鱼儿呻吟着道："你……你为什么要……下迷药？"

铁心男道："只因我要去个地方，不能被你缠着。"

小鱼儿道："你……你……"

他愈来愈不行了，连话也说不清。

铁心男笑道："你这孩子，虽然还算聪明，但……"

他边说边走，说到这里，脚下突然一软，几乎跌倒。他面色也立刻变了，再走两步，竟真的扑地跌倒，倒在水桶旁，竟似连爬都没有力气爬起来，颤声道："这……这是怎么回事？"

小鱼儿道："莫非你在自己碗里也下了迷药？"

铁心男道："不……不会的，我……我明明……"

小鱼儿突然大笑起来，大笑过后一跃而起。

铁心男大骇道："你……你莫非……"

小鱼儿拍掌大笑道："你这孩子，虽然还算聪明，但和我比起来，可就差多了。你在屋子里下迷药，以为我瞧不见？嘿嘿，告诉你，我这双眼睛是药水泡大的，就算半夜里，也可以在地上找出根绣花针的。"

铁心男面色如土，道："原来你……你换了碗。"

小鱼儿笑道："不错，我换了碗，你却瞧不见。老实告诉你，这种把戏，我在两岁时就会玩了，把我带大的那些人，都是天下迷药的祖宗。"

铁心男连眼睛都张不开了，但却拼命大声道："你……你想把……我怎样……"

小鱼儿道："我也不想把你怎么样，只是，你说的话，我全不相信，我先要将你从头到脚仔细搜一搜，看看究竟藏有什么东西。"

他话未说完，铁心男苍白的脸，又像是火一般红了起来，颤声道："求求你……求……求你，不……不要……"

他不但声音颤抖，竟连身子也颤抖起来，他的一双手，死命地抓紧衣服，死也不肯放松。他口中不断呻吟着道："求求你……不……求求你……"

但声音愈来愈弱，终于没有声音了，手也终于松开。小鱼儿站在那里，笑嘻嘻地瞧着他。直等他再也不会动了，小鱼儿才在他身旁蹲了下来，把他的手拉开，他愈是求，小鱼儿愈搜。这时，一阵风吹过，吹来了一条人影。

这人影来得竟一丝声音也没有，幽灵般站在小鱼儿身后，朦胧的星光下，依稀可看出她身上的衣裳是红的。小鱼儿竟似完全没有察觉。

第十四章

倩女现形

红衣的人影，在星光下看来是那么窈窕，那么可爱。

她缓缓抬起了手，姿势也是这么轻柔而美丽，就像是多情的仙子，在星光下向世人散播着欢乐与幸福。

但这只手带来的却只有死亡，这只手刹那间就要取小鱼儿的性命。

小鱼儿还是好像完全不知道，但口中却突然喃喃道："这人真奇怪，怎么躺在这里睡觉，叫也叫不醒……喂，喂！这位大哥，你醒醒呀，在这里睡觉要着凉的。"

那只本要拍下的手，突然停住不动了。

小鱼儿还在自言自语道："这怎么办呢？……我既然见着了，就不能不管，唉，谁叫我瞧见了这口井，谁叫我要来喝水，我也只好自认倒霉了。"

红衣人影突然道："你不认得此人？"

小鱼儿就像被针戳着屁股似的跳了起来，转了个身，瞪着大眼睛瞧着这人影，又像是见了鬼似的。其实，星光下，水桶里剩下的半桶水，就像是面镜子，早已告诉了小鱼儿来的这人就是小仙女。但小鱼儿却装得真像，他瞪着眼睛怔了半天，才嗫嚅着道："小……小姑娘，你是几时来的？"

他话未说完，小仙女一个耳光打了过去，他想躲，却像是躲不开，直被打得滚倒在地。

"小仙女"张菁冷冷道："你这小鬼也敢叫我小姑娘？"

小鱼儿捂着嘴，哭丧着脸从地上爬起，惨兮兮地道："是……大姑娘，我……"

话未说完，另外半边脸又挨了一个耳刮子。

小仙女厉声道："大姑娘也不是你叫的。"

小鱼儿道："是，姑姑……阿姨……我不敢了。"

小仙女道："哼，这样还差不多。"

这话虽然还是冷冰冰的，但在她说来已是和气多了。她简直想不到自己会这样和气，也不知怎地，瞧见小鱼儿这样的孩子，竟连她的心都硬不起来。

小鱼儿眨着眼睛，突然又道："阿姨，你也莫要生气，我有个叔叔，说人若生气，肉会变酸，不……不……人若生气，就会变老、变丑的，阿姨你这么美，若是万一真的变老变丑了，岂非要教人难受得很？"

他眨着大眼睛说着，小仙女居然听了下去。她瞧着小鱼儿的脸，不禁觉得这孩子真是奇怪得很。

她竟不由自主脱口道："我真的很美么？"

一句话出口，突然觉得自己实在太和气了，反手又是一个耳光掴了出去，瞪圆了那双美丽的眼睛，厉声道："就算美也不要你说。"

小鱼儿暗暗好笑，他已觉出这一掌已轻得多，但口中却哭兮兮道："是，阿姨虽然美，但我却不说了。"

小仙女道："你这小鬼，怎会到这里来的？"

小鱼儿道："我跟着几位叔叔来做生意，今天我大叔买了匹小马，叫我骑着玩，哪知这匹马虽小，却厉害得很，竟发疯般一阵跑，我拉也拉不住，就糊里糊涂被这鬼马弄到这里，也不知这里究竟是什么地方。"他眼睛也不眨，想也不想，一大篇谎话就顺理成章地从嘴里流出来，简直比真的还叫人相信。

小仙女点头道："不错，无论多柔顺的马，一旦疯狂起来，真是谁也拉不住的，莫说你这么个小孩子了。"她自然是身受其痛，所以对这"小鬼"的遭遇不觉有些同情，却不知使她"痛"的正是面前这"小鬼"。

小鱼儿暗中几乎笑断了肠子，口中却连连道："是呀，我被这疯马折腾了一天，好不容易等它跑不动了，瞧见这里有口井，刚想喝口水，哪知却瞧见了这个睡虫。"

小仙女瞧了铁心男两眼，冷笑道："哼！你以为他是真的睡着了么？”

小鱼儿失声道：“不是睡着，难道是死了！”

小仙女道：“小鬼，告诉你，他是中了别人迷药……奇怪，他怎会被人迷倒的？……也好，我正可搜那东西在哪里。”

她对小鱼儿已全无疑心，竟也喃喃自语起来，小鱼儿瞧着她搜铁心男的身子，心里直着急，却也没法子。

哪知她搜了一遍，却什么也没搜着，小鱼儿更奇怪，想不到那东西，竟真的不在铁心男身上，那么，我说要搜他时，他为什么急得要命？

忽听小仙女失声道：“不好，那东西莫非已被迷倒他的人先搜走了？那会是什么人？……小鬼快提桶水来，泼醒他，我要问他话。”

小鱼儿赶紧笑道：“是，莫说一桶，十桶我也提得动。”

但他却像是一桶也提不动的样子，一面打水一面喘气，好容易打满了一桶，喘着气将水提过来，喃喃道：“这鬼桶怎么这样重，我……”脚下突然一个踉跄，身子扑地跌倒，水桶也直飞了出去，整桶水泼在小仙女身上。

小仙女大骂道：“你这笨猪，你……你要死。”

小鱼儿脸都骇白了，连滚带爬站起来，脱下衣服，笨手笨脚地去擦小仙女身上的水，嘴里连声道：“阿姨，姑姑……我不是故意的，我该死！”

小仙女恨声道：“瞧你长得还像个人，哪知你却是个笨猪、死猪，你要不把我身上弄干净，我不宰了你才怪。”她跺着脚，抖着衣服，小鱼儿手忙脚乱，跪在地上替她擦。她愈说愈气，刚想把这“小笨猪”一脚踢出去，哪知她脚还未抬起，膝上“阴陵泉”突然一麻，半边身子立刻不能动了，小仙女大惊喝道：“小鬼，你……”

小鱼儿道：“对不起，我不是故意的，对不起……对不起……”口中说话，手也没闲着，竟自她“宗鼻”“梁邱”“伏兔”“髀灵”等穴道一路点了上去，竟几乎将她“足阳明经”上所有的穴道全都点了个遍。

小仙女哪里还会不跌倒？

她年纪虽小，但厉害的角色却已会过不少，其中也颇有几个出名的坏蛋，她做梦也想不到这小鬼竟比所有的坏蛋加起来还坏十倍，竟连她都瞧不出，竟连她都栽了，她气得全身发抖，却又偏偏无可奈何。

小鱼儿这才笑嘻嘻站起来，故意瞪大眼睛道："哎呀，你生病了么，着凉了么？怎会跌倒了？……唉，不想你竟如此娇弱，才沾点冷水就病了。"

小仙女眼睛已冒出火来，颤声道："好……你很好，我竟瞧不出你有这么好！"

小鱼儿笑道："对不起，我实在不是故意的，这桶水我本来是要送给你那匹马喝的，我烧了它的屁股，心里实在过意不去，只可惜它想来被你送去治伤去了，我只好将这桶水转送给你，反正你们两姊妹谁受都一样。"

小仙女嘶声道："原来樱桃就是被你……你这小鬼烧伤的。"

小鱼儿大笑道："火烧樱桃，水淹仙女。我这笨猪还不算太笨吧……告诉你，永远莫要将别人瞧得太笨，也永远不要占人家的便宜，要别人叫你阿姨，一个小孩子若总是想占别人的便宜，就一定会倒霉的。"他也不管小仙女气得发疯，笑嘻嘻地抱起了铁心男的身子，放到那匹小白马的背上，像是要走了。

小仙女拼命咬着牙，拼命忍住，她毕竟算聪明，知道这"眼前亏"若能不吃时，总是不吃的好。

哪知小鱼儿突然又回过头，瞧着她笑道："对了，还有，你方才打我三巴掌，我可不能不还给你，瞧在你是个女人份上，我不加利息就是。"

小仙女惊呼道："你……你敢！"

小鱼儿笑道："我不敢……我不敢……"

随手就是一个大耳光掴了过去，直打得小仙女脸都红了，她一辈子几曾吃过这样的亏，嘶声呼道："你……你，好！你记着！"

小鱼儿笑道："你放心，我什么事都忘不了的，你第一个耳光打得我好重，所以我也不能打轻，但第二个就会打轻些了。"第二个耳光掴下，小仙女虽然拼命忍住，但眼泪已不禁流了出来，她从生出来到今天，哪有人碰过她一根手指？

她流泪的眼睛，狠狠瞪着小鱼儿，道："好，我永远也不会忘记你！永远！永远！"

小鱼儿笑道："我知道你永远也不会忘记我的，女人对第一个打她的男人，总是忘不了的，能被你这样的女人常常记在心上，我也开心得很。"

他大笑着接道："但我这第三个巴掌，还是不能留着……只是，你第三下却又实在打得我很轻，我也实在不忍打重了，你说该怎么办呢？"

小仙女大吼道："你……你去死吧！"

小鱼儿眨了眨眼睛，道："好，就这样吧，这样就算互相抵过，谁也不欠谁了。"眼睛瞧着小仙女的眼睛，缓缓俯下了头。

小仙女连心都颤抖了起来，道："你……你想怎么样？"

小鱼儿笑道："你用手打我，我用嘴打你，一定比你手打得还轻。"

小仙女惊叫道："你这恶贼，你……"

"敢"字还未说出，小鱼儿已经托住了她的下巴，在她那柔软的小嘴上，轻轻亲了亲。

小仙女突然不叫了，整个人都似已呆住，整个人都似已麻木。

小鱼儿却突然叹道："你也最多不过十五六岁，怎么能做我的阿姨？做我的老婆还差不多……你这么香的嘴，我一天亲十次都不会嫌多。"

小仙女瞪着眼睛，一字字道："你若敢再动我一动，我一定要杀死你……一定要杀死你……"

小鱼儿大笑道："你放心，我再也不会动你了，像你这么凶的女人，送给我我都不要，若有人真的娶了你这雌老虎，那才是真倒了穷霉。"

小仙女突然嘶声大叫道："你杀了我吧！你最好杀了我！否则我一定要你死在我手里，我要让你慢慢地死，一寸寸地死！"

小鱼儿哈哈大笑，转身拉过了马。

小仙女大叫道："你为何不杀我？为何不杀我？总有一天，你要后悔的，我发誓，你一定要后悔的。"

小鱼儿却已大笑着扬长而去，连瞧都不再瞧她一眼。小仙女望着他走远，终于忍不住放声痛哭起来。

只听远远传来小鱼儿的歌声："小仙女，惨兮兮，掉眼泪，流鼻涕，小鱼儿听见了，拍手笑嘻嘻……”

小鱼儿一面走，一面唱，他突然发觉自己歌喉还不错，唱得简直比小仙女的哭声还好听。直到小仙女的哭声听不见了，唱得也没了精神，摸摸脸，叹了口气，摸摸嘴，又忍不住笑了起来。

那母老虎下手可真不轻，他的脸到现在还疼，但她的嘴却又真香，那甜甜的香气此刻似乎还留在他嘴边。他突然大笑着向前跑，跑得小白马又开始喘了气，他忽又停住了脚，在星空下躺下来，他委实累了。草原上的星空，是那么辽阔，那么灿烂，风吹着他的脸，他糊里糊涂地想着，竟糊里糊涂地睡着了。

他梦见小仙女躺在他怀里，对他说：“每天只准你亲我一百次，一次也不能多，一次也不能少。”

但他刚要去亲时，小仙女却又跳了起来，打他的耳光……不对，真的有人在打他耳光，莫非小仙女又追来了？他一惊醒，却瞧见了铁心男，打他的竟是铁心男，方才那桶水，也有些溅到他脸上，他竟提早醒来了。

星光下，铁心男苍白的脸满是怒容，一双美丽的大眼睛，正狠狠地瞪着小鱼儿，咬着牙道：“小鬼，你也有睡着的时候，你也有落在我手里的时候。”

小鱼儿想跳起来，身子已不能动了，他竟也被人点了穴道。但他却似全不生气，也不着急，反而笑嘻嘻道：“我正在做着好梦，你把我吵醒了，你可得赔，我方才正在要亲别人一百次，你就得让我亲一百次。”

铁心男身子突然一阵震颤，失声道：“方才你将我怎么样了？”

小鱼儿笑道：“也没有怎么样，只不过把你的身子搜了一遍，从头到脚，仔仔细细搜了一遍，每一寸地方都没有漏。”

铁心男身子更抖得像是在打摆子，脸也红得在星光下也能辨出那红色，竟站在那里，说不出话来。

小鱼儿眨着眼睛，叹道：“但你为什么不早告诉我你是女人？否则我也就不搜你了。唉，你要知道，我年纪虽小，毕竟也是个男人呀，怎忍得住……”

铁心男大叫道："住口！住口！再说我就杀你！"

小鱼儿笑道："我既已做了，说不说又有什么两样？"

铁心男咬着牙，眼泪又已在眼圈里打转。

小鱼儿扮着鬼脸道："看来，你只有嫁给我了，我也只有娶个年纪大的老婆……唉，等到我三十岁时，你已是老太婆了。"

铁心男突然自靴筒里拔出匕首，颤声道："你……你还有什么遗言留下来，快说吧。"

小鱼儿瞪大了眼睛，失声道："你要杀我……你就算还要嫁给别人，也没关系呀，我保证绝不反对，你又何必一定要杀我？"

铁心男咬着牙道："你若无话说，我就动手了！"

她突然转过头，颤声接着道："但你也可放心，我绝不嫁给别人。"

小鱼儿听得几乎要笑出声来，却又实在笑不出，非但笑不出，倒差些要哭，老天，她竟真的相信了。

唉！女人，女人……你究竟是聪明，还是笨？

小鱼儿苦笑道："求求你嫁给别人，你爱嫁谁就嫁谁，嫁给谁都没关系，只要不嫁给我就好了，我实在受不了。"

铁心男嘶声道："这，这就是你要说的话么？好……"手里紧握着的匕首，竟真的往小鱼儿的胸膛刺了下去。

小鱼儿大叫道："慢着，慢着，我还有话说。"

铁心男跺脚道："快说！快说！"

小鱼儿叹道："我还有句话，要你转告天下的男人，叫他们千万不要救别人的命，尤其不要救女人的命，他若瞧见有别人要杀女人，千万莫烧那人的马屁股，要烧也只能烧自己的马屁股，走得愈远愈好，愈快愈好。"

铁心男道："不错，你是救了我性命，但……但我……"突然坐到地上，放声痛哭道："我怎么办呢？……怎么办呢？"

小鱼儿柔声道："你不要烦恼，还是杀了我吧，与其让你烦恼，倒不如让我死了算了，我能死在你手上，也很开心了。"

他嘴里说着，眼睛却一直偷偷瞧着铁心男。铁心男果然愈哭愈伤心，小鱼儿心里却愈来愈得意："对付女人的法子，我总算知道了，你只要能打动她的心，她就会像马一样乖乖地被你骑着，你要她往东，她就往东，要她往西，她就往西。”哪知他正在得意时，铁心男却已痛哭着一跃而起，发了狂似的向前跑，也不知要跑到哪里去。

小鱼儿这才真的吃惊，大呼道：“喂，你不能抛下我走呀，若是有狼来了，老虎来了怎么办？若是小仙女来了怎么办？你可知道，我方才又救了你……”

他叫得虽响，铁心男却已听不见了。

风，虽仍是那么柔和，星空虽也是同样的那么灿烂，那么辽阔。但躺在下面的小鱼儿，却一点也不舒服了。他真是一肚子恼火，口中喃喃叹道：“江小鱼呀江小鱼，这怪谁？这还不是怪你自己，谁叫你要惹上女人？狼来吃了你，小仙女来宰了你，你也活该。”

那小白马已走了过来，在他身旁不住轻嘶。

小鱼儿道：“小白菜，我说的话不错吧？下次你若见到有人要用绳子勒死女人，你就赶紧替他架板凳，你若见到有人要用刀杀女人，你就赶紧替他磨刀。”

那小白马一声轻嘶，突然跑了开去。

小鱼儿苦笑道：“好个小白菜，原来你也是不可靠的，你竟也抛下了我，唉，想来你大概也是匹母马……”

但他已突然发现小白菜跑去的地方，竟动也不动地站着一个人。星光下，这人身上那雪白的衣裳，比马还白。

铁心男竟也回来了。小鱼儿又惊又喜，却忍住不出声，只见小白马跑到她身旁，轻嘶着，她身子终于移动，一步步走了过来。

风吹着她的衣服，她的体态是那么轻盈。

小鱼儿暗叹道：“我真是瞎子，竟直到现在才猜到她是女人，我……我第一眼已该瞧出来的，男人哪有这样走路的？”

铁心男已走到他身边。小鱼儿却闭起眼睛，故意不理她。

只听铁心男幽幽道：“你并没有真的欺负我。”

小鱼儿再也忍不住，笑道：“你现在才知道么？”

铁心男道：“但……但你还是欺负了我，所以你……你……”

小鱼儿道：“看在老天的份上，把你真正要说的话快些说出来吧。”

铁心男垂下了头，沉着脸道："你愿不愿意陪我去一个地方？"

小鱼儿道："我自然愿意，但你先得解开我的穴道，我才能走呀！你……你总不能，背着我、抱着我走吧。"

铁心男脸更红了，却忍不住扑哧一笑，果然俯下身子，轻轻拍着小鱼儿，虽然还在为他解着穴道，却也像是不忍下重了手。

小鱼儿苦笑道："你方才打我时，下手那么重，此刻解我的穴道，下手却又这么轻了，唉，老天！唉，女人……"总算站了起来。

铁心男却背转了脸，轻轻道："我以前不要你跟我，此刻又要你陪着我，只因我想来想去，知道你……你还是对我很好的。"

小鱼儿道："你以前不知道？"

铁心男道："我……我以前不让你去，只因那地方太秘密……"

小鱼儿道："你要去的地方究竟是在哪里？"

铁心男缓缓道："那地方在昆仑山中，是……"

小鱼儿失声道："恶人谷！你要去的地方莫非竟是恶人谷？"

铁心男霍然回首，睁大了眼睛，道："你……你怎么知道？"

小鱼儿打着自己的头，喃喃道："老天……老天，这位大姑娘在问我怎会知道恶人谷。我若不知道恶人谷，世上只怕再也没有人知道了。"

铁心男眼睛瞪得更大，道："为什么？"

小鱼儿道："你且莫问我为什么，看在老天份上，先告诉我你为什么要去恶人谷吧？看你的模样，实在不像是要去恶人谷的人。"

铁心男道："我……我只是去找个人。"

小鱼儿道："找谁？"

铁心男道："告诉你，你也不会知道。"

小鱼儿大笑道："我不会知道？恶人谷上上下下，大大小小，有谁我不知道的？"

铁心男吃惊道："你……"

小鱼儿大声道："我……我就是在恶人谷长大的。"

铁心男脸色变了，道："我不信……我简直不能相信。"

小鱼儿大笑道："你不信？我且问你，除了恶人谷那种地方，还有什么地方能养大一个像我这样的人？"

铁心男呆了许久，嫣然一笑，道：“的确没有别的地方了，我本该早已想到的。”

小鱼儿道：“现在你总可告诉我，找的是谁了吧？”

铁心男又垂下了头，默然半晌，缓缓道：“我找的人也姓铁，他是个很有名的人。”

小鱼儿道：“莫非是十大恶人中的‘狂狮’铁战？”

铁心男霍然抬头，失声道：“你认得他？他果真在那里？”

小鱼儿笑道：“幸好你遇着我，否则你就要白走一趟了。是什么人告诉你‘狂狮’铁战在恶人谷的，你真该打那人的屁股。”

铁心男骑在马上，小鱼儿拉着马，铁心男没有说话，小鱼儿也没有说话，那小白马自然更不会说话了。

夜，很静，很冷，回头望去，仍可望见那无际的大草原，静静地沐浴在星光下，草浪起伏如海浪。他们终于走出了草原，这平静但又雄奇壮丽、单调却又变化迷人的大草原，已在小鱼儿心中留下永生都不能磨灭的印象。

但小鱼儿却没有回头，没有再去瞧一眼——过去的，既已过去了，就让它过去吧，留恋？不，绝不！

铁心男的脸，在星光下看来更苍白得可怕，她的确很美，小鱼儿自从知道她是女人后，就发现她实在比别的女人都美，也发现她比自己想象中脆弱得多，自从知道那消息，她非但没有说话，简直连动都不能动了，若不是还有这匹小白马，她简直连一步都不能走。

小鱼儿不禁在暗中摇头叹息：“女人……女人究竟是经不起打击的，最美的女人和最丑的都是一样。”

他暗中摇头，嘴里没有说，他懒得再说。但铁心男却突然说话了。

她长长的睫毛，覆盖着蒙眬的眼波，她眼睛并没有去瞧小鱼儿，只是梦呓，轻语道：“你已有许久未曾说话了。”

小鱼儿道：“你不说话，我为何要说话？”

铁心男道：“但……你难道没有话问我？”

小鱼儿道：“我为何要问你？我有什么不知道？”

铁心男道：“你知道什么？”

小鱼儿懒洋洋地一笑，道："被人逼得没路可走了，终于想到去投靠你的父亲，虽然你本来对他并没有多大的好感，甚至在很小的时候便已离开了他，甚至是在很小的时候便已被他抛弃了，但他，毕竟是你的亲人。"

铁心男蒙眬的眼波突然亮了，瞪着小鱼儿，道："我的父亲？谁是我的父亲？"

小鱼儿道："'狂狮'铁战。"

铁心男失声道："谁……谁说的？"

小鱼儿打了个哈欠，道："我说的……唉，女人，我知道女人明明被人说中了心事，也是万万不肯承认的，所以，你承不承认都没关系。"

铁心男瞪着小鱼儿，好像从来都没有见过他似的——这孩子简直不是人，是妖怪，是人中的精灵。

她呆了半晌，终于又道："你……你还知道什么？"

小鱼儿道："我还知道你的名字并不是男人的'男'，而是兰花的'兰'——铁心兰……这才像是你的名字，是么？"

第十五章

有惊无险

铁心男道："不……不……唉，不错，兰花的兰。"

小鱼儿一笑道："我知道你现在心里很彷徨，也不知要到哪里去，也不知该怎么办，所以，我不说话，让你静静想一想。"

铁心兰苦笑道："你究竟有多少岁？……我有时真害怕，不知道你究竟是个真正的孩子，还是个……是个……"

小鱼儿道："妖怪？"

铁心兰轻轻叹息一声，道："我有时真忍不住要以为你是精灵变幻而成的，否则，你为什么总是能猜中别人心里的事？"

小鱼儿正色道："因为我比世上所有的人都聪明得多。"

铁心兰幽幽道："也许你真的是……"

小鱼儿道："好，现在你想通了么？"

铁心兰道："想通什么？"

小鱼儿道："你可想通你究竟该怎么办？到哪里去？"

铁心兰又垂下了头，道："我……我……"

小鱼儿道："你可要快些想，我不能总是陪着你。"

铁心兰霍然抬头，脸更白得像张纸，失声道："你……你不能？"

小鱼儿道："自然不能。"

铁心兰道："但……但本来……"

小鱼儿道："不错，本来我想和你结伴，到处去闯闯，但现在你既然是个女人，我计划就要变了，我也不能再要你做徒弟了。"

铁心兰颤声道："但你……你……你……"

小鱼儿道："我和你非亲非故，两个人在一起到处跑算什么？何况，我还有许多事要做，怎么能被个女人缠着？"

铁心兰像是突然挨了一鞭子，整个人都呆住，整个人都颤抖了起来，也不知过了多久，终于凄然一笑道：“不错，我和你非亲非故，你……你走吧。”

小鱼儿道：“那么你……”

铁心兰努力挺直身子，冷笑道：“我自然有我去的地方，用不着你关心。”

小鱼儿道：“好，你现在只怕还不能走路，这匹马，就送给你吧。”

铁心兰拼命咬着嘴唇，道：“谢谢，但……但我也用不着你的马，我什么都用不着你的，你……你……”一跃下马，立刻转过了头。只因她死也不愿小鱼儿瞧见她已泪流满面。小鱼儿也装作没有瞧见，牵过了马，笑道：“你用不着也好，我本也有些舍不得这匹马，我若和它分别，倒真还有些难受。”

铁心兰颤声道：“我……我……”

她本想说：“我难道还不如这匹马，你和我分别难道没有一点难受？”但她没有说出来，虽然她心已碎了。

小鱼儿道：“好，我走了，但愿你多多保重。”

铁心兰没有回头，只听到他上马，打马，马蹄刚去——他竟就真的这样走了，铁心兰终于忍不住嘶声呼道：“我自然会保重的，我用不着你假情假意地来关照我，我……我但愿死也不要再见你！”

终于扑到地上，放声大哭起来。

小鱼儿并没有听到这哭声——无论如何，他至少装作没有听见，他只是拍马的头，喃喃道：“小白菜，你瞧我可是个聪明人，这么容易就将个女人打发走了，你要知道，女人可不是好打发的。”

他骑着马，头也不回地往前走，走了许久，忽又喃喃道：“小白菜，你猜她会到哪里去，你猜不着吧？告诉你，我也猜不着，咱们在这里等等，偷偷瞧瞧好么？”

小白菜自然不会答对的，虽然它也未必赞成。

小鱼儿却已下了马，喃喃道：“能瞧瞧女孩子的秘密，总不是件坏事，何况……咱们也没有什么事急着去做，等等也没关系，是么？”小白菜自然也不会揭穿他这不过是自己在替自己解释的——有时候马的确要比人可爱得多，至少它不会揭穿别人的秘密，也不会出卖你。

星群渐渐落下，夜已将尽。

铁心兰还没有来，难道她不走这条路？但这是唯一的路呀，莫非她迷了路？莫非她又……小鱼儿突然上马，大声道："走……小白菜，咱们再瞧瞧去，瞧瞧她究竟要搞什么鬼？你要知道，我可不是关心她，我是什么人都不关心的。"

他话未说完，马早已走了，走得可比来时要快得多，片刻间又到了那地方，小鱼儿远远便瞧见了铁心兰。

铁心兰竟还卧倒在那里，也不哭了，但也不动。

小鱼儿从马上就飞身掠过去，大声道："喂，这里可不是睡觉的地方。"

铁心兰身子一震，挣扎着爬起，大声道："走！走！谁要你回来的，你回来干什么？"

夜色中，只见她苍白的面色，竟已红得发紫了，那娇俏的嘴唇不住颤抖着，每说一个字，都要花不少力气。

小鱼儿失声道："你病了。"

铁心兰冷笑道："我病了也用不着你管，你……你和我非亲非故，你为什么要管我？"她身子虽已站起，但却摇摇欲倒。

小鱼儿道："我现在就偏偏又要管你了。"突然飞快地伸出手，一探她的额角，她额角竟烫得像是火。

铁心兰拼命打开他的手，颤声道："我不要你碰我。"

小鱼儿道："我偏要碰你。"突然飞快地抱起了她。

铁心兰大叫道："你敢碰我……你放手，你滚。"她一面挣扎，一面叫，但挣扎既挣不脱，叫也没力气，她拳头打在小鱼儿身上，也是软绵绵的。

小鱼儿道："你已病得要死了，再不乖乖地听话，我……我就又要脱下你的裤子打屁股了，你信不信？"

铁心兰嘶声叫道："你……你……"突然埋头在小鱼儿怀里，放声痛哭起来。

铁心兰真的病了，而且病得很重。

到了海晏，小鱼儿就找了家最好的客栈，最好的屋子，这屋子本已有人住着的，但他拿出块金子，大声道：“你搬走，金子就给你。”他一共只说了八个字，那人已走得比马都快——金子虽然不会说话，但却比任何人说八百句都有用得多。

焦急、失望、险难、打击、伤心，再加上草原夜里的风寒，竟使得铁心兰在高热中晕迷了一天多。

她醒来的时候，小鱼儿正在煎药。她挣扎着想爬起，小鱼儿却将她按下去。

她只呻吟着道：“你……你为什么……”

小鱼儿却大声道：“不准开口。”

她瞧见小鱼儿眼圈已陷了下去，好像是为了照顾她已有许多夜没睡了，她眼泪不禁又流下面颊。

小鱼儿将药碗端过来，道：“不准哭，吃药，这是最好的药方，最好的药，你吃下去后，立刻就会好了，若像小孩子似的好哭，就又要打屁股了。”

铁心兰道：“这……这是谁开的药方？”

小鱼儿板着脸道：“我。”

铁心兰道：“原来你还会看病，你难道什么都会？”

小鱼儿道：“不准开口，吃药。”

铁心兰轻轻一笑，虽在病中，笑得仍是那么妩媚。

她嫣然笑道：“你不准我开口，我怎么吃药呢？”

小鱼儿也笑了。他突然发现女孩子有时也是很可爱的，尤其是她在对你很温柔地笑着的时候。

黄昏，铁心兰又睡了。

小鱼儿踱到檐下，喃喃道：“江小鱼呀江小鱼，你切莫忘记，女孩子这样对你笑的时候，就是想害你，就是想弄条绳子套住你的头，她对你愈温柔，你就愈危险，只要一个不小心，你这一生就算完了。”

那白马正在那边马棚嚼着草。小鱼儿走过去，抚着它的头，道：“小白菜，你放心，别人纵会上当，但我却不会上当的，等她病一好，我立刻就走……”

忽听一阵急遽的马蹄声，停在客栈外，这客栈麻雀虽小，五脏俱全，外面还附带家酒铺。

小鱼儿听得这蹄声来得这么急，忍不住想出去瞧瞧。

远远就瞧见四五条大汉冲进店来，一言不发，寻了张桌子坐下，店家也不敢问，立刻摆上了酒，但这些人却呆子似的坐在那里，动也不动。他们的衣着鲜明，腰佩长剑，气派看来倒也不小，但一张张脸却都是又红又肿，竟像是被人打了几十个耳刮子。过了半晌，又有两个人走进来，这两人更惨，非但脸是肿的，而且耳朵也像是不见了一只，血淋淋地包着布。

先来的五个人瞧见这两个人，眼睛都瞪圆了，后来的瞧见先来的，脚一缩，就想往后退，却已来不及。

小鱼儿瞧得有趣，索性躲在外面，瞧个仔细。

这两批人莫非是冤家路窄，仇人见面，说不定立刻就要动起手来，小鱼儿可不愿进去蹚这趟浑水。哪知这两批人却全没有动手的意思，只是先来的瞪着后来的，后来的瞪着先来的，像是在斗公鸡。

先来的五人中有个麻面大汉，脸上已肿得几乎连满脸的金钱麻子都辨不清了，他瞧着瞧着，突然大笑道："镖银入安西，太平送到底……安西镖局的大镖师岂不是从来不丢东西的么？怎地连自己耳朵都丢了？这倒是奇案。"他这一笑，脸就疼得要命，但却又实在忍不住要笑，到后来只是咧着嘴，也分不出是哭是笑。

后来的两人连眼睛都气红了，左面一条脸带刀疤的大汉，也冷笑道："若是被人打肿了脸，还是莫要笑的好，笑起来疼得很的。"

麻面大汉一拍桌子，大声道："你说什么？"

刀疤大汉冷冷笑道："大哥莫说二哥，大家都是差不多。"

麻面大汉跳了起来，就要冲过去，刀疤大汉也冷笑着站起身子，小鱼儿暗道："这下总算要打起来了。"

哪知两人还未动手，手已被身旁的人拉住。

拉住麻面大汉的，是个颔下胡子已不短的老者，年纪看来最大，脸上也被打得最轻，此刻摇手强笑道："安西镖局和定远镖局，平日虽然难免互相争生意，抢买卖，但那也不过只是生意买卖而已，大家究竟还都是从中原来的江湖兄弟，千万不可真的动起手来，伤了兄弟间的和气。”

拉住刀疤大汉的一条瘦长汉子，也强笑道：“欧阳大哥说得不错，咱们这些人被总局派到这种穷地方来，已是倒了霉了，大家都是失意人，又何必再怄这闲气！”

那欧阳老者叹道：“何况，咱们今日这跟头，还像是栽在同一人的手上，大家本该同仇敌忾才是，怎么能窝里反，却让别人笑话。”

那瘦长汉子失声道：“各位莫非也是被她……”

欧阳老者苦笑道：“不是她是谁？除了她，还有谁会莫名其妙地下如此毒手？唉！咱们弟兄今天可真算栽了。”他说了这句话，七个人全都长叹着坐了下去。

这七人脸上虽已肿得瞧不出什么表情，但一双双圆瞪的眼睛里，却充满了怀恨怨毒之意。

那麻面大汉又一拍桌子，恨声道：“若真是为着什么，咱们被那丫头欺负，那倒也罢了，只恨什么事也不为，那丫头就出手了！”

欧阳老者长叹道：“江湖之中，本是弱肉强食，不是我长他人志气，咱们武功实在连人家十成中的一成都赶不上，纵然受气，也只得认了。”

那瘦长汉子突然笑道：“但瞧那丫头的模样，也像是在别处受了欺负，非但眼睛红红的，像是痛哭了一场，就连她那匹宝贝马都不见了。只怪咱们倒霉，恰巧撞在她火头上，她就将一肚子气都出在咱们身上了。”

麻面大汉拍掌笑道：“徐老大说得不错，那丫头想必是遇上了比她更厉害的，也说不定遇着个漂亮的小伙子，非但人被骗去了，就连马也被人骗走了。”

几个人一齐大笑起来，虽然一面笑，一面疼得龇牙咧嘴，但还是笑得极为开心，像是总算出了口气。

听到这里，小鱼儿早已猜出这些人必定是遇着小仙女了，小仙女打耳光的手段，他是早已领教过的。但小仙女这次出手，可比打他时要重得多，她在那井边想必受了一夜活罪，这口气正好出在这群倒霉蛋身上。小鱼儿愈想愈好笑，但突然间，外面七个人全都顿住了笑声，龇牙的龇牙，咧嘴的咧嘴，歪鼻子的歪鼻子，所有奇形怪状的模样，全都像中了魔般冻结在脸上，一双双眼睛瞪着门口，头上往外直冒冷汗。

“小仙女”张菁已站在门口，一字一字道：“我叫你们去找人，谁叫你们来喝酒！”

小鱼儿一颗心已跳出腔子来，但却沉着气，一步步往后退，他自然知道小仙女要他们找的人，就是他自己。幸好这时已入夜，屋子里已点上灯，院子里就更暗，小鱼儿沿着墙脚退，一直退到那马棚。

他不但人不能被小仙女瞧见，就是马也不能被她瞧见，该死的是，这匹马偏偏是白的，白得刺眼。马槽旁地是湿的，小鱼儿抓起两把湿泥，就往马身上涂，马张嘴要叫，小鱼儿就塞了把稻草在它嘴里，拍着它的头，轻轻道：“小白菜，白菜兄，你此刻可千万不能叫出来，谁叫你皮肤生得这么白，简直比铁心兰还要白得多。”

他说完了，白马已变成花马，小鱼儿自己瞧瞧都觉得好笑，他将手上的泥都擦在马尾上，悄悄退回屋子。这屋子里没点灯，但铁心兰已醒了，两只大眼睛就像是灯一样瞪着，瞧见小鱼儿进来，突然一把抓住他，嘶声道：“我的靴子呢？”小鱼儿道：“靴子？就是那双破靴子？”

铁心兰喘息着道：“就……就是那双。”

小鱼儿道：“那双靴子底都已磨穿，我抛到阴沟里去了。”

铁心兰身子一震，颤声道：“你……你抛了！”

小鱼儿笑道：“那双破靴子，叫花子穿都嫌太破，你可惜什么，紧张什么？我已替你买了双新的，比那双好十倍！”

铁心兰挣扎着往床下跳，颤声道：“你抛到哪里？快带我去找！你……你这死人，你可知道我那靴子，靴子里藏着……”

小鱼儿眼睛眨眨，道：“藏着什么？”

铁心兰道：“就是那东西……我为了它几乎将命都送了，你却将它抛到阴沟里，我……我不如死了算了。”

小鱼儿道：“那东西？那东西不是不在你身上么？”

铁心兰眼眶里已满是眼泪，道：“那是我骗你的。”

小鱼儿叹道：“谁要你骗我，这一来你可是自己害自己，我把那破靴子随手一抛，根本不知道抛在哪里。”

铁心兰当场倒在床上，不能动了，口中喃喃道："好……很好……什么都完了。"

小鱼儿微微笑道："那东西也只不过是张破纸而已，丢了也没什么了不起，你又何苦如此着急，急坏了身子可不是好玩的。"

他话未说完，铁心兰已一骨碌爬起来，瞪着他道："你……你怎知道那……那是张纸？"

小鱼儿笑道："你若说的就是那张纸，我已从靴子里拿出来过，纸不但已破了，还是臭臭的，有股臭咸鱼的味道。"

铁心兰整个人都扑到他身上，捶着他的胸，又笑又叫，道："你这死人……你故意让我着急。"

小鱼儿笑道："谁叫你骗我……我早已猜出那东西是在你靴子里的……你居然想得出把那么重要的东西藏在靴子里，可真是个鬼灵精。"

铁心兰道："你才是鬼灵精，什么事都瞒不过你，你……你方才真骇死我了。"

小鱼儿道："但东西还是落在我的手里，你不着急？"

铁心兰垂下了头，道："在你手里，我还着急什么？"

小鱼儿道："你不怕我不还给你？"

铁心兰道："我不怕。"

小鱼儿道："好，我就不还你。"

铁心兰柔声道："那，我就送给你。"

小鱼儿瞪起眼睛道："但……但你本来死也不肯将这东西给别人的。"

铁心兰道："你……你和别人不同。"

也不知怎地，小鱼儿突然觉得心里甜了起来，全身飘飘然，就好像一跤跌进成堆的棉花糖里。

但他立刻告诉自己："江小鱼，小心些，这糖里有毒的。"他立刻想把铁心兰往外推，怎地却推不下手。

铁心兰悠悠道："方才你到哪里去了？"

小鱼儿道："外面……我还瞧见了一个人。"

铁心兰道："谁？"

小鱼儿道："这人你认得的……我不幸也认得。"

铁心兰悚然道："小……小仙女？"

小鱼儿笑道："对了，就是她。"

铁心兰颤声道："她在哪里？"

小鱼儿道："你打开窗子只怕就可见到。"

铁心兰手脚都凉了，道："她……她就在外面，你却还有心在这里和我开玩笑？"

小鱼儿道："她就在我面前，我也是照样开玩笑。"

铁心兰咬着嘴唇，道："你这人……现在，我们该怎么办呢？"

小鱼儿道："现在，三十六着，走为上策，咱们……"

话犹未了，忽听外面远处有人厉声喝道："叫你开门你就得开门，大爷们是干什么的，你管不着！"接着，"砰"的一声，像是有扇门被撞开了。

小鱼儿叹道："好啦，走也走不了啦！"

铁心兰面色如土，颤声道："看样子小仙女已找了人一间间屋子查过来了，她想必已听说咱们落脚在这附近，但现在他们还未查到这里，咱们赶紧从窗子里逃，还来得及。"

她一把拉住小鱼儿的手，就想往窗外跳。

小鱼儿却摇头道："不行，咱们现在若从窗里逃走，他们就必会猜出咱们了，那时小仙女追踪而来，咱们也是逃不远的。"

铁心兰掌心已满是冷汗，道："那……那怎么办？"

小鱼儿微微笑道："不怕，我自有法子。"

这时远处又传来女子尖锐的呼声，叫道："出去……快出去，你们这群强盗怎地也不敲门就闯进来了……"

小鱼儿笑道："这女人莫非正在洗澡？"

他竟似一点也不着急，一面嘻嘻笑着，一面从怀里掏出个已陈旧得褪了颜色的绣花小布袋。

铁心兰道："这是什么？"

小鱼儿笑道："这是宝贝……是我从一个姓屠的人那里偷来的。"

说话间他已自袋中取出一沓薄薄的、软软的、黏黏的，像是豆腐皮，又像是人皮般的东西。

铁心兰眼睛瞪圆了，突然失声道：“这莫非就是人皮面具？”

小鱼儿笑道：“总算你还识货。”

他从那一沓中仔细选出了两张，道：“你先脱下外面的衣服，随便塞在哪里……再把我这斗篷，反着披在身上……好，现在把脸伸过来。”

铁心兰只觉脸上一凉，全身都起了鸡皮疙瘩，等她张开眼来，小鱼儿的脸已完全变了模样。

他竟已满脸都是皱纹，只差没有胡子。

铁心兰忍不住轻笑道：“真像是活见鬼，你……你竟已变成个小老头了。”

小鱼儿道：“小老头正好配小老太婆。”

这时脚步声、人语声已渐渐近了。小鱼儿仍是不慌不忙，先从袋子里掏出一撮胡子，粘在他自己嘴上，又取出瓶银粉，往铁心兰和他自己头发上撒——两个人头发立刻变为花白的，然后，小鱼儿又取出几支粗细不同的笔，也不知蘸了些什么，就往铁心兰脸上画。

人语声、脚步声愈来愈近，好像已到他们门口。铁心兰手脚冰冷，四肢已簌簌地发抖。

小鱼儿的手仍是那么稳，口中还不住悄声道：“莫怕……莫怕，我这易容改扮的功夫，虽还并不十分到家，但唬唬他们已足够有余了。”

现在，脚步声真的已到他们门口。

小鱼儿闪电般收拾好东西，扶着铁心兰，道：“走，咱们从大门出去。”

铁心兰骇然道：“大……大门！”

她连声音都急哑了，但小鱼儿却已不慌不忙地打开了门。

只见方才那条脸被打肿的大汉，恰巧正走到他们门外，小仙女那窈窕的红衣身影，就在这几人身后。

小鱼儿却连头也不抬，连声道：“大爷们让让路，我这老婆子也不知吃错了什么，突然得了重病，再不快去瞧大夫，就要送终了。”

他的语声竟突然变得又哑又苍老，活像是个着急的老头子。铁心兰身子不住发抖，也正像是个生病的老太婆。

那群大汉非但立刻闪开了路，还闪得远远的，生怕被这老太婆传染，那麻面大汉连鼻都掩住，皱眉道：“六月天突然发病，八成是打摆子，否则怎会冷得发抖？”

小鱼儿叹着气，慢吞吞地从他们中间走了过去。铁心兰简直要晕了，恨不得立刻插翅而逃，她真不懂小鱼儿怎地如此沉得住气。好不容易走过小仙女身旁，走到了院子里，小仙女瞪大了眼睛瞧着他们，也像是丝毫没有怀疑。

哪知他们还未走出几步，“呛啷”一声，小仙女突然自一条大汉腰畔抽出了柄快刀，一刀向小鱼儿脑袋上砍下，口中喝道：“你想骗得了我？”

铁心兰骇得魂都飞了，但小鱼儿却似毫未觉察，直到那柄刀已到了他头上，立刻就可以将他脑袋切成两半，他还是动也不动，还是一步步慢吞吞走着。那柄刀居然在距离他头发不及半寸处顿住。

就连那些大汉都不禁叹了口气，暗暗道：“这丫头疑心病好重，连这个糟老头子都不肯放过。”

小鱼儿像是什么事都不知道，居然还走到马棚里，牵出了那匹也“易容”过的马，喃喃道：“马儿马儿，老太婆虽病了，我可也不能丢下你。”

铁心兰急得眼睛都花了，汗已湿透衣服——小鱼儿居然还要牵这匹马，她真恨不得狠狠捏他几把。

现在，小鱼儿和铁心兰已站在大街上，铁心兰真不知道自己是怎么走出来的，这简直像做梦，一场噩梦。

她糊里糊涂地被小鱼儿扶上了马，小鱼儿拉着马居然还在慢吞吞地走，铁心兰忍不住道：“老天，求求你，走快些好么？”

小鱼儿道：“千万不能走快，他们或许还在后面瞧，走快就露相了……你瞧夜色这么美，骑在马上慢慢逛，多么富有诗情画意。”他居然还有心情欣赏夜色，铁心兰长长叹了口气，真不知是该哭还是该笑，但长街终于还是走完了。

眼前是一片郊野，灯火已落在他们身后很远。

铁心兰这才长长松了口气，苦笑道：“你这人……我真猜不出你的心究竟是什么做的？”

小鱼儿笑道：“心……我这人什么都有，就是没有心。”

铁心兰咬着嘴唇，带笑瞟着他，道：“方才那把刀若是砍下，你就连头也没有了。”

小鱼儿笑道：“我早就知她那把刀只不过是试试我的，她若真瞧破了我，真要动手，又怎会去拔别人的刀？”

铁心兰叹道：“不错……你在那种时候居然还能想到这种关节，你真是个怪人……你难道从来不知道害怕？”

小鱼儿大笑道：“你以为我不害怕……老实告诉你，我也怕得要死，世上只有疯子白痴才会完全不害怕的。”

铁心兰嫣然一笑，道：“咱们现在到哪里去？”

小鱼儿道：“到哪里去都没关系了，反正再也没有人能认得出你……只是，你的病……”

铁心兰笑道：“我方才被他们一骇，骇出一身冷汗，病倒像是好了，手脚也像是有了力气，你说怪不怪？”

小鱼儿道：“你已能走了？”

铁心兰道：“能，不信我下马走给你看看。”

小鱼儿道：“好，你下马走吧……我也要走了。”

铁心兰身子一震，失声道：“你……你……你说什么？”

小鱼儿道：“我们不是早已分手了么？只因为你有病，我才照顾你，现在你病好了，我们自然还是各走各的路。”

铁心兰面色惨变，变得比方才听到小仙女来了时更苍白更可怕。她身子竟已又开始发抖，泪珠夺眶而出，嘶声道：“你……你难道真的……真的……”

小鱼儿道：“自然是真的，你将那东西送给了我，我也救了你一命，咱们可算两相抵过，谁也不欠谁了。”

铁心兰泪流满面，咬牙道：“你难道真的没有心……你……你的心莫非已被狗吃了？”

小鱼儿笑道：“这次你猜对了。”

铁心兰突然扬起手，狠狠给了小鱼儿一个耳刮子。

小鱼儿动也不动，瞧着她，淡淡道：“幸好我的心已被狗吃了，我真该谢谢那条狗，否则男人的心若被女人捏在手里，倒真不如被狗吃了算了。”

铁心兰已痛哭着自马背上扑倒在地，放声痛哭道：“你不是人……你根本不是人！”

小鱼儿拉起了她，笑道：“再见吧……无论我是不是人，至少不是被女人眼泪打动的呆子，我……”

突然一人冷笑道：“不错，你不是呆子，你聪明得很！只可惜太聪明了些！”

第十六章

弄巧反拙

这语声冷而美，赫然竟是小仙女的声音。

铁心兰哭声立刻顿住，小鱼儿身子虽也一震，但却绝不回头去瞧一眼，口中立刻叹息道：“孩子的妈，你哭什么？又死不了的，快去找大夫吧，再迟人家只怕就要关起门来睡大觉了。”

只听小仙女冷笑道：“你说完了么？不错，你装得很像，你此刻真该去找大夫了，只可惜世上所有的大夫都已救不了你。”

小鱼儿站在那里，像是突然被钉子钉在地上，动也不能动。铁心兰也是那样伏在地上，连头都未抬起。

小仙女道：“你还有什么话说？”

小鱼儿突然转过头，突然大笑道：“很好，终于被你瞧破了，但你是如何瞧出来的？可否说来听听？”

小仙女冷笑道：“我砍下那一刀时，风声连聋子都听得出，你若真是个糟老头子，早已骇得扑倒在地，又怎会还是若无其事地往前走？”

小鱼儿歪着头想了想，长叹道：“不错，原来你也是个聪明人，聪明得出乎我意料。”

小仙女道：“你现在才知道，不嫌太迟了么？”

小鱼儿笑道：“但你也莫要神气，我总算还是骗过你一阵子，你发觉得才真的是太迟了，我若不是身旁有个累赘，早已不知走到哪里去了，还会等着被你追上？”

小仙女居然没有动怒，冷笑道：“你既然那么聪明，此刻就该还能再想出个法子逃走……你若想不出，可见你的脑袋还是没有用，不如割下来也罢。”

小鱼儿笑嘻嘻道：“我何必再想什么法子？你以为我真的打不过

你？我先前只不过是懒得和你动手罢了，常言道，好男不与女斗，我……”

他话未说完，小仙女的手掌已到了他面前。这一掌招式倒也平常，但却奇快，简直快得不可思议，若非眼见，谁也想不到世上竟有人出手如此迅急。小鱼儿口中说话时，眼睛虽一直盯住她，防备着她，但这一掌击来，他竟然还是躲不开。

他身子全力一拧，脸上还是被那春葱般的指尖刮着一些，脸上立刻多了三道红印，火辣辣地发疼。

小仙女第二掌又跟着发出。

小鱼儿大嚷道：“住手，好男不跟女斗，住手！”

他大叫大嚷，小仙女却似全未听见，她实在恨透这坏小子了，铁青着脸，瞬息间已击出了二三十掌。小鱼儿看来看去，也看不出她招式有什么奇妙之处，她一掌击来，小鱼儿明明觉得自己可以从容化解，但到她一掌真的击来时，小鱼儿却不知躲得多么狼狈。他连变了十几种身法，连掏心窝的本事都使了出来，却竟然无法还手击出一掌——他一招还未击出，小仙女的第二招已跟着攻来，他好容易再躲过这一掌，再想还手，小仙女第三招又来了，他简直只有挨打的份儿。

铁心兰忍不住抬起头来，眼睛也已瞧直了。

她根本瞧不清小仙女的身法、招式，她只瞧见一条红衣人影，那两只白生生的手掌，竟已化为一条白线。这条白线在红影中蹿来蹿去，又好像一条鞭子，小鱼儿就被这条鞭子打得到处乱跑，他跑到哪里，鞭子就追到哪里。铁心兰委实瞧不出这掌法有什么特别奇妙之处，但却一辈子也没有瞧见过这么快的掌法。小仙女的这双手像是附着什么妖魔精灵，否则怎会有如此快的出手？

小鱼儿只觉得她像生着十几只手似的，刚躲过这一只，另一只已来了，他简直连气都不能喘。到后来，小鱼儿眼前已全都是她那白生生的兰花般的掌影，他连头都晕了，忽又放声大呼道：“住手，住手，你已中了我的毒，你……”

他又想重施故技，怎奈小仙女却全不听他这一套。铁心兰也急得变了颜色，但身子还是软软的，却又无法出手助他。

小鱼儿满头大汗，叫道：“你不相信，你可知我这毒药有多厉害？”

小仙女冷笑道："在我手下，天下可说绝无一人还能抽出手来施毒，何况是你这小鬼，你又想骗我，你简直是做梦！"

小鱼儿大叫道："我不骗你，我……"

突然"啪"的一声，他脸上已着了一掌，身子竟被打得直飞了出去，远远落在一丈外，在地上直滚。

铁心兰失声惊呼道："小鱼儿，你……你……"

哪知小鱼儿不等她话说完，一个翻身又跳了起来，擦了擦从嘴角淌下来的鲜血，笑嘻嘻道："你放心，她打不死我的，只要她打不死我，我总能打倒她。"

小仙女冷笑道："好，我倒要看看你骨头有多硬。"

她话未说完，身子又冲了过去，又攻出七掌。不错，她掌式既不奇诡，也不算狠辣，但却实在太快，快得令对方简直不能喘息，不能还手。

别人若不还手，又怎能胜她？

小鱼儿咬着牙，发下狠，无论如何，也得还她两拳。他看准小仙女掌法中有个破绽，拼命一招击出。

哪知等到他这一招击出时，小仙女手掌已将那破绽补上，他一招还只击出一半，肚子上已挨了一拳。

铁心兰惊呼道："不好！"

呼声中，小鱼儿又被打得飞了出去，满地乱滚。

铁心兰颤声道："算了吧，求求你……你打不过她，她实在太快了。"

哪知小鱼儿还是站起来。

他虽然疼得龇牙咧嘴，还是笑道："就因为她太快，所以打不死我……出手太快，就不会太重，这道理你难道不明白？"

小仙女面色也变了，她委实也未想到这小子竟然变得如此有种，居然还能站起来，她知道自己出手并不轻，若是换了别人，挨了这三下，纵然不死，也丢了半条命，但这小子非但能站起来，竟反而也出手反击起来了。

小仙女咬了咬嘴唇，道："好，算你骨头硬，我倒要瞧瞧你的骨头有多硬！"

她出手愈来愈快，小鱼儿却愈打愈慢。

但是他躺下去，又爬起来，躺下去，又爬起来……

小鱼儿第七次爬起来，却又跌下去，他还是挣扎着要爬起来。小仙女瞧着他，脸上的表情很奇怪，也不知是愤怒，是痛恨，还是已有些可怜，有些不忍。

她口中只是冷冷道："你只要服输，我就饶了你！"

小鱼儿道："放屁！谁要你饶我……要你求我饶你……我要扒下你的衣裳，把你吊在树上，狠狠地抽你……"

他摇摇摆摆，才站直身子，小仙女已冲过去，飞起一脚，将他踢得连滚几滚。

铁心兰已闭起眼睛，不忍去瞧了。她的心已碎，肠已断，她自己也不知道为何对这可恨的冤家如此关心。

小鱼儿伏在地上，不住喘息，终于不能动了。小仙女胸膛已有些起伏，她喘息着道："小鬼！小坏种！小流氓！你还能站起来么？你还能再打么？"

小鱼儿双手抓着地上的草，身子慢慢向上爬，颤声道："你才是坏种！流氓！你……你还是强盗……"

小仙女大怒叫道："你还敢骂我！"

她又冲上去，一脚又将小鱼儿踢了几个滚。

铁心兰嘶声道："你……你……你好狠，人家已躺在地上，你还要动手！"

小仙女恨声道："谁叫这小鬼骂我！"

小鱼儿道："我骂你，我偏要骂你，你见财起意，你无恶不作，你杀人如草，你……你是见鬼的小仙女，你简直是个母夜叉。"

他声音已愈来愈弱，但还是骂不绝口。

小仙女气得身子发抖，一脚踩在他胸膛上，道："好，你骂，你骂……我叫你永远再也骂不出，我本不想杀你，这是你逼我的，我……"

她咬着牙，一掌方待击下，铁心兰失声惊呼，也挣扎着要爬过去，滚过去，哪知就在此刻——

小鱼儿突然出手，抱住了小仙女的脚。

他也不知道是哪里来的力气，竟将小仙女纤巧窈窕的身子一抡，抡了起来，接着飞起一脚踢在小仙女腰眼上。

小仙女怎么也想不到这垂死的人还能出手，脚一麻，身子被抡起，头一晕，腰上挨了一脚，接着就摔在地上。

小鱼儿也扑倒下去，压在她身上，两只手片刻不停，把可以摸得到的穴道，不管三七二十一全点了。

铁心兰又惊又喜，颤声道："小鱼儿，你……你这是怎么回事？"

小鱼儿喘息着笑道："我早就告诉过你，她打不死我的……我这身子是被药水泡大的，别人吃奶的时候，我就已开始吃药……莫说是她，就算是出手比她再重十倍的人，也休想将我打得真个爬不起来。"

铁心兰道："但你……你方才……"

小鱼儿大笑道："我方才只是故意装出来骗她的，好教她不防备，然后再故意骂她，让她生气，她气晕了头，我就笑歪了嘴。"

铁心兰终于破涕为笑，但还是有些不放心，道："你真的没事么？"

小鱼儿站起来，笑道："我这一身铜筋铁骨，凭她那两只又白又嫩的小手能伤得了我？她拳头打在我身上，简直好像在弹棉花似的。"但这棉花却委实弹得不轻，他嘴虽说得硬，但身子一动，就到处发疼，全身骨头像是被打散了。

他狠狠瞧着小仙女，道："现在你还有什么话说？"

小仙女闭着眼睛，眼泪已一连串流下来。

小鱼儿大笑道："你哭也没有用的，我说过要还你几拳，就是要还你几拳，一拳也不会少……"

说着说着，他已一拳打了出去。他一连打了四拳，打得可真不轻。小仙女闭着眼，咬着牙，哼也不哼。

小鱼儿道："你求我饶你，我就少打几拳。"

小仙女突然大叫道："你这恶贼，你打死我吧！"

小鱼儿一个耳光打过去，打得她住了嘴。

铁心兰忍不住道："你就饶了她吧！"

小鱼儿道："饶她，我为什么要饶她？她方才为何不饶我？我说过要扒下她的衣服，将她吊在树上……"

小仙女嘶声呼道："你敢！你若真的……我……我死了也不饶你！"

小鱼儿笑嘻嘻道："你活着我尚不怕，何况死的。"

他一把抓起小仙女的头发，将她整个人抓起来，正正反反，先打了她四个耳刮子，笑道："这是本钱，先还你，还要再加利息。"

小仙女泪流满面道："你……你好狠……"

小鱼儿道："我狠？你自己难道不狠？你只知别人对你出手狠，难道就忘了你对别人出手时，岂非还要比这狠得多？"他愈说愈气，一把就撕开了小仙女的衣服。

小仙女整个软玉般的肩头都露了出来，她嘶声大骂道："你这恶狗，恶魔……"

她将心里想得出的什么话全都骂了出来。

小鱼儿笑嘻嘻地听着，摇头道："你若骂得好，我听听也没关系，还觉有趣，但你实在不会骂人，骂人的技术你一点也不懂，我只有请你住嘴了。"他竟从地上抓起烂泥，要往小仙女嘴里塞。

小仙女现在真的怕了，终于痛哭着道："求求你……饶了我吧……饶了我吧……"

小鱼儿大笑道："好，你终于求我饶你了，你莫要忘记。"

小仙女哭得肠子都断了，她毕竟是个女孩子，她毕竟年纪还小，她第一次尝到被人欺负的滋味。

小鱼儿大笑着将她摔在地上，道："好，我饶了你。"

他再也不瞧小仙女一眼，转过身子，扶起铁心兰，撮口而哨，叫道："小白菜……小白菜……"

那匹小白马竟真的和他有缘，竟真的跑了回来。

小鱼儿笑道："白菜兄，这次辛苦了你，背我们两人一程吧，到了前面，我一定好好请你吃一顿，还得喝两杯。"

他扶着铁心兰上了马，自己也上了马，这匹马虽然小，气力却不小，轻嘶一声，轻快地向前就跑。

小鱼儿大笑道："小仙女，再见了……嗯，还是莫要再见的好。"

他竟然就这样扬长而去，留下动也不能动的小仙女躺在地上，小仙女的哭声，他像是完全没有听到。

两个人挤在马背上，靠得紧紧的，铁心兰只觉身子又轻又软，像是靠在云堆里，既不愿动，也不愿说话。

小仙女的哭声，终于听不见了。铁心兰终于轻叹一声，道："你真的是张菁的克星。"

小鱼儿笑道："她遇见我，算她倒霉。"

铁心兰默然半晌，悠悠道："我真没想到，你真的打起来时，竟那么狠，那么不怕死……"

小鱼儿大笑道："我也许是个坏蛋，但却绝不是孬种。别人想要我干什么都容易，但谁也休想叫我求饶。"

铁心兰嫣然一笑，柔声道："不错，你就算坏，也坏得是个男子汉。"

星光月色都很亮，银子般的月光，将他们的影子照在地上，他们两人的影子，几乎已变成了一个。

又过了半晌，铁心兰突然道："你可知道小仙女张菁为什么要抢我那张藏宝图？"

小鱼儿道："还不是见财起意。"

铁心兰道："那你就错了，她手段虽然毒辣，却不是个坏人。"

小鱼儿笑道："她难道是好人？好人要杀你，坏人却救了你，这岂非怪事？"

铁心兰道："我跟你说正经的，她要抢我的藏宝图，只因为她母亲和这批宝藏的主人有很密切的关系。"

小鱼儿道："哦……她已经这么凶了，她母亲岂非更是个母夜叉？"

铁心兰笑道："她母亲非但不是个母夜叉，还是昔日江湖中一位大大有名的美人，只要看见过她的男人，没有一个不被她迷得要死要活的。"

小鱼儿笑道："这样的人，我倒想瞧瞧。"

铁心兰咬着嘴唇，道："只可惜你迟生了几年，她现在已经老了，但江湖中老一辈的人听到'玉娘子'张三娘的名字，心还会直跳。"

小鱼儿笑道："你为什么不说只可惜她早生了几年，见不着我……那么，小仙女的父亲又是何许人物？"

铁心兰道："这……这我却不清楚。"

小鱼儿大笑道："不错，有名美人的子女，的确有许多是找不到父亲的，只因为可能是她父亲的人太多了。”

铁心兰扑哧一笑，道：“你少缺德，那‘玉娘子’虽然美得如玉，但也冷得如冰，江湖中追求她的男人虽不知有多少，但她瞧得上的却只有一个。”

小鱼儿眨了眨眼睛，道：“谁有如此艳福？”

铁心兰道：“就是那藏珍的主人，名叫燕南天。”

小鱼儿身子微微一震，失声道：“燕南天！”

铁心兰道：“你也听过这名字？”

小鱼儿道：“我……我好像听见过，却已记不清了。”

铁心兰道：“你若听见过这名字，就不该忘记，他本是昔日江湖中最最有名的剑客，他的剑法，至今还没有一个人能比得上。”

小鱼儿道：“哦。”

铁心兰悠悠道：“他生得虽不英俊，但却是江湖中最有男人气概的男子汉，只可惜我也迟生了几年，见不着他。”

小鱼儿笑道：“你可要我帮你找他？”

铁心兰叹道：“你已找不着他，任何人都找不着他。江湖传言，十几年前，他不知为了什么，闯入恶人谷，从此就没有再出来，他虽然剑法无敌，但遇着那许多恶人，只怕……还是难逃毒手。”

小鱼儿默然半晌，道：“噢……”

铁心兰道：“这藏宝图，据说就是他入谷之前留下的，他似乎也自知入谷之后必死，所以便将他生前搜集的古玩珍宝，以及他无敌天下的剑谱，全都藏在一个隐秘之处，若没有这藏宝图，谁也找不到。”

小鱼儿缓缓点头道：“珍宝虽不足令人动心，但这剑谱却的确令人眼红，谁得了这剑谱，谁就可无敌于天下，那就难怪有这许多人要来抢了。”

铁心兰道：“但小仙女却非为这剑谱，而是为了要安慰她的母亲……”

她方待回头，但眼光溜过地上，整个身子突然一震，失声道：“你……你瞧，这……这是……”

小鱼儿笑道：“我早就瞧见了，地上的影子，已多了一个。”

地上的影子，竟赫然真的多了一个，多出来的影子，就站在小鱼儿身后的马屁股上。

但马还是照样往前跑，像是全无知觉。小鱼儿虽沉得住气，铁心兰却慌了，抱着小鱼儿的手，拼命一勒马缰，那匹马长嘶而起，铁心兰却跌下马去。

只听一人冷冷道："你怕什么？我若要取你们性命，早已出手了。"

小鱼儿笑道："我若害怕，早已跳下马了。"

那语音咯咯笑道："不错，你这人很有意思，我早就瞧出你很有意思，想交交你这朋友，所以才跟着来的。"这语声又尖又亮，说话人的嗓子，就像是金铁铸成，这语声虽然冰冰冷冷，但却又似带着稚气。

铁心兰惊惶爬起，抬眼瞧去，只见一个身材瘦小的黑衣人，轻飘飘站在马股上，活像是粘在上面的纸。他不但全身都被一件闪闪发光的紧身衣服紧紧裹住，一张脸也蒙着漆黑的面具，只剩下一双黑白分明的眸子，黑的地方如漆，白的地方如雪，这双眼睛在夜色中一眨一眨的，也说不出有多么诡异可怖。

铁心兰悚然动容，失声道："你莫非就是黑蜘蛛！"

那黑衣人怪笑道："不错，你居然认得我。"

铁心兰道："你……你怎会到这里？"

黑蜘蛛道："我本也是为你来的，但瞧见这小伙子，觉得很有趣，可真比那藏宝图有趣多了，我想交这朋友，只好放弃那藏宝图。"

小鱼儿大笑道："想不到居然会有人将我瞧得比这藏宝图还重，这种朋友我也要交的……只是，黑蜘蛛，这又算什么名字？"

黑蜘蛛冷冷道："你连'黑蜘蛛'这名字都未听过，简直是孤陋寡闻，当今天下，不知我的名字的，还能在江湖中混么？"

小鱼儿道："你什么时候跟上我的？"

黑蜘蛛道："你将白马涂成花马时，我就瞧见了。"

小鱼儿道："奇怪，我竟不知道。"

黑蜘蛛冷笑道："我若存心要跟住一个人，就算跟上一辈子，那人也不会知道。我若不愿被人瞧见，当今天下，又有谁能够瞧见我的影子？"

小鱼儿纵身下马来，瞧着他那摇来摇去的身子，笑道："你年纪虽小，口气可真不小。"

黑蜘蛛怒道：“谁说我年纪小！”

小鱼儿道：“我听你说话，难道还听不出？”

黑蜘蛛眨着眼睛，瞧了他半晌，咯咯笑道：“我年纪纵然小，也大得可以做你叔叔伯伯了，只是我既想交你这朋友，也不愿倚老卖老，你就叫我大哥吧！”

第十七章

碧蛇神君

小鱼儿笑道："大哥……你个子比我还小，该叫我大哥才是。"

黑蜘蛛眼睛一瞪，怒道："江湖中人求我要叫我一声大哥的人也不知有多少，但却被我一个个踢回去了，我要你叫我，你还不愿意？"

铁心兰已站了起来，不住向小鱼儿使眼色。

小鱼儿却似没有瞧见，还是笑道："很好……黑老弟，你的本事不小……"

黑蜘蛛怒道："你叫我什么？"

小鱼儿道："黑老弟，咱们喝两杯去如何？"

黑蜘蛛咯咯笑道："你可知你现在已将有大祸临头，除了我外，没有人能帮你，你若叫我一声大哥，不知有多少好处。"

铁心兰已急得要跺脚，直恨不得掐住小鱼儿的脖子，要他叫"大哥"，但小鱼儿却还是笑嘻嘻道："黑老弟，我有什么大祸临头，你且说来听听。"

黑蜘蛛瞪着眼睛瞧住他，瞧了半晌，突然冷笑道："好，我本来想帮你个忙的，但你既然要在我面前充老大，我也就犯不着再管你的事了。"说话间，手突然一扬，月光下只见他袖管中仿佛有条闪闪发光的银丝，笔直飞了出去。

小鱼儿还想仔细瞧瞧这是什么，哪知他眼睛才眨了眨，黑蜘蛛的手一抖，人已跟着飞了出去，就像是箭一般。接着，他人就不见了，那银丝也不见了。

小鱼儿也不禁怔了怔，叹道："难怪他口气这么大，轻功果然有两下子。"

铁心兰叹道："岂止有两下子？他这手独门轻功，'神蛛凌空，银丝渡虚’，在江湖中简直没有第二个人能比得上。”

小鱼儿道：“这种功夫有什么巧妙？”

铁心兰道：“他袖中所藏的，据说真是南海千年神蛛所结的丝，又坚又韧，刀剑难伤，他将这蛛丝藏在一个特制的机簧筒中，手一扬，蛛丝就飞了出去，最远据说可达一二十丈，而蛛丝顶端的银针，无论钉住什么东西，他人立刻就能跟着到那里，当真可说是来去飘忽，快如鬼魅。”

小鱼儿笑道：“这小子非但人古怪得有趣，所练的功夫也古怪得有趣，却不知他年纪竟是大是小？为什么如此喜欢充老？”

铁心兰道：“江湖中没有一个人瞧见过他的脸，更没有人知道他年纪，只知他最恨别人说他小，谁要犯了他这毛病，马上就要倒霉。”

小鱼儿道：“我怎么还没有倒霉？”

铁心兰展颜笑道：“这倒是怪事，他倒真像是和你有缘，否则，就凭你叫他那几声老弟，他只怕已经要割下你的舌头了。”

笑着笑着，突又长长叹息了一声，皱眉道：“但这人从来不说假话，他说咱们立刻就将有大祸临头，只怕……只怕也不会说假。”

小鱼儿笑道：“哪有什么大祸临头？你别听他鬼话。”他语声愈说愈小，说到最后一字，已几乎听不出了，他的眼睛，也已紧紧盯在马屁股上，不知瞧见了什么。

铁心兰刚发觉，刚想去瞧。

但小鱼儿却拖着她上了马，道：“咱们快走吧。”

铁心兰道：“你……你瞧见了什么？”

小鱼儿道：“没有什么……哈哈，哪有什么？”

铁心兰垂下了头，默然半晌，幽幽道：“我知道你一打哈哈，说的就不是真话。”

小鱼儿怔了怔，大笑道：“不想我这毛病竟被你瞧出了……我这毛病是从小被一个人传染的，竟一直到现在还改不过来。”

铁心兰自然不知道传染这毛病给他的就是从来不说真话的“哈哈儿”，她也不想问，只是急着道：“那么，你究竟瞧见了什么？”

小鱼儿道：“也没什么了不起的东西，你不瞧也罢。”

铁心兰笑道：“我知道你不让我瞧，是怕我着急，但我若不瞧，就会更着急……”

小鱼儿苦笑摇头道：“唉……女人，你要瞧，就瞧瞧吧。”

马股上，不知何时，竟被人印上一条绿色的小蛇。

这条小蛇是以碧磷印上去的，在月光下闪着丑恶的绿光，光芒闪动，这条蛇也像是在蠕动，那铲形的蛇头，更像是随时都会跳出来噬人。小鱼儿虽然明知它不是活的，但不知怎地，却愈瞧愈觉得恶心，全身上下，像是都起了鸡皮疙瘩。

铁心兰更早已面色大变，道：“蛇……碧磷蛇……青海之灵，食鹿神君！”

小鱼儿眨着眼睛，笑道：“你说什么？”

铁心兰苍白着脸，颤声道：“你不懂的……不懂的……”

小鱼儿道：“一条小蛇就算是真的，也没什么可怕。”

铁心兰道：“真的不可怕，这假的才可怕！”

小鱼儿失笑道：“不怕真的怕假的，为什么？”

铁心兰深深吸了口气，道：“这碧磷蛇就是那‘青海之灵，食鹿神君’的标志，标志所在，他人就不远了，他人既不远，祸事就真的要来了。”

小鱼儿皱眉道：“这食鹿神君又是什么玩意儿呢？”

铁心兰道：“你可听过‘十二星相’这名字？”

小鱼儿目光闪动，道：“好像听过，又好像没有。”

铁心兰叹道：“这‘十二星相’乃是近三十年，江湖中最残酷、最狠毒的一批强盗，他们平日极少下手，但若瞧见值得下手的东西，被他们瞧中的人便再也休想跑得了，三十年来，据说‘十二星相’只有一次失手！”

小鱼儿道：“这条蛇自然就是‘十二星相’中的人。”

铁心兰道：“不错，这‘食鹿神君’，正是‘十二星相’中最阴毒、最狡猾的一人，他的老窝就在青海……唉！我本该早已想到他要向我下手的。”

小鱼儿道：“为什么你早就该想到？”

铁心兰道：“‘十二星相’唯一失手的一次，据说就是栽在燕南天手上，他们若知道燕南天有剑谱留下，又怎肯放过。”

小鱼儿眨着眼睛笑道：“不想你年纪虽小，知道的事却不少。”

铁心兰幽幽道：“我很小的时候，就出来闯荡江湖，知道的江湖秘辛，自然比别人多些，你将来在江湖走动，便会知道的。”

小鱼儿笑道：“知道的愈多，就害怕的愈多，倒不如索性什么都不知道，无论遇着什么人，都可以不管三七二十一先和他拼了再说。”

铁心兰笑道：“但我们现在既然知道了，又该怎么办呢？”

小鱼儿道：“咱们此刻既拼不过他，自然唯有走。”

铁心兰喃喃道：“走……能走得了么？”

两人一骑，策马狂奔，两人俱是满头大汗，都已将面具取了下来，小鱼儿轻轻道：“小白菜，辛苦你了，抱歉抱歉……”

只见前面有个小小的山村，此刻虽然只不过曙色初露，但这山村的屋顶上，却已袅袅升起了炊烟。

青灰色的炊烟，在乳白色的苍穹下袅娜四散，就像是一幅绝美的图画，但任何丹青妙手也休想描绘得出。

这里已迫近青海、四川的接境，汉人已多。

只见一个身穿青布短褂的老汉，站在一家门口，嘴里叼着管旱烟，瞧着天色，喃喃道：“看来今天又是个好天气，该把棉被拿出来晒晒了。”

小鱼儿翻身下马，走过去唱了个喏，笑道：“老丈可有什么吃喝的，赏给我兄妹一些？”

那老者上下瞧了他几眼，又瞧了瞧马上的铁心兰，呵呵笑道：“小官人说话真客气，只要不嫌老汉家里茶饭粗陋，就快请进来。”一面说着话，一面已含笑揖客。

小鱼儿笑着谢过，扶铁心兰下马，悄声道：“不想这里的乡下人倒好客得很。”

铁心兰笑道：“瞧见你这么可爱的孩子，话又说得这么甜，无论你要什么，只怕没人能狠得下心拒绝你。”说到这里，脸突然一红，垂下了头。

小鱼儿瞧着她嫣红的脸，笑道：“只怕别人是瞧在你这病美人的面子，他虽是个老头子，但却没有瞎眼。”

铁心兰嫣然一笑，扶着他的肩走了进去。

只见那老汉已擦干净了桌子，摆上了四副碗筷，笑道：“两位稍坐，老汉瞧瞧老婆子饭可煮好了没。”

他人走进去，饭香就一阵阵传了出来，小鱼儿肚子叽里咕噜直叫，眼睛睁得大大地瞪着厨房的门，厨房里碗勺叮当直响。

一个白发苍苍的老婆子终于走了出来，一手捧着一大碗热气腾腾的糙米饭，上面还摆着一块咸肉，几条咸菜。

她蹒跚着将饭送到桌上，弯腰笑道：“两位小客人先用吧，莫客气，饭凉了就不好吃了。”

小鱼儿笑道：“既是如此，我兄妹就不客气。”

他还没等到这老婆子走出门，已拿起了碗筷，就要往嘴里扒饭，忽听“当”的一声，铁心兰刚端起了碗，立刻又松下了手，笑道：“真烫。”

小鱼儿目光一闪，突然出手如风，用筷子在铁心兰手上一敲，铁心兰筷子落地，瞪大了眼睛道：“你这是干什么？”

小鱼儿也不说话，却将那碗饭倒在桌上，又干又硬的糙米饭撒了一桌子，却有条小小的青蛇从饭粒中蠕动着钻了出来。

铁心兰失声惊呼，道：“蛇……‘十二星相’！”

小鱼儿已飞身冲进了厨房，铁心兰接着冲进去，只见方才那老汉仰天倒在地上，一张脸已变成黑的。

还有个老婆子倒在灶旁，脸也是又黑又青，头发也是黑的，看得出不是方才送饭进去的那老太婆。

那白发苍苍的老婆子已不见了。

铁心兰颤声道：“好狠……好毒……唉，好险。”

小鱼儿咬着牙，恨声道：“这些人看来竟比我还坏十倍，竟连这老人家都不肯放过。”

铁心兰道：“我……我早就知道咱们跑不了的。”

小鱼儿取出块金子，抛在地上，又用块焦柴，在墙上写了十个大字：“厚殓两人，否则必追你命！”忽听门外马嘶，小鱼儿立刻冲出去，一条小蛇已沿着马腿在往上爬。小鱼儿撕下条衣襟，将蛇掸在地上，踩得稀烂，摸着马鬃道："小白菜，莫要怕，这些恶人害不死你的，也休想害得死我。"拉着铁心兰上马，打马飞奔而去。

那白马似也知道凶险，跑得更是卖力，眨眼间便穿过那小小的村庄。

铁心兰身子还在发抖，不住喃喃道："好险……好险，咱们只要吃进一粒饭，就活不到现在了。"

小鱼儿大笑道："但咱们现在还是好好地活着！"

铁心兰道："你……你怎么会发觉的？"

小鱼儿道："你端起饭碗，还烫得不能留手，那老婆子却安安稳稳从厨房里一路捧出来，这双手没有练过毒砂掌一类的功夫才怪。"

铁心兰叹道："真是什么事都逃不过你这双眼睛。"

忽见前面路上，一块绿草如茵，仔细一瞧，这块草竟不住蠕动，赫然是百余条青色的小蛇。

铁心兰失声惊呼，小鱼儿已调转马头，往旁边一条岔路冲了过去。这条路虽然窄小，但两旁竟有林荫夹道。

小鱼儿一路上从未见过如此阴凉幽美的道路，心里方自有些惊疑，突然一条蛇自树上倒挂下来。

这条蛇虽仍是碧绿色，但却不小，绿油油的蛇身，粗如儿臂，赫然正挂在铁心兰的眼前。

白马惊呼人立，铁心兰吓得魂都飞了。

小鱼儿喝道："莫慌，捉蛇打狗的本事我最在行！"

喝声中出手如电，捏住那蛇的七寸，往树上摔了过去，这一抓一摔，果然是迅急美妙，蛇果然已被摔晕。

铁心兰这才松了口气，道："幸好你不是女人，女人可都是怕蛇的。"

小鱼儿道："你那柄匕首拿来。"

铁心兰递过匕首，道："小心些，莫要被蛇血溅在身上。"

小鱼儿道："哼……"

只见他铁青着脸，突然一刀往自己臂上割下。

铁心兰吃惊道："你……你这是……"

一句话未说完，已像是被人扼住咽喉，再也说不出一个字，甚至连呼吸都已困难。

自小鱼儿臂上刀口流出来的血，竟是黑的。

小鱼儿脸色惨白，嘶声道："我终于还是上当了！"

缓缓摊开手掌，掌心凝结着几滴血珠，竟是黑的。

再瞧那条蛇虽已晕死，但蛇身却仍笔直，七寸处隐隐竟似有光芒闪动，铁心兰变色道："原……原来这条蛇早已死了，那恶魔竟在蛇身里藏着一柄软剑，剑上有剧毒，你一捏蛇身，里面的剑锋就割伤了你！"

小鱼儿悠笑道："你真聪明，真是天才儿童。"

铁心兰道："幸……幸好你……你发觉得早，已将毒血放出，只怕已没……没事了吧？"

小鱼儿道："没事了……半个时辰后，什么都没了。"

铁心兰身子一震，从马上跌了下去，颤声道："你……你胡说！"

小鱼儿道："这毒是没有救的，我若不放血，此刻已要去见那老头子了，纵然放了血，也拖不到半个时辰。"

铁心兰扑到他身上，泪流满脸，道："这毒有救的，你根本不知道……"

小鱼儿大笑道："我从小就在使毒的大名家群中打滚，我若不知道，天下还有谁知道！"他居然还像是得意得很，居然还笑得出。

铁心兰叫道："既然如此，你就该能配解药。"

小鱼儿道："我自然能配解药。"

铁心兰大喜道："你……你原来又在吓我！"

小鱼儿缓缓道："但这解药却要三个月才配得好！"

铁心兰笑容还未绽出，又已软软地跌倒，流泪道："你现在还有心情开玩笑，你……你……你叫我怎么办呢？"流泪变为抽泣，抽泣变为痛哭，痛哭捶地道："你简直不是人！你竟对自己的生死都要开玩笑，却不管别人心里如何，我恨死你……恨死你了！"

小鱼儿也不理她，却从怀里掏出了张发黄的羊皮纸，拿在手里挥来挥去，口中大声呼道："小臭蛇，你瞧见了么？这就是那藏宝图，你想不想要？"

他喊了两遍，树梢果然传下来一声又尖又细，又滑又腻，教人听得全身都要起鸡皮疙瘩的冷笑。

一人冷笑着道："这迟早是我的，我并不着急。"

只见这人穿着条碧绿的紧身衣，藏在树叶中，当真教人难以发觉。他又瘦又长的身子，弯弯曲曲地藏在枝丫间，全身像是没有骨头，那双又细又小的眼睛瞪着小鱼儿，活脱脱就像是条蛇，毒蛇。

铁心兰抬头瞧了一眼，全身都不觉发麻，就像是有条冰凉的蛇钻进了她衣服，沿着她背脊在爬。

小鱼儿却大笑道："这真已迟早是你的了么？"

那碧蛇神君阴恻恻笑道："你若趁早双手奉上，本座只怕还会救你的命。"

小鱼儿大笑道："是，是，我很相信……"

铁心兰嘶声道："你就给他吧，反正……反正咱们已用不着了。"

碧蛇神君道："还是这女子聪明。"

小鱼儿哈哈笑道："是，是，她聪明，我却很笨！"

突然将那张羊皮纸塞入大笑着的嘴里，大嚼起来。

碧蛇神君在树上一滑一闪，便"嗖"地跳了下来，从马上一把抓了小鱼儿，厉声怒喝道："吐出来！"

小鱼儿也不招架闪避，任凭他拖下马，却趁机将那张纸吞了下去，张开嘴笑道："吐不出来了。"

碧蛇神君怒喝道："你这是找死！"

小鱼儿嘻嘻笑道："这藏宝图世上只有一张，也只有我一人将它看熟了，你若让我死，一辈子都休想瞧那藏宝一眼。"

碧蛇神君怔了怔，手掌不由得渐渐放松。

小鱼儿悠悠道："我若是你，此刻就该将解药拿出来了，只要我活着，说不定还会将那藏宝图画出来，死人的手是不会动的。"

碧蛇神君狠狠瞧着他，一张几乎皮包着骨的脸上，突然泛起了残酷的狞笑，狞笑着道："你只当本座真的要被你这小鬼要挟住了么？"

小鱼儿仰起了头，笑嘻嘻道："假的么？"

碧蛇神君一字一字道："那羊皮纸又轻又韧，你纵然吞下去，也还是好好地在你肚子里，本座只要剖开你的肚子，还怕拿不到？"

小鱼儿脸上虽在笑着，心里却不禁透出一股寒意。

铁心兰嘶声大呼道："你不能这么做……你不能……"

碧蛇神君咯咯笑道："谁说不能？你瞧着吧！"

他手一抖，已自腰畔拔出柄碧光闪闪的软剑，迎风抖得笔直。

小鱼儿虽然智计百出，此刻却也想不出法子。铁心兰拼命扑过去，怎奈大病未愈，碧蛇神君反手一掌就将她打得滚倒在地，狞笑道："捉蛇打狗你最在行，开膛剖腹却是我最在行的，但你只管放心，我这一剑刺下，绝不会要你的命。"

小鱼儿虽已满头大汗，却仍笑道："多谢多谢……"

碧蛇神君道："我就算将你肚子剖开，将那羊皮纸拿了出来，你还未必死的……我要叫你慢慢地死！"

小鱼儿笑道："但你动手时却要小心些，我今天早上吃了条蛇祖宗在肚子里，还未消化，你切莫不小心伤了你的祖宗。"

碧蛇神君怒道："小鬼，临死还要贫嘴！"

他一剑刺下，突然"当"的一声，掌中剑竟被震开。

原来小鱼儿已悄悄将那条"死蛇"拿在手里，用死蛇身子里的剑，挡了他一剑，接着又是一剑刺出。

碧蛇神君轻轻一闪，狞笑道："你妄动气力，毒性发作更快，死得更早。"

口中说话，掌中剑连续击出，小鱼儿挡了四剑，手臂发软，竟再也举不起来。

铁心兰已晕了过去，小鱼儿心也凉了。

碧蛇神君嘶声笑道："小鬼，你还有什么花样？"

他掌中剑抵住了小鱼儿的胸膛，一分分往下刺。

小鱼儿胸膛已见血，放声狂笑道："剖肚子乃人生一大快事也，不想我江小鱼竟在无意中得之！"

笑声未了，忽听"当、当、当"三声，碧蛇神君的掌中剑不知怎地，竟突然断成四段，一段段落在地上。

碧蛇神君凌空翻身，紧紧贴在树上，小眼睛四下乱闪，嘶声道："什么人？"

一个甜笑的女子声音道："我是什么人，你会不知道？"

这语声竟赫然又像是小仙女的声音。小鱼儿绝处逢生，方在欢喜，听见这语声，又如一桶冷水当头淋下——落在小仙女手里，可未必比落在碧蛇神君手里好多少。

碧蛇神君面色霎时苍白，道："你……姑娘你……"

那语声缓缓道："你纵不知道我是谁，总该知道这条路是通向什么地方的，你有多大的胆子，竟敢在这里撒野！"

小鱼儿本已垂头丧气，此刻又几乎拍起掌来。

第十八章

慕容九妹

这不是小仙女。

她的语声，听来虽和小仙女有七分相似，但小仙女说话不会这么慢的，小鱼儿从未听过小仙女慢慢地说一句话。

只见一个绿衣少女，手挽着花篮，肩着花锄，款款自树后走出。她的体态是那么轻盈，像是一阵风就能将她吹倒，她柳眉轻颦，大大的眼睛充满了忧郁，容貌虽非绝美，但却楚楚动人，我见犹怜。

她身后还跟着个浓眉大眼的少年，个子虽然又高又大，却是满面稚气，毕恭毕敬地跟在她身后，连头都不敢抬起。

这男女两人，一个就像是弱不禁风的闺阁千金，一个又像是循规蹈矩、一步路也不敢走错的世家少年。

但碧蛇神君瞧见这两人，却像是被人在脖子上砍了一刀，头立刻垂了下去，强笑着道："原来是九姑娘。"

绿衣少女淡淡道："很好，你还未忘记我，但你莫非忘了这是什么地方，居然要在这里开膛剖腹，你的胆子也未免太大了吧？"

她神色并非冷酷，只是一种淡淡的轻蔑与冷漠，她并非要对别人不好，只是对任何人都不关心。世上无论多重要的人物，在她眼中似乎都不值一顾。

小鱼儿实在猜不出这少女身份，她看来本该是皇族贵胄千金公主，却又偏偏只不过是个草野女子。她年纪轻轻，本该对世上的一切都抱着美丽的幻想与希望，但她却偏偏似乎已看破一切，所以对任何事都这么冷淡。

只见碧蛇神君头垂得更低，颤声道："小人以为这里还未到禁区，所以……"

绿衣少女道："现在你知道了么？"

碧蛇神君道："现在知道了。"

绿衣少女道："既已知道，你总该知道怎么办吧？"

碧蛇神君惨笑道："是，小人知道。"

忽见剑光一闪，他竟将自己的左手齐腕斩断。

就连小鱼儿都不禁为之动容，但这绿衣少女"九姑娘"却仍是那么淡漠，只是轻轻挥了挥手，道："好，你现在可以走了。"话未说完，碧蛇神君竟飞也似的逃走了。

忽听铁心兰振声大呼道："你不能放他走……不能放他走！"她不知何时已醒来，此刻挣扎着要站起，却又跌倒。

绿衣少女瞧了她一眼，道："为什么？"

铁心兰指着小鱼儿，道："他已中了剧毒，只有碧蛇神君有解药，否则他……他……他就只怕活不过今天了！"

绿衣少女淡淡道："他的死活，与我又有何干？"

铁心兰身子一震，又扑倒在地。

那少年突然笑道："九姊，咱们救救他吧。"

绿衣少女道："你若要救他们，你只管救，我不管。"转过身子，款步而去，再也不回头瞧任何人一眼。

那少年瞧了瞧躺在地上的铁心兰，垂头道："对不起……"突也大步赶了上去，跟着她走了。

铁心兰颤声呼道："姑娘……求求你……你……"

小鱼儿大眼睛转来转去，突然大笑道："咱们也走吧，何必求她？"

铁心兰道："但你……你……"

小鱼儿大声道："我死就死，活就活，有什么关系？她小小年纪，又怎能救得了咱们？你逼她相救，岂非令她为难？"他用力扶起铁心兰，才走了两步，忽听那少女冷冷道："站住！"

小鱼儿嘴角泛起一丝微笑，口中却大声道："为何要站住？我若死在这里，岂非玷污这条干净的道路？"他头也不回，还是往前走。

人影一闪，绿衣少女已挡住了他的去路，冷冷道："你已死不了……但你莫以为我不知道你这是在激我，要我救你，只是为了要你知道世上没有慕容姊妹办不到的事。”

小鱼儿冷笑道：“我可没有激你，也并未要你救我，我自己高兴死就死，高兴活就活，用不着别人操心。”

九姑娘淡淡道：“我既已要救你，现在你想死都已不能死了。”

小鱼儿眨了眨眼睛，道：“这可是你自己心甘情愿要做的，我既未求你，你纵然救活了我，我也不会感激你的。”

九姑娘不搭话，转过身子，道：“随我来。”

道路尽头，竟是座庄院。

这庄院依山而建，占地并不广，气派也不大，但每一片瓦、每间房子，都建筑得小巧玲珑，别具匠心，看来别有一番风味。走进去便是个小小的院子，小小的厅房，虽然瞧不见一个仆役，但每寸地方都打扫得干干净净，一尘不染。

小鱼儿走到这里，已不住地喘气，似将跌倒，那少年悄悄出手，在后面扶着他，小鱼儿感激地一笑，道：“谢谢你，你叫什么名字？”

那少年脸红了红，道：“顾人玉。”

小鱼儿道：“你不姓慕容？”

顾人玉红着脸道：“我是她们的表弟。”

小鱼儿笑道：“你这人倒真不错，只是太老实了些，倒像是个女孩子，怎地还没说话，脸就先红了起来。”

顾人玉吃吃道：“我我……我……”

他若非生得又高又大，浓眉大眼，绝不会是个女子，小鱼儿真要以为他又是个女扮男装的。

九姑娘脚步不停，穿过厅房，穿过回廊，偌大的庭院，到处都不闻人声，更瞧不见一个人影。

最后，她走到小园中两三间雅轩门前，方自站住了脚，道：“进去。”说完了这句话，竟又转身走了。

顾人玉道：“请……请进，这就是我住的屋子。”

铁心兰竟也笑了笑，接道：“这里恐怕只有这间屋子是男人能住的。”

小鱼儿笑道：“哦……这里除了你，莫非全是女子？”

顾人玉瞪大了眼睛，道："你难道没有听过慕容九姊妹的名字？"

铁心兰本已连眼睛都已阖起，此刻失声道："莫非就是江湖人称的'人间九秀'？"

她一说话，顾人玉脸又红了，轻声道："不……不错。"

小鱼儿瞧着铁心兰笑道："原来你又知道了，你且说说这九姊妹又有什么厉害。"

铁心兰轻叹了口气，道："这九姊妹不但轻功、暗器，可称天下一绝，而且每个人都是秀外慧中，只要是别人会的事，她们姊妹就没有不会的，所以，天下的名门世家，没有一家不想娶个慕容家的女儿回去做媳妇。"

小鱼儿眨了眨眼睛，笑道："她们嫁了么？"

铁心兰道："据说除了最小的九妹外，另外八姊妹嫁的不是武林世家的公子，就是声名显赫的少年英雄……"

小鱼儿大笑道："这就难怪江湖中人要怕她们，别人纵然惹得起她们九姊妹，却也惹不起她们这八个有本事的丈夫。"

他此刻脸上已泛出黑气，说话时一口气也常常提不上来，但他居然还是旁若无人，大声谈笑，竟又一拍顾人玉肩头，笑道："常言说得好，近水楼台先得月，你只管紧紧盯住她吧，这主意一点也不错，哈哈，一点也不错！"

顾人玉脸更红得像火，垂下了头，偷偷瞧了铁心兰一眼，道："这……这是家母的意思，小弟我……"

哪知慕容九姑娘突然走了进来，冷笑道："这本是舅妈的意思，你本不愿来这里受气的，是么？"

顾人玉简直恨不得找个地缝钻下去，吃吃道："我……我不是这意思。"

慕容九妹冷冷道："顾少爷，这里可没有人请你来，也没有人留着你，舅母虽当你是宝贝，别人可不稀罕你。"

她再也不瞧顾人玉一眼，"当！"将一个小小的黑色玉瓶，抛在小鱼儿面前的桌子上，冷冷道："一半内服，一半外敷，三个时辰内，你这条命就算捡回来了，就快走吧。"转过身子，就往外走。

小鱼儿嘻嘻一笑，道："我可没有求你救我，我也没有要娶你做媳妇，你用不着对我这么神气，别人虽当你是宝贝，我可不稀罕。”

慕容九妹霍然回身，冷冷地瞪着他。

小鱼儿却若无其事，拔开瓶塞，“咕”的一声，将半瓶药咽了下去，舔了舔嘴唇，啧啧道：“这药怎地酸得像醋。”接着又把另半瓶敷在伤口——他究竟是聪明人，嘴里虽说着风凉话，手里却赶紧将药先用了再说。

慕容九妹狠狠瞪着他，冷漠的目光中，突然像是要冒出火来。她瞬也不瞬瞪了半晌，一字字道：“我虽然救了你，一样还是可以杀你！”

小鱼儿吐了吐舌头，笑道：“你不会的，你看来虽狠，心却还是不错。”

也不知怎地，慕容九妹苍白的面颊竟红了红，但瞬即厉声喝道：“出去，现在就出去，永远莫要被我再瞧见，否则我……我就先割下你的舌头，挖出你的眼睛，再杀了你！”

顾人玉已吓呆了，他一生从未见到冷冷淡淡的九姑娘发这么大的脾气，更未想到她会说出这么狠的话来。

小鱼儿却仍是笑嘻嘻地道：“我自然要走的，但我走后，你可莫要再求我回来。”

慕容九妹气得身子发抖道：“你……你这……”

忽听外面一个人遥遥呼道：“慕容九妹，你在哪里？小姊姊来瞧你了。”

这呼声来得好快，一句话说完，便似已由大门外来到小园里。慕容九妹咬了咬嘴唇，轻盈的身子，流云般飘了出去。

小鱼儿听到那呼声，整个人都呆住了，再也笑不出来。

铁心兰也变了颜色，道：“莫非是……是小仙女张菁？”

顾人玉道：“不……不错，她和九姊是好朋友。”

小鱼儿“噗”地坐到椅上，苦笑道：“这世界怎地如此小……”

只听小仙女与慕容九妹在园中寒暄的语声渐渐走近。

铁心兰听得手足冰凉，悄声道：“咱们怎……怎么办？”

小鱼儿坐在椅子上，长叹道：“打又不能打，逃也不能逃，我什么法子都没有了。”

话未说完，小仙女已冲了进来，失声道："果然是你这小鬼在这里！"

小鱼儿笑嘻嘻道："许久不见，你好吗？"

慕容九妹皱眉道："菁姊，你认得他？"

小仙女恨声道："认得，我自然认得，但……但他怎会在这里？"

慕容九妹淡淡道："他在外面受了伤，我……"

小鱼儿突然大声道："你莫要问了，我和慕容家丝毫没有关系，此刻又受了伤，你若要杀我，只管杀吧，既不必怕伤别人的面子，也不必怕我还手！"

小仙女冷笑道："你还手又怎样？"

小鱼儿大笑道："我若能还手，你就又要躺着不能动了！"

小仙女反手一个耳光掴过去，怒道："你再说！"

小鱼儿动也不动，反而笑道："我不说了，我还有什么可说的？你两次落在我手上，只怪我看你可怜，两次都饶了你，今日就算死在你手上，也是活该。"

他说得当真是大仁大义，动人至极，至于小仙女如何会落在他手上的，他自然一字不提。

慕容九妹终于忍不住问道："菁姊，你真的两次……"

小仙女气得全身发抖，却偏偏说不出一句辩驳的话来。慕容九妹瞧见她这模样，面上神情突然变得甚是古怪。

小鱼儿瞧在眼里，失声道："慕容姑娘，你就让她杀了我吧，我虽然是在你家里被她杀的，但我也知道你看不起她，我绝不怪你。"

小仙女已气极了，不怒反笑，道："你以为我不敢杀你？"

小鱼儿道："你自然敢的，大名鼎鼎的小仙女张菁，一辈子怕过什么人来？何况是我这根本不能还手的人。"

小仙女怒喝一声，并指如剑，向小鱼儿额角太阳穴直点过去。小鱼儿根本不能闪避，铁心兰心胆俱裂。

哪知就在这时，人影一闪，慕容九妹突然挡在小鱼儿面前，小仙女的手指已触及她娇怯怯的身子，方自硬生生收住，怒道："九妹，你难道要帮外人！"

慕容九妹淡淡道："若是在别的地方，你将他是打是杀，我全不管，但在这里，菁姊你总该给小妹个面子。”

小仙女道：“我杀了他再向你赔罪。”

慕容九妹道：“这庄院自从盖成以后，就没有杀人流血的事，菁姊你一定非想破这个例，你难道不能等等？”

小仙女跺脚道：“你……你不知道这小鬼有多可恶！”

慕容九妹道：“纵然可恶，也等他走出去再……”

小仙女大喝道：“我等不及了！”

她身形连闪七次，想冲过去，但慕容九妹娇怯怯的身子，却总是如影随形，挡住了她的路。

其实慕容九妹若真是让她动手，她也未必会真个杀了小鱼儿，但慕容九妹愈是拦阻于她，她反而愈是愤恨，竟真的要将小鱼儿杀了才甘心，只见她纤指连续向慕容九妹攻出了七招。

慕容九妹身子飘飘闪动，冷冷道：“菁姊，这是你先向小妹出手的，可怪不了我。”

小仙女手上不停，冷笑道：“我若要做一件事时，世上没有一个人能拦得住我，你也不行……你只管将慕容家那些小针小箭使出来吧……”

话犹未了，忽听身后一人喝道：“用不着，看招！”

一股拳风击过来，竟是雄浑沉厚，无与伦比。

小仙女一伏身“嗖”地蹿了出来，大喝道：“好呀，顾小妹，你也敢向我动手了。”

小鱼儿暗笑道：“原来他外号叫作顾小妹，这倒真的是名副其实，只是他人虽老实，武功却端的扎实，究竟不愧为武林世家的后人，看来就算这自命不凡的‘小仙女’，也未必能胜得了他。”

他却不知顾人玉正因为人老实，是以武功才能练得扎实，“玉面神拳”顾人玉这七字，在江湖中也是赫赫有名的。

小仙女瞪着眼睛，叉着腰，喝道：“你们还客气什么，来呀！”

小鱼儿也在心里说：“是呀，还客气什么，赶紧打吧。”

谁知顾人玉却站在那里动也不动，低着头道：“只要张姑娘不向九姊出手，小弟又怎敢向张姑娘出手？”

小仙女冷笑道：“原来顾家神拳的传人，竟是个没出息的小子，你除了向你的九姊讨好之外，难道什么都不会？”

顾人玉站在那里，连一句话都不说了。

小仙女气得跺脚，道：“好，慕容九妹，你来吧，你那宝贝‘七巧囊’中，究竟有什么玩意儿，也只管一起使出来。”

慕容九妹冷冷道：“只要你不在这里杀人，我又怎会和你动手？”

小仙女瞧瞧她，又瞧瞧顾人玉，两个人一个堵着窗子，一个堵着门，竟硬是和小仙女泡上了。

小鱼儿笑嘻嘻道：“你瞧也没用，反正你是闯不进来的，原来大名鼎鼎的小仙女，也有被人拦住的时候。”

小仙女眼珠子一转，忽地笑道：“你希望我和他们打得落花流水，你才好在旁边瞧热闹，是不是？”

小鱼儿大笑道：“你不敢打就走吧，又何必找个梯子下台阶！”

小仙女道：“我正要走了，你若能在这地方躲上一辈子，我算服你，否则，你只要踏出这大门一步，我就要你的命。”转身向慕容九妹一笑，道：“除非你嫁给他，一辈子守着他，否则他总是要死在我手上的，我又何苦现在和你动手，教别人听见，反说我欺负你。”

她倒退三步，身形已在银铃般的笑声中飞掠而去，这位姑娘居然真的说走就走，倒也是小鱼儿想不到的事。

他瞪着眼睛，呆了半晌，苦笑道：“女人……女人……唉，女人的心思，变起来真的吓得死人……”

慕容九妹轻轻叹息了一声，道：“此人心思变化，当真无人能猜测，性格也教人捉摸不定，唉！当今天下，只怕也唯有她才配做我的对手……”

小鱼儿眨了眨眼睛道：“如此说来，天下英雄，只有你和她两人了？”

慕容九妹道：“正是。”

小鱼儿道：“那么，谁是江湖第一？”

慕容九妹沉吟道：“她行事精灵古怪，脾气变化无常，连我都测不透她下一步想做什么，可算是江湖中第一厉害的人物。”

小鱼儿道：“你呢？”

慕容九妹冷冷道：“我并未插足江湖。”

小鱼儿道："你若插足江湖，她就得变为第二了，是么？"

慕容九妹道："哼。"

小鱼儿一本正经，点头道："不错，你确是天下第一……"

慕容九妹扬了扬眉，淡淡一笑。小鱼儿接着又道："你这自我陶醉的本事，的确可算是天下第一。"

慕容九妹心情立刻又变了。小鱼儿终于忍不住大笑起来，笑得前仰后合，抚着肚子笑道："我本来以为只有男人才会自我陶醉，哪知女人自我陶醉起来，比男人还要厉害得多，何不走出去瞧瞧，就该知道江湖中比你强的人也不知有多少，但你若只要关起门来称第一，我也没法子。"

慕容九妹道："你……你……"

小鱼儿笑道："你虽然两次救我性命，但那都是你自己愿意的，我可没有求你，我既不领你的情，自然也不必说好听的话拍你的马屁。"

慕容九妹道："好……很好。"

她虽然拼命想做出冷淡从容、若无其事的样子，却偏偏做不出，偏偏忍不住气得全身发抖。她的确也是个冷漠寡情、不易动怒的人，但不知怎地，小鱼儿随便三两句话，就能把她气得发疯。

顾人玉走了过来，讷讷道："她总算对你不错，你又何苦如此气她？"

小鱼儿笑嘻嘻瞧着她，道："我就是喜欢故意逗她生气，她生气的时候，岂非比平时那副冷冰冰的样子好看得多？"

顾人玉忍不住也转头瞧了瞧，只见慕容九妹苍白冷漠的面颊微现晕红，早就比平时更增妩媚。

他瞧了两眼，不觉已瞧得痴了，连连摇头道："不错，不错，果然漂亮多了。"

慕容九妹眼睛一瞪，道："你……你也敢在我面前说这样的话，你当我是什么？"

顾人玉骇得赶紧低下了头道："不……不……不漂亮，你生起气来丑得很。"

铁心兰虽然满腹心事，一言未发，到此刻也不禁"扑哧"笑出声来，小鱼儿更早已笑弯了腰。

只见两个垂髫少女，穿林而来，远远便娇笑唤道：“九姑娘……九姑娘……”

慕容九妹正是满肚子气没处发作，怒道：“喊什么？我又不是聋子。”

那少女也骇得赶紧一起垂下了头，道：“是……九姑娘。”四只眼睛偷偷一瞟小鱼儿，又赶紧垂下头接着道：“屋子已经整理好了，姑娘你是不是现在……”

慕容九妹道：“自然现在就去睡，每天都如此，还问什么？”

那两个少女从来未见着她们的九姑娘这样说话，垂头说了声“是”，头也不抬，一溜烟走了。

慕容九妹冷冷道：“顾少爷若是没事，就请在这里看着他们，否则我也不敢留你。”

顾人玉道：“小弟没事，没事，没事……”

他一连说了五六句“没事”，慕容九妹早已走出了门外。小鱼儿向铁心兰挤了挤眼睛，也跟着走了出去。

顾人玉失魂落魄地瞧着慕容九妹，铁心兰也呆呆地瞧着小鱼儿，顾人玉不由自主叹了口气，铁心兰也不由自主叹了口气，道：“你对她真好……也许太好了。”

她嘴里在说顾人玉的事，心里想的却是小鱼儿的事，顾人玉为什么会对慕容九妹这么的好，而小鱼儿……她柔肠百折，想来想去，顾人玉说了句什么话，她完全没有听到，过了半晌，幽幽又道：“你是不是很喜欢她？”

顾人玉茫然道：“我……我不知道。”

铁心兰轻轻一笑，道：“你不知道？”

顾人玉叹道：“别人都觉得我应该喜欢她，我自己也觉得应该喜欢她，但……但我……我是不是喜欢她，我也不知道，我只知道我是怕她的。”

铁心兰嫣然一笑，道：“你真是好人。”

顾人玉瞧了她一眼，垂首道：“你……你也是个好人。”

慕容九妹走到园中，突然回过头，冷冷道：“你跟来干什么？”

小鱼儿笑嘻嘻道："我本不想跟来的，但我若不跟着你，小仙女若是乘机来将我杀了，我生死虽没什么要紧，你的面子岂非难看？"

慕容九妹瞪了他半晌，再不说话，又往前走。小鱼儿踉踉跄跄，跟在她身后，不住喘气，柔声道："我走不动了，你扶着我的手好吗？"慕容九妹根本不理他，走得更快。

小鱼儿道："好，我就累死算了，我死了之后，你把我的尸体送给小仙女，她以后就必定不会找你的麻烦了。"

慕容九妹虽未回头，但脚步却果然已放缓。

小鱼儿道："有些女孩子，平时看来虽比男人强，但真的见着男人，可就没用了。喂，你可瞧见过不敢扶女人手的男人么？"

慕容九妹终于忍不住冷冷笑道："不敢？哼，我只是……"

小鱼儿道："你只是不愿，是么？哈哈，世上又有哪一个人会承认自己是不敢的？这'不愿'两字，正是'不敢'的最好托词。"

慕容九妹突然转身，拉起了他的手，向前急行。

小鱼儿行不由自主地跟着她跑，嘴里还在笑嘻嘻道："你的手真小，大概还没有我一半大……"他嘴里不停在说，眼珠子也不停在转。只见花园之侧，一道浅阶曲廊，沿着山坡蜿蜒而下。曲廊之旁，便是一间精致的屋子，每一间建筑的形式都不一样，每一间的窗纸颜色也不一样。小鱼儿数了数，这样的屋子一共有九间，想来就是慕容九姊妹的闺房，第一间的窗纸是浅黄色的，慕容九妹推门走了进去，屋子里的窗幔、桌布、被褥……也都是浅黄色的，简简单单几样东西，却自有一种优雅之意。

慕容九妹走了进去，把每样东西都仔细瞧了一遍，瞧瞧上面可有灰尘，小鱼儿却在瞧着她，道："这是你大姊的闺房，你大姊可是就要回来了？"

"不回来就可以任它脏么？"

小鱼儿笑道："不错，虽然不回来，也要将每样东西保持得干干净净，看来你们姊妹间果然是情意深厚。"他突然不再说尖酸刻薄的话了，慕容九妹一时间倒摸不透他的用意，哼一声，也不搭话。

小鱼儿道："你大姊想必是位优雅娴静、温柔美丽的女人，唉，这样的女人，世上已不多了，却不知她的夫婿可配得上她？"

慕容九妹终于回头瞧了他一眼，道：“世上自然没有能配得上我大姊的人，但若有一人能勉强配得上她，那就是我大姊夫了。”

小鱼儿道：“他武功如何？”

慕容九妹冷冷道：“你总该知道，‘美玉剑客’这名字。”她本来决定再也不愿和这可恨可厌的小鬼说话的，但此刻不知不觉间又说了许多，只是这“小鬼”和她说的，正是她最愿意说的话题，这小鬼虽然两句话就能将她气得半死，但两句话又可将她的气说平了。

第二间屋子全都是粉红的，粉红的墙壁，挂着柄长弓，还挂着口短剑，连剑鞘都是红的。

小鱼儿笑道：“你二姊脾气想必和大姊不同，她想必是个天真直爽的人，有时脾气虽然坏些，但心地却是最好的，而且最肯替别人设想。”

慕容九妹默然半晌，终于忍不住问道：“你怎会知道？”

小鱼儿道：“慕容家暗器之精妙，天下皆知，但你二姊偏偏要使长弓大箭，可见她脾气必是豪爽，喜欢痛快，自然就不喜欢那些精巧的玩意儿。”

慕容九妹道：“嗯，还有呢？”

小鱼儿道：“剑长则稳，剑短则险，你二姊用的剑短如匕首，可见她脾气发作时，必是勇往直前，不顾一切。”

慕容九妹不由得点了点头，道：“我二姊剑法之辛辣险急，可称海内第一。”

小鱼儿笑了笑，道：“但你二姊夫武功却不高，是么？”

他突然间说出这话来，慕容九妹也不禁一怔，诧异地瞧着他，瞧了足足有半盏茶时间，才缓缓点头道：“我二姊夫乃是‘南宫世家’一脉单传的独子，‘南宫世家’武功虽然高绝，但我二姊夫却是自小多病，所以……唉！”

小鱼儿拍手笑道：“这就是了！”

慕容九妹道：“是什么？”

小鱼儿道：“你二姊出嫁之后，仍将随身的兵刃留在这里，为的自然是不愿以自己的武功来使夫婿觉得惭愧难受，由此可见她夫婿武功必不如她，因此也可见她心地是多么善良，多么肯替别人着想。”

慕容九妹默然瞧了他几眼，转身走到第三间房子。

这第三间屋子窗上糊着的竟是极厚的黑纸，屋子里自然光线幽暗，但陈设却精致，妆台旁有琴案、棋枰，画架上满堆着画，墙上挂着极精妙的工笔仕女图，题款是“慕容女史”，想来就是她自己的手笔。

小鱼儿目光四转，笑道：“你这位三姊，想必是个才女，只是，性情也许太孤傲了些，也未免太忧郁，但古往今来的才子才女，岂非俱是如此？”

慕容九妹悠悠道：“她最不喜欢见到阳光，最喜欢的就是雨声，在雨声中她画出的图画，真是不带丝毫人间烟火气，她抚的琴，在雨声中传来，更好像是天上传下来的，只可惜……只可惜，我已有许久未听见了。”

小鱼儿道：“你三姊夫呢？”

慕容九妹道：“他也是武林中的绝顶才子，不但琴棋书画无一不精，而且二十九岁时，便已成为两广武林的盟主。”

小鱼儿笑道：“如此郎才女貌，好不羡杀了人。”

第十九章

爱恨情仇

小鱼儿随着慕容九妹向一间间房子走过去，走完第八间，慕容九妹神情大见温和，甚至连眼波都温柔起来，她觉得这“小鬼”实在并不如自己以前想象中那么可憎可厌，谈谈说说，不知不觉已到了第九间。

这间房子什么都是浅碧色的，最精致，最华丽，房子每件东西，都是人间罕睹的珍贵之物。

小鱼儿大眼睛四下转动，突然笑道：“这间房子的主人和前面的完全不同。”

慕容九妹目中闪过一丝笑意，神情却是淡淡的，像是漠不关心，只不过随口问问，道：“什么不同？”

小鱼儿道：“这房子里的绿色，正表示她自我陶醉，自命不凡。这些零零碎碎的东西，也正表示她幼稚、虚荣，俗不可耐……”他话未说完，慕容九妹面上已变了颜色，终于铁青着脸，冲了出去，再也不瞧这可恨的小鬼一眼。

小鱼儿忍不住哈哈大笑道：“我若说错了，你又何必生气？”

慕容九妹头也不回，往前走，小鱼儿跟着她，三转两转，突然来到一条青石信道中，信道尽头，有扇青铜的门。小鱼儿自然瞧不见门里的情况，但就只瞧见这扇门，他已感觉到一种神秘诡谲之意，他也说不出这是什么缘故。只见慕容九妹取出柄黄金色的钥匙，插入门上一个小洞之中转了转，那扇沉重的门，便无声无息地开了。一股寒气，自门里涌了出来。

小鱼儿立刻觉出，这间房子和他万春流万大叔的屋子有七分相似之处，屋子四面，也堆满了各式各样的药草，自然也有些炼丹制药的铜鼎铜炉。只是万春流的屋子乃是以砖瓦建成，这屋子四壁却都是巨大的青石，万春流的屋子四季温暖如春，这屋子却是阴森森的教人发冷。

慕容九妹已将那扇青铜的门锁起来了，她苍白的面颊，到了这屋子里更变得发青。

小鱼儿笑道："原来咱们的九姑娘还是位女大夫，当真是多才多艺，你带我到这里，莫非又想为我看病？"

慕容九妹道："不错。"

小鱼儿道："我的毒已解了，还有什么病？"

慕容九妹道："你身上多了件东西，若将这件东西割去，你就好多了。"

小鱼儿笑道："哦，那是什么东西？"

慕容九妹冷冷道："你的舌头！"

小鱼儿伸了伸舌头，赶紧走得远远的，竟道："我说的话，真能令你如此生气么？那我当真荣幸得很。"

慕容九妹冷笑一声，转过了头，道："此间之药草，俱是十分珍贵之物，你万万不可乱动。"

小鱼儿笑道："你想我会不会动？"

慕容九妹笑道："你若要动，也由得你，但这些药草中虽有补气延年灵药，却也有夺命穿肠的毒药，你若被毒了，可没有人再来救你。"

小鱼儿又吐了吐舌头，道："你莫吓我，我这人别的也没什么，就是胆子太小，只要被人家一吓，可就吓倒了。"

慕容九妹冷冷道："但只要你老老实实在这里不动，便绝没有人能伤你一根毫发。这是我练功的时候，我得走了。"

小鱼儿道："你……你要到哪里去？我跟着你。"

慕容九妹厉声道："你若再跟着我，不等别人伤你，我就要你死！"

小鱼儿叹了口气，道："其实像你这样漂亮的女孩子，只要笑一笑已是够人神魂颠倒，还要练什么功夫……功夫练老了，人也变老了。"

慕容九妹也不理他，径自走向另一扇铜门，又取出柄黄金钥匙将门开了一线，回首道："你若妄入此门一步，就休想再活着出来。"

小鱼儿笑道："你门是锁着的，我怎么进得去？"

慕容九妹冷笑道："谅你也进不来的。"

身子一闪，进了铜门，门立刻紧紧关起，"咯唧"一声，又上了锁，竟不让小鱼儿瞧一眼，这门里又是何模样。

小鱼儿也全不着急，懒洋洋伸了个懒腰，嬉笑道："女人……唉，女人，你们最大的毛病，就是将天下的男人都看成笨蛋傻子……你以为我连这些药草是毒药还是灵药都认不得么？告诉你，我从小就是在药草堆里长大的，我认识的药草可比你多得多。"

他一面自言自语，一面东翻翻、西瞧瞧，又笑道："难怪她要吓我，这里的药草，倒真有好些货色。万大叔找了几十年没找到的，这里却有三四样，嗯，看来我的口福倒不错。"

他竟真的选了三四种药草大嚼起来，慕容九妹若是在旁边瞧着，可真的要急得晕倒过去。

这几种药草中，有些的确是稀世之物，小鱼儿其实也未瞧见过，只是万春流曾经绘出图形，教他辨认。这些药草万春流搜寻数十年，却未寻得一味，由此可见价值之珍贵，若是炼成丹药，一粒便可活人。

此刻像小鱼儿这样的吃法，却当真是王八吃大麦，糟蹋粮食，但他一点也不心疼，片刻间便吃了个干净。

他抚着肚子笑道："肚兄呀肚兄，今日可便宜了你。"眼珠子一转，竟还意犹未足，脑筋又动到那些铜鼎中的丹药上去。

他竟把铜鼎全部揭开，瞧了瞧，嗅了嗅，取出一把，像嚼花生米似的吃得津津有味，右手还不停地一把把往怀里塞，塞不下了，他就将剩下的丹药全部混在一起，扮了个鬼脸，笑道："你既然闲着没事，我就找些事给你做做吧！"这一来可真害苦了慕容九妹，她若想将这些丹药分门别类，少说也得三天五天的工夫。

但小鱼儿自己此刻可也不好受，十几种草药、丹药，像是已在肚子里烧起火来，烧得他身子发热，嘴唇发焦。他歪着头想了想，自怀中取出根弯弯曲曲的铜丝，伸进那扇铜门的钥匙洞里，笑嘻嘻道："你以为我进不去么？好，我就偏偏进去让你瞧瞧。"

他耳朵凑在钥匙洞上，手拨着铜丝，一面拨，一面听，脸上渐渐露出了笑容，喃喃道："这里……这里……对了，就是这里。"

只听"咔嚓"一声，铜门立刻开了。

里面的房子，比外面更冷，寒气又自门缝中袭出。

小鱼儿深深吸了口气，道："好舒服。"

他此刻全身像是被火在烧，自然愈冷愈舒服，索性开了门，大步走进去，一面大笑道："九姑娘，我进来了，你只管练功，我不吵你。"

话说完了，人也怔住，只见这石室中还有个地洞，地洞里全是从冬天就窖藏留存的冰块。

慕容九妹就坐在冰上，双手自腿的外侧弯入腿的内侧，抱住了脚，食指点着足心，全身竟是赤裸裸的一丝不挂。小鱼儿活了这么大，见过的事也有不少，但赤裸的少女，却是从未见过，他无论见到什么都不会吃惊，此刻却也不禁呆呆地怔住了。

慕容九妹眼睛是睁开的，也瞧见了他，她眼睛里的惊奇、愤怒、羞急，无论用什么话也不能形容。

但她身子却动也不动，似乎已不能动了。

小鱼儿呆了几乎有半盏茶工夫，这才转过身子，故意东张西望，道："九姑娘在哪里？我怎地瞧不见呀！"

这"小鬼"就是这么会体贴女孩子的心意，这句话出来，慕容九妹明知是假的，也可自我安慰一下了。

小鱼儿一面说，一面走，就要退出门，忽然瞧见墙上挂着九幅图画，他又忍不住要停下来瞧瞧。只见第一幅图上，刻画着赤身露体的女子，以手脚倒立在冰上，旁边写着几行小字："化石神功，须处女玄阴之体方能习之，此乃化石神功之入门第一步，三年有成，口诀如下。"

"化石神功，功成九转，肌肤化石，厉物不伤，九转功成，无敌天下……"

小鱼儿看到这里，已不禁失声道："这鬼功夫竟活活地要将人练成僵石，慕容九妹练了这种鬼功夫，难怪对什么人都要冷冰冰的了。"

他赶紧去瞧第二张图，只见上面画的人已由倒立而直立，上面写着："功成二转，由逆为正……"

小鱼儿也懒得往下瞧，他可无心来学这种鬼功夫，人若变成了石头般又硬又冷，纵能无敌天下，又有何用？

第三张图上画着的人形，姿态就和慕容九妹此刻练功时一样，小鱼儿松了口气，喃喃道："幸好只练成第三转就被我瞧见，否则她功夫若是练成了，人也必定要变成个怪物，那就真是害人又害己了。"

他再也不往下瞧，七手八脚，将挂的图全扯了下来，慕容九妹仍在瞪着他，目光却已由羞愤变成哀求。

小鱼儿也不回头去瞧，口中大声道："九姑娘，你莫恨我，我这是为你好，你好好一个人，活得快快活活，为什么偏要自己给自己找罪受。"慕容九妹此刻若能说话，若不放声痛骂，便要苦苦哀求，她若能动，只怕早已将小鱼儿吞下肚里。怎奈她既不能言，也不能动，只有眼睁睁瞧着小鱼儿揭起九张图扬长而去，她目中不禁流下眼泪。

小鱼儿将九张画全丢在铜炉烧了，又弄开外面那扇门的锁，走了进去，居然也不去瞧铁心兰，就越墙走出了这山庄。他做事全凭一时高兴，有时做对，有时做错，但是错是对，他全不管，只管做了这件事，心里颇是舒服，做完了后果如何，他全不放在心上。只是此刻身子一点也不舒服，不但热，而且发起胀来，就像是有人不断往他肚子里填火。

他一口气也不知奔出了多远，一头钻进了个树林，凉风穿林而过，自然要比外面凉快得多。

小鱼儿实在走不动了，倒在树下直喘气，心里只希望小仙女此刻莫要来，慕容九妹更莫要来。

他身上又热、又胀、又痒，嘴里干得冒火，喃喃道："这里要是有个池塘就好了，我现在最需要的就是水……水……"

忽听一人冷冷道："你此刻最需要的不是水，是棺材！"

小鱼儿但觉脖子一凉，已有一口剑架在他脖子上。

他一惊一怔，苦笑道："到底还是女人厉害，男人若被女人盯上了，一辈子就休想跑了。"

那语声冷笑道："你现在才知道，已嫌太晚了。"

小鱼儿道："你是慕容姑娘，还是小仙女？"

那语声道："你还想九丫头救你，你是做梦。"

小鱼儿突然笑了起来，喃喃道："很好……很好……是你，就还算我运气不错。"

小仙女自然想不到小鱼儿此刻最怕见的不是她，而是慕容九妹，冷笑道："很对，你的运气好极了，偏偏要走这条路，偏偏我就在这里等着。"

她这话自然是故意来气小鱼儿的，小鱼儿纵然走别的路，还是跑不了的。

小鱼儿脖子动了动，道：“你这柄剑很快嘛！”

小仙女道：“哼，也不太快，只是我削下你脑袋时，只怕你嘴里还能说话。”

小鱼儿笑道：“我那般折磨你，你一剑削下我脑袋，就能出气么？嘿嘿，我若是你，可就没有这么便宜了。”

小仙女道：“你想受什么罪，只管说吧，我一定包你满意。”

小鱼儿道：“至少先得臭揍一顿再说。”

小仙女冷笑道：“你以为我不敢揍你？”

小鱼儿笑道：“你虽能狠一狠心将我杀了，却是舍不得见我挨揍的。”

话未说完，脖子上就挨了一掌，背上又挨了一脚。

小仙女咬牙道：“很对，我舍不得揍你，很对……”

她说一声“很对”就揍出一拳，说一声“舍不得”，又踢出一脚，小鱼儿被揍得满地打滚，口中却大笑道：“舒服……舒服……”

他是真的舒服，可不是假的，他身子正胀得发痒，小仙女拳头打在他身上，倒像是替他捶背、松骨。

小仙女怒道：“好，你既舒服，就再打重些。”她话未说完，小鱼儿背上已重重地挨了一拳。

小鱼儿道：“不行，还是太轻了……再重些。”

小仙女几乎气破肚子，但瞧小鱼儿面上竟真的全无痛苦之色，她又不觉惊讶、奇怪。她哪里知道小鱼儿体内十几种灵丹妙药的药力已活动开，纵然是铁锤击在他身上也伤不了他的筋骨。小仙女的手倒有些打酸了，小鱼儿还是不住道：“舒服，舒服，再重些……”小仙女想起那日他被痛揍之后，还能奋起击人之事，更是奇怪这小鬼为何如此能挨揍。

忽听一人冷冷道：“你打够了么？”

小仙女霍然转身，站在树下的正是慕容九妹。

只见她披头散发，眼睛里满是红丝，指尖不住发抖。小仙女怎么也想不到她怎会如此模样，大声道：“还没有打够，你要怎样？”

慕容九妹道：“你若打够了，就让给我。”

小仙女冷笑道：“这里可已不是你的家了，你若再阻拦我，我也……”

慕容九妹道：“你以为我是来救他的么？”

小仙女又怔了怔，道：“你不是来救他的，还是来杀他的不成？”

慕容九妹道：“正是来杀他的！”突然掠到小鱼儿身旁，抽出一柄匕首，直刺而下。

小鱼儿见到她们两人全来了，心里反倒不怕了——既然非死不可，还有什么好害怕的？他瞪着眼睛，瞧着这柄匕首，忽见寒光一闪，“叮”的一响，小仙女手里的短剑已架住了匕首。

慕容九妹怒道：“你方才本要杀他的，此刻为何要救他？”

小仙女冷笑道：“你方才本是救他的，此刻为何要杀他？”

慕容九妹道：“你……你管不着。”

小仙女大声道：“我偏要管。”

慕容九妹手腕一抖，闪电般刺出七刀，道：“今日无论是谁来拦阻我，我也是杀定他了。”

小仙女短剑挥出，闪电般接了七刀，道：“你方才不许我杀他，我现在也不许你杀他。”

慕容九妹道：“你方才苦苦要杀他，此刻却反要救他，莫非……莫非是你对他……”

小仙女的脸飞也似的红了，大声道：“你方才苦苦要救他，此刻反却要杀他，莫非……莫非是他对你……”

慕容九妹苍白的脸也飞红起来，喝道：“你敢胡说！”

小仙女喝道：“你才是胡说！”

两人刀剑齐地击出，“当！”又硬拆了一招，两人都觉手腕有些发麻，身子也被震得后退数步。

突然间，两人同时惊呼出来。

小鱼儿竟已不见了。

小仙女跺足道：“都是你害得我……”

慕容九妹跺足道：“都是你害得我……”

两人同时开口，同时闭口，说出来的竟是同样的一句话，同样的几个字，两人脸都红了。

小仙女瞧了瞧慕容九妹，慕容九妹瞧了瞧小仙女，小仙女垂下头，慕容九妹也垂下了头。

小仙女终于抬起头来，道：“他逃不了的。”

慕容九妹也同时抬起了头，道：“追。”

两人红着脸想笑一笑，却又笑不出。

小仙女咬着嘴唇，道：“这次追着了，咱们两人同时下手杀他。”

小鱼儿也知道自己无论凭轻功，凭体力，都是逃不了的，所以他什么地方都不逃，却径自逃回慕容山庄，他从原路跃回，竟笔直走到那石室铜门前，门自然又锁上了，他自然也又轻易地将锁弄开。然后，他将两扇门都从里面锁起，伸展了四肢，舒服舒服地躺在那贮冰的地洞旁，忍不住笑了起来。想起小仙女与慕容九妹方才的模样，他就要笑，这两人在别人眼中是侠女、才女，但在小鱼儿眼中，她们却只不过是个女人。在小鱼儿眼中，世上的男人可能有一百七八十种，但女人却只有一种。

身子愈来愈热，嘴唇愈来愈干，他索性跳下地洞，躺在冰堆里，敲了块冰，嚼得“咯吱咯吱”直响，嚼了七八块后，但觉通体生凉，舒服得很，索性就躺在冰上呼呼大睡起来。

此时此地，他居然还睡得着，本事当真不小。

睡梦中，忽听“咔唧”一声，铜门竟似开了，小鱼儿一颗心顿时提了起来，动也不敢动，气都不敢喘。

只听小仙女的声音道：“好冷。”

又听得慕容九妹的声音道：“昔日家母建造这藏冰窖时，本为了家父怕热，在暑中最嗜冰镇酸梅汤，哪知后来我却作了别的用途。”

小仙女又道：“什么用途？”

慕容九妹默然半晌，低低叹道：“现在，什么用途都没有了。”语声中充满了伤心失望，也充满了怨恨。

小鱼儿听得直发毛，他知道慕容九妹实已恨透了自己，自己若被她们堵在这冰窖里，可是再也休想逃了。

小仙女道：“你怕那小鬼还逃到这里来么？”

“嗯。”

小仙女笑道：“你也未免太多虑了，那小鬼又怎会有这么大的胆子？”

慕容九妹道："我真不懂，他会逃到哪里去？"

小仙女叹道："那小贼当真滑溜如鬼，诡计多端，下次见着他时，我话也不跟他说就宰了他，看他还有什么花样使得出来。"

语声渐远，又是"咔嚓"一声，门已锁上了。

谢天谢地，她们总算走了，小鱼儿笑道："幸好女人都是小处仔细，大处马虎，既要瞧，又不瞧个仔细，否则我真要倒霉了。"

他又静静地伏了两盏茶工夫，身上已有些发冷，这才一跃而起，他若在冰上调息运气，将药力归纳入元，功夫必有骇人的增长，只可惜他只是睡了觉就爬起来，这良机竟被他平白地糟蹋了。

小鱼儿屏息静气，凑眼在那钥匙洞上向外瞧了瞧，便发觉小仙女与慕容九妹竟还在外面那屋子里。小仙女斜斜倚在墙上，似乎在出神地想着心思，慕容九妹身子站得笔直，面色苍白得可怕。铁心兰竟也在这屋子里，她坐在药鼎前，正将鼎中的药一粒粒择出来，分别装到几个铜罐里。她满眶泪水，每捡一粒药，眼泪就落下一滴。

小鱼儿瞧得直皱眉头，暗笑道："我本是要害慕容九妹的，哪知却害了她，想来是慕容九妹恨我入骨，竟把气出在她身上，叫她来做苦工。"

顾人玉呢？顾人玉想必是连这屋子都不准进来。

小仙女出了会儿神，突然向铁心兰走过去。铁心兰一惊，手里握着一把药丸，撒了满地。

语声自钥匙洞里传进来，只听小仙女叹道："你不要怕，我不会难为你了，咱们都是被那小鬼骗苦了的，正是同病相怜。"铁心兰垂下头，眼泪一滴滴落在衣襟上。

小仙女展颜一笑道："来，快动手，我帮你的忙，看来咱们若不将这些药丸整理清楚，九姑娘是不肯给咱们饭吃的了。"

慕容九妹冷冷地瞧着她们，面上没有一丝笑容。

过了半晌，小仙女忽又道："那张图……你可是真的被那小鬼骗走了？"

铁心兰默然半晌，低声道："不是骗，是我送给他的。"

小仙女道："送给他……你为什么要送给他？"

铁心兰霍然站了起来，大声道："我高兴送给谁就送给谁，这事谁也管不着。”

小仙女怔了怔，失笑道：“你凶什么？”

小鱼儿暗笑道：“小仙女外刚内和，铁心兰却是外和内刚，这两人性子当真是两个极端；而慕容九妹呢，她练了那种鬼功夫，外面冷冰冰，心里只怕也是冷冰冰的，这三人中，最不好惹的就是她了。”

又过了半晌，小仙女道：“你还生不生气？”

铁心兰垂下了头，似也有些不好意思，别人若对她凶恶，她死也不服，别人若是对她好，她反而没法子。

小仙女道：“那张图你想必是看过了的，你可记得？”

铁心兰道：“我……记不清了。”

小仙女道：“我可不是想要那些藏珍，我发誓决不动它们，只是，我想……那小鬼必定会到那里去的，你若记得那地方，咱们就可找着他，我替你出气。”

铁心兰头垂得更低，道：“我真的记不得了，我不骗你。”

小鱼儿自钥匙洞里往上瞧，正好瞧见她的脸，只见她说话时眼珠子不停地在转，不禁暗笑道：“她想必是记得那藏宝的地方，只是不肯说出来。这丫头看起来老实，嘴里直说不骗人，骗起人来却笃定得很。”

心念一转，又忖道：“她为何要骗人？莫非是为了我？我对她这么坏，但到现在为止，她非但还是不肯说我一句坏话，听到别人说我坏话，她反而要生气，这是为了什么？”

想着想着，他似也有些痴了，但瞬间又暗中自语道：“我管她是为什么，反正女人都是神经病。”

忽见慕容九妹快步走了出去，小鱼儿正在奇怪，她又走了回来，手里却拿了个小小的铜勺子。

小仙女道：“这里面是什么？”

慕容九妹道：“铅。”

小仙女奇道：“铅？你拿铅来要做什么？”

慕容九妹也不说话，却将那铜勺在火上煨了半晌，目中突然露出一种残忍而得意的光芒，口中缓缓道：“里面那屋子，反正也没有用了，我索性用铅将这钥匙洞塞住，这样，谁也休想再进得去，谁也休想再出来！”

小鱼儿瞧见她那笑容，已觉不对，再听到这话，更是心胆皆丧，这慕容九妹好狠毒的手段，竟想将小鱼儿活活关死在里面，她虽然发觉小鱼儿，却绝不说破，只因她生怕小仙女和铁心兰还会救他。

小鱼儿大骇之下，赶紧想弄开锁冲出去，但慕容九妹已一步掠过来，小鱼儿只瞧见铜勺在钥匙洞外一晃，接着，就什么也瞧不见了，铅汁已灌了进去，外面的人声也一起被隔断。只听外面突然有人在铜门上敲打起来。

这慕容九妹竟生怕小鱼儿在里面敲门，被小仙女与铁心兰听见猜出，所以她竟自己先敲起门来，小鱼儿再拍门，外面也听不见了。

小鱼儿又惊又怕，跺足大骂道："慕容九妹，你这妖妇、恶婆娘，你的心为何要这么狠，我又没害死你爹妈，又没强奸你，你为什么定要我死！我方才若不是瞧你那把瘦骨头全无兴趣，早已趁机修理了你，你现在只怕反不会要我死了。"

他破口大骂，什么话都骂了出来，在恶人谷长大的孩子，骂人的技术，自然也比别人高明得多。这些话若被慕容九妹听见，不活活气死才怪，只是四面石墙坚厚，钥匙洞又被塞住，小鱼儿骂得虽卖力，外面连一个字都听不到。

骂了半天，小鱼儿也知自己骂破喉咙也是没用的了，在屋子里乱敲乱转，想弄出条出去的路，怎奈藏冰的屋子，必须建造得分外牢固，不能让一丝热气透入，正是天生的牢狱，小鱼儿想尽法子，也挖不出一个小洞。

小鱼儿苦笑道："谁说这屋子没用了？这屋子用来关人，岂非比什么地方都好得多？看来，我真要变成条冻鱼了。"

他已冷得牙齿打战，只有盘膝坐下，运气相抗，一股真气传达四肢，这才渐渐有了些暖意。小鱼儿本不是个用功的人，方才纵然明知自己将大好机缘白白糟蹋了，他也满不在乎。只因为他觉得自己是天下第一个聪明人，武功好不好都没关系，反正无论多厉害的人遇着他也无可奈何，他又何必吃苦用功？

但现在情势却逼得他非用功不行，他这才知道那十余种灵药功用当真非同小可，糟蹋了实在有些可惜。药力随着真气流转，功夫也跟着增进，他不知不觉间竟已入了人我两忘之境，竟将生死之事也忘怀了。

第二十章

人心难测

这样也不知道过了多久，是几个时辰，还是几天？休息的时候他就将怀中的药丸掏出来吃，既不觉饿，也不觉冷。但出去是无法出去的，他迟早是要活活地被困死在这里，那么纵然练成了绝世的武功，又有何用？小鱼儿想到这里，便要自暴自弃，只是功夫一不练，就冷得厉害，他死活没关系，又何必在活着时多吃苦。

他终究不是神仙，肚子终于饿了，饿得连用功都不能，一饿更冷，他自知死期已不远了。他怎么也想不到自己这么聪明的人竟也会被人困死，尤其想不到的是，自己竟会死在女人的手上。这才知道女人并不如自己所想象的那么简单，那么无用，他忽而自责自骂，忽而自艾自怨，不住喃喃道："看来好人真是千万做不得的，我若早将小仙女和慕容九妹杀了，又怎会有今日之事……"

于是他又怪万春流，若不是万春流，他彻头彻尾都是个坏人，坏人纵被人恨，被人骂，至少命总比好人活得长些。

他冷得全身发抖，饿得头晕眼花，喃喃道："唉，死就死吧，反正人人都要死的，人死之后，至少也有件好事，那就是他再也不会听到女人的啰唆了。"

但突然间，他竟不再觉得冷了。非但不冷，而且还发起热来，他又惊又奇，张开眼睛，又瞧见桩怪事，那一大块一大块冰，竟也在融化。

伸手一摸，冰冷的石壁，竟也热得烫手。

小鱼儿跳了起来道："这是怎么回事？难道慕容九妹那丫头冻死我还不过瘾，还要烤熟我？不对，她将她姐姐的那几间房间瞧得那般珍贵，又怎会在此引火？"

他围着屋子走了一圈，四面石壁，三面都烫得像火，只有背山的那面，还是温热的。

小鱼儿心念一转，恍然道：“是了，想必是慕容九妹的仇人来了，不但要杀人，还要放火……只是你们这些蠢材不知道，你们放火烧了慕容家的破屋子不打紧，却连天下第一个聪明人也要被你们害死了！”说着说着，他又跳脚大骂起来。

还不到一顿饭工夫，巨大的冰块全都融化了，小鱼儿已被泡在水中，想跳脚都无法跳了。

水，本来还是凉的，人泡在里面还不觉难受，小鱼儿既然想不出法子，索性脱了衣服，在里面痛痛快快洗了个澡。他天生不见棺材不流泪的脾气，不到真正走投无路的时候，谁也休想要他着急、害怕。

但现在已到了他真正走投无路的时候了。

水，已渐渐热了起来，像是快要沸滚了。小鱼儿泡在水里，就像是被人抛进热锅里的一条活鱼，烫得他在锅中乱蹦乱跳。他只望火能将石壁烧毁，但这见鬼的石壁偏偏坚固得出奇，非但没有毁坏，简直连条裂缝都没有。到后来他什么力气都没有了，竟沉了下去，鼻子一酸，“咕嘟咕嘟”，灌了好几口水。

小鱼儿苦笑道：“好大的一碗鲜鱼汤，叫我一个人独自消受，岂非可惜……”

突然铜门外有人在叮叮当当敲打起来。

小鱼儿精神一振，暗道：“好了，这下子总算有人来和我分享这碗鱼汤了！”

他已想到这大火虽烧不毁铜门，却可将钥匙洞里的铅烧熔，那精巧的机簧，被滚热的铅汁一烫，只怕就不保险了，外面只要有人用凿子、钉子之类的东西一敲，铜门九成是要敲开的。

他念头还未转完，铜门果然开了，水势如黄河决堤，一下子涌了出去，小鱼儿也不动，任凭水将他冲出。外面两人怎么也想不到开了门后会涌出这么大的水，一惊之下，全身已被淋得像是落汤鸡。

他们更做梦也未想到的是：水里竟还有个人。

小鱼儿被水冲得远远的，就躺在那里，死人般地不动，他已被饿得半死，泡得半死，又怎能妄动。眯着眼偷偷瞧了瞧，外面的火，竟已熄了，从这间屋子的门瞧出去，只见一片焦木瓦砾，仍在冒着青烟。

老房子着火，自然烧得快些。

再瞧这两人，前面一个高大魁伟，满脸横肉，一嘴络腮大胡子，虽被水淋得湿透，看来仍是雄赳赳、气昂昂，就像是条牛似的。小鱼儿瞧见此人，心里很放心，这种四肢发达的人，头脑一定也被肌肉挤得很小，他只要略施小计，保险可教这人服服帖帖。

但另一人他却瞧得有点寒心，这人一身白衣，弯着腰，驼着背，一张脸就像是倒悬的葫芦，再加上一嘴山羊胡子、两条细眉、两只小眼，就算将他放到山羊窝里去，也不会有人瞧出他是人来。

他身子本就轻枯瘦小，再驼背，头还够不着那大汉的胸口，但看起来却比那大汉可怕十倍。小鱼儿一瞧这两人，就知道他们必定就是"十二星相"中的"白羊黄牛"了。

他发觉这"十二星相"长得实在不像人，都像是畜生。这十二人凑在一起，也不知是怎么找出来的。

两人瞧见小鱼儿，都怔了半晌，那"黄牛"咧着嘴道："谁要听你的话，那人准是祖宗没积德，上辈子倒了霉，我早就发誓将你说话当放屁，谁知道这次还是上当。"

那"白羊"道："听我的话，才是福气。"

黄牛直着嗓子怪笑道："福气？被淋了一身臭水难道也算是福气？你说这石头屋子里必有宝贝，宝贝却又在哪里？"

白羊瞧着小鱼儿，道："这小子就是宝贝。"

黄牛道："这小子一身嫩肉，若是李大哥在这里，倒可以趁热饱餐一顿，但你这只只会嚼草的老山羊，还想拿他怎样？"

小鱼儿瞧见这白羊，心里本在发愁，听到这话，精神立刻一振，愁怀大解，突然嘻嘻一笑，道："老牛老羊，你们近来好么？"

黄牛怔了怔，道："这小子认得咱们。"

小鱼儿笑道："闲暇之时，我常听大嘴兄说起'十二星相'中，就数黄牛最勇，白羊最智，不想今日竟在这里瞧见你们。"

黄牛哈哈大笑道："过奖过奖……"突然止住笑声，瞪大眼睛道，"你……你怎会认得我，李……李老哥？"

他这次不但已将"大哥"改成"老哥"，而且"老哥"这两字说出来时，说得有些结结巴巴。

小鱼儿眼珠子一转，道："大嘴兄对我说起时，只说'十二星相'中有个黄牛乃是他的后辈，听你唤他老哥，莫非是那黄牛的叔伯？"

黄牛红脸一笑，道："我……我就是黄牛。"

小鱼儿道："既然如此，虽在背后，你也该称他大叔才是，你胡乱改了辈分，若是被他知道可不高兴的。"

黄牛涎脸笑道："是，是，小兄弟，你千万莫要告诉他……他老人家。"

小鱼儿板着脸道："这'小兄弟'三个字，也是你叫得的么？"

黄牛道："是是是，我……在下……"

白羊突然冷笑道："你在下若非跟着我出来，就算被人卖了，还不知是被谁卖的。"

黄牛眼睛一瞪，道："这是什么话？"

白羊道："你真相信这小子是李老前辈的小兄弟……哼，他年纪简直连做李老前辈的儿子都嫌太小了。"

黄牛摸了摸头，道："但……但他说的倒也不错。"

白羊道："呆子，他说的话，有哪句不是你自己卖给他的……请问，他若真是李老前辈的兄弟，哪会在这慕容山庄里？"

黄牛道："他……他只怕是被慕容那丫头关起来的。"

白羊冷笑道："这两间屋子是做什么用的，你难道还瞧不出？慕容那丫头又不是疯子，怎会将人关在炼丹藏宝的密室里？这小子既然能在这里，慕容家的丹药藏于何处，他必定知道，所以我说他就是个宝贝。"

黄牛又摸了摸头，瞧着小鱼儿道："好小子，我还在替你辩驳，哪知你却是个小骗子。"

小鱼儿冷笑道："这屋子难道规定是要炼丹藏宝的么？不炼丹时，关人难道不可以？慕容那丫头又不是疯子，这屋子若有藏宝，她又怎会灌一屋子水？"

黄牛拍掌道："是呀，不错呀……譬如说我这双手，虽可以摸女人的小脸蛋，但也可以打人的耳刮子，炼丹的屋子，为什么就不能关人？"

小鱼儿道："你年纪也和大嘴兄相差无几，但却是他的后辈，我年纪虽和他相差多些，为何就不能是他兄弟？"

黄牛再摸了摸头，瞧着白羊道："是呀，他说得不错呀，咱们龙大哥的妹子，岂非也只有十来岁。"

白羊冷笑道："世上若真有活了四五十岁，还要上孩子当的人，那人就是你，但我……哼，他若要我相信，除非……"

小鱼儿招手笑道："你过来，我让你瞧件东西。"

他此刻仍水淋淋地躺在地上，白羊方自走到他面前，小鱼儿身子突然一滑，双手双腿连续击出四拳三脚。

这四拳三脚几乎是在同一刹那间击出来的。世上唯有一个躺在地上的人，才能将双拳双腿同时击出，世上也唯有李大嘴才练得有这种招式，只因这种招式听来虽厉害，其实却不实用，试问一个好好的人，怎会躺在地上和人动手？除非他是在装病诈死的，要向人猝然偷袭。

而世上除了李大嘴这样外貌老实、内心奸恶的人外，谁也不会挖空心思去创此等招式。

白羊大惊之下，整个人都跳了起来，不像是羊，倒像只兔子——若非小鱼儿已累得半死，他此刻就是只死兔子了。

小鱼儿盘膝坐起，笑嘻嘻道："你此刻相信了么？"

白羊喘着气还未说话，黄牛恭敬作了三个揖，道："小爷叔……无论你年纪多大，就算你刚生出来只有三天，只要你是李大叔的兄弟，你就是我的小爷叔。"

小鱼儿道："老山羊，你呢？"

白羊目光闪动，仰起了头，缓缓道："李老前辈在谷中过得还好么？"

小鱼儿道："好人不长命，他却死不了的。"

白羊阴恻恻一笑，道："谷中的人，一个个都长命百岁，李老前辈自然也乐在谷中享福，是不会再出来受罪的。"

小鱼儿眼珠一转，笑道："他本来是不会再出来的。"

白羊一怔，道："现在呢……现在呢？"

小鱼儿慢吞吞道："现在，不但是他，就算是杜大哥、阴大哥、屠大姐……嘿嘿，他们若不出来，我又怎敢一个人在外面乱闯？”

白羊面色顿时变了，道：“但……但他们……”

小鱼儿道：“他们在谷中闷了这许多年，每人又都练了身江湖中谁也没见过的功夫，你若是他们，你出不出来？”

白羊垂首道：“是是，阁下……前辈可知他们现在……”

他虽然低着头，但目光不住闪动，冷森森地不怀好意，小鱼儿瞧在眼里，微微一笑，道：“他们这些人做事素来神出鬼没，我也不知道他们的行踪。”

白羊似乎暗中松了口气，但小鱼儿又接着道：“说不定，他们现在就在你身后，你也未必知道。”白羊一口气立刻又憋了回去，想回头去瞧，又不敢去瞧。

黄牛却是喜笑颜开，道：“若是李大叔真的来了，那就好了，慕容家那几个丫头纵有三头六臂，咱们也不怕她来报仇了。”

小鱼儿淡淡道：“你们被她逃走了么？”

黄牛叹了口气，道：“咱们这一次虽是那条蛇约来的，其实咱们这些人自己又何尝不是早已在动慕容山庄的脑筋。”

小鱼儿笑道：“慕容家的灵药，确是叫人流口水。”

黄牛苦笑道：“只可惜慕容那丫头确是鬼灵精，也不知从哪里得知咱们要大举来犯，咱们还没来，她竟已溜了。”

小鱼儿吃惊道：“溜了？”

黄牛恨声道：“不但人溜走了，值钱东西也被搬得差不多干干净净，连大门也没有锁，只留下张条子，说什么‘妄入者死’，哼，简直是放屁！”

小鱼儿道：“不错，简直比屁还臭。”

他此刻已猜出慕容九妹是为何要走的了。

小仙女与铁心兰一心以为小鱼儿已溜走，急着去找；慕容九妹知道她们嘴里虽说得凶，心里却是软的，自然也不肯说出小鱼儿已被关了起来，别人要她去找，她就跟着去找……

小鱼儿想到这里，不禁又破口大骂道：“那丫头不但比屁还臭，简直比蛇还毒，你们烧了她的屋子，当真再好也没有，谁动手烧的，我可得请他喝两杯。”

黄牛大笑道："放火的虽已走了，但咱们……"

小鱼儿笑道："咱们却可喝几杯，不对，几百杯……咱们一路走，一路喝，我带你们去找李大嘴，在路上瞧见顺眼的，还可以……哈哈，还可以怎样，你总知道。"

黄牛拍掌道："妙极妙极。"

小鱼儿道："白羊，你呢？"

白羊道："这……在下……咳……"

小鱼儿道："你若不愿去也没关系，等我遇见大嘴兄时，就说你不愿见他，也就是了。"

白羊大叫道："谁说我不愿去，黄牛，是你说的么？"一把推着黄牛道："咱们还不走……咱们还等什么？"

这三人果然是一路走，一路喝，小鱼儿忽然发现，自己喝酒原来也是天才，居然像是永远喝不醉。

有时他简直有些奇怪，那许多杯酒喝下去后，到哪里去了？他看来看去，也觉得自己没那么大的肚子。

那黄牛、白羊两人，对他竟是百依百顺，吃喝歇住，全用不着他费半点心思，早有他两人为他安排得舒舒服服。

他要走就走，要停就停，黄牛、白羊两人，也全不问他要到哪里去，"十二星相"中这两个煞星竟会对个孩子如此听话，倒真是令人想不到的事。

一路上自然也遇着不少江湖人物，瞧见他们，有的远远行个礼，就绕路避开，有的纵不认得他们，但瞧见这两人的奇形怪状，也远远就避之唯恐不及，又有谁敢来啰唆生事？

但入了雁门关后，小鱼儿突然发现，前面的人瞧他们，虽远远避开，却有不少人悄悄跟在他们身后。

他们走到哪里，这些人就跟到哪里，一个个神情却都是恭恭敬敬，既不说话，也没有半点要找麻烦的样子。

小鱼儿再瞧黄牛、白羊，面色竟全无变化，像是什么都没瞧见，小鱼儿也不说破，傍晚时到了剑阁，找了家客栈投宿，小鱼儿道："大曲酒配麻辣鸡，虽然吃得满头冒汗，但愈吃却愈有劲。"

黄牛大声笑道："不错，大曲酒配麻辣鸡，妙极妙极。"

平日小鱼儿只要一张口，黄牛、白羊两人就动手将东西拿来了，但今日这两人嘴里虽说得好，身子却动也不动。

小鱼儿等了半晌，道："既然妙极，为何不去拿来？"

黄牛笑道："从今日起，咱们不必拿了。"

小鱼儿道："你们不去拿，难道要我去？"

白羊笑道："怎敢劳动你老人家！"

小鱼儿道："咱们不去拿，又不去吩咐店家，这大曲酒与麻辣鸡难道会从天上掉下来，地下长出来不成？"

黄牛笑嘻嘻道："你老等着瞧吧！"

小鱼儿在屋子里踱了两个圈子，只听门外"笃、笃、笃"敲了三声，霍然拉开门，门外鬼影子却瞧不见一个，但地上却多个大托盘，盘子里装着一碟麻辣鸡、一碟回锅肉、一碟凉拌四件、一碟豆瓣鱼、一大碗月母鸡汤，还有一大壶酒，芳香甘冽，果然是道道地地的大曲。

小鱼儿眨了眨眼睛，笑道："原来你两人还会鬼王搬运法。"

黄牛笑道："这不叫鬼王搬运法，这叫孝子贤孙搬运法。"

小鱼儿道："哦。"

白羊道："这一路上跟在咱们后面的那些人，你老可瞧见了？"

小鱼儿道："我只当你们没瞧见哩。"

黄牛道："那些小子，就是咱们的孝子贤孙。"

小鱼儿道："原来那些人是你们的门下。"

黄牛道："狗屁门下，我连认都不认得那些孙子。"

小鱼儿道："既不认得，为何要跟着你们？"

黄牛笑道："江湖中人都知道，只要'十二星相'在哪条道上走，哪条道上就必定有大买卖，这些孙子自己不敢做大买卖，就总是跟在咱们身后，'十二星相'从来只取红货，不动金银，这些孙子跟在屁股后，多少也可分得一杯羹。"

白羊道："所以咱们'十二星相'无论走到哪里，哪里的黑道朋友总是大表欢迎，若有什么风吹草动，不用咱们自己探听，总有人来走报消息。"

小鱼儿抚掌笑道："难怪'十二星相'不发则已，一发必中，原来并不是真的有千手千眼，而是有这许多别人不知道的徒子徒孙。”

黄牛大笑道：“但这一次，他们却上当了，平白孝敬了许多东西，却是肉包子打狗，有去无回，连血本都捞不回去。”

白羊也大笑道：“但这是他们自己心甘情愿的，咱们乐得消受，也不必客气。”他们笑声虽大，语声却小得很。

这一路上自然走得更是舒服，无论他们想要什么，只要把声音说大些，不出片刻，自然就有人送来。

小鱼儿入关之后，竟不再东行，反而又转向西南，过绵阳、龙泉、眉山，竟似要直奔峨眉。他居然像是认得路的，走到哪里，只要问问那地方的名字，就知道方向，根本不向黄牛、白羊问路。

蜀中风光，自然与关外草原不同，小鱼儿走得颇是高兴，蜀中的烈酒辣菜，更使小鱼儿一路赞不绝口。到了峨眉，黄牛、白羊一个未留意，小鱼儿竟一个人溜了出去，直到深更半夜时，才施施然回来。

黄牛、白羊既不问他去了何处，小鱼儿也一字不提，到了第二日，他也不说走，傍晚时又悄悄溜了出去。这样竟一连过了三天，小鱼儿还不说走，黄牛、白羊还是不闻不问，这两人的确已服了小鱼儿，简直比小鱼儿的儿子还听话，看来李大嘴虽然退隐多年，但在这些人心里，对他仍是畏如蛇蝎。

“十大恶人”的声名，果然不是好玩的。

第三日午夜，小鱼儿一个人到市上兜了个圈子，只见大大小小的酒楼饭铺里，每一家都有几个江湖人坐着。十人中有九人只是喝着闷酒，非但没有大声吵笑，简直连话都不说一句。

小鱼儿也不知道他们贵姓大名，这些人是黑道，是白道？是成名的英雄，还是无名小卒？小鱼儿全不想问。

街道上不时还有些乌簪高髻、立服佩剑的道人走过，他们腰佩的剑又细又长，神情更是倨傲异常，既像是全不将别人瞧在眼里，但却又不时以锐利的目光去打量别人，他们既像是来市上散步闲逛的，面色偏偏又十分凝重。

小鱼儿知道这些道人必是“峨眉”门下，峨眉剑法之辛辣迅急号称天下无双，门下弟子的眼睛自然难免要生在额角头上，何况，这里就在峨眉山下，正是峨眉弟子的地盘，他们要在这里招摇过市，做虎视眈眈巡逻调查状，也只好由得他们，又有谁敢去管他。

小鱼儿逛了一圈，买了个香袋，又在西街口的卤菜大王切了半斤蹄筋、一斤牛肉，才逛回客栈。

屋子里已摆了一桌配菜，黄牛、白羊老老实实地坐在那里等，菜都快凉了，两人却连筷子都不敢动。

小鱼儿笑道："这三天来，你两人简直比大姑娘还老实，简直足不出户，街上热闹得很，你两人也不想瞧瞧？"

黄牛苦笑道："瞧是想瞧的，但以我两人的名声，在这峨眉山下，还是老实点待在屋子里，太太平平地喝酒好。"

小鱼儿道："峨眉派的杂毛们真有这么厉害？"

黄牛叹了口气，举杯道："咱们不说这些，来……小侄敬您老一杯。"

小鱼儿却先将两包卤菜打开，笑道："听说这'卤菜大王'用的是几十年的陈汤老卤，所以卤出来的菜，滋味分外不同，你两人不妨先尝尝。"

黄牛笑道："有了孝子贤孙们送来这许多菜，您老又何必多破费。"

小鱼儿道："换换口味，总是好的。"

白羊道："长者赐，不敢辞。"果然夹了块牛肉在嘴里，一面大嚼，一面赞美，等他吃完了，黄牛已吃了五块。

小鱼儿喝了两杯酒，虽无酒意，兴致却更高了，笑道："看来峨眉派的剑法，果真有两下子，江湖朋友到了这里，连说话都不敢说了……我迟早要见识见识。"

黄牛笑道："您老一出手，峨眉杂毛包准吓得满街走。"

白羊眼睛盯着那香袋，道："您老莫非真的要上峨眉山去？"

小鱼儿道："我本想和你两人一起去的，也好叫你两人开开眼界，但你们两人既然不敢露面，我只好一人去了。"

黄牛道："您老准备什么时候上山？"

小鱼儿道："明日清晨。"

黄牛叹了口气，道："只可惜您老的计划要改变了。"

小鱼儿皱眉道："为什么要改变？"

黄牛瞧着他一笑，笑容突然变得十分奇怪。

白羊阴森森笑道："你这小杂种，你还不知道！"

称呼突然由"您老人家"变成"小杂种"，小鱼儿倒当真吃了一惊，"啪"地一拍桌子，霍然站起，怒道："你这老山羊，你敢……"

话犹未了，身子竟软软地倒了下去。

白羊咯咯笑道："小杂种，你现在总知道了吧。"

小鱼儿倒在地上，道："酒……酒里有毒。"

黄牛得意扬扬笑道："我两人还生怕骗不倒你，所以跟你喝的是同一壶酒，只不过我两人早已服下了解药而已。"

小鱼儿道："你……你两人为何要如此？"

白羊道："你只当咱们到慕容山庄去真是为了慕容家的丹药么？哼，那几个丫头炼出来的药，还不值得'十二星相'劳师动众。"

黄牛道："老实告诉你，咱们是找你去的。"

白羊道："现在普天之下，只怕已唯有你一人知道燕南天的藏宝所在，蛇老七为了要抓住你，早已在慕容山庄四面都布下了眼线，一面飞鸽传书，将咱们找去，哪知咱们方到那里，慕容那丫头竟鬼使神差地走了。"

黄牛道："但你却留在庄子里，咱们进去找了一圈，竟找不着你，一气之下，就放了把火将屋子烧了。"

白羊道："屋子烧光了，咱们才瞧见那两间石室，原来你这小杂种也不知为了什么得罪了人家，竟被人家关在水牢里。"

黄牛道："这也难怪，慕容丫头本就喜怒无常……"

小鱼儿听得唉声叹气，忍不住问道："但后来为何只剩下你两人？"

黄牛笑道："咱们早已知道你这小杂种诡计多端，若是逼着你说出藏宝之处，说不定还会想出鬼主意，你若胡说八道，咱们岂非也只有跟着你乱转，一路上若是被你趁机溜了，岂非冤枉？"

白羊道："咱们的黄牛哥算准你只要一能走动，第一个去的地方，必定就是燕南天的藏宝之处，所以他就做好了这圈套，要你上当。"

小鱼儿瞪大了眼睛，瞧着黄牛，道："是你想出来的主意？"

黄牛道："想不到吧！"

第二十一章

尔奸我诈

小鱼儿中了黄牛、白羊在酒中放的迷药，身子无法动弹，只得叹口气，苦笑道：“看来当真是人不可貌相，你这条笨牛居然也有一肚子鬼主意，我可真做梦也未想到。”

白羊咯咯笑道：“江湖中上过他当的人，真是数也数不清了，你这小杂种又不是头一个，你叹的什么鸟气？”

小鱼儿道：“但你又怎知我……”

黄牛道：“你和‘狂狮’铁战的女儿走在一起，自然和‘十大恶人’有关系，我随意说了‘十大恶人’中一个名字，你果然打蛇随棍上，自己往坑里跳。”

小鱼儿苦笑道：“这才叫歪打正着，算你走运就是。”

黄牛道：“我知道你一瞧我两人如此容易上当，必定不会轻易放过的，必定要叫咱们跟着你做牛做马；你这小鬼若是良心好些，咱们反倒要想别的法子了。”

小鱼儿叹道：“我正也有些奇怪，‘十二星相’是出名的坏蛋，怎会突然变得如此老实听话……唉！不想我竟也有阴沟里翻船的时候。”

黄牛大笑道：“你这小鬼自以为已经很聪明了，是么？告诉你，你若在江湖中混，还差得远呢！”

白羊道：“咱们‘十二星相’是何等人物，若不是骗着你玩，又怎会对你这样？哼！就算李大嘴自己来了，咱们也不过只是拿他当作个屁。”

黄牛道：“咱们本想等你找着那藏宝之地后，再拿你开刀，哪知你这小鬼果然滑溜，咱们竟看不住你，所以只好请你喝两杯迷魂汤了。”

白羊道：“反正咱们此刻已知道那藏宝必定就在峨眉山，距离已不远了，也不怕你这小鬼再玩花样。”

黄牛狞笑道：“你若是好生说出那藏宝之地，说不定大爷一开恩，或许饶了你，你不是个笨人，想必不会自找麻烦，冤枉多受些活罪。”

小鱼儿眼睁睁瞧着他们，突然大笑起来，笑得居然开心得很，得意得很。白羊大怒道：“小杂种，你只道咱们没有叫你说实话的本事么！”

小鱼儿笑道：“老杂种，你只道我真的上了你们的当么！”

黄牛笑道：“你还有什么鬼主意，说吧！”

小鱼儿叹了口气，道：“我说是愿意说的，只怕你们还未听完，就呜呼哀哉了。”

黄牛还是笑嘻嘻道：“真的么？”

小鱼儿也笑嘻嘻道：“假的，那包牛肉里没有毒药，一点毒药也没有。”

他话未说完，黄牛、白羊已再也笑不出来。

黄牛一把拉住他衣襟，变色道：“小杂种，你说什么？”

小鱼儿笑道：“我说我是个呆子，虽然明天就要去寻宝了，虽然不能让你们跟着，但我还是舍不得毒死你们，所以没有在牛肉蹄筋里下毒。”

他愈说没有，白羊面色愈是害怕，嘶声道：“你……你快将解药拿来！”

小鱼儿笑道：“是是是，我应当将解药拿给你们，然后等你们来害我……哈哈，莫要忘了，你们要我寻宝，不敢毒我，但我可没有要你们寻宝，难道也不敢毒死你们？哈哈，莫忘了迷药是会醒的，毒药却要人的命。”

黄牛居然又笑了，笑嘻嘻拉开白羊的手，道：“是是是，咱们是呆子，什么都不懂，你说咱们中了毒，咱们就真的以为自己中了毒了。”

小鱼儿笑道：“当然当然，你们千万莫要相信，现在你们若是摸一摸第五根肋骨下的‘乳根穴’旁边，那里保险一点毛病都没有，你们也不必摸吧！”

他“不必摸”三个字还未说完，黄牛、白羊两个人的手已不由自主往第五根肋骨下“乳根穴”旁摸了过去。

两人不摸还罢，一摸之下脸色顿时变得比墙还白，两人你望着我，我望着你，再也动弹不得。

小鱼儿笑道："没关系，那里虽有些发麻，但两三盏茶工夫里，你们还是死不了的，你们还来得及先杀了我。"

他虽然叫他们杀他，但此刻就算再给他们个胆子，他们也不敢动，小鱼儿死了，谁给他们解药？

白羊道："你……你究竟要怎么样？"

小鱼儿笑道："我若是你们，此刻就该乖乖地先将我老人家中的迷药解了，再拍拍我老人家的马屁，让我老人家出出气，然后再发下个重誓，从此永远听我老人家的话，绝不敢有丝毫违背……"

黄牛嗄声道："我若解你的迷药，你不解咱们的毒又如何？"

小鱼儿道："是是是，你不解我中的迷药，我反会替你们解毒了？"

白羊、黄牛对望一眼，突然向小鱼儿走过去。

小鱼儿悠悠道："世上有些毒药，是没有现成的药可解的，而且，除了下毒的人之外，谁也不知道那毒性究竟如何，但你们若是不信，不妨试试也可以。"

黄牛、白羊停住了脚，再也不敢走一步，叫他们拿别的来试都可以，叫他们拿自己性命来试，他们可没这么大的胆子。

两人心中同时忖道："咱们发过誓，服下解药后，难道就不能宰了他么？发誓在咱们说来，岂非比吃白菜还容易？"

两人再不说话，一起跪了下去，发了个又重又毒的誓，恭恭敬敬，将解药喂入了小鱼儿的嘴里。

别的事都可以等，要命的事是等不得的。

过了半晌，小鱼儿果然已能站起，拍了拍衣服上的土，笑道："'十二星相'的解药果然都灵得很。"

黄牛干笑道："你老人家的解药想必更灵。"

小鱼儿道："什么解药？"

白羊、黄牛好像被人在肚子上踢了一脚，失声道："你……你……"

小鱼儿大笑道："莫要着急，我是骗着你们玩的。"

他笑嘻嘻自怀中摸出个小瓶子，道："解药其实在我身上，你们方才为什么不来搜搜……唉，人有时的确不该太相信别人的话。”

白羊、黄牛又气又恨，恨不得一手把这小鬼捏死，但还是救命要紧，黄牛抢过解药，一下子就倒进嘴一大半。

白羊变色道：“你……你为何吃这么多？”

黄牛笑嘻嘻道：“我块头大些，理当多吃些。”

白羊恨恨地夺过瓶子，将瓶里的药全吃了下去，然后两人瞧着小鱼儿，心里却在想：小杂种，瞧你再往哪里跑！

小鱼儿也瞧着他们，道：“再摸摸那里还疼不疼？”

两人一摸，果然不疼了。

白羊笑道：“这毒药解得好快！”

黄牛狞笑道：“现在你……”

“往哪里跑”四个字还未说出，小鱼儿忽又大笑起来，道：“方才我叫你们摸时，那里正是你们气血交流处，纵然轻轻一触，也会又麻又疼，现在气血已流过那里，自然不疼了！”

这下子两人又被气得目直口呆，肚子都快被气破了。

白羊嘶声道：“小杂种，原来你在骗人。”

小鱼儿笑嘻嘻道：“不错，我正是在骗你这老杂种。你们也不想想，牛肉又不是我煮的，我怎么下毒？何况，我若真下了毒，为何不将你们毒死？”

黄牛忽也大笑道：“算你聪明，但咱们可也不是呆子，告诉你，那迷药虽解，但半个时辰内，你还是无法动用真气，我举手便可取你性命。”

小鱼儿道：“哦，真的么？”

黄牛狞笑道：“假的，我怎舍得宰了你？我只不过要割下你一只耳朵、半个鼻子，砍断你一只手、一条腿。”

小鱼儿道：“哎呀，我好怕呀！”

黄牛道：“你不必害怕，我不是李大嘴，不会吃你的，我只不过要把你的肉拿去喂狗。”口中说话，一步步向小鱼儿走了过去。

小鱼儿瞧也不瞧他，口中低低念道：“一、二、三、四、五、六、七……”

他念到“七”时，黄牛巨灵般的手掌已劈过来，小鱼儿还是动也不动，根本不睬他。黄牛一掌劈出，也不知怎地，身子竟然摇了起来，面色也变了，突然一个倒栽葱，直挺挺倒了下去。只见他眼睛发直，口吐白沫，宛如中了邪一般。

白羊大惊道：“这……这是怎么回事？”

小鱼儿笑道：“也没什么，只不过牛肉里虽然无毒，但那解药却是有毒的，他抢着要多吃些，自然就先倒下去。”

白羊怒吼一声，飞扑而起，但身子方自扑到空中，就像根木头似的掉了下去，脑袋立刻肿起了一块。

小鱼儿拍掌笑道：“这下子可变成独角山羊……”

笑声未了，突然窗外一人叹道：“活了这么大年纪，却被个小孩子玩弄于股掌之上，你们这一条羊、一条牛以后还能再见人么？”

小鱼儿惊道：“什么人？”

只见窗子开了一线，一个人蛇一般自窗缝里滑了进来，全身碧油油的，又腻又滑，赫然正是那碧蛇神君。

小鱼儿眼珠子一转，笑道：“好久不见呀！你好吗？坐下来喝杯酒吧！”

碧蛇神君阴恻恻笑道：“告诉你，他们在酒中所下的迷药，乃是我独门炼制，这迷药的药性，天下再无一人比我清楚，你纵然想拿话来拖延时间，也是无用的，我就算再让你说一百句话，你还是休想动用真气。”

小鱼儿叹了口气道：“如此说来，我今天总是劫数难逃，是倒霉定了。”

碧蛇神君道：“正是。”

只听白羊、黄牛两人同时哼了起来，他两人眼睛还瞧得见，怎奈全身肉都硬了，四肢既不能动，想张嘴说话都不行，这毒药可要比碧蛇神君炼制的厉害十倍。碧蛇神君瞧了一眼，也不禁微微变色道：“半人半鬼的‘僵尸散’！”

小鱼儿笑道：“算你还有些眼力，这两位仁兄还生怕吃得不够多，半个时辰中，只怕就要变成僵尸，虽然死不了，但以后也只能跳着走路了……哈哈，一只羊一只牛满街乱跳，想必好看得很。”

黄牛、白羊听了这话，头上已往外直冒冷汗，哼的声音更大。碧蛇神君转首瞧了他们一眼，道："两位仁兄可是要小弟先救你们？"

黄牛、白羊拼命点头，头也不过只是微微动了动。

碧蛇神君阴恻恻笑道："一份藏宝，三个人分不嫌太少了么？何况两位本说好这一路上要给小弟留下标记，但标记又在哪里？若非小弟早已知道两位的为人，早已令人混在那些'孝子贤孙'中跟来，此刻又怎找得到两位？"

黄牛、白羊额上的冷汗已比黄豆还大，目中已露出惊恐之色。碧蛇神君目光闪动，纵声长笑道："两位就喜欢装神弄鬼，如今真的变作僵尸，岂非更是有趣！"突然顿住笑声，向小鱼儿走了过去。

小鱼儿笑道："你若要点我穴道，下手可要轻些，我现在不能运气相抗，你若一指将我点死，可就没戏唱了。"

碧蛇神君狞笑道："那么，我不点你穴道就是，我只叫'碧丝'轻轻咬你一口，你非但不会觉得疼，还会觉得痒痒的、酸酸的，那滋味可比抱着女人还舒服。"语声中，只见一条碧光闪闪的小蛇，自他衣袖中滑了出来，蛇身虽只有蚯蚓般大小，但红信闪缩，滑行如风，却足以摄人魂魄。

小鱼儿纵是胆大，此刻面色也不禁变了。

那碧蛇神君衣袖中竟似有个蛇窟，瞬息之间，便有十几条细如蚯蚓、长如筷子的碧丝蛇，接连滑了出来，有的滑上小鱼儿的脸，有的滑上他的脖子，有的滑进他靴子里，还有的竟滑入他衣襟——十几条又冷、又滑、又腻的小蛇，在自己身上乱爬，那滋味可真不是人受的。

小鱼儿全身都麻了，纵有力气，也不敢动一动。

碧蛇神君伸出拇、中两指，道："我手指只要轻轻一弹，你便立刻跌入温柔乡里，嘿嘿，十几个女人一起抱着你，那种销魂蚀骨的滋味，除了你别人都无福消受。"

小鱼儿叹道："抱女人若是这样的滋味，难怪聪明人都要去当和尚了。"

碧蛇神君狞笑道："你此刻还未尝着，怎知……"

小鱼儿大叫道："拜托拜托，这滋味我也无福消受。"

碧蛇神君道："你可是告饶了？"

小鱼儿苦笑道："你要去哪里，我带你去就是。"

碧蛇神君目光闪动，欢喜得连声音都哑了，道："那藏宝之地可是真的就在这峨眉山上？"

小鱼儿道："半点也不假。"

碧蛇神君咽了口口水，道："如此说来，今夜我便可瞧见那批宝藏了？"

小鱼儿道："你不但可以瞧见，还可以带走。"

碧蛇神君一跃而起，道："既然如此，走吧！"

小鱼儿道："走……这……这些蛇……"

碧蛇神君大笑道："我肯让这些蛇美人抱住你，你真是天大的福气。"

小鱼儿苦着脸道："但有这些小美人儿抱住我，我哪里还有走路的力气？"

碧蛇神君道："我自知看不住你，只有请她们代劳，只要你乖乖的，她们也必定温柔得很，但你的手若是乱动，她们的樱桃小口只要轻轻咬上你一口，嘿嘿，哈哈……"突然又大笑起来，笑得也不知有多么难听。

小鱼儿只有乖乖地站起来就走，非但不敢乱动，简直连咳嗽也不敢咳嗽一声，他平生也没有如此听话过。

走出门，还可以听见黄牛、白羊两人在地上哼哼，那声音像是哀呼、求饶，又像是在咒骂，纵是铁石人听了，也难免要动心。怎奈碧蛇神君的心竟比铁还硬，根本像是没有听见，小鱼儿更是泥菩萨过江——自身难保，哪里还管得了别人？

对面一个店伙走过来，躬身笑道："少爷你……"

话未说完，瞧见小鱼儿的脸，大叫一声，顿时被骇得晕了过去，就像是瞧见了活鬼似的。

小鱼儿苦笑道："我现在模样想必好看得很，耳朵上挂着两条蛇，脖子里绕着两条蛇，手腕上盘着两条蛇，还有条蛇塞在鼻孔里，耳环、项链、手镯，都全了，他日若有机会，我倒要将这副首饰送给慕容九妹。"

他一个人自言自语，碧蛇神君也不理他。

小鱼儿又道："其实那幅藏宝图画得并不十分详细，我花了整整两个晚上，才算将地方摸清，不想却被你捡了便宜。"

碧蛇神君道："那入口是在前山，还是后山？"

小鱼儿道："后山……"

话未说完，已有一块黑布蒙住了他的头。

碧蛇神君冷冷道："从这里到后山，用不着你领路，你若聪明，就乖乖地跟我走，若想故意招摇过市，引起别人的注意，这心思就白费了。"

小鱼儿暗中叹了口气，口中却笑道："我为何要引起别人的注意？这世上我只有仇人，哪有朋友？"

碧蛇神君叱道："闭嘴！"

小鱼儿叹道："连话都不能说么……"他就像是个瞎子似的，被人牵着走，此刻又变成了个哑巴。

碧蛇神君走得快，他只有走快，碧蛇神君走得慢，他也只有走慢，至于已走过什么地方，他全不知道。

走了一顿饭工夫，人声渐寂，风渐凉，小鱼儿的手突然被人一拉，像是被拉入一个草堆树丛里。

小鱼儿心念一转，暗道："这厮莫非瞧见了什么他害怕的人……"

碧蛇神君凑在他耳旁沉声道："一出声就要你的命！"

这句话才说完，六七丈外已有个语声响起："铁心兰这丫头怎地到了这里就突然不见了？"

娇脆的语声，每说一个字，小鱼儿的心就跳一下——这竟是小仙女的声音，她怎会也到了这里？

接着，就听得另一人道："只怕她已发觉了我们。"

这语声冷漠优美，竟是慕容九妹的。

小鱼儿的心立刻像是打鼓般跳了起来，平时他若知道这两人就在附近，逃得生怕不够快。

但此刻，他却只希望这两人快些走过来，愈快愈好，他忽然发现这两人虽是他的仇人，却也可算是他的亲人。

只听小仙女道："咱们一路跟着她，她半点也没发觉，到了此地又怎会突然发觉？瞧她那副痴痴迷迷的模样，心里只有那小鬼，眼里也只知去找那小鬼，就算有一队人马跟在她后面，她也不会发觉的。”

慕容九妹淡淡道：“既是如此，你还怕找不着她？”

小仙女道：“我只怕……只怕……”

慕容九妹冷笑道：“你只怕找不着那小鬼，是么？”

小仙女道：“对了，我真怕找不着那小鬼……真怕不能将他的心挖出来，瞧瞧那究竟是什么颜色。”

慕容九妹道：“不用瞧你也该知道……黑的……”

语声非但没有走近，反而渐渐远了。

小鱼儿真恨不得大声叫她们回来，但他也知道自己只要一出声，那些蛇美人的“樱桃小嘴”就要一起咬下来，他可吃不消。

他只有忍着，只要留着命在，什么事都有法子的。

听了她们的话，他已猜出慕容九妹与小仙女必定是先故意将铁心兰放了，然后再一路悄悄地跟踪而来。

这是个又简单、又古老的计谋，而这种计谋却偏偏最容易令人上当——铁心兰，她此刻又到哪里去了？铁心兰到这里自然不是为了那宝藏，她只不过要在这里等小鱼儿，她知道宝藏就在峨眉山，也知道小鱼儿必定会来的。慕容九妹亲手将小鱼儿关入石牢，自然认为小鱼儿绝对来不了，那么，她为何要来这里？难道这冷漠无情的女人，对这宝藏也有贪念不成？

小鱼儿眼珠子直转，怎奈什么也瞧不见，什么也猜不出，只觉碧蛇神君又凑了过来。小鱼儿眼前一亮，黑布已被掀了起来，虽然是深夜，但这一夜的星光夜色好似分外明亮，分外可爱。

小鱼儿不觉也长长松了口气，道：“我现在才知道，做瞎子的滋味可真不好受。”

第二十二章

阴错阳差

峨眉山势险峻，正是“高出五岳，秀甲九州岛”。尤其在后山，抬头望去，只觉万丈危崖似将临面压下，令人神魄俱为之飞越。

这里正是峨眉山景最最荒凉的一环，上山不久，但有浓浓的烟霞自脚底生出，到了半山，人已在云雾里。

小鱼儿虽然想展开身法，将碧蛇神君摆脱，但有十几条蛇盘在身上，又有谁能走得快？一个时辰后，两人都已在喘气了。

碧蛇神君喘着气道：“到了没有？”

小鱼儿道：“你还嫌慢么？若是没有我带路，就算你知道这地方，找上个七天七夜，也休想找得到。”

碧蛇神君突然笑道：“你实在是个很能干的孩子，实在比我能干得多。”

小鱼儿笑道：“这就对了，在没有寻得那宝藏之前，你还是拍拍我马屁的好，等找到宝藏后，你再将我千刀万剐也不迟。”

碧蛇神君柔声道：“你放心，等找到了宝藏，我更不会杀你，我一定会好好地待你，你……”突然大吼道，“小鬼，出来……出来……”

原来他说得正得意，小鱼儿已不见了。

刹那间，碧蛇神君已满头冷汗，大吼道：“你若再不出来，我只一声尖哨，你就得死！无论你逃到哪里，也是没用的！”

夜雾深沉，小鱼儿连影子都瞧不见。

碧蛇神君急得跳脚，又道：“我那碧丝蛇又叫‘附骨之疽’，若无我的号令，一辈子都要缠着你，直到你死为止，你仔细想想，这么做划得来么？”

忽听身旁“扑哧”笑道：“我就在这里，你着急什么！”

碧蛇神君瞧了半天，才瞧清那里竟有个洞穴，山藤一条条垂下来，就像是一层层帘子似的。

小鱼儿不知何时已钻入洞里，又笑道："进来吧，这里就是那宝藏的入口。"

碧蛇神君本来满腹怒气，听见这话，火气全没有了，俯身钻了进去，但觉一股阴寒之气扑面而来，他竟不由得激灵灵打了个寒噤，叹道："也真亏那燕南天找得到这种地方……"

小鱼儿道："若不是这种地方，那宝藏还会等着你来拿么？"

碧蛇神君展颜笑道："不错，如此幽秘之地，除了有燕南天自己画的地图之外，只怕真的连鬼都找不到……燕南天呀燕南天，你花费这许多心血，寻得如此幽秘之地，却不知到头来宝藏还要落在别人手中的！"

此地既是如此幽秘，那宝藏之珍贵自也可想而知，碧蛇神君想到这里，不禁更是得意，连冷都不觉冷了。

洞穴内伸手不见五指，碧蛇神君燃起了个小小的火折子，火折虽小，光度却甚强，他开怀笑道："你瞧我这火折怎么样？老实告诉你，为了此行，我已准备许久了，这火折乃是花了三百两银子向那'老火鸦'买的，就是燃上个一天一夜，也不会熄灭……"话还未说完，火折子已突然灭了。

小鱼儿笑道："哦，这火折子原来是不会灭的。"

碧蛇神君恨声道："好个'老火鸦'，连我的银子也敢骗。"

小鱼儿道："这也不能怪他，只怕是你牛吹得太大，连火折子都被你吹灭……"脚下突然踩着样东西，身子踉跄冲出。碧蛇神君也惊呼了一声，接着，火折又亮起，但火折亮后，两人惊呼之声却更响，眼睛也发了直。

洞中地下，竟卧着三具死尸。

这三具死尸衣衫华丽，手里握着的剑，青光闪动，竟似名器，但三人尸身蜷曲，死得却极惨。伸手一探，三人手足虽已冷，但尸身还是软绵绵的，显见他们死时距离此刻最多也不会超过一个时辰。

碧蛇神君再扳过他们的脸瞧了瞧，他的脸立刻也变得和这三个死人差不了多少，拿着火折子的手也发起抖来。

小鱼儿忍不住问道："你认得他们？"

碧蛇神君道："金……金陵三剑，其利断金！"

小鱼儿耸了耸肩，展颜道："反正这三人已经死了，咱们何必再去多想。"

碧蛇神君怒道："他们虽死了，但杀死他们的人却必定还在洞里，这人能在刹那间将'金陵三剑'一起杀死，岂非更是怕人？"

小鱼儿道："奇怪，他会是谁呢？他怎会知道这秘密？"

碧蛇神君咬牙道："你难道不知道？这难道不是你告诉他的？燕南天苦心藏宝，地图自然只画了一张，这唯一的一张就在你手里，除了你……"

语声未了，手里的火折子突然又灭了。

碧蛇神君这次自然已知道暗中有人做了手脚，倒退三步，贴着冰冷的石壁。

黑暗中一人缓缓道："你猜得不错，杀死'金陵三剑'的人确实还在洞里，那人就是我。"这话声平和缓慢，听来完全没有什么奇突之处，但也就因为这语声太过平凡，在这阴森诡秘的洞中听来，反而更是可怕。

碧蛇神君这样的角色，竟也不觉打了个寒噤，道："你……你是什么人？"

那语声道："你可想瞧瞧我是什么人？"

碧蛇神君咬一咬牙，又将火折子亮起。

火光闪动间，只见一个灰衣人缓缓自洞里走了出来，脸上也是灰蒙蒙一片，瞧不见鼻子眼睛，什么都瞧不见，他整张脸就像是个发白的柠檬，那真的比世上所有丑怪的脸都要可怕十倍。

小鱼儿虽然知道此人面上必定蒙着面具，心里还是忍不住直冒寒气，他蒙着鼻子嘴巴倒也罢了，却为何连眼睛也一起蒙住？眼睛蒙住了，为何还能在这里行动自如？——做瞎子的滋味，小鱼儿方才是尝过了的。

只见碧蛇神君额角上又在往外冒汗，道："你……你是灰蝙蝠？"

灰衣人淡淡笑道："你瞧清楚了么？"

碧蛇神君道："那猫头鹰莫非也……"

一句话未说完，身子突然定住，整个人都变成个石像，高举着火把的石像，只有一粒粒汗不断自那发青的脸上流下，“砰”的一声倒了下去。

小鱼儿慌忙接过火把，已瞧见一人自他身后走了出来，这人看来也没有什么奇怪，只是眼睛大得怕人，亮得怕人。

灰衣人微微笑道：“灰蝙蝠既然在此，猫头鹰自也不会远的，以后你和前面的人说话时，切记莫忘了留意身后。”

那双猫头鹰一般的眼睛，瞪着小鱼儿，咯咯笑道：“我真想问问你们，是怎么找到这里的？”他不说话倒也没什么，这一说话，果然名副其实，正如枭鸟夜啼。

小鱼儿眨了眨眼睛，道：“不是你告诉我的么？”

猫头鹰一怔道：“我告诉你的？”

小鱼儿道：“燕南天的藏宝秘图只有一张，不是你告诉我们的，我们怎会找到这里？你还要我们帮你的忙，将灰蝙蝠害死，让你一人独吞宝藏，你为何又食言背信？难道你又约了些别的帮手不成？”

他瞪着眼睛，叉着腰，说得当真是活灵活现。

那猫头鹰脸都气得变了颜色，怒叱道：“你小小年纪，便学会血口喷人，长大了岂非比你师父还要恶毒！”

小鱼儿道：“对了，你赶紧杀了我吧，杀了我也好灭口！”

猫头鹰喝道：“某家正要杀了你为世人除害！”喝声中双掌齐出，十指有如鹰爪，直取小鱼儿胸膛咽喉。

小鱼儿动也不敢动，他实在有点怕那些蛇美人的“樱桃小口”，眼见这一双鹰爪抓来，突然人影一闪，那灰蝙蝠已挡在面前，道：“对小孩何苦下毒手？”

猫头鹰硬生生收回掌势，变色道：“你为何阻止我出手？莫非你真相信了这小鬼的话？”

灰蝙蝠淡淡道：“我只是有些奇怪，藏宝图明明只有一张，明明只有你我两人知道，这些人却又怎会来的？”

猫头鹰嘶声道：“我与你相交二十年，你难道还信不过我？”

灰蝙蝠道：“瞎子时常被人欺负，疑心病自也难免重些。”

猫头鹰跺脚道：“好！想来必是你想独吞宝藏，所以借着这题目，要向我出手，我早已听说瞎子最是难缠，只恨我不听人言，你要……”

语声未了，灰蝙蝠已挥掌灭去了火光。

小鱼儿赶紧退后三步，只听猫头鹰一声惊呼，道：“好！好！你真下毒手！”

接着便是一连串掌风拳击。

小鱼儿暗道：“猫头鹰呀猫头鹰，你还活得了吗？”

他算准灰蝙蝠既是瞎子，在黑暗中必定有独特的功夫，猫头鹰纵能在暗中视物，出手时也要先吃个大亏。

只听“咔嚓、咔嚓”几声骨节折断声，猫头鹰惨呼道：“你……你总有一日要后悔的！”

说到最后一字，又是一声闷哼，便再无声息。

然后，灰蝙蝠平和的语声又自响起，一字一字道：“小娃儿你在哪里？”

小鱼儿屏住呼吸，更不敢动了，他知道灰蝙蝠杀了猫头鹰与碧蛇神君后，第二个目标便要轮到自己。

灰蝙蝠的呼吸也渐渐平静，柔声道：“小弟弟你为何不说话呀？你揭破了他的奸阴，我正要谢谢你。”

语声中，他脚步竟已向小鱼儿站着的方向移动过来，瞎子总有一种异于常人的触觉，小鱼儿纵然屏住呼吸，但在这阴森的洞穴中，他身上因紧张而散发的热气，已足够将灰蝙蝠引了过来。

只听那脚步声愈来愈近，小鱼儿满头大汗滚滚而下，靠着石壁的衣衫，也已完全湿透。

灰蝙蝠柔声道：“原来你在这里，你怎么不赶紧跑呀？”

小鱼儿紧紧咬着嘴唇，汗珠沿着鼻梁流下，他脸上痒得要命，但他连抓也不敢抓，他一生都没有如此害怕过。

只觉灰蝙蝠的手掌已渐渐向他伸了过来，小鱼儿全身的肌肉都绷紧了，却仍然动也不动。

突然一声惊呼，衣袂带风“呼”的一声后退数步，颤声道：“你……你项子上……”

原来他手指方自点向小鱼儿的咽喉，缠在小鱼儿头上的毒蛇就给了他一口，别人虽瞧见小鱼儿身上的毒蛇，怎奈灰蝙蝠毕竟是个瞎子，又怎会料得到有此一招。

小鱼儿笑道："如今你可尝着我护身蛇神的滋味了吧？哈哈！就凭你这瞎子也想杀我，哪有如此容易！"

灰蝙蝠嘶声道："蛇……毒蛇……"

呼声中发狂般冲了出去，但脚步声还未走出十步，便又听得"砰"的一声，他人已跌倒。小鱼儿又惊又喜，喜的自然是对头已死，惊的却是这碧蛇神君所养的毒蛇实在厉害。

他长长吐了口气，喃喃道："唉！本来是要害我的毒蛇，此刻反救了我命，天下的事，有些当真奇怪得令人怎么也想不到。"

他身子软软的，像是已虚脱，要知他方才实是生死一发，他实在是在拿自己的性命来和灰蝙蝠打赌，除了小鱼儿这样的人外，又有谁会如此赌法。

他摸索着去找碧蛇神君的火折子，但手又不敢乱动，这些"蛇美人"的厉害，他已见识过。他不由得轻轻叹息着道："附骨之疽，若是弄不掉它们，真不如死了算了！"

突然间，远处火光闪动，一条锦衣虬髯大汉，高举火把，昂然而入，虽然走在这种阴湿的洞穴，气概仍然不可一世。

小鱼儿自然又吃了一惊。他见了小鱼儿，又见到满地尸身，面色更是大变，后退三步，举掌护胸，厉声道："你是什么人？"

小鱼儿眼珠子一转，道："你是什么人？"

那锦衣大汉厉声道："你连某家都不认得，还能在江湖中走动么？"

小鱼儿笑道："如此说来，你倒像是有些名气。"

锦衣大汉喝道："某家是两河十七家镖局的联盟总镖头，'气拔山河铜拳铁掌震中州'赵全海！这名字你想必定是听过。"

小鱼儿微微笑道："这名字倒长得很，听来倒也威风，但你不知本座是谁？"

锦衣大汉赵全海冷笑道："你算什么东西！"

小鱼儿也冷笑道："本座便是'万蛇之圣，万剑之尊，万王之王，打遍三山五岳，南七北六十三省无敌手，惊天动地玉王子'，你可听过这名字？"

他一口气说出这一长串名字，赵全海倒真被唬得怔住了，道：“某家从未听过江湖中有这号人物！”

小鱼儿道：“你纵未听过，回去问问你师父他想必是知道的，江湖中老一辈的人物，见到我谁敢不低头！”

赵全海怒道：“凭你这乳臭未干的黄毛小子，也敢如此胡言乱语。某家儿子都比你大得多。”

小鱼儿道：“你可知道武功修炼至登峰造极，便可返老还童？”

赵全海又怔了怔，凝目瞧着他，显见已是半信半疑。

小鱼儿道：“今日我杀的人已够多了，再也懒得出手，念在你看来还是条汉子，你快快走吧，本座饶了你。”

赵全海怒喝道：“就凭你也想将某家吓走？”

小鱼儿冷笑道：“你且瞧瞧地上死的是些什么人物？”

赵全海俯首望去，变色道：“金陵三剑……灰蝙蝠、猫头鹰……还有一个……”

小鱼儿道：“‘十二星相’中的碧蛇神君你不认得？”

赵全海倒抽一口凉气道：“他……他们难道都死在你手上？”

小鱼儿淡淡道：“那也算得什么？我只问你武功比起这些人如何？”

赵全海怔了半晌，挺胸道：“在下费了千辛万苦，方到此间，前辈要在下这样走了，在下实是心有不甘。”

他虽还不走，但不知不觉间已改了称呼。

小鱼儿微微笑道：“你要怎样？”

赵全海道：“只要让在下见识见识前辈的武功，在下拍手就走，绝无留恋。”

他外表虽然鲁莽，行事倒也精细，显见成名并非幸致。

小鱼儿神色不动道：“你想见识见识本座武功？那也容易，只要你能将我身上的这些毒蛇全都弄死，而不损及本座毫发，本座就将宝藏让给你无妨。”

赵全海目光闪动，道：“真的？”

小鱼儿道：“前辈对晚辈焉有戏言？”

赵全海大步迈过去，目光瞬也不瞬地凝注着那些蛇头。小鱼儿心里暗暗欢喜，只望他手下真有两下子。

哪知就在这时，忽听一连串刀剑相击自前面传了过来，别人刀剑相击，每一声之间总有间隔，但此刻这刀剑相击声，却又紧又密，前一声和后一声几乎是同时响起来的，数十声刀剑相击，听来竟如一声。

赵全海霍然回首，变色道：“又是什么人来了？好快的剑！”

小鱼儿眨着眼睛道：“莫要怕，只要你站在本座身旁，谁也伤不了你。”

赵全海瞧了他几眼，再瞧瞧缠在他耳鼻之间的毒蛇，这种诡异的模样，不由得他不信面前这人实是前辈异士。他瞧了几眼，终于抱拳道：“多谢！”

那剑击之声来得好快，方才还在洞口，此刻已到了近前，一个阴沉冷漠的语声冷笑道：“雪花刀，你真要和我拼命么？”

另一人道：“久闻你剑法之快，关外无双，我早就想见识见识，今日既然又不知怎会被你知道藏宝之地，看来你我只有分个生死强弱了。”

这语声又尖又细，竟似女子的口音。

小鱼儿忍不住问道：“这雪花刀是女的？”

赵全海叹了气，道：“她就是昔日江湖中令人闻名丧胆的‘三罗刹’其中之一，刀法实已出神入化，就连历史悠久的五虎断门刀彭家子弟，都败在她手下。”

小鱼儿道：“另一人又是谁？”

赵全海道：“听雪花刀所说的话，这人想来必是‘长白剑派’中巨子，‘关外神龙剑’冯天雨，此人剑法之快，委实可称是关外无双。”

小鱼儿叹了口气，道：“本座究竟老了，后辈的成名人物本座多已不知道了。”

赵全海双眉深皱，道：“这藏宝之地如此隐秘，却怎会有这许多人来？奇怪……奇怪……”

只见一片刀光剑影，着地滚来，光芒流动，在火光映影下，看来就仿佛一具十彩变幻的七宝光幢。剑光中里的两条人影，一个瘦削颀长，满身黑衣；另一人白衣如雪，身材婀娜，掌中一柄柳叶刀，运展如飞。

赵全海站在那里，已有些不安。

小鱼儿悠悠道：“这两人武功虽不错，但破绽还是很多，若是换了本座出手，他两人只怕不能抵挡十招。”

只听“锵”的一声龙吟，刀光剑影顿敛，黑衣人、白衣人，已齐地住手，齐地掠到小鱼儿面前。

那白衣女子“雪花刀”徐娘半老，风韵犹存，身材也丝毫不现臃肿，此刻眼波一扫，竟失声道：“全海，你怎地也来了？”

赵全海勉强笑了笑，道：“多年不见，你模样看来还未改变。”

雪花刀嫣然一笑，道：“谢谢你，在这里见着你，可真是想不到的事……十一年……嗯，快十二年了，你竟都不来找我，难道你只求成名立业，就不要别的了么？”

赵全海干咳几声，道：“我……我……”

“关外神龙剑”冯天雨突然笑道：“妙极妙极，原来是老情人见面了，但柳玉如再加上个赵全海，我冯天雨也未见得怕了你们。”

“雪花刀”柳玉如眼见有了帮手，根本理也不理他，眼波扫了赵全海身旁的小鱼儿一眼，道：“你还带了个徒弟来么？怎地如此奇形怪状？”

赵全海道：“这位便是……玉……玉老前辈。”

柳玉如眼睛立刻瞪大了，道：“玉老前辈？”

赵全海大声道：“此刻躺在地上的金陵三剑、灰蝙蝠、猫头鹰、碧蛇神君，全都是死在这位玉老前辈手下的！”

这句话说出来，不但柳玉如吃了一惊，冯天雨更是面色大变，退后两步，朝小鱼儿左瞧右瞧，手里的剑握得更紧了。

小鱼儿暗中几乎笑破肚子，面上却正色道：“柳姑娘莫非也有份藏宝图么？”

柳玉如点头道：“嗯。”

小鱼儿目光移向冯天雨，道：“你呢？”

冯天雨冷冷道：“若无藏宝图，我怎会寻到这里？”

小鱼儿目光闪动，道：“到目前为止，这藏宝图已出现六份了，一份宝藏，却有六份藏宝秘图，此事倒真奇怪得很。”

冯天雨剑光一展，厉声道：“无论有多少人来，死得只剩最后一个时，便是宝藏的主人！”

小鱼儿冷冷道：“你此刻就想死，也没关系，但连那宝藏所在之地都未瞧过一眼就死了，岂非死得太可惜了么？”

冯天雨怔了怔，掌中剑缓缓垂落。

赵全海道："玉老前辈说得是，无论如何，咱们先进去瞧瞧总是好的，等到瞧见宝藏再拼个你死我活也不迟。"

小鱼儿笑道："究竟还是联盟镖头的见识不同。"

他转身走了几步，忽又回首道："烦你瞧瞧那碧蛇神君怀中有些什么好吗？"

碧蛇神君怀中，果然有三个紫檀木雕成的小匣子，三个匣子一模一样，上面贴着的黄纸签却各不相同。

一个匣子上写着"迷魂"，一个匣子上写着"解毒"，第三个匣子上写的，赫然正是"蛇粮"。

小鱼儿接过匣子，简直欢喜得几乎跳起来。

他知道凭这一匣蛇粮，就必定可以将身上的这些"蛇美人"引走，但他想了想还是先将匣子拿在手里。

他忽然发觉用这些小蛇来唬人，真是再好也没有了，而此时此刻，正是他大唬其人的时候。

洞穴竟然很深，而且曲折幽秘，寒气侵人。

小鱼儿当先而行，赵全海高举火把，跟在他身后，柳玉如故意让冯天雨走在前面，冯天雨手握长剑，嘴角噙着一丝冷笑。

突然间，洞穴豁然开朗，钟乳四垂，五光十色。千奇百怪、玲珑剔透的钟乳间，竟插着一大一小两支松枝火把，火光闪影下赫然又有五个人在那里。

这五人中有三个站着，另外两个却盘膝相对而坐，四只手掌，紧紧贴在一起，正各以内家真力生死相拼。

只见这两人一个是黄衣和尚，一个是枯瘦老人，两人眼珠似已将凸出，额上都已见了汗珠。

站着的三人，亦是面色凝重，神情紧张，小鱼儿等四人走了进来，这三人竟连瞧都未瞧上一眼。

小鱼儿再转头一望，赵全海、柳玉如、冯天雨的脸色全都变了，显然他们是认得这五个人的，非但认得，而且还必定对这五人存有畏惧之心，看来这五人无论武功、声望，都必定在他们之上。

赵全海口中正念经般在喃喃自语道："这五个老怪物怎会也到了这里？"

小鱼儿微笑道："一个人能被人称作老怪物，想必一定有些名堂。"

赵全海叹道："非但有名堂，而且名堂还不小。"

小鱼儿道："哦？"

赵全海道："前辈可听过淮南王家世代相传的'大力鹰爪神功'么？这一门武功七十年前便已名扬天下。"

小鱼儿道："嗯。这我倒听过。"

赵全海道："那看来瘦小枯干的老人，便是当今'鹰爪门'的第一名家，人称'视人如鸡'王一抓。"

小鱼儿道："视人如鸡？这算是什么名字？"

赵全海苦笑道："名字是他自己取的，意思就是说，无论什么人，在他眼中看来，都好像小鸡一样，老鹰抓小鸡，岂非只要一抓？"

小鱼儿失笑道："好怪的名字，好大的口气……"

目光转向那黄衣僧人，只见他身材魁伟，相貌堂堂，坐着也比那王一抓高了一个头。

此刻两人四掌相交，那王一抓当真像鹰爪下的小鸡一样，小鱼儿忍住了笑，悄声道："依你看来，这两人谁像小鸡？"

赵全海又想笑，又不敢笑，自己面上的神色却已变得可笑得很，干咳了一声，清了清喉咙道："这位黄衣僧人，便是五台山鸡鸣寺的黄鸡大师。"

小鱼儿终于忍不住笑出声来，道："像小鸡的偏偏要叫老鹰，像老鹰的偏偏叫作鸡，这两人看来倒真像是天生的活冤家死对头，却不知……"

忽听一人叱道："闭嘴！"

这叱声并不甚响，但入耳却极沉重，竟震得小鱼儿耳朵都麻了，再瞧发出叱声的蓝衣老人，却连头也未回，目光只是凝注着王一抓与黄鸡大师的两双手掌，生像是除了这两人外，世上别的人都未放在他心上。

小鱼儿撇了撇嘴，道："这小子又是什么角色？"

赵全海脸色一阵青一阵白，瞧了瞧那蓝衣老人，又瞧了瞧小鱼儿身上的蛇，终于压低了语声道："此公便是气功独步海内的'一叱开山’啸云居士，他与黄鸡大师数十年相交，乃是生死过命的交情。”

小鱼儿道：“既是生死过命交情，为何不助黄鸡和尚出手？”

赵全海话压得更低道：“王一抓自然也不是一个人来的，站在他身后的两人，一位叫孙天南，掌‘天南剑派’，剑掌出手双绝，另一位便是枪法世家‘浙东邱门’的当今掌门人，邱清波七爷。王邱两门，素来是通家之好。”

他悄悄喘了口气，接道：“何况以黄鸡大师与王一抓的身份，自也容不得别人助他们出手的。”

小鱼儿冷笑道：“狗屁的身份，那王一抓若是一个人来的，啸云老儿不出手才怪……”突然大步走了过去，向那邱清波抱拳一礼，笑道：“七弟近来可好？”

那邱清波面容清癯，神情肃重，但瞧见小鱼儿这副诡异的模样，眼睛不觉也直了，皱眉道：“是谁家的七弟？怎会识得老夫？又怎会来到此处？”

小鱼儿笑道：“你不认得我，我却认得你。这次我带了赵全海、冯天雨和‘雪花刀’柳姑娘三个人来，就是来帮你忙的，你和这位‘天南剑派’的仁兄只管向啸云老儿出手，我负责将这黄鸡和尚送上西天。”

邱清波又惊又奇，还在莫名其妙，啸云居士面色却已变了，突然一声长啸，啸声清越，震得火光闪动飘摇。

王一抓、黄鸡大师自也难免被这啸声震得心神分散，两双紧黏在一处的手掌也难免为之震动分离。

刹那间，只见长剑离鞘，银枪出手，黄鸡大师身形已冲天而起，一朵黄云般飘出两丈。

啸云居士厉叱道：“以王、邱两家的声名，难道真要以多为胜么？”

小鱼儿却仰天笑道：“说来你五人倒都是不同凡响的人物，其实也和江湖盗贼差不了许多，谁也信不过谁，大家都有一肚皮坏心思。”

啸云居士脸色铁青，怒道：“你究竟想怎样？”

王一抓目光如鹰，沉声道：“你究竟是什么人？”

小鱼儿笑道：“你不认得我么？问问他吧！”他随手一指赵全海，十道锐利的目光，都转到赵全海身上。

赵全海垂下了头，讷讷道：“这位便是玉老前辈……便是……‘万蛇之圣、万剑之尊、万王之王，打遍三山五岳无敌手，惊天动地玉王子’……”

小鱼儿点头笑道：“虽然少了几个字，也算差不多了，这名字各位若是未听过，那当真是孤陋寡闻得很。”

王一抓怒道：“乳臭未干的小子，也敢用这样的名字！”

赵全海道：“这……这位玉老前辈的内功已登峰造极，金陵三剑、灰蝙蝠、猫头鹰和碧蛇神君，全都是死在这位玉老前辈手上的。”

这句话说出来，王一抓等五人自然又都悚然动容。

啸云居士目光逼视赵全海，厉声道：“这些人死在他手上，你怎会知道？可是你亲眼瞧见的？”

赵全海道：“这……这自然是我亲眼瞧见的，他们的尸身，此刻就在外面。”

他虽未真的亲眼瞧见，但心中实已深信不疑，何况，到了此刻他实已骑虎难下，实在也无法说出“没有亲眼瞧见”这句话来。

王一抓、邱清波、啸云、黄鸡，面面相觑，再去瞧小鱼儿时，目光与神情已与方才大不相同。

要知道这些人虽未将赵全海的武功放在眼里，但对赵全海说出来的话却也未敢忽视，“两河十七家镖局联盟总镖头”这几字，拿到当铺里去也可当几两金子的。

小鱼儿目光四扫，微微笑道：“一份宝藏却有许多份藏宝秘图，各位难道不觉得此事有些奇怪，难道不想先瞧个究竟？”

这番话若是在方才说出来，别人纵然听了，也不会仔细去想，但此刻他的身份在别人眼里已不同，说出来的话分量自也不同。王一抓、黄鸡大师心念转动，愈想愈觉得此事其中实在大有蹊跷。

小鱼儿抬起了头，只见山洞顶上，有个缺口，露出一片星光，接着，明月移来，月光自缺口中射下。

众人齐地动容道：“时候到了！”

啸云居士撮口一吹，王一抓铁掌反挥，两支松枝火把顿时熄灭，只剩下一点月光照在一株玲珑的石笋上，月光照射处，正是藏宝的入口。

王一抓抢先掠向石笋，但身形方自展动，黄鸡大师长袖已流云般向他卷来，王一抓铁掌如钩，直抓长袖，邱清波银枪已点向啸云胸膛，柳玉如的雪花刀，闪电般劈出三刀，冯天雨也还了两剑，刹那间，又将是一场混战。

小鱼儿站得远远的，冷笑道："你们着急什么？这里面是否有宝藏还说不定啦，等见到藏宝后再拼命，再动手，难道就等不及了么？"

石笋果然可以移动，火把再燃起，照亮了这神秘的地道入口，也照亮了地道中的十数级石阶。

王一抓、黄鸡大师、邱清波、啸云居士、孙天南、赵全海、冯天雨、柳玉如……这些人顺序而入，一个盯着一个，一个监视着一个，每个人都是脸色凝重，呼吸急迫，如临深渊，如对大敌。

小鱼儿走在最后，面上虽仍带笑容，但心情也难免有些兴奋，有些紧张，无论如何，此中的秘密，他还是未曾猜透。

忽听王一抓"咦"的一声，接着，黄鸡大师也是"咦"的一声，这两人俱是一派宗主的身份，若非所见之事委实出奇，又怎会惊得"咦"出声来？孙天南、赵全海等人脚步加快，跟着他们赶到前面，也不禁"咦"的一声，目瞪口呆，愣在那里，再也说不出话来。

石阶的尽头，哪有什么藏宝，却有几口棺材。

漆黑的棺材，在这黝黯的石室中，闪动的火光下，看来更是诡秘可怖。每具棺材前，都有灵牌神幔，自地道中吹来阴森森的微风，将鹅黄色的神幔吹得飘飘飞舞。柳玉如但觉身子发冷，不由自主向赵全海靠了过去，暗中一数，那棺材竟有十三口之多。

小鱼儿委实不敢走快，等他一步步走了进来，赵全海与冯天雨手中所举的两支火把，竟已熄灭。

偌大的石室中，只剩下当中一张灵桌上两支烛泪淋漓的白烛，仍在明灭闪动，发出鬼火般的黄光，映着灵牌上的七个字：历代祖师之灵位。

这七个字上还有两个字，却被神幔的阴影所掩，瞧不出来，小鱼儿也不觉倒抽了口凉气，道："这是什么所在？"

邱清波沉声道："衡量地势，中间乃是峨眉后山。闻得峨眉山中有处禁地，乃是峨眉派历代掌门人厝灵之所，莫非便是这里？"

第二十三章

奇峰迭起

黄鸡大师听说这里是峨眉禁地，不由得皱眉道："当真是这里，你我还是快快退出才是。"

啸云居士道："不错，误入别人禁地，便是犯了武林大忌。"

王一抓目光闪动，接口道："既是如此，各位就请快快退出去吧！"

黄鸡大师微一沉吟，终于转身。

冯天雨突然大声道："大师且慢，莫要中了别人之计。"

黄鸡大师道："计？计从何来？"

冯天雨道："世上哪里还有比棺材更好的藏宝之地？"

黄鸡大师悚然动容，啸云居士与王一抓已双双向居中灵位旁的一口棺材抢出，哪知就在这时，四面石壁突然开出了八道门户，八道强烈的灯光，自门中笔直射出，照在小鱼儿、王一抓等人身上。

众人被这灯光一照，一时间竟是动弹不得，眼睛更是无法睁开，隐约只瞧见灯光后人影幢幢，剑光闪动，却瞧不出是什么人来。

一个沉重的话声自灯光后响起，道："何方狂徒，竟敢擅闯本门圣地！"

另一个厉声接道："擅闯圣地，罪必当诛，还问他们的来历作甚？"这人语音缓慢，但徐徐说来，自有一种凌厉逼人的气概。

黄鸡大师失声道："莫非是神锡道长？"

那语声"哼"了一声。黄鸡大师道："道长难道已不认得五台黄鸡大师了么？"

那语声道："圣地之中，不谈旧谊。咄！"

"咄"字出口，数十道剑光自灯光处急射而出，如雷轰电击，直取黄鸡大师与王一抓等人的咽喉要害。

小鱼儿眼见剑光刺来，竟是不敢闪避——剑光虽狠，蛇吻更毒，他惊惶之下，反而仰天长笑起来。

他这一笑，蜷曲在他身上的毒蛇全部昂首而起，红信闪缩，小小的孩子身上爬满了毒蛇，这模样看来端的比什么都要吓人。

刺向他的两柄长剑，竟不由自主硬生生在半空顿住了剑势，在灯光下现出的人影，是两个紫衣微髭的道人。左面一人横剑当胸，厉声道：“你这娃儿鬼笑些什么？”

小鱼儿笑道：“我只笑你们峨眉派自命不凡，却不过只是些不分青红皂白的糊涂虫而已。”

四面兵刃相击声，喝道：“你说啥子？”

峨眉道人足不离山，说的自然是地道的四川土音。

小鱼儿眨了眨眼睛，道：“什么傻子不傻子，你才是傻子。我且问你，就算是咱们擅闯了禁地，你们又怎会知道的？”

那道人冷笑道：“峨眉山岂是容人来去自如之地，有人闯入后山，本派焉有不知之理？”

小鱼儿也冷笑道：“只是咱们闯入后被你们发觉，那也算你们的本事，但你们却显然是早有防备在此，难道你们峨眉弟子真有未卜先知的本事？”

那道人厉声道：“这不关你的事。”

小鱼儿道：“这自然关我的事，只因咱们未来之前，早已有人向你们告密，是么？哼，这人又是怎会知道咱们要来的，你们难道想都不想么？”

赵全海远远大喝道：“正是，这一切都是告密的那人做成的圈套，好教你我互相火并……”话未说完，一声惨呼，显然是身上已挂彩了。

那道人皱了皱眉，沉声道：“啥子圈套？哪有啥子圈套？”

小鱼儿大声道：“你们只要住手，我自会对你们揭穿这圈套。”

只听一人喝道：“莫要中了这小鬼的缓兵之计。”

那道人亦自喝道：“不错，擒住了他再问话也不迟。”

小鱼儿知道这两人只要一出手，自己就休想全身而退，他暗中不觉大是后悔，方才为何不先用蛇粮将毒蛇引开，却偏要留着它来唬人。

他情急之下，大喝一声，将紧捏在手里的三个匣子，劈面向这两个峨眉道人掷了过去。

但道人剑光一展，三个匣子立刻分成六半，匣子里的迷魂药、解毒药……下雨般落了满地。

道人剑势也不觉缓得一缓，但瞬即扑刺上来。

小鱼儿暗叹一声，苦笑道："要害人的时候，莫忘了反而会害到自己……"

心念一闪间，忽闻"哧、哧、哧"十数声急风骤响，昏黄的烛光，强烈的灯光，突然一齐熄灭。

小鱼儿方在吃惊，已有一只手悄悄握住了他的手。

一人在他耳畔轻声道："随我来。"

小鱼儿只觉这只手虽是冷冰冰的，却有说不出的柔腻，这语声更是说不出的温柔，说不出的熟悉。

他心头不知怎地也会流过一股暖意，低声道："是铁心兰么？"

那语声低低道："嗯。"

小鱼儿脚下随着她走，口中不觉轻叹了一声，道："如今我才知道你暗器功夫实在比我强得多，那种在一瞬间便能打灭十几盏灯光的本事，我实在比不上。"

铁心兰道："打灭灯火的不是我。"

小鱼儿怔了怔，道："不是你是谁？"

灯光熄灭后，虽有一阵静寂，但惊呼叱咤声立刻又响起，数十人在黑暗中纷纷呼喝："谁？"

"又是什么人闯了进来？"

"掌灯！快！快！"

铁心兰还未仔细回答小鱼儿的话，灯光又自亮起，峨眉道人贴向石壁，王一抓等人也聚在一起。

灯光下，却多了两个人，只见这两人衣衫雪也似的洁白，头发漆也似的乌黑，那皮肤却更白于衣衫，眸子也更黑于头发。

小鱼儿只当这能在刹那间熄灯的必是十分了不起的角色，哪知却是两个看来娇柔无力、弱不禁风的绝色少女。

此刻在这峨眉后山禁地灵堂中的，可说无一不是江湖中顶尖儿的人物，就算是那些紫衣道人也都是峨眉弟子中百里挑一的好手，但这两个白衣少女却似未将任何人瞧在眼里，两双明亮的秋波，微微上翻，娇美的面容上满带着冷漠傲岸之意。

这种与生俱来、不假做作的傲气，自有一种慑人之力，此刻灯火虽亮起，室中反而变得死一般静寂。

啸云居士突然冷笑道："居然有女子闯入峨眉禁地，峨眉弟子居然还在眼睁睁地瞧着，这倒是江湖中前所未闻的奇事。"

他口中说话，眼角却瞟着神锡道长，神锡道长面沉如水，四下的峨眉弟子却已不禁起了骚动，有了怒容。

白衣少女却仍神色不动，左面一人身材较细，长长的瓜子脸，尖尖的柳叶眉，冷漠中又带着股说不出的娇俏。

右面的少女身材娇小，圆圆的脸，大大的眼睛，鼻尖上浅浅的有几粒白麻子，却使她在冷漠中平添了几分妩媚娇憨。

此刻这圆脸少女眼睛瞪得更大了，冷笑道："荷露姐，你可听见了，这峨眉后山，原来是咱们来不得的。"

那荷露冷冷道："天下无论什么地方，咱们要来便来，要去便去，有谁能拦着咱们？有谁敢拦着咱们？"

神锡道长终于忍不住怒叱一声，厉声道："是哪里来的小女子，好大的口气！"

这一声怒叱出口，峨眉弟子哪里还忍耐得住？两道剑光如青龙般交剪而来，直刺白衣少女们的胸腹。

白衣少女却连瞧也未瞧，直等剑光来到近前，纤手突然轻轻一引，一拨，谁也瞧不出她们用的是什么手法，两柄闪电般刺来的长剑，竟不知怎地被拨了回去，左面的剑竟刺在右面一人的肩上，右面的剑却削落了左面一人的发髻，两人心胆皆丧，愣在那里再也抬不起手。

王一抓、黄鸡大师等人也不禁为之悚然失色。

神锡道长一掠而出，变色道："这……这莫非是'移花接玉'？"

荷露淡淡道："亏你还有点眼力。"

圆脸少女冷笑道："现在你总知道咱们是哪里来的了，你还嫌咱们的口气太大么？"

神锡道长面容惨变，道：“峨眉派与移花宫素无瓜葛，两位姑娘此来，为的是什么？”

荷露道：“咱们也不为什么，只想要你将燕南天的藏宝取出来，其实咱们也不想要，只不过想瞧瞧而已。”

神锡道长怔了一怔，道：“燕南天的藏宝？”

圆脸少女道：“你还装什么糊涂，好生拿出便罢，否则……哼！”

神锡道长道：“燕南天与本派更是素无瓜葛，此间怎会有燕南天的藏宝？”目光四顾，突然惨笑一声，接道：“我明白了，各位想必也是为了这藏宝来的。”

王一抓、黄鸡大师都闭紧了嘴，谁也不说话，移花宫中居然有人重现江湖，他们还有什么话好说？

神锡道长嘶声道：“这一切想必是个圈套，你我全都是被骗的人，你我若是火并起来，就正是中了别人的毒计！”

小鱼儿已退到圈外，此刻不禁冷笑忖道：“我说这话时你偏偏不信，如今你自己也说出这话来了，这岂非敬酒不吃吃罚酒？”

他眨着眼睛，瞧着那两个白衣少女，心里也不知又在转些什么念头，反正他的心思，谁也猜不透。

只听那圆脸少女道：“你的意思，是说燕南天的藏宝不在这里？”

神锡道长叹道：“贫道简直连听也未听过……”

圆脸少女道：“荷露姐，他说的话，你相信么？”

荷露淡淡道：“我天生就不信别人说的话，无论谁说的话，我都不信。”

神锡道长道：“姑娘若是不信，那也是无可奈何。”

圆脸少女冷笑道：“谁说无可奈何，咱们要搜！”

神锡道长变色道：“要搜？”

圆脸少女道：“不错，搜！我瞧这几口棺材，就像是最好的藏宝之地，你就先打开来让咱们瞧瞧吧！”

她话未说完，峨眉弟子已都勃然大怒，神锡道长更是须发皆张，勉强忍住怒气，沉声道：“棺中乃是本派历代先师之灵厝，天下谁也不能开启。”

圆脸少女冷笑道：“这就是了，棺中若真是死人，让咱们瞧瞧有何关系？又不会瞧掉他们一根骨头，你不让咱们瞧，显见有弊。”

神锡道长怒喝道：“无论谁要开此灵厝，除非峨眉弟子死尽死绝！”

圆脸少女道：“那要等多久？我可等不及了。”

神锡道长喝道：“移花宫欺人太甚，我峨眉派和你拼了！”反腕拔出长剑，剑光一闪，直取少女咽喉。

他暴怒之下，这一剑正是他毕生功力所聚，当真是快如电击，势若雷霆，声威之猛，震人魂魄。

白衣少女毕竟功力还浅，眼见如此声威，竟不敢撄其锋锐，再施展那移花妙手，两人身形一闪，翩翩避了开去。

但这时峨眉弟子的数十柄长剑，已交剪击来，她两人纵有绝世的心法妙传，也难敌这数十柄雷霆怒剑。

铁心兰突然松开了小鱼儿的手，道：“你等着莫动，我……”

小鱼儿瞪眼道：“你要做什么？”

铁心兰道：“我迷途荒山，幸得她们收容，你危急被困，又幸得她们出手，此刻她们有难，我怎能坐视不救？”

小鱼儿笑道：“移花宫中人纵然有难，还用得着别人解救么？”

语犹未了，身后已有人接口道：“你说得不错！”

这语声清朗而短促，语声入耳，已有一条人影自小鱼儿身侧掠出，纵在火光之下，小鱼儿也无法瞧清这人是男是女，是何模样，以小鱼儿的眼力，甚至连此人身上穿的衣服是何颜色都未瞧清。

他一生竟从未见到如此迅急的身法，更想不到世上有如此迅急的出手——人影闪过，闪入剑光。

刹那间，只听剑击之声不绝于耳，数十柄长剑一齐落在地上。别人谁也瞧不清这些剑是如何脱手的，只有峨眉弟子自己心里有数——他们只觉剑上忽有一股不可抗拒的力道引来，将自己掌中剑引得与同伴之人掌中剑互相交击，人人都觉得对方剑上之力大得惊人，于是手腕一麻，长剑落地，一个个捧着手腕惊呼后退，心里还是糊里糊涂，仿佛是在做梦似的。

神锡道长掌中剑虽未出手，人已惊得后退一丈，目光四下游顾，除了那两个白衣少女外，哪里还有别的人影……

但四下火光明灭闪动，数十柄长剑都在地。

神锡道长咬牙顿足，仰天长叹道："罢了！"反腕一领长剑，竟向自己脖子上抹去，他眼见此等不可抗拒的惊人武功，眼见峨眉派的声名便要从此断送，也只得一死以求解脱。

谁知就在这时，一只手自他身后伸出，轻轻托住了他的手，另一只手已轻轻将他长剑接过。

神锡道长掌中这柄剑，随他出生入死，闯荡天下也不知经历了多少惊心动魄的战役，长剑离手之事，却是从来未有，但此刻也不知怎地，这柄生死不离的长剑，竟会轻轻易易到了别人手中。

神锡道长又惊又怒，一个白衣少年已自他身后缓步走出，双手捧着长剑，从容而揖，含笑道："道长请恕弟子无礼，但若非贵派道友向妇女人家出手，弟子也万万不会胡乱出手的。"

灯光下，只见这少年最多也不过只有十三四岁年纪，但他的武功他的出手，已非这许多武林一流高手所能梦想，他穿着的也不过只是件普普通通的白麻衣衫，但那种华贵的气质，已非世上任何锦衣玉带的公子能及。

他到此刻为止，也不过只说了三五句话，但他的温文，他的风度，就连阅人无数的"雪花刀"柳玉如见了，也觉心神皆醉，"银枪世家"的邱七爷少年时也曾是风流潇洒的美男子，但见了这少年，也只有自愧不如。

一时之间，众人竟都不知不觉瞧得呆了。

神锡道长虽是满心惊怒，此刻竟也被这种迷人的风度所慑，竟也不觉抱拳还礼，道："足下莫非亦是来自绣玉谷移花宫？"

白衣少年道："弟子花无缺，正是来自移花宫。本宫中人已有多年未在江湖走动，礼数多已生疏，若有失礼之处，还请各位包涵才是。"

他说的话总是那么谦恭，那么有礼，但这情况却像是个天生谦和的主人向奴仆客气，主人虽是出自本意，奴仆受了却甚是不安——有种人天生出来就仿佛是应当骄傲的，他纵然将傲气藏在心里，他纵觉骄傲不对，但别人却觉得他骄傲乃是天经地义、理所应当之事。

他面上的笑容虽是那么平和而亲切，但别人仍觉他高高在上，他对别人如此谦恭亲切，别人反觉难受得很。

神锡道长、黄鸡大师、王一抓、邱清波、孙天南、冯天雨、赵全海，这些人无一不是一派掌门的身份，但不知怎地，在这少年面前，竟有些手足失措，举止难安，几个人口中讷讷，居然说不出应对之词。

荷露眼波流转，忍不住笑了，大声道："我家公子来了，这棺材可以打开瞧瞧了么？"

神锡道长面色又一变，但他还未出言，花无缺已缓缓道："藏宝之事必属子虚，在下只望各位莫要中了奸人的恶计，而从此化干戈为玉帛，今日之事，从此再也休要提起。"

黄鸡大师合十道："阿弥陀佛，公子慈悲。"

王一抓大声道："谁若还想争杀，却让别人暗中在一旁看笑话，那才是呆子。"

邱清波、孙天南等齐声道："公子所言极是，在下等就此告退。"

神锡道长唏嘘合十，道："多谢公子！"

此间本已是个不死不休的杀伐之场，这花无缺公子才三言两语，却已化戾气为祥和，化杀气为和气。

柳玉如眼波转动，始终不离他面目，铁心兰瞧着他，嘴角不知不觉间泛起了一丝钦佩的笑意。

小鱼儿突然"哼"了一声，向地道外大步奔出。铁心兰怔了怔，微微迟疑，终于也快步跟了出去。

只听身后赵全海叹道："玉大侠，玉老前辈……"

荷露也在唤道："喂！那位姑娘，你怎地走了？"

神锡道长唤道："那位小施主，方才多承教言，请稍坐侍茶。"

几个人呼声混杂，小鱼儿根本听不清楚，何况他纵然听清，也不会回头的，他竟一口气走出了那山窟。

洞外虽有薄雾，但明月在天，清辉满地，夜色显得更美。

小鱼儿眼睛却只是直勾勾瞧着前面，脚步丝毫不停，直走了几盏茶时间，方自寻了块青石坐下。

铁心兰这才长长叹了口气，道："藏宝之事，竟会如此结束，倒真是令人想不到的事。"

小鱼儿道："你想得到什么？"

铁心兰怔了怔，垂下头，幽幽道："我竟为这一文不值的藏宝秘图受了那许多辛苦危难，竟险些一死，如今想来，真是冤枉得很。”

小鱼儿道：“你活该。”

铁心兰咬了咬嘴唇，垂首道：“在那慕容山庄，我知道你必有许多苦衷，许多困难，才会抛下我不顾，我并不怪你，但你……”

小鱼儿道：“你怪我又怎样？”

铁心兰霍然抬起头，道：“你……你……你怎么这样说话？”

小鱼儿道：“我说话本来就是这样，你不爱听，就莫要听……哼，别人说话好听，你不会去听别人的么？”

铁心兰眼圈已红了，默然半晌，强颜一笑道：“你是什么时候到峨眉来的？”

小鱼儿道：“哼！”

铁心兰柔声道：“你身上怎会有这些蛇？”

小鱼儿道：“哼！”

铁心兰跺了跺脚，也赌气坐了下去，两人背靠着背，谁也不理谁，谁也不动，谁也不说话。

也不知过了多久，小鱼儿终于忍不住了，重重啐了一口，道：“嘿，那小子好神气！”

铁心兰像是全没听见，根本不搭腔。

小鱼儿憋了半晌，又忍不住了，用背顶她，道：“喂，聋子，我说的话你听见了么？”

铁心兰道：“聋子怎会听得见人说话？”

小鱼儿呆了呆，道：“但……你这不是明明听见了么？你听不见人说话，又怎会听见了，你……”说来说去，他自己也忍不住大笑起来。

铁心兰早已偷偷在笑，此刻也不禁“扑哧”笑出声来。

笑声中，两人不知不觉已并排坐在一起，也不知是铁心兰先移过来的，还是小鱼儿先移过去的。

笑了半晌，小鱼儿突然又道：“那小子实在忒神气了！”

铁心兰柔声道：“其实那也不是他自己神气，只不过是别人捧着他神气而已。”

小鱼儿冷笑道：“你莫以为他自己不神气，他那副样子，不过是装出来的，好让别人说他谦恭有礼，其实……哼，狗屁！”

铁心兰笑道："绣玉谷移花宫可说是当今天下武林的圣地，他身为移花宫唯一的传人，就算神气，也怪不得他。"

小鱼儿道："哼……哼哼……哼哼哼。"

铁心兰嫣然一笑，轻轻摸了摸他的手，瞧见他腕上的毒蛇，又赶紧缩了回来，眨着眼睛笑道："你有没有发觉，他的眉毛眼睛，可真是像你，简直和你一模一样，不知道的人，还要以为你们是兄弟哩！"

小鱼儿道："我若生得像他那副娘娘腔的模样，我宁可死了算了。"

铁心兰含笑瞟了他一眼，不再说话。

小鱼儿歪起了头，冷笑着又道："奇怪的是，这种装模作样、娘娘腔的男人，偏偏有人喜欢他。"

铁心兰道："哦，谁喜欢他？"

小鱼儿道："你。"

铁心兰呆了呆，失笑道："我喜欢他？你疯了！"

小鱼儿道："你若不喜欢他，怎会瞧他瞧得眼睛都直了……你若不喜欢他，又怎会处处都帮着他说话？"

铁心兰脸都气红了，咬牙道："好，就算我喜欢他，我喜欢得要死好么。反正，你也不是我的什么人，你也管不着。"

她跺着脚，背又转了过去。

小鱼儿索性坐到地上去了，喃喃道："哼，装模作样像个小老头子，这种人比什么人都讨厌。"

铁心兰也不回头，道："你不是说他娘娘腔么？现在怎么又说他像老头子？"

小鱼儿道："我……我说的是他像小老太婆。"

铁心兰忽又"扑哧"一笑。

小鱼儿瞪起眼睛，道："你笑什么？"

铁心兰慢慢悠悠地，一字字道："你在吃醋。"

小鱼儿跳了起来，道："我在吃醋？笑话，笑话！"忽又坐了下去，叹道："不错，我现在真的有些像是在吃醋。"

铁心兰娇笑着扑入他怀里，但瞬即跳起，颤声道："蛇……这些鬼蛇你怎么不弄掉它？"

小鱼儿苦着脸道："我若能弄得掉它们就好了！"

铁心兰失色道："你……你自己也弄不掉？"

小鱼儿叹道："碧蛇神君一死，现在只怕谁也弄不掉它们了，无论谁只要一碰它们，它们立刻就会给我来上一口。"

铁心兰着急道："那……那怎么办呢？你难道永远带着它们跑？"

小鱼儿愁眉苦脸，呆了半晌，突然做了个鬼脸，笑道："这样也好，身上缠着蛇，女孩子就不会来缠我了。"

铁心兰跺脚道："人家说正经的，你却还要开玩笑！"

她又赌气背转脸，但瞬即又回了过来，笑道："我有法子了。"

小鱼儿喜道："你有什么法子？"

铁心兰道："你不给它们东西吃，等它们饿死，它们一死，自己就掉下来了。"

小鱼儿像是想了想，点头道："是极是极，这法子简直妙不可言。"

铁心兰嫣然笑道："多谢多谢。"

小鱼儿眨了眨眼睛，道："只是还有一样你忘了。"

铁心兰道："还有什么？"

小鱼儿道："这些蛇虽是光头，却不是和尚。"

铁心兰呆了半晌，道："这是什么意思？"

小鱼儿忍住笑，道："不是和尚，就吃荤的。"

铁心兰又呆了呆，突然跳了起来，惊呼道："它……它们若是真的饿了，岂非要吃你的肉，喝你的血？"

小鱼儿叹了口气道："你真是天才儿童，到现在才想到。"

铁心兰急得眼泪都流出来了，跺脚道："这怎么办呢？怎么办呢？我看只有……只有……"

到底"只有"怎样，她却说不出来，急得在那里直转圈子，转了七八个圈子，忽听有人语声传了过来。

只听一人道："那丫头怎会突然失踪，倒真奇怪。"

另一人冷冷道："她跑得了今天，还跑得了明天么？"

这两人语声一入耳，小鱼儿、铁心兰面色又变了。

铁心兰哑声道："小仙女！"

小鱼儿道："还有慕容九妹！"

铁心兰道："咱……咱们快走吧！"

但直到这时，他们才发觉这竟是条死路，三面俱是直壁峭立，唯一的道路，正是小仙女她们要走过来的。

铁心兰脚都已冰冷，道："这……这……"

小鱼儿道："咱们先躲一躲再说。"

两人身子刚躲好，小仙女与慕容九妹已走过来了。

小仙女道："峨眉山倒真是邪门，偌大的一片山上，除了猴子住的洞外，就只有这里是可以避风的地方。"

慕容九妹道："我看满山乱找也没用，咱们不如先在这里歇歇，等天亮再说。"

小仙女早已坐了下来，她坐的正是小鱼儿方才坐的那块石头，两人懒懒地坐下，连眼睛都眯了起来。

小鱼儿和铁心兰不觉暗暗叫苦，这一来要等到什么时候才能逃出去，可真是只有天知道了。

也不知过了多久，小仙女张开了眼睛，道："你冷不冷？"

慕容九妹冷笑道："你真是娇生惯养的千金小姐，这样就算冷么？就算在冰天雪地之中，我都不会喊冷的。"

小仙女耸了耸肩，又闭起了眼睛。

小鱼儿却在暗中撇了撇嘴，暗道："你自然不怕冷，你也不想想你练的是什么功夫，光着屁股睡在冰上都没关系，别人可没练过你那鬼功夫呀！"

又过了半晌，小仙女突然站起来，道："你不怕冷，你有本事，我可受不了啦。"

慕容九妹道："受不了也得受。"

小仙女笑道："九姑娘，好姐姐，陪我去找些柴来生堆火好么？"

慕容九妹终于慢吞吞站了起来，两人东瞧瞧，西望望，竟向小鱼儿与铁心兰藏身之处走了过来。

小鱼儿暗道："该死该死，我怎么偏偏选了这地方来躲，这地方怎会偏偏有柴火，当真是倒了穷霉了！"须知他们要躲，自然就躲在枯藤木叶后，枯藤木叶自然是最好的引火之物，百般巧合，小鱼儿可像是要倒霉了。

铁心兰掌心早已流满冷汗，身子也发起抖来。

只见小仙女与慕容九妹愈走愈近，铁心兰也愈抖愈厉害，抖得四下枯藤木叶簌簌地直响。

小仙女突然停住脚，道：“你……你听，那是什么在响？”

慕容九妹冷冷道：“你放心，不会有鬼的。”

小鱼儿心念一闪，眼珠子一转，突然将头发扯散，自己居然偷偷笑了起来，也不知在笑什么。

铁心兰见他在这种时候居然还笑得出，简直要气破肚子，急断肠子。只见小仙女又在往前走，口中喃喃道：“就算没有鬼，钻条蛇出来，也够要命的了。”

慕容九妹冷冷道：“有我在这里，你什么都不必怕。”

她话未说完，忽见一个怪物从黑暗中跳了出来。

小仙女吓了一跳，冷汗立刻流了出来。

慕容九妹冷叱道：“是什么人装神弄鬼？”

只听这怪物鬼叫道：“慕容九妹……慕容九妹，你害我死得好苦，我做了淹死鬼，还要做烫死鬼……慕容九妹，慕容九妹，你还我命来！”

第二十四章

死中求活

在月光下，慕容九妹已瞧清了这“怪物”面目，不是小鱼儿是谁？不赫然正是那已死在她手上的小鱼儿又是谁？

深夜荒山，阴风阵阵，荒山中突然跳出个披头散发、满身是蛇的怪物，而这怪物又正是她亲手害死了的人。

慕容九妹纵有天大的胆子，也是受不了的。

她指着小鱼儿，颤声道：“你……你……”

第二个“你”字才出口，人已被吓得晕了过去。

小仙女虽然不知道这其中的纠葛秘密，但瞧见小鱼儿满身的蛇，瞧见慕容九妹竟又吓得晕倒……她的魂也没有了，惊呼一声，转身就跑，连头都不敢回，瞬息间她便跑得踪影不见。

小鱼儿哈哈大笑，道：“蛇兄呀蛇兄，无论你以后是否会害死我，我都得谢谢你，无论如何，你至少已救过我两次命了。”

最莫名其妙的自然还是铁心兰，她简直整个人都糊涂了，从黑暗中走出来，瞪大了眼睛瞧着小鱼儿，终于忍不住问道：“你儿时被慕容姑娘害死过？什么淹死鬼、烫死鬼，我……我简直被你弄糊涂了。”

小鱼儿笑道：“女孩子还是糊涂些好，女孩子知道得愈多，麻烦就愈多，你只要知道我有两下子就行了。”

铁心兰怔了半晌，叹道：“你实在是有两下子，慕容九妹居然会被你吓晕，小仙女居然会被你吓得落荒而逃，这种事告诉别人，别人只怕也不会相信的。”

小鱼儿瞧着还是晕迷不醒的慕容九妹，道：“依你看，我会对她怎么样？”

铁心兰想了想，道：“你就任凭她晕在这里，一走了之。”她瞧了瞧小鱼儿的脸色，接着又道："或者……或者你用藤子捆住她，等她醒来时，打她几下出气。"

小鱼儿冷冷道："妇人之仁，到底是妇人之言。"

铁心兰道："这……这么凶的法子还不够？"

小鱼儿道："当然不够。"

铁心兰颤声道："难道……难道你真要杀了她？"

小鱼儿道："我若不杀她，难道还等她以后来杀我不成？"

铁心兰跺脚道："我实在想不到你……你……你竟真的如此狠心。"

小鱼儿道："你现在总该想到了吧！你若不愿瞧，就走得远远的好了。"

铁心兰跺了跺脚，一口气冲了出去。

小鱼儿也不理她，眼睛瞪着慕容九妹，喃喃道："你这个狠心的女人，我若不杀了你，怎对得住自己？"语声微顿，又冷笑道："我正好要毒蛇咬你一口，看着究竟是蛇毒，还是你毒。"他竟抓起慕容九妹的手，向自己腕上的毒蛇喂去。

这时月光满天洒将下来，正照着慕容九妹的脸。

只见瘦瘦的瓜子脸，是那么苍白，长长的睫毛，覆盖着眼帘，虽然是在晕迷着，看来却更是楚楚动人，我见犹怜。

她的手，也是那么柔软，冰冷而柔软，要拿这样人的这种手去喂蛇，又有谁狠得下这个心？

小鱼儿的手有些软了，但想到她将自己关在石牢里，想到她要将自己活活冷死、饿死……小鱼儿的怒火又不禁直冲上来，冷笑道："什么事你都怨不得我，你若不想杀我，我绝不会杀你的……"

忽听一人缓缓道："以这样的手段来杀一个女孩子，岂非有失男子汉的身份？"

小鱼儿一惊抬头，喝道："谁？"

"谁"字喝出，他已瞧见了面前的人，正是那温文尔雅的无缺公子，三个人远远站在他身后，两个是白衣少女，还有一个竟是铁心兰。三个女孩子的六双大眼睛都在瞪着他，像是恨不得将他吞下肚里。

小鱼儿心里也不知已气成什么样子，但面上却只是笑了笑，仍然抓着慕容九妹的手，笑眯眯地道："你是说我杀不得她？"

花无缺和声道："一个男人，对女孩子总该客气些，就算她有什么对不起你的事，你也该瞧在她是个女人份上，让她一些。"

小鱼儿哈哈笑道："好个温柔体贴的花公子，世上有你这样的男人，当真是女人的福气，天下的女人真该联合起来送你一面锦旗才是。"

花无缺微微笑道："好说好说。"

小鱼儿道："但女人若要杀死你时，你又如何？难道你就闭起眼睛来让她们杀？难道你连还手都不还手？"

花无缺缓缓道："我若做了对不起她的事，被她杀死，也绝无怨言。"

小鱼儿道："但若有个女人做了对不起你的事，你不杀她？"

花无缺道："男人总该让着女人些才是。"

小鱼儿苦笑道："你这样的想法，真不知从哪里学来的，照你这样说来，天下的男人简直都该死了，都该一头跳进黄河才是。"

花无缺道："那也不必。"

小鱼儿瞪着他，也不知是该气，还是该笑；也不知他是真的听不懂自己的话，还是假听不懂；也不知他是聪明，还是呆子。

花无缺含笑瞧着他，面上既无怒容，也不着急，他若真像表面看来这般文弱，小鱼儿早已一个耳光掴了过去。

但他那身武功实在有点骇人，小鱼儿只得叹了口气，道："你的意思，是定要我放了她？"

花无缺含笑道："足下放了她才是英雄所为。"

小鱼儿道："我今日放了她，她日后若来杀我，又当如何？"

花无缺沉吟道："日后之事，谁也无法预测，是么？"

小鱼儿道："好，我要杀她，我就不是英雄，不是男子汉，我就该死，但她若要杀我，却是天经地义的事，我被她杀了也是活该，是么？"

花无缺笑道："在下并无此意，只是……"

小鱼儿大声道："我不管你是什么意思，今天我打不过你，你放个屁我也只有听着，但以后你打不过我时，我偏偏要杀几个女人让你瞧瞧。"

他重重摔开慕容九妹的手，道："算你厉害，你抬走吧！"

花无缺也不动气，仍然微笑道："如此就多谢了。"

白衣少女已燕子般掠了过来，抱起了慕容九妹。

那圆脸少女瞪着小鱼儿，冷笑道："今天若非公子在这里，我就宰了你，让你知道女人的厉害。"

小鱼儿冷笑道："随便你吧！骂什么都没关系，因为你是女人，女人天生就可以骂男人的，花公子，你说是么？"

花无缺笑道："能被女人骂的男人，才算是福气，有些男人，女人连骂都不屑骂的。"

小鱼儿道："哈……哈哈，如此说来，我真是荣幸之至，为了免得让你难受，他日也得找几个女人来让你荣幸荣幸才是。"

花无缺笑道："那时在下必定洗耳恭听。"

小鱼儿眼睛一翻，几乎气炸了肺。

只见荷露拉起了铁心兰的手，道："姑娘，你也跟咱们一起走吧。"

铁心兰垂首道："我……我……"

她虽然垂着头，眼角却不住去瞟小鱼儿。

圆脸少女恨声道："那种男人，你还要理他么，跟咱们走吧！"

荷露笑道："我家公子也正想和你聊聊。"

小鱼儿大声道："去去去，你快跟他们去吧！我现在虽然倒霉，但还没什么，你若再跟着我，我才是倒霉透顶了。"

铁心兰垂着头，眼角又沁出了泪珠。

圆脸少女拖着她，道："不理他，我们走。"

花无缺含笑一揖，也转过身子，只见荷露怀中的慕容九妹突然挣扎着动了起来，口中梦呓般道："小鱼儿……江小鱼，放了我……放了我吧！"

花无缺面色微变，霍然回首，凝注着小鱼儿，一字字道："你就是江小鱼，就是小鱼儿？"

小鱼儿也不觉怔了怔，道："我这名字很出名么？"

花无缺又瞧了半晌，竟轻轻叹息了一声道："抱歉得很……"

小鱼儿瞪大了眼睛，道："抱歉？你为什么抱歉？"

花无缺缓缓道："只因我要杀死你。"

这句话说出来，大家全都吃了一惊。

小鱼儿道："你头脑有些不正常么？怎地突然又要杀我？"

花无缺道："只因你是江小鱼，所以我要杀你，芸芸天下只有一个是我要杀的人，那人就是江小鱼，就是你。"

小鱼儿怔了半晌，叹道："我懂了，可是有人叫你杀我的？"

花无缺道："正是家师所命。"

铁心兰已嘶声大呼道："你师父为什么要你杀他？为什么……为什么？"她想冲过来，却被那圆脸少女紧紧抱住了。

小鱼儿与花无缺面面相对，谁也没有瞧她。

过了半晌，小鱼儿突然笑道："很好，我本来也想杀死你的，只因我目前实在打不过你，所以才一直忍住，不过，现在……"

他双臂突然一振，向花无缺扑了过去，他武功纵非花无缺之敌，但只要让他触及花无缺，他身上的毒蛇，是谁也不认的。

那不但会要花无缺的命，也会要他的命。

哪知他手臂一震，真气才转，左右双腕，便麻了一麻，他身子还未扑到花无缺面前，眼前已发黑。

他竟凌空跌了下去。

小鱼儿醒来时，首先瞧见一炉香。

这炉香就在他对面，香烟缭绕，氤氲四散，一阵阵送到小鱼儿鼻子里，却非檀香，也非茴香，而是一种说不出是什么的香气，乍嗅有些像花，再嗅有些像药，仔细一嗅，又有些像女子的脂粉。

小鱼儿懒得去分辨，总之他觉得嗅起来舒服得很。

然后，小鱼儿又瞧见一柄刀。

这柄短刀，镶着珠柄，就挂在他睡着的床头，像鲨鱼皮的刀鞘，看起来抢眼得很，像是专为装饰用的。

但这间屋子就只有这点装饰，其余都简陋得很，只是四面都打扫得一尘不染，看起来也舒服得很。

小鱼儿猜不出这是什么地方，他想，这极可能是花无缺为了要在峨眉山逗留，而临时搭起来的竹屋。

但他又怎会到了花无缺的屋子里?

他方才不是明明中了不可救药的蛇毒，难道花无缺还会救他?花无缺不是一心想杀死他的么?

他转了转头，立刻就瞧见了花无缺。

这时阳光已照满了那以竹架搭成的简陋的窗子。

花无缺，就坐在阳光下，那眉目，那脸，那安详的神态，那雪白的衣衫，就连小鱼儿也不得不承认他是人间少见的美男子。

他像是已在这里坐了许久许久，但看来却一点也不烦躁着急，他就这样静静地坐着，像是还可以继续坐下去。

这也是小鱼儿佩服的，若是换了小鱼儿，简直连一刻都坐不住，小鱼儿暗中试了试，觉得自己身子好像并没有什么难受，再瞧自己身上那些要人命的毒蛇，居然也一条都瞧不见了。他暗中松了口气，大声道:“喂，可是你救了我?”

花无缺淡淡道:“不错。”

小鱼儿道:“那么厉害的蛇毒，你也能救?”

花无缺道:“这仙子香与你已服下的素女丹，万毒俱可解。”

小鱼儿道:“你方才不是要杀我的么?”

花无缺缓缓道:“我现在还是要杀你，只因我必须亲手杀死你，不能让你因为别的事而死。”

小鱼儿眨了眨眼睛，道:“你为何定要亲手杀死我?”

花无缺道:“只因我受命如此。”

小鱼儿默然半晌，道:“她一定要你亲手杀死我?我死在别的人手里、别的事上都不行，这……你不觉奇怪么?你不问是为了什么?”

花无缺道:“我不必问。”

小鱼儿道:“看来你倒听话得很。”

花无缺道:“本宫令严，无人敢违。”

小鱼儿道:“看来你也老实得很，我问你什么，你就答什么。”

花无缺道:“任何人无论问我什么，我都会据实以告，我纵要杀死你，但那和问答的话完全是两回事。”

小鱼儿道:“你非要亲手杀死我不可?我若杀死了你呢?”

花无缺淡淡道:“你杀不死我的。”

小鱼儿道："你敢和我拼一拼么？"

花无缺道："我正是要堂堂正正取你性命。"

小鱼儿道："好，你先退后几步，先让我起来。"

花无缺果然站起身子，后退了八九步之多。

小鱼儿缓缓爬起，口中喃喃道："你这人实在太老实了，但我却不知你是真的老实，还是假的老实，也许你自以为对什么事都太有把握，所以随便怎样都无所谓。"

他口中说话，突然抽出了那柄镶珠的匕首，一跃下地。

花无缺淡淡瞧着，神色不变，就这份安详从容的气概，已足以愧煞世上千千万万自命高手的人物。

小鱼儿突然大笑道："你要我死，那并不困难，但你若定要亲手杀死我，今生今世，再也休想。"

突然反转匕首，对准了自己的心窝。

花无缺微微变色，道："你……你这是做什么？"

小鱼儿向他做了个鬼脸，笑道："只要你身子向我这边动一动，我这一刀就刺下去，那么你就一辈子也休想亲手杀死我了，因为我已亲手杀死了自己。"

花无缺呆在那里，简直不会动了。他实在想不到小鱼儿竟会有这一招。

若论武功，花无缺自是强胜许多，但若论临事应变，他又怎能比得上精灵古怪、诡计多端的小鱼儿。

这自然是因为两人生长的环境截然不同——高高在上的移花宫传人，若论精灵诡计，又怎比得上恶人谷中的恶徒？小鱼儿使出的这些绝招，花无缺当真是做梦也使不出的。

小鱼儿大笑道："你若还想亲手杀死我，现在就得忍耐，莫要动……一动都莫要动……"

他眼睛瞪着花无缺，一步步往后退。花无缺竟不知该如何应付这种局面，只有站着不动，眼看小鱼儿退出了门，也无可奈何。

但小鱼儿也实在不敢稍有疏忽，虽已退出了门，眼睛还是瞬也不瞬地盯着花无缺，不敢放松。

门外晨雾迷漫，不知名的山花，在雾中更显得风姿绰约，阳光虽已升起，却仍照不散峨眉清晨的浓雾。

小鱼儿一步步往后退，退过山花夹列的小径，他除非算准花无缺再也追不着他，否则实也不敢回头。他退得很慢，脚步踏得很稳……

花无缺突似想起什么，失声道："江小鱼……快快快站住……"呼声中，他身子已要往门外冲。

小鱼儿厉声道："你先站住！你只要敢出门口一步，我立刻……"

花无缺身子硬生生顿住在门口，额上竟已急出冷汗，大声道："快站住，你已退不得了，后面……"

他"后面"两字方自说出，小鱼儿往后退的左脚已一脚踏空，他惊呼之声才出口，人已往下面直坠而落。他身后竟是一道悬崖，云雾凄迷，深不见底，花无缺眼看着小鱼儿直坠下去，也赶不及去拉他了……

小鱼儿的惊呼声，尖锐而短促，但四山回应却一声声响个不绝，天地间仿佛俱是小鱼儿的惊呼。花无缺身子似已脱力，斜斜倚在门上，眼睛失神地瞧着面前的浓雾，一粒粒汗珠滚滚流下。

这时铁心兰已踉跄冲了出来，四五个白衣少女跟在她身后，铁心兰冲到花无缺面前，道："是谁在惊呼，是不是他……是不是他？"

花无缺点了点头。

铁心兰道："他——他在哪里？"

花无缺叹息着摇了摇头。

铁心兰瞧见他的神色，后退两步，颤声道："你——你——你杀了他——你杀了他！"

突然冲上去，拳头像雨点般落在他身上。

花无缺仍是动也不动，既不闪避，也不招架。铁心兰拼命击出的拳头，打在他身上，他竟似全无感觉。

白衣少女们惊怒之下，怒喝着齐向铁心兰出手，花无缺反而为铁心兰一一拦住，柔声叹道："我并没有杀他，只是他——他自己失足落下了悬崖。"

铁心兰身子一震，踉跄后退，道："你——你真的没有杀他？"

花无缺道："我一生之中，绝不说半句假话。"

铁心兰嘶声道："那你为什么不还手？"

花无缺目光温柔地瞧着她，叹道："我知道你此刻心里必定很难受，你纵然伤了我，也是理所应当的，我绝不会怪你的。”

铁心兰怔在那里，心里酸甜苦辣，也不知是何滋味，这花无缺固是如此善良，如此温柔，但小鱼儿——那又凶又坏的小鱼儿，却为什么偏偏比花无缺更令她刻骨铭心，更令她难舍难分、牵肠挂肚？

花无缺目光更是温柔，道：“铁姑娘，你还是歇歇去吧，你……”

铁心兰道：“是——我是该歇歇去了，是该去了……”

突然疯狂般冲向悬崖，嘶声道：“小鱼儿，你等着，我来陪你一起歇歇……”

但她还未冲到悬崖，花无缺已拉住了她的手，她拼命挣扎，纵然用尽了力气，也是挣扎不脱。

铁心兰泪流满面，大呼道：“放开我——放开我——为什么不让我下去陪他？他一个人死在下面，是多么寂寞……”

只听一人悠悠道：“谁死在下面了？一个人能寂寂寞寞、安安静静地死，是多么幸福。”

乳白色的浓雾中，一条婀娜的人影，缓缓走了过来，就像是雾中的幽灵，却正是慕容九妹。

她面容更是苍白，那双灵活妩媚的大眼睛，也失去了昔日光彩，竟已像是有些痴呆。

铁心兰咬牙道：“小鱼儿终于已死了，你开心么？他就死在这悬崖下，你可要去瞧瞧他死时的模样。”

慕容九妹轻轻摇了摇头，缓缓道：“他不会死在这里的，死在这里的，绝不是他！”

她突然咯咯笑了起来，笑道：“他早已死在慕容山庄了，是我亲手杀死了他——一个人是绝不可能死两次的，你们说是么——是么？”

她长发在风中飞舞，笑得那么疯狂。

花无缺怜悯地瞧着她，轻声道：“荷露，这位姑娘方才被骇得太厉害了，到此刻神志还未恢复，你扶她回屋去躺躺吧！”

荷露拉起了慕容九妹的手，但慕容九妹仍在咯咯笑道：“我亲手杀死了他，我亲眼瞧见了他的鬼魂！哈哈，你们瞧见过鬼么——你们能亲手杀死他么？”

铁心兰突然狂笑道：“你们谁也杀不死他，世上唯一能杀死他的人，就是他自己——”狂笑忽又变为痛哭，她放声悲嘶道：“但他终于杀死了自己——他终于毁灭了自己——为什么聪明的人，总是会自己毁了自己……”

不错，聪明人有时的确会自作聪明，弄巧成拙，到头来虽害了别人，但却也害了自己。

小鱼儿远比这种人还要聪明得多——他方才那一脚踏空，竟是假的，竟只不过是做给花无缺看看的。

他其实早已将地势瞧得一清二楚，他整个人看似跌下去了，其实早已算准了平衡的力量，拿捏得分毫不差。他身子滑下，右手的尖刀便已插入了峭壁，左手也立刻拉住了条山藤，整个人都贴在峭壁上。

这自然要有很快的眼睛、很细的心，更要有很大的胆子，但若要别人上当，尤其要花无缺这种人上当，不冒险行么?

到方才铁心兰悲呼痛哭，慕容九妹又笑又叫，花无缺柔言细语，小鱼儿始终贴在壁上，听得清清楚楚。听见这些哭叫呼喊，小鱼儿心里自然也有许多难言的滋味，但他毕竟忍得下这个心，对一切都不闻不问。

到后来人声终于散去了，小鱼儿暗中松了口气，过了半晌，身子悄悄往上爬，眼睛自悬崖边沿悄悄向外望。只见悬崖上果然已没有人了，他正想爬上去——

哪知就在这时，身旁似有人声响动。

第二十五章

死里逃生

小鱼儿大惊之下，扭头一瞧，才发现那竟不过是猴子，几十只猴子也不知是从哪里来的，竟都学着他的模样，身子趴在峭壁上，脑袋悄悄往外伸。峨眉山的猴子最多，又最喜欢学人模样，小鱼儿本就听人说过。

但此刻真的让他瞧见了，他不禁又是好气，又是好笑，又不知该如何才能赶走它们，只得撮口道："嘘——去——"

猴子们向他做了个鬼脸，也撮起嘴，叽叽喳喳地叫，有些猴子的脸红得像屁股，做起鬼脸来真可以吓死人。小鱼儿生怕这些见鬼的猴子惊动了花无缺，又不禁有些着急起来，忍不住伸出一只手去赶，去打。他手一伸，就知道坏了。

猴子们突然一窝蜂扑了过来，一起向小鱼儿伸出手来，若是在平时，小鱼儿自然不怕。

但此刻他身子悬空吊在峭壁上，两只手都用不得力，猴子们往他身上一扑，他就真滚下去。

他又是害怕，又是着急，又不敢出声呼救，两只手往峭壁上乱爬，手里的尖刀也落了下去，许久才听见"噗"的一声。

那峭壁竟是向内陡斜的，所以匕首才会直落到底，那回声许久才传上来，显见这悬崖深得怕人。

小鱼儿满身冷汗，手再也抓不到着力之处，到了峭壁向内陡斜之处，他身子也要笔直跌下去，不粉身碎骨才怪。天下第一个聪明人竟会死在一群猴子手上，小鱼儿一想到这里，真不知是该哭还是该笑。

只见猴子们也往下直跌，但几十只猴子叽叽喳喳一叫，突然一个拉着了一个的手。几十只猴子手拉着手，竟一连串悬空吊了起来，就像是一串葫芦似的，一个也未跌下去。

小鱼儿却已跌下去了，他的手已抓不住任何东西。

他只有闭起眼睛，惨笑道："完了——小鱼儿竟被猴儿杀了——"

但就在这时，突然不知从哪里伸出一只毛茸茸的猴爪来，竟将他胸前的衣襟一把抓住——

这只猴爪力道竟大得怕人，只是小鱼儿下落之力更大，猴爪虽抓住了他的衣服，但衣服撕裂，身子还是往下直落。谁知另一只猴爪又闪电般伸出来，抓住了他的头发。

小鱼儿疼得眼泪直流，身子却总算顿住。

只见那一串猴子还朝他做鬼脸，朝他鬼叫，抓住他的两只猴爪，却是从峭壁上的一个洞里伸出来的。

小鱼儿暗道："抓住我的大概是猴王，否则又怎会有这么大的力气。猴子对人，可不会有什么好念头，它将我抓上去，却不知要怎样折磨我？"他主意打得真是比天下所有的人都快，这心念一转，立刻暗中运气，先掠上去攀住那个洞，先发制"猴"。

又谁知他身子还未动，那洞里竟突然有个人的语声传出来，又尖又细一字字道："莫要动，一动就将你丢下去！"这又尖又细的语声，听来当真有七分像是猴子，但说的明明是人话，猴子难道也会说人话？这峨眉山里，莫非真有猴子成了精？

小鱼儿吓得又是一身冷汗，颤声道："你……你究竟是什么？"

那语声吱吱笑道："你是什么，我就是什么。"

小鱼儿道："你……你是人？"

那语声道："你猜我是不是人？"

小鱼儿抽了口凉气道："你要怎样？"

那语声道："你垂下手，不准动。"

小鱼儿只有乖乖地垂下手，身子已被这"人"凌空直提了上去，就好像是在腾云驾雾一般。那双猴爪竟在他左右双肩各点了一点，点的竟正是他肩头的穴道，他再想抬手也抬不起来。

接着，他真的就像是条鱼似的，被拉入那洞里。

那洞口并不大，但洞里面却不小。

小鱼儿被拉得全身又酸又疼，脑袋直发晕，张开眼睛，只见一只猴子正咧着大嘴朝他直笑。

这“猴子”可真是不小，竟比小鱼儿矮不了许多。仔细一瞧，这“猴子”身上竟穿着衣服，虽然破破烂烂，但的确是人穿的衣服，半分不假。再仔细一瞧，这“猴子”全身虽长着毛，脸上虽也长着毛，但那眼睛、那鼻子，却又像是人的模样。最奇怪的是，这“猴子”不但长着头发，还长着胡子。

那“猴子”却吱吱笑道：“你现在瞧见了么？我究竟像是什么？”

小鱼儿硬着头皮，道：“你有三分像人。”

那“猴子”道：“却有七分像猴子，是么？”

小鱼儿道：“若不是亲耳听见你说人话，你简直半分也不像人。”他遇见这怪事，索性豁出去了，心里早已全忘了“生死”两字，根本全不怕这“怪物”要对他怎样。

但这“猴子”却不生气，反而咯咯大笑道：“告诉你，我本就是人中之猴、猴中之人，你说我是个人固然是对的，说我是猴子可也不错。”

小鱼儿却不禁怔住了，失声道：“人中之猴……猴中之人……你难道是……是……”

忽听一人冷冷道：“你莫要听他鬼话，他根本就是个人，只不过模样本就生得像猴子，再和猴子相处日久，人味儿更少了。”

洞中甚是宽阔，阳光自小小的洞口照进来，洞里后面大半地方都是黑黝黝的，什么都瞧不清。这语声正是从黑暗中传出来的，枯涩生冷，听来也不完全像是人说的话，小鱼儿又吓了一跳，道：“你呢？你是什么？”

只见一个影子缓缓自黑暗中走出，亦是瘦小枯干，满头毛发，看来实也只有三分像人。但是他的目光却极是清澈，而且像是充满了智慧，除了“人”外，的确再无一种动物有这样的眼睛。

小鱼儿松了口气道：“不错，你是人……但你究竟是什么人？又怎会在这种地方？又怎会变得如此模样？”

这“人”长长叹息一声，道：“你问他吧！”

他话未说完，那“猴子”已跳了起来，怒骂道：“问我？我不是被你害的，又怎会活鬼般被困在这里？又怎会变成这副不像人的模样？”

那“人”冷冷道：“你本来像人么？‘十二星相’中，又有哪一个是像人的？”

小鱼儿眼睛本在这两“人”身上转来转去，心中固是惊骇，也不觉有些可笑、好奇，但听了这话，他却吃了一惊，骇然望向那“猴子”道：“你……你真的是‘十二星相’中人？”

那“猴子”挺直背脊，傲然道：“不错，某家正是‘十二星相’中的献果神君！”

小鱼儿身子不觉往后退，背贴着石壁，转向那人道：“你……你呢？”

那人惨笑道：“你小小年纪，绝不会听见过我的名字……”他的背脊也挺直，目中突然射出了光，大声接道：“但十四年前，武林中提起‘飞花满天，落地无声’沈轻虹这名字，有谁人不知，哪个不晓？”

“献果神君”嘿嘿笑道：“放你的臭屁！你从来也不过只是个臭保镖的，一听见咱们‘十二星相’的名字，马上就落荒而逃。”

沈轻虹冷笑道：“是么？你‘十二星相’既这般厉害，为何带不走我一分银子，为何也被我困在这里十四年，天天干着急？”这两人互相讥刺，互相嘲骂，小鱼儿又不禁听得呆住了，他这才知道这两人竟非朋友，而是仇敌。

两个仇人竟同被困在一个山洞里达十四年之久，这日子真不知是怎么过的，小鱼儿委实想不出他们怎能活到现在。

只见两人你瞪着我，我瞪着你，像是已箭在弦上，一触即发，但到后来两人却是谁也未曾出手。

“献果神君”狞笑道：“你莫忘记，现在已有这小鬼来了，我已不愁寂寞，就算立刻杀了你，也没有什么关系。”

沈轻虹冷冷道：“你只因恨我，不想比我先死，所以才活了这么久，我若是真个死了，你也万万活不长的。”

小鱼儿忍不住道：“如此说来，你两人只因为互相怀恨，一定拼着活下去，所以才能活了这么久的么？”

献果神君咬牙道：“‘十二星相’怎能比这臭保镖的先死！”

小鱼儿道：“这十四年来的日子，你们就始终在打打骂骂中度过？”

沈轻虹道：“若不打打骂骂，如何遣此长日？”

献果神君道："若非如此，我早已宰了他了！"

小鱼儿道："但你两人为何不设法逃出去？"

献果神君道："我若能走就走了，还用得着你这小鬼来说？"

小鱼儿道："你两人若不能出去，却又是如何进来的？"

献果神君恨恨道："只因那批红货就藏在这里，我逼他将我带来！那时我还有些不信，让他先进来，我再进来……那自然是从绳子上垂下来的。"

他也许是因为太久没有和人说过话，也许是因为心里恨得太厉害，所以说话颠三倒四，不明不白，简直教人听不懂。

小鱼儿眨着眼睛想了想，缓缓道："他原是镖头，保了批红货，你知道了便要去抢，谁知他使了金蝉脱壳之计，先将红货藏到这里，你去抢了个空是么？"

献果神君咬牙道："说他娘是个老太太，正是一点也不错。"

小鱼儿忍住笑道："只是他机智高，武功却非你敌手，所以被你逼得没法子，后来终于将你带到这里。"

沈轻虹道："其中虽有曲折，大致却不差。"

小鱼儿道："你们两人在悬崖上用绳子一起垂了下来，他在前，你在后，为的自然是你怕他将绳子割断。"

献果神君道："这臭保镖的什么事都做得出，我自然得时时防备着他。"

小鱼儿奇道："那条绳子却到哪里去了？"

献果神君牙齿咬得吱吱作响，恨声道："我瞧见那批红货，心里一欢喜，就未留意他，谁知道这臭保镖的竟以折子烧了。"

小鱼儿叹道："这端的是绝妙之计，你自然是想不到的，看来他早已决定要陪着你死，否则又怎会将你带到这真的藏宝之地？"

沈轻虹唏嘘叹道："不想你小小年纪，倒真是我的知己，那时我想来想去，也只想出这一个地方能困死他，否则我真是死也不会将他带到这里。"

小鱼儿道："但这些日子来，你两人是以何为生，却又令我不解。"

献果神君大声道："这自然又得靠我……"

小鱼儿失笑道："不错，猴子的别号就叫作'献果'，你却是'献果神君’，自然是有法子叫猴儿献果来的。”

他话里虽然带刺，献果神君听来却反而甚是得意，大笑道：“猴儿们的脾气，天下还有谁比我摸得更清楚？我将石头从洞口抛出去，打它们，它们自然就会将果子从洞口抛进来打我们。”

小鱼儿道：“它们抛的若也是石头又如何？”

献果神君咯咯笑道：“外面悬崖百丈，哪里来的石头……”

小鱼儿点头笑道：“不错不错，猴儿们采果子，的确比捡石头容易得多，但……但就只这些，你们也吃得饱么？”

献果神君道：“猴儿们吃什么，咱们便也能吃什么，猴儿们的食物虽不多，但咱们可也用不着去吃许多。”

小鱼儿瞧了瞧他们干枯瘦小的身子，忍住笑道：“这个倒可瞧得出来的。”

献果神君龇牙笑道：“你这小鬼也莫要得意，此后你吃的也就是这些，但你只管放心，这些年来我只瞧见你这么一个人，我绝不会饿死你的。”

沈轻虹道：“我瞧这猴子脸也瞧得腻了，就算他要饿死你，我也不答应。”

小鱼儿也不理睬，只是瞧着外面出神。

献果神君咯咯笑道：“今后咱们就是一家人了，说不定还要在一起活上个三五十年，你叫什么名字，也该先说来听听。”

小鱼儿道：“江小鱼。”

小鱼儿忽然道：“那批红货现在哪里？”

沈轻虹道：“你想瞧瞧么？”

小鱼儿道：“珍珠宝贝，瞧瞧也是好的。”

沈轻虹道：“好，跟我来……”

献果神君喝道：“那是我的，你碰一碰就打死你！”他瞪着眼睛发了半天威，终又笑道：“但让这小鬼见识见识也好……也好让他知道某家有何本领。”

一面说话，一面已自黑暗的角落中拎出了两口箱子。

那是两口生了锈的黑铁箱子，但箱子里却是珠光宝气，辉煌耀眼，献果神君眼睛已眯成一条线了，疯狂地笑道：“小鱼儿，你瞧见了么，这些本都是我的……本都是我的，我只要送你千分之一，已够你吃喝一辈子。”

小鱼儿也不理他，只是盯着那些闪闪发光的珠宝出神，过了半晌，突然长长叹息了一声道：“可惜呀可惜！”

小鱼儿悠悠道：“我只可惜你们见着我已太晚了些。”

献果神君怔了怔道：“我们若是早些见着你又如何？”

小鱼儿道：“你们若能早见着我一年，此刻便已在那花花世界中逍遥了一年，你们若能早见着我十年，此刻便已逍遥了十年。”

献果神君就像是只猴子似的不停地眨着眼睛，道：“你是说……”

小鱼儿道：“我是说你们若早见着我，我早已将你们救出去了。”

献果神君倒退三步，瞪着小鱼儿，眼睛也不眨了，就好像小鱼儿鼻子上突然长出朵花来似的。

献果神君已大笑起来，咯咯笑道：“你这小疯子，小牛皮，你能救咱们出去……”一把抓住沈轻虹，笑得几乎喘不过气，又道：“你听！你听见了么？这小子说能救咱们出去！他自以为是什么人？他只怕自以为自己是个活神仙。”

沈轻虹凝目瞧着小鱼儿，瞧着小鱼儿那双透亮的大眼睛，瞧着小鱼儿挂在嘴角的笑，一字字道：“说不定他真有法子。”

献果神君道：“你……你居然相信这小鬼的话？”

小鱼儿傲笑道：“这只因为阁下脑袋的构造和在下有点不同。”

献果神君怒道：“你的脑袋难道比我的管用？”

小鱼儿道：“岂敢岂敢，在下的脑袋，也未必比阁下的管用多少，只不过管用个一二十倍而已。”

献果神君跳脚道：“放屁！”

小鱼儿道：“但阁下也莫要生气，像阁下的这种脑袋，也可算是不坏的了，至于在下的这种脑袋，普天之下大概还没有第二颗。”

献果神君怪叫道：“好，既然如此，你若说不出个法子，老子就宰了你。”

小鱼儿道：“我三个月内若不能救你逃出这鬼地方，我脑袋输给你。”

献果神君道：“三个月……哈，哈哈，你脑袋只怕有毛病，就算三年……”

小鱼儿道：“不必三年，只要三个月。但三个月里我若真的将你弄出这鬼地方了，你又当如何？”

献果神君道：“我输你八个脑袋也没关系。”

小鱼儿笑道：“阁下的脑袋，携带既不便，送给李大嘴他也不吃的，一个已嫌太多，若真有八个，倒坑死我了。”

他摇着手不许献果神君说话，接着笑道：“阁下若输了，我只要阁下翻几个筋斗让我瞧瞧也就是了。”

献果神君暴跳如雷，道：“好，你这小鬼气我……好，我若输了，随便你如何就是，但你若输了，我非要你脑袋不可。”

小鱼儿道：“一言为定。”

献果神君道：“老子放个屁也算数的。”

小鱼儿道：“但我只要将你救出去，无论用什么法子你可都得由我。”

献果神君道：“好，老子全他妈的由你。”

小鱼儿道：“好，三个月，从现在开始。”

突然抓起最大的一块翡翠，往洞外抛了出去。

第二十六章

巧计脱困

碧绿的翡翠纵在黑暗中也耀眼得很，沈轻虹本来一直含笑瞧着小鱼儿，此刻也不免吃了一惊，献果神君更是要急疯了，一把抓住小鱼儿，道："你……你这小疯子，你可知道你在做什么？"

小鱼儿笑道："我自然知道。"

献果神君跳脚道："你可知道你抛出这一块翡翠，就等于抛出一栋平墙整瓦的大屋子，就……就……就等于抛出三百条大肥牛。"

小鱼儿道："我自然也知道。"

献果神君道："你……你这也算救我？你这简直是在要我的老命。"

小鱼儿叹道："你若要钱不要命，那也就罢了。"

献果神君道："但你……你……你这又算什么意思？"

小鱼儿冷笑道："我的意思，早知你是不会懂的……但你难道也不懂么？"

他这最后一句话问的自然是沈轻虹。

沈轻虹面上已有喜色，道："在下虽有些懂，只是还不能全明了。"

小鱼儿道："我将这些珍宝抛出去后，那些猴子猴孙必定抢着去接，它们必定也和这位猴兄一样，见着此等稀奇好玩之物，是万万舍不得抛却的。"

沈轻虹道："不错。"

小鱼儿道："我抛出去一百件珍宝，至少有五十件被它们接去，它们接去后必定带到各地去炫耀。这五十件珍宝，只要有一件被人瞧见，这人必定就要苦苦追寻这珍宝的来处。"

沈轻虹道："若换了我，也会如此的。"

小鱼儿道："这人独力难成，必定要找个同伴，而这种事只要被第二人知道，立刻就会有第三人知道，有第三人知道，就会有第三百个人知道。只要这消息一传出去，你就不怕没有人能找着这里。"

沈轻虹抚掌笑道："不错，就算最无用的人，找寻珍宝时也会突然变得有用的，何况这消息一传出去，各种厉害角色都会赶来的。"

小鱼儿叹了口气，道："现在你懂了么？只要有人能来到这里，咱们就不愁出不去了，如此简单的法子，你们都想不出，可真是奇怪得很。"

献果神君脸上的怒容早已瞧不见了，此刻竟一把抱起了小鱼儿，像是发了疯似的狂笑道："你的的确确当真是天下最聪明的人。"

于是，那些价值连城、大多数人一辈子赚来的钱也买不到一件的珍宝，就被小鱼儿像丢烂桃子、香蕉皮似的一件件丢了出去，他每丢一件，献果神君脸上的表情就像是被人砍了一刀似的，也不知是哭是笑。

此后，他每天愈丢愈多，只丢得献果神君脸皮发青，眼睛发绿，嘴里不停地喃喃嘀咕，道："聪明人呀聪明人，你可知道你已丢出去多少银子了么？你丢出去的东西若作价成银子，只怕已可将这见鬼的悬崖填平了。"

小鱼儿也不理他，到了第七天，献果神君额上已不停地往外直冒汗珠，捏紧了拳头嘶声道："聪明人呀聪明人，你想出来的这条妙计若是不成功，你可知道你就要如何死法么？"

小鱼儿淡淡道："我丢光了这些珍宝，若是还没有人来，随便你怎样弄死我都没关系。"其实他自己的手也有些发软了，珍宝已不见了一半，还是鬼影子也没有来一个。

献果神君终于一把抢过那箱子，整个人坐在箱子上，大吼道："不准碰！谁也不准再碰它一碰！"

小鱼儿道："难道你真的要钱不要命？"

献果神君咬紧牙关，道："我为这些宝贝已吃了十五年的苦，宝贝若被你这小鬼弄光了，我就算能活着出去，又有什么意思？"

小鱼儿眼珠子一转道："这话倒也不能说完全没有道理，但你不妨再想想，说不定只要再抛一粒珍珠出去，就有人来了，如此功亏一篑，岂不可惜？”

献果神君摸了摸头，道：“这……”

小鱼儿笑嘻嘻瞧着他，悠悠道：“说不定只要抛出一粒，只要一粒……”

献果神君终于大吼一声，跳了起来，道：“算你这小鬼的嘴厉害，老子又被你说动了。”

有了一粒，就有两粒，就有了三粒……又好几天过去，还是鬼影子不见一个。

献果神君一把拎住了小鱼儿的衣襟，牙齿咬得吱吱地响，嘶声道：“你这小鬼还有何话说？”

小鱼儿道：“说不定只要……”

献果神君大吼道：“说不定只要再抛一粒，是么？”

小鱼儿嘻嘻笑道：“正是如此。”

献果神君跺脚道：“放你娘的千秋屁，老子已被你害苦了，你还要……还要……”两只猴爪般的手，已要去抓小鱼儿的脖子。

就在这时，忽听沈轻虹“嘘”的一声，低叱道：“来了！”

崖洞边，已探出了半个头来。

果然是人的头。这人的头发，正中央梳成个发髻，但原来戴在头上的帽子此刻却没有了，像是已被风吹落。

这人的眉毛，黑而长，眉尖微微上提，看来颇有杀气，但眉心却纠结在一起，又像是有许多心事。这人纵有许多心事，却也无法自他眼睛里瞧出来。

他的眼睛大而凸出，眼珠子好像是生在眼眶外的，他的黑眼珠凝结不动，白眼珠上布满了血丝。这双布满血丝的眼睛，就这样瞪着崖洞里的三个人，空空洞洞的，绝没有丝毫变化、丝毫表情。

这明明是人的眼睛，看来却竟又不像是人的眼睛，如此大的一双眼睛，看来竟全无丝毫生气。小鱼儿与沈轻虹、献果神君自然也在瞪着这双眼睛，瞪着瞪着，也不知怎地，心里竟不由自主生出一股寒意。

这全无丝毫表情、全无丝毫生气的一双眼睛，看来竟是说不出的冷漠、残忍、恐怖、诡秘。

那凝注者的黑眼珠中，竟似带着种逼人的死亡气息。

献果神君忍不住大喝一声，道："你这人是什么东西，你……"

喝声未了，那颗头突然凌空飞了进来。

没有手，没有脚，没有身子……什么都没有，这赫然只是一颗人头，一颗孤零零的人头。

献果神君喝声已噎在喉咙里，呆呆地怔住，崖洞外却传入了一阵诡秘的猴笑，露出了几张带着诡笑的猴脸。

小鱼儿松了口气，带笑骂道："原来是你们这些猢狲在搞鬼！"

但这人头却绝计不会是猴子砍下来的。

沈轻虹拾起了人头，凝注着那双煞气凛凛的浓眉，凝注着那双凸出的眼睛，口中喃喃道："却不知是谁杀死他的？"

小鱼儿瞧着洞外将落的夕阳，悠悠道："杀死他的人，想必就要来了！"

但那"杀死他的人"却没有来。

漫漫的长夜已将尽，献果神君又开始坐立不安，蒙蒙的曙色渐渐照入这黝黑的崖洞……

崖洞外突然伸入一只手来。

这只手五指如钩，像是想去抓紧一件东西，但却什么也没有抓住，在凄迷的曙色中，这只手看来也是说不出的诡秘。

献果神君风一般掠过去，叼住了这只手腕，他并未用什么力气，这只手就被他叼了进来。

但这也只是一只手，一只孤零零的手，已齐肘被人砍断，断处的鲜血已凝结，变成一种凄艳的死红色，手背上还有条刀疤，长而深，就像是一条蛇蜷曲在那里，想来多年前这只手已险些被人砍断过一次。

诡笑的猴脸在崖洞外摇晃着，像是一张张用鲜血画成的面具。

献果神君牙齿咬得直响，嘶声道："脑袋先到，手也来了，下面只怕就是只臭脚。"

小鱼儿道："这脑袋和手不是同一个人的。"

献果神君冷笑道："你怎知道？你问过他？"

小鱼儿道："那脑袋的皮肤又细又嫩，这只手的皮肤却像是砂纸，你就算看不出，摸也该摸得出来的。”

献果神君道：“哼！”过了半晌，忍不住又道，“这只手莫非就是第二个人的……”

小鱼儿道：“不错，这只手就是砍下那脑袋的。”

献果神君道：“你又知道了，你瞧见了不成？”

小鱼儿道：“你瞧这只手，便该知道必定是孔武有力，若非这样的手，又怎能一刀就砍下别人的脑袋？”

献果神君道：“哼！”

小鱼儿道：“你瞧这只手的模样，也就该知道它被砍断前的那一刻，必定还紧紧握着柄刀……不但是刀，还是柄宝刀，所以，手一被砍断，那柄刀立刻就被人抢去了……一只有力的手拿着柄宝刀，砍人的脑袋自然方便得很，想不到的是，这只手不知怎地也被人砍断了。”

沈轻虹突然长长叹息一声，道：“不错，这的确是只有力的手，他手里拿着的也的确是柄宝刀。”

献果神君目光闪动，冷笑道：“嘿，你也知道了。”

沈轻虹道：“我自然是知道的。那脑袋我虽不认得，这只手我却是认得的。”

小鱼儿眉毛一扬道：“莫非是这刀疤？”

沈轻虹道：“不错，他手上这刀伤正是我留下的，却也是我为他敷的药，看着它收的口，我……我又怎会忘记？”他语声中竟似有许多伤感之意。

献果神君嗤鼻道：“你砍伤了他，又为他敷药，你脑袋莫非有什么毛病不成？”

小鱼儿眨着眼睛，道：“这一刀想必是误伤，所以你砍了他之后，心里又后悔得很，所以才会替他敷药，是么？”

沈轻虹苦笑道：“正是如此。”

小鱼儿道：“如此说来，这人是你的朋友？”

沈轻虹又长长叹了口气，道：“此人便是昔年江湖人称‘铁镖头，金刀手’的‘金刀’铁如龙，他与我本是好友，只为了争那总镖头之位，我……我竟失手砍了他一刀，到后来我虽想补过，但他……他却不告而别了，算将起来，这已是二十年前的事。二十年不见，不想今日竟……”转过头去，咳嗽不已。

献果神君道：“铁镖头，金刀手……嗯，这名字我听过，听说他不但比你有种得多，武功也比你强，只可惜没有你诡计多端，所以才会被你砍了一刀。”

沈轻虹黯然道：“我确实是比不上他。”

献果神君皱起了眉，道：“此人武功本已不错，这二十年来，身受屈辱，想必朝夕苦练，武功自又精进不少，但还是被人一刀砍断了手，砍下他手的那人，岂非又是个厉害的角色，我们要加倍提防才是。”

说完了这句话，他再不开口，只是盘膝坐到黑暗的一个角落里，屏息静气，凝注着那洞口。

洞外渐渐明亮起来，微风中也传来了夏日芬芳而温暖的气息，不时有猴子们怪笑着在洞外荡来荡去。

这阳光，这温暖的芳香气息，这无拘无束的自由……

沈轻虹目中突然流下泪来，他扭转头，嗄声道：“你想……真的会有人来么……真的会有人找到这里？”

小鱼儿道：“会的。”

沈轻虹道：“但来的又会是什么人呢？他又是否会救我们出去？”

献果神君狞笑道：“会的，他不救也得救……无论他是什么人，我都不管，我只要他垂下来的那条绳子，那条绳子……”

沈轻虹道：“但他要的若不是你的人，只是你的珍宝，他若一进来就杀了你，又当如何？”

献果神君狞笑道：“他杀不了我的，无论是谁也杀不了我的……他还未瞧见我在哪里时，我已经先宰了他。”

沈轻虹道：“来的若是你的朋友，你莫非也……”

献果神君大笑道：“朋友……这世上哪有我的朋友？我七岁之后便再无一个朋友，‘朋友’这两字我一听就要作呕。”

沈轻虹缓缓合起眼，道：“好，很好。”

献果神君一字字道：“你两人若也想活着出去，就千万莫要做出糊涂事……你两人什么事都不做也没关系，只要那人进来时，引开他的注意力，否则……”

突然“嗖”的一声，一柄剑直飞进来。沈轻虹不等它撞上石壁，便已抄在手中，只见这柄剑青光莹莹，虽非宝器，却也是百炼精钢所铸。

献果神君厉声道：“人呢？”

小鱼儿悠悠道：“人……想必也死了，这柄剑也是你的猢狲兄弟丢进来的，剑的主人若未死，如此利器又怎会落在猴子手里？”

沈轻虹叹道：“不错，剑在人在，剑亡人亡……”

他轻抚着那精致而华丽的剑柄，以金丝镂在剑柄上的，正是“剑在人在，剑亡人亡”这八个字。

小鱼儿道：“配得上使用如此利器的人，想来也是位成名的剑客。”

沈轻虹将剑柄送到小鱼儿面前，道：“你瞧瞧这剑柄上除八个字外，还有什么？”

除了八个字外，还有三个以金丝镂成的圆圈。

小鱼儿眨眨眼睛道：“没有什么，只不过是三个圈圈而已。”

沈轻虹喟然道：“不错，只不过三个圈圈而已……但你可知道这三个圈圈在武林豪杰眼中又有何等重大的意义？”

小鱼儿道：“什么意思？”

沈轻虹沉声道：“就只这三个圈圈，可使巨万金银易手，可令上千人马改道，可使势不两立的仇人握手言和，可令八拜相交的朋友翻脸成仇。”

小鱼儿笑道：“这三个圈圈莫非有什么魔法不成？”

沈轻虹道：“没有魔法，这三个圈圈只是‘追魂夺命三环剑客’沈洋的标记，就凭这标记，大河两岸便可通行无阻。”

小鱼儿道：“哦，这姓沈的居然有这么大的门道？”

沈轻虹道：“这三环剑正是当今天下十七柄名剑之一，那一招‘三环套月’在沈洋手中使出来，当真可说是……”

沈轻虹默然半晌，长叹一声道：“三环剑客竟也死在这一役之中，倒真是我意料未及之事。如此看来，被你那些珍宝引来的武林高手，竟有不少。”

小鱼儿笑道：“此刻在这悬崖上面，必定打得热闹得很，只可惜咱们瞧不见。”

沈轻虹黯然道：“不错，此刻这悬崖之上，必定已有许多武林朋友在流血拼命，而这些正都是你造成的后果，你本该为此悔疚才是……”

小鱼儿大笑道："这些人为了些破铜烂铁竟不惜拼个你死我活，还说是什么武林高手，在我看来，简直是一群呆子，我不笑他们笑谁？"

沈轻虹又自默然半晌，缓缓垂下了头，长叹道："为了些身外之物而如此拼命，仔细想来，的确是愚不可及，但我……我又何尝不是如此！"

小鱼儿道："你若能常常和我说话，以后说不定会变得聪明些的。"

这一日又在期待中过去，献果神君眼睛瞪得更大，日色渐暗，他眼睛就像两盏燃烧着碧磷的鬼灯。

子夜后，洞外仍瞧不见人影，但等到这一天的漫漫长夜又将尽时，洞外无边的黑暗中，突然传来了一片喧闹的刺耳的诡秘的笑声。这又是猴儿们的笑声。

小鱼儿皱眉道："猢狲猢狲，半夜三更，你们还吵什么？"

沈轻虹沉声道："猴性不喜黑夜，这些猴儿半夜如此喧嚷，必有缘故。"

话犹未了，只听"叮当、哗啦"一连串响声，猴子们竟又自洞外抛入了十几件东西。

洞窟里一片黑暗，谁也瞧不清它们抛进来的究竟是什么，只听猴笑声渐渐远去，像是已达成它们的任务。

小鱼儿摸索着，拾起了件东西，道："这像是柄吴钩剑。"

沈轻虹沉吟道："吴钩剑……这种兵刃近年江湖已不多见，吴钩剑的招式也渐渐失传，但能使用此等兵刃的，却无一不是高手。"

小鱼儿道："看来又有个高手已送命了。"

他摸索着，又拾起一件东西，沈轻虹道："这件是什么？"

小鱼儿道："这东西圆圆的、滑滑的，还带着根链子，像是流星锤，却又不十分像，我也摸不出是什么。"

沈轻虹沉吟道："圆圆的、滑滑的……呀，这莫非是江湖下五门中最歹毒的兵刃'五毒霹雳雷霆珠'？"

小鱼儿道："五毒霹雳雷霆珠，这名字倒威风得很。"

沈轻虹道："这五毒珠施展起来，招式也和普通流星锤并无不同，只是这铜球内藏有暗器，若是不敌对方时，暗器便如暴雨般射出，纵是一流的高手，也难免被其所伤，是以这兵刃的主人杨霆，在江湖中也可算是个人见人怕的角色。”他虽然告别江湖十五年，但说起武林秘辛，仍是如数家珍一般。

小鱼儿笑道：“但看来这姓杨的小子，此番连看家的本领都来不及使出，便已送命了，要他命的人，岂非可算是武林中的超级高手！”

沈轻虹道：“你再瞧瞧还有什么，但小心些，莫要乱摸，此间既有下五门的高手到来，兵刃上说不定附有剧毒。”

小鱼儿笑道：“我这样的人，会中别人的毒么……我手上早已缠着布了，嗯，这里有柄刀像是九环刀。”他的手一抖，便发出一阵震耳的声响。

沈轻虹道：“听这声音，此刀像是十分沉重？”

小鱼儿道：“的确重得很，只怕有五十斤。”

沈轻虹道：“五十斤重的九环刀，先声便足以夺人，看来此人的臂力武功，俱不在金刀铁如龙之下，莫非是‘荡魔刀’曾伦！”

小鱼儿道：“这里还有支判官笔，分量也重得很，能用如此沉重的兵刃打穴，这人的武功看来也不含糊。”

沈轻虹道：“拿来让我瞧瞧。”

小鱼儿笑道：“你瞧得见么？该说让你摸摸才是。”

沈轻虹手指轻轻滑过冰冷而坚硬的笔杆儿，笔杆儿的握手处，像是刻着好几个字，他一个字一个字摸下去。

那上面刻的是“不义者亡”四个字。

沈轻虹失声道：“果然是‘生死判’赵刚，他……他难道也会死？”

小鱼儿道：“人都会死的，这有什么奇怪？”

沈轻虹道：“但……但这‘生死判’赵刚，可算是当今江湖中打穴的第一名家，一身小巧功夫，中原武林不作第二人想，又是谁杀了他？又有谁杀得了他！”

小鱼儿道：“说不定他没有死，只是丢了兵刃。”

沈轻虹叹道：“凡是江湖高手，必定都将自己成名的兵刃视为性命一般，这些兵刃既落入猿猴之手，他们的性命必已不保！”

这时已有微光照入洞窟，光线虽不强，但以沈轻虹等人的目力，已足以瞧清落在地上的兵刃是何模样。只见地上除了吴钩剑、五毒珠、九环刀之外，还有两柄剑、一根链子银枪、一对虎头钩、三枚铁胆、两只暗器囊。

沈轻虹拾起一柄剑，这柄剑又轻又巧，刃薄如纸，沈轻虹道：“这是‘龙凤双飞鸳鸯剑’中的雌剑‘飞凤’，那雄剑‘神龙’哪里去了？莫非已被人拆散……唉！‘龙凤剑客’一世英雄，江湖人尝言‘龙凤比翼，翱翔九天’，谁知到头来，还是要龙拆凤散遭人毒手！”

他叹息着放下了这柄“飞凤”剑，目光黯然自链子枪、虎头钩等兵刃上一一望了过去，叹息更是沉重，喃喃道：“这些人竟会都死在这一役之中，当真令我梦想不到，看来这一役战况之惨烈，只怕已是百年仅有的了。”

小鱼儿道：“这些人不但死了，而且显然是同时死的，能同时杀死这许多成名高手的人，可真是了不起。你能猜得出他是谁么？”

沈轻虹道：“当今天下能使这许多一流高手同时毙命的人物虽不多，但算来也有七八个，其中武功最高、下手最毒的，自然是推移花宫中的两位宫主。”

说到“移花宫”三字，他语声竟也似有些变了，四下瞧了一眼，像是生怕那美如天仙，但却狠如魔鬼的两位宫主突然自黑暗中出现似的。

小鱼儿笑道：“你放心，她们绝不会到这种鬼地方来的。”

沈轻虹喘了口气，道：“不错，那两位宫主乃天上仙子，又怎会为了区区世俗珍宝出手？下手的绝不会是她们。”

小鱼儿道：“除了她们还有谁？”

沈轻虹道：“昔年‘十大恶人’中，武功最高的‘血手’杜杀与‘狂狮’铁战，只怕也有这样的手段。”

小鱼儿道：“这两人也不可能。”

沈轻虹道：“不错，这两人一个已多年不知下落，据闻早已投入恶人谷，至于‘狂狮’铁战嘛……唉！这些人若是被他杀的，连兵刃都要被拆成一段段的了，又怎会有此刻这般完整？”

小鱼儿道：“还有呢？”

沈轻虹道：“还有几人，名字不说也罢。”

小鱼儿道：“为什么？”

沈轻虹道：“只因这几人武功虽强，但轻财仗义，俱是一代之大侠，那是万万不会做出此等事来的。譬如说当今天下第一剑客燕南天，他老人家要杀这几人，虽然易如反掌，但若非不仁不义之人，他老人家宁可自己受苦，也不会出手的。”

小鱼儿本就在等他说出“燕南天”这名字，如今听得他如此推崇，胸中不禁热血奔腾，大声道：“好！好男儿！男子汉活在世上，就要活得像燕南天，教人一提起他的名字，就要挑起大拇指。”

沈轻虹瞪着献果神君，大声道：“非但受过他老人家好处的人，无论人前背后，都对他老人家五体投地，就算是他老人家的仇人，背后也不敢对他老人家稍有闲话。”

献果神君冷笑道：“嘿嘿，你以为我不敢骂他？”

沈轻虹霍然站起，厉声道：“你敢！”

献果神君叹了口气，道：“我虽想骂他两句，却不知该如何骂法。”

沈轻虹大笑道：“你听见了么？纵有想骂他老人家的人，也不知该如何骂起，只因他老人家平生实未做过一件见不得人的事。我虽有十五年未见他老人家，但此等上无愧于天、下无愧于人的大英雄，身体必定日更强健，你说是么？”

小鱼儿道：“不错，他身子必定十分强健，他活得必定好得很……”

说着说着，他眼睛像是有些湿了，赶紧垂下头，拾起了一只暗器囊，将里面的暗器全倒了出来。

只见那里面有十三枚毒针，七枚黝黑无光的铁蒺藜，还有一大堆毒砂。沈轻虹悚然失色，道：“川中唐门也有人栽在这里！”

小鱼儿道：“下手的这人，既不会是你方才已说过的那几位，又不会是你还没有说过的那几位，那么，他究竟会是谁呢？”

沈轻虹叹道：“想来我委实也难以猜测。”

小鱼儿伸了个懒腰，道：“你猜不到也罢，反正他这就要来了，咱们等着瞧吧！”

献果神君圆睁的双目中，已露出惊怖之色，虽然，他确信以自己的武功，在如此黑暗中骤施暗袭，必能得手。但这即将到来的不可猜测的敌人，武功委实太强，委实令人胆寒，他一击若是不中，只怕便难有第二次出手的机会了。

有风吹动，崖洞外忽又伸出了一只手来。这只手纤细、柔美，每一根手指都像是白玉雕成，纵是世上最喜吹毛求疵的人，也无法在这只手上挑出丝毫瑕疵来。但在这穷崖绝洞外，突然出现这么美的一只手，却显得更是分外诡秘，在沈轻虹等人眼中，这只毫无瑕疵的纤纤玉手，实似带着种凄迷的妖艳之气，实令人不得不怀疑这只手是否属于人的。一时之间，献果神君却似已将窒息，说不出话来。

只见这只手轻轻在洞边的崖石上敲了敲——这只手动了，手指也动了，绝不会再是死人的手。

然后，一个温柔而甜美的语声在洞外银铃般笑道："有人在家么？"

此时此地，这甜美的语声说的竟是这样的一句话，就好像是邻家的少妇闲来无事走过来串门子似的。献果神君与沈轻虹听在耳里，心里却不禁直发毛，两人面面相觑，简直是哭笑不得，更不知该说什么。

小鱼儿眼珠一转，却笑道："有人在家，有好几个哩！"

那语声笑道："有人在家，就该出来开门呀！"

小鱼儿道："昨天我吃了人家的梨膏糖没付钱，大门已被人扛走了。"

那语声银铃般笑道："我在外面站得腿发软，可以进来坐坐么？"

小鱼儿道："当然可以，但你可得小心些走呀，门槛高得很，莫要弄脏你的新裙子。"

那语声道："谢谢你啦。"

第二十七章

脱困入困

一个轻衫绿裙、鬓边斜插着朵山茶的少妇，盈盈走了进来。她步履是那么婀娜，腰肢是那么轻盈。她自那百丈危崖外走进来，当真就像是邻家的小媳妇跨过道门槛，就连那朵山茶花都还是稳稳地戴着，没有歪一点。

黑暗中，献果神君已飞扑而出，挟着一股不可当的狂风，直扑那看来弱不禁风的少妇。绿裙少妇猝不及防，眼见就要被震出去，但腰肢不知怎地轻轻一折，她身子已盈盈站在献果神君身后。

献果神君一惊，猛回身，待二次出手。绿裙少妇已向他嫣然一笑，柔声道："您要我出去，我这就出去，您又何必费这么大的劲，生这么大的气呢？"那妩媚甜美的笑容，美得像花，甜得像蜜。

献果神君道："你……你……"

他虽然凶横霸道，奸狡毒辣，但面对着如此温柔、如此美丽的女子，心还是不免有些动了，狠话再也说不出口。

绿裙少妇道："老爷子您若喜欢我留在这里，我就留在这里，替你扫地煮饭补衣服……"

小鱼儿一直在瞪着眼睛瞧她，此刻突然笑嘻嘻道："我看你不如做我的媳妇儿吧！"

绿裙少妇嫣然笑道："你若真的肯要我做媳妇，我真开心死了，像你这样又聪明、又英俊的丈夫，我找了十年都没找到，只可惜……"

小鱼儿道："只可惜什么？"

绿裙少妇柔声道："只可惜我的年纪太大了，等你三十岁的时候，我已经是老太婆了，那时你又想甩了我，又不忍心，岂不是让你为难嘛，我又怎忍让你为难呢？"

小鱼儿明知她说的全没有一句真话，但不知怎地，听在耳里，心里还是觉得舒服得很，忍不住大笑道："你不说我年纪太小，只说自己年纪太大，像你这么说话的女子，就算是个杀人不眨眼的母夜叉，我也是喜欢的。"

绿裙少妇嫣然道："不管你说的是真是假，这句话我一定永远记在心里。"

献果神君嗄声道："我若不喜欢留在此处又当如何？"

绿裙少妇道："老爷子若觉得这里太气闷，想出去逛逛，我已在外面备好了梯子，老爷子您随时都可以走。"

献果神君嘶声道："真的？"

绿裙少妇道："老爷子你若还不放心，只管先上去，然后咱们再上，留下这位少爷最后再带着箱子走，这样老爷子既可放心咱们，咱们也可放心老爷子您了。"

献果神君心里虽然一万个不愿意听她的话，但她的话实在说得入情入理，实在说入了他的心，实在令他不能不听。

就连沈轻虹，心里虽也明知这女子必定是个杀人不眨眼的女魔头，但也像是入了魔似的，听得只有点头。

两人想来想去，找来找去，也找不到她有任何恶意。她说的话委实面面俱到，不但替自己想过，也替别人想过，无论是谁，都再也想不出更好的法子。

小鱼儿抚掌道："这法子的确再好也没有，别人若先上去，猴老兄必定不放心，此番猴老先上去，也要等着最后一批珠宝上来，必定不会割断绳子。"

献果神君瞪着那少妇，还是忍不住问道："但你……你真的是完全出于善意么？"

绿裙少妇柔声道："老爷子您想想我会有什么恶意呢？"

献果神君大喝道："世上真有你这么好的人？"

绿裙少妇轻叹道："我生来就是这样，只知替别人着想，替别人做事，自己也没法子。"

献果神君眼珠子转来转去，但左看右看，也实在看不出她究竟坏在哪里，只得跺一跺脚道："好，无论你是好是坏，先上去再说！"他心中其实早已迫不及待，那阳光，那暖风，那自由的天地，似乎早已在向他不断地招手。

他探头一瞧，果然有条粗如儿臂的长索从上面直垂下来，这长索若会中断，那么这绿裙少妇自己也要被困在此，只要这长索不会中断，那么，纵有别的诡计，他也要先上去了再说。

献果神君算来算去，只觉已无遗策，当下再不迟疑，纵身一跃，攀住了索头，大笑道："沈轻虹，你跟着……"

笑声未了，身子突然一阵扭曲，向那万丈绝壁中直坠了下去，得意的笑声，变作了凄厉的惨呼。

沈轻虹大惊失色，失声道："这……这……"

那绿裙少妇的脸像是也吓白了，颤声道："这……这是怎么回事？"

沈轻虹霍然回身，厉声道："这原该问你才是！"

绿裙少妇道："莫非是他老人家年纪太大，连绳子都抓不住了？"

沈轻虹怒道："老实说你这绳子上究竟有何古怪？"

绿裙少妇眼睛就像秋水般明亮、婴儿般无辜，柔声道："这绳子是好好的呀，又没有断，我方才就是从上面下来的嘛。你若不信，不妨拉拉看。"

沈轻虹果然伸手去拉，小鱼儿突然笑道："这绳子里若是藏着几根毒针，伸手去拉的人滋味一定不大好受。"

他话未说完，沈轻虹手早已闪电般缩回来，厉声道："不错，这绳里必定暗藏毒针，否则献果神君又怎会松手？不想你这女子竟是如此狠毒，我今日才算开了眼了！"

绿裙少妇目中泪光莹莹，凄然道："你们要如此说，我也没法子，既是如此，我……我只有自己拉给你们瞧吧。"她纤腰一扭，自己果然攀上长索。

沈轻虹眼睁睁瞧着她往上爬，那身着绿裙的少妇看来已愈来愈小，他心里又着急，又后悔，要他们跟着这不知究竟是温柔还是毒辣的女子往上爬，他实在有些不敢，但要他眼睁睁瞧着这机会错过，却又实在令人痛心。

他正在为难，不知是否该冒险一试，哪知就在这时，那不可捉摸的女子竟又轻轻滑了下来。

小鱼儿笑道："我早已知道你会回来的。"

绿裙少妇柔声叹道："我本来已想不管你们，但又实在不忍心，唉，我的心为什么总是这么软，简直连我自己都不知道。"

她眼波轻轻一扫沈轻虹道："这绳子究竟是好是坏，如今你们总该知道了吧？"

到了此刻，沈轻虹委实不知道该相信谁了，他甚至已有些怀疑献果神君真是自己抓不住绳子才跌下去的。

绿裙少妇悠悠道："你若还不相信，不妨用块布包着手。"

沈轻虹瞧瞧那绳子，又瞧瞧洞外的青天白日，再瞧瞧这阴森黝黯的洞窟，想着那十五年苦难的岁月。

这机会委实不容再错过。

他咬了咬牙，最后再瞧了瞧小鱼儿。小鱼儿也皱紧了眉，道："你莫瞧我，我也没了主意，但是……我想这绳子总该不会断了吧，否则她自己也上不去了。"

沈轻虹长叹一声，道："事到如今，无论如何我也要试一试了。"

他纵身一跃，攀持而上。

小鱼儿提起一颗心，眼睁睁瞧着他往上爬，一尺、两尺……眼见他已爬上十余丈，小鱼儿终于松了口气，瞧着那少妇笑道："你这人究竟是好是坏，到现在我也弄不清了……"

话未说完，绳子已断了。

沈轻虹惨呼着，挣扎着，自洞口直坠而下，眨眼便瞧不见了，只剩下那凄厉的惨呼响彻四山。

小鱼儿目瞪口呆，怔在当地，讷讷道："你……你……你真是个骗死人不赔命的女妖怪。"

绿裙少妇嫣然笑道："哦！是么？"

小鱼儿道："你用绳子里的毒针毒死那老猴子，又将绳子划断一半，等着沈轻虹来上当，但以你的武功，你本来不必费这么多心思，就可杀死他们的呀。"

绿裙少妇嫣然道："要自己动手杀人，那多没意思。我一生中从未自己动手杀过一个人，全都是别人心甘情愿去死的。"

小鱼儿道："但我还是不明白，绳子断了，你自己怎么上去？"

绿裙少妇道："这里舒服得很，我已不想上去了。"

小鱼儿怔了怔，摸着头苦笑道："女孩子说的话能教我猜不透的，你是第一个。"

绿裙少妇凝注着他，柔声道："你的朋友被我害死了，你不想报仇？"

小鱼儿叹道："我打也打不过你，骗也骗不过你，怎么样报仇？何况，正如你所说，这不是你迫着他们，而是他们自己心甘情愿送上门来上当的。"

绿裙少妇道："你心里不难受？"

小鱼儿道："这两人一个是早已该死了，另一个是十五年前自己就不想活了，如今死得正是对门对路，我又难受个什么。"

绿裙少妇眼波流转，咯咯笑道："你这样的孩子，我才真是从来没有见过。"

小鱼儿笑道："好，现在你可以开始骗我了，骗到我死为止。"

绿裙少妇道："骗死了你，我一个人在这里岂非寂寞得很？"

小鱼儿瞪大眼睛，道："你……你自己难道真的也不上去了？"

绿裙少妇道："我又没生翅膀，又不会飞。"

小鱼儿愣了半晌，苦笑道："你真是个女妖怪。"

绿裙少妇道："我若是女妖怪，你就是小妖怪。"

小鱼儿叹道："这倒不错，一个女妖怪，一个小妖怪，在这鬼洞里过上一辈子，将来说不定还会生了一大群小小妖怪……"

他话未说完，绿裙少妇已笑得直不起腰来。

突然间，一阵狂笑声远远传了过来。

一人狂笑道："姓萧的鬼丫头，你跑不了的，老子已知道你从哪里下去的，老子就在这里等着你，除非你一辈子不上来！"

这话声显然是来自云雾凄迷的山头，听来却如就在耳畔狂叫一般，震得你耳朵发麻，绿裙少妇面色立刻变了，变得比纸还白。

小鱼儿道："他是什么人？"

绿裙少妇道："他……他不是人，他简直是个老妖怪。"

小鱼儿道："你真那么怕他？"

绿裙少妇摇头叹道："你不知道，不知道……他做出来的事，世上永远没有人能猜得透的。”

只听那语声又喝道：“姓萧的，你真不上来么？”

绿裙少妇咬住嘴唇，不说话。

过了半晌，那语声又道：“好，老子数到十，你若还不上来，等老子捉到你时，担保要你受十天十夜的活罪，若让你少受一刻，老子就不是人！”

小鱼儿眨着眼睛，叹道：“看来，他果然有叫人连死都死不了的本事。”

那语声已大吼道：“现在开始！一！”

绿裙少妇整个人都像是已被吓软了，瘫到地上，动也不能动，鬓旁的山茶花，也簌簌地抖个不住。

那语声已喝道：“二！”

小鱼儿眼珠子一转，道：“这厮如此凶恶，莫非是‘十大恶人’之一？”

绿裙少妇叹道：“‘十大恶人’若和他比起来，简直就像是最乖的小孩子了。”

小鱼儿也吃了一惊，道：“他比‘十大恶人’还狠？”

只听那语声又喝道：“三！”

小鱼儿呆了半晌，道：“他叫什么名字？”

绿裙少妇道：“你不会知道他的。”

小鱼儿道：“他既然比‘十大恶人’还狠，就应该很有名才是。”

绿裙少妇长叹道：“咬人的狗是不叫的，你知道么？愈是没有名的人才愈厉害，他就算做了神鬼难容的事，别人也不知道。”

那语声又喝道：“四……好，看样子你真的不上来了，你要不要听听老子捉到你时，要如何对付你？”

他像是已在暴跳如雷，狂吼道：“老子捉到你时，先挖掉你一只眼睛，再把盐水灌进去，等到十天后，你全身都要变成咸肉。”

小鱼儿苦笑道：“好凶的人，这样的活咸肉，只怕连李大嘴都没有吃过。”

绿裙少妇突然道：“你认得李大嘴？”

小鱼儿眨了眨眼，反问道：“你认得他？”

绿裙少妇默然半晌，悠悠道："在江湖中混的人，谁不知道他！"

只听那语声已狂吼道："五！你听到了么？五！再数五下，你就要完蛋，你若以为老子捉不到你，你就大错特错了！"

绿裙少妇突然站了起来，长叹道："罢了，与其等着被他捉住，倒不如现在先死了干净。"

小鱼儿道："你……你怕什么？咱们等在这里不上去，他反正也不敢下来的。"

绿裙少妇叹道："你不知道，他说过的话，从来没有不算数的，他若说能够捉住我，就是真的能捉住我。"

小鱼儿道："你不能死，你死了我一个人在这里多寂寞。"

绿裙少妇凄然一笑，道："你还想活么？"

小鱼儿道："我活得正有意思，为什么不想活？"

绿裙少妇摇头叹道："他连你也不会放过的……"

那语声大叫道："六！现在已数到六了！"

绿裙少妇道："他总有法子捉住你，我若死了，他一定要将气都出在你身上，那时你就更惨了。"

她一面说话，一面缓步走到洞口。

小鱼儿道："你要跳下去？"

绿裙少妇道："以我看来，你还是和我一齐跳下去的好。"

小鱼儿失声道："你要我也跳下去？"

绿裙少妇突然回身，凝眸瞧着他，缓缓道："我一个人死也寂寞得很，你肯陪陪我么？"

小鱼儿摸着头，喃喃道："叫人陪着她一齐死，免得她寂寞……嘿，这种要求倒也少见的。"

绿裙少妇悠悠道："我是喜欢你，才要你陪我一齐跳下去，否则，否则……你是死是活，我才不管你哩。"

那吼声已喊道："七！"

小鱼儿瞧着她，瞧了很久，才道："你喜欢我？"

绿裙少妇缓缓道："你是聪明人，你难道瞧不出？"

小鱼儿又瞧了她很久，突然大声道："好！我陪你一齐跳下去！"

绿裙少妇也像是有些意外，失声道："真的？"

小鱼儿道："我非但陪你跳，还要抱着你跳。"

绿裙少妇又凝眸瞧着他，也瞧了很久，缓缓道："好……你很好。"

那吼声道："八！还有两下了，臭丫头，你的命已不长久了！"

小鱼儿果然跳上去，紧紧抱住了她，居然还能笑道："你真香……能抱着你死，倒真不错。"

绿裙少妇突然一笑道："你真是个可爱的孩子，能被你抱着死，更是件不错的事。"

那语声大吼道："九！臭丫头，你听到了么？老子现在已数到九了！"

绿裙少妇道："你抱好了么？抱紧些，我就要跳了！"

小鱼儿道："你跳吧！"

他闭起眼睛，长长叹了口气，道："死，不知道究竟是何滋味？"

绿裙少妇道："你马上就要知道了……"

身子一跃，竟真的向那深不见底的绝壑跳了下去。

他只觉耳朵里都灌满了风，身子往下直坠，这时如说他心里害怕，倒不如说他觉得很有趣，很舒服。无论如何，自百丈高处往下跳，有这种经验的总不多。

也许小鱼儿连"害怕"这两个字都已被吓得忘了，也许他起先根本不相信这绿裙少妇会真的往下跳。

他只觉得愈来愈快，下半身已似和上半身分了家。这时他心里只有一个念头——他在问自己："我究竟是聪明，还是糊涂？"

就在这时，只听"嘭"的一声响，他身子似乎一震，下落的势道突然缓了。

只听绿裙少妇在他耳畔轻笑道："死的滋味如何？"

小鱼儿道："不错，还不错……"

他已张开眼，左右一瞧，两旁山壁的树木，都可瞧得很清楚，像是一株株树都在往上飘。由此可见，他们下落的势道，竟已慢得出奇。

绿裙少妇笑道："你可知道，你是个幸运的人，虽然尝过了死的滋味，却不必真的死了。"

小鱼儿道："这……这究竟是怎么回事？"

绿裙少妇道："你抬头瞧瞧。"

小鱼儿一抬头，便瞧见一样奇怪的东西，这东西像是伞，又不是伞，至少也比伞大了十倍。

这东西竟是从绿裙少妇背后撑出来的，看来像是用无数根细绳系着的一柄五色大伞。这"伞"兜住了风，他们下落之势自然缓了。

小鱼儿就像是坐在云上往下落似的，那滋味可是妙极了。他忍不住放声大笑，大声道："这玩意儿真不错，真不知你是如何想出来的。"

突然，他只觉身子一震，已落在实地上。那柄"伞"连带着风，带着他们往外滚。

绿裙少妇自裙子里抽出柄小刀，割断了绳子，娇笑道："小鬼，你现在可以放开手了。"

小鱼儿手却抱得更紧，道："我偏不放开你，你骗得我好苦，我被你骗得差点没发疯，你总该让我多抱抱你，算作补偿。"

绿裙少妇笑道："你这小鬼，你究竟是个聪明人，还是个呆子？"

小鱼儿笑嘻嘻道："这句话我刚刚还问过自己，我自己也回答不出。"

绿裙少妇道："我瞧你呀，是个不折不扣的小呆子。"

小鱼儿突然跳起来，大眼睛里闪着光，瞪着她道："你以为你真骗倒了我？"

绿裙少妇也笑眯眯瞧着他，道："你自己不知道？"

小鱼儿大笑道："告诉你，我早就知道你不会死的，所以才陪着你往下跳。你这种人，不像是会自己寻死的人！"

绿裙少妇眨了眨眼睛，道："哦！是么？"

小鱼儿挺起胸，大声道："告诉你，世上没有一个人能骗得倒我江小鱼。"

绿裙少妇瞧着他，柔声道："我现在才发觉你已不是个孩子，而是个大人，是条男子汉，我几乎从未见过像你这样的男子汉。"

她眼波里像是充满了赞美之意，小鱼儿的胸脯挺得更高了，他也突然发觉自己不再是孩子，已突然长大了。

绿裙少妇眼波四转，忽又长叹道："我虽然没有死，但到了这里，我又没法子了，现在……我什么事只有依靠你，你可不能抛下我。”

小鱼儿只觉自己从来没有像现在这样强壮，这样有勇气，他觉得自己实在不错，否则她又怎会全心全意地依赖自己？

他大声道：“你只管依靠着我，我绝不会后悔。”

绿裙少妇嫣然一笑，道：“你真好，我知道我不会选错人的。”

小鱼儿笑道：“你当然没有选错，你选得正确极了。”

绿裙少妇愉快地叹了口气，道：“好，你现在快想个法子，让咱们离开这鬼地方吧。”

小鱼儿道：“好。”

他刚说完这“好”字，嘴虽说得甜，心里却已发苦。只因他已瞧清了这“鬼地方”。

他实在不知道有什么法子能离开这里。

这里，就像是一个瓶的瓶底，就算是有蟑螂那么多脚，那么强的生存力，也休想爬得上去。

奇怪的是，这里并不如他们想象的那么阴湿。这里竟丝毫没有沼气，反而是温暖而干燥的，正上面看到的那凄迷的云雾，距离他们头顶还很高。

他脚下踩着的，也不是沼泽湿泥，而是非常令人愉快的草地，柔软的青草，看起来就好像是张碧绿的毡子。

明亮的光线中，充满了芬芳的香气。

四面枝叶茂密的树林，树林间还点缀着一些鲜艳的花草，小鱼儿几乎要以为自己突然跌落在仙境里。

这仙境唯一可怕的，就是那无边的静寂。没有风，也没有声音，每一根草，每一片叶子，都是绝对静止的，看来，竟像是没有丝毫的生气。

这可怕的静寂，简直要令人发狂。

这美丽的“仙境”，竟是块“死地”。

绿裙少妇柔声道：“你已想出了法子么？”

小鱼儿再也笑不出来，不住道：“有法子的，自然有法子的。”

绿裙少妇道："好，我什么都听你的。"

她温柔地瞧着他，果然不再说话。

小鱼儿背负着手，兜了十七八个圈子，突然大声道："不对！不对！"

绿裙少妇道："什么事不对？"

小鱼儿道："这里少了样东西。"

绿裙少妇道："少了东西？什么东西？"

小鱼儿苦着脸道："那老猴子和沈轻虹两人到哪里去了？飞上天了么？"

绿裙少妇道："他……他们不是已摔死了么？"

小鱼儿道："不错，摔死了，但尸身呢？我所有的地方都瞧过，竟瞧不见他们一根骨头，就算是被老虎吃了，也吃得没有这样快呀。何况，这里简直连只猫都没有，哪里会有什么老虎！"

绿裙少妇脸色也变了，失声道："你真的没有瞧见他们的尸身？"

小鱼儿道："没有，简直一根骨头都没有。"

他嘴里虽这样说，但还是有些不相信自己，一面说，一面又到四下搜寻起来，绿裙少妇也跟着他找。这地方并不大，他们很快就找了两三遍，每个角落，每一株树下，每一块草皮都找遍了。

这里非但没有骨头，甚至连一点血迹都没有——这里简直丝毫没有两个人跌死的痕迹。

小鱼儿突然有些害怕了，道："这见鬼的地方，莫非真的有鬼！"

绿裙少妇身子缩了缩，强笑道："鬼，哪里会有鬼！"

小鱼儿道："若没有鬼，那两个人哪里去了？就算他们没有摔死，也该在这里呀，何况，他们是绝对不可能不摔死的。"

"但这地方必定有古怪，我必定能找出这古怪究竟在哪里。"说着，又到四面去搜索起来，但树还是那几株树，草还是那几片草……

小鱼儿又大叫道："这里必定还有别的人。"

绿裙少妇道："这鬼地方会有人？"

"因为若是野生的草地，怎会这么整齐，这么干净？所以，我想这里一定有人住，一定有人时常修剪草地。"

绿裙少妇展颜道："呀，不错，你不但头脑好，眼睛也好……这里既然有人住，我就放心了。”

她随即又皱眉，颤声道：“但……人呢？”

小鱼儿道：“人……人……”

他四下去瞧，这里连鬼影都没有，哪里有人。

谜，不可思议、无法解释的谜。

绿裙少妇道：“我……我简直想都不敢想了，我一想就要打寒噤。”

小鱼儿大声道：“你不必想，由我来想，我想已足够了。”

其实他也想不通，他想得头都疼了。

天色，已渐渐暗下来，暗得很早。

小鱼儿不停地在四下走，肚子已饿得直冒酸水。

小鱼儿也快急疯了。

他常常说：世上没有办不到的事。

现在，他突然发觉说这话的人不是疯子就是傻瓜。

他更不敢去瞧那绿裙少妇，这女人将一切都依靠着他，她真是选错人了，她眼睛一定有毛病。

到后来小鱼儿简直已发晕了，喃喃道：“睡觉吧，好歹睡一觉再说，最好能一睡不醒……”

突然绿裙少妇娇唤道：“过来……快过来！”

小鱼儿一回头，已瞧不见她的人，大声道：“你在哪里？你也学会隐身法了么？”

绿裙少妇道：“我在这里，在这里！”

这呼声竟是从一株树后传出来的，这株树很粗，很大，叶子特别绿，小鱼儿早就疑心其中有古怪，却瞧不出来。

他飞快地跑过去，只见绿裙少妇跪在那株树后，像是在祈祷似的，动也不动，只是眼睛却瞪得很大。

小鱼儿皱眉道：“你在干什么？拜菩萨？”

绿裙少妇招手道：“你快过来，瞧瞧这里。”

小鱼儿只得也蹲下来，瞧了半晌，道：“这没有什么呀，不过是……呀，不错，有了！”

他突然发现这株树下半截树皮，竟和上半截不同，上半截的树皮粗糙，下半截的树皮却光滑得很。

绿裙少妇道："你瞧，这树皮像是常常被人用手摸的，人为什么要摸这树皮，显然只有一个解释……这株树必定就是道门。"

小鱼儿展颜道："你不但头脑好，眼睛也不错。"

绿裙少妇嫣然道："谢谢你。"

小鱼儿眨了眨眼睛，伸手在树上敲了几下，笑嘻嘻道："有人在家么？"